LE TOUCHER DE LA MORT

UN THRILLER POLICIER BRITANNIQUE

LES ENQUÊTES DU SERGENT DÉTECTIVE TOMEK BOWEN
TOME 3

JACK PROBYN

CLIFF EDGE PRESS

À PROPOS DU LIVRE

Lorsque le brouillard se dissipe un matin de décembre dans l'Essex, le corps d'une adolescente est découvert gisant face contre terre dans un champ.

La victime, Lily Monteith, a été assassinée d'une manière particulière et unique — si unique que cela ne pouvait arriver qu'à elle. Par conséquent, l'affaire atterrit rapidement sur le bureau du sergent-détective Tomek Bowen qui, tout en essayant de jongler avec sa nouvelle vie de parent célibataire d'une fille de treize ans, doit mettre au jour l'enchaînement mortel des événements et faire éclater la vérité.

Mais dès le début de l'enquête, Tomek découvre que la mort de Lily pourrait être liée à une série de meurtres qui sommeille depuis de nombreuses années — sans que personne n'ait jamais été traduit en justice.

Et, si c'est le cas, il craint qu'une nouvelle vague de meurtres, cette fois préparée depuis des années, ne soit sur le point de se produire.

CHAPITRE
UN

Il y avait quelque chose dans l'air ce soir-là. Une crudité, un picotement électrisant qui parcourait le parc John Burrows. Comme si, quand l'horloge avait dépassé minuit, tout s'était réinitialisé. Les lampadaires entourant le parc avaient clignoté à plusieurs reprises avant de retrouver une nouvelle vigueur. Même le vent semblait apporter une énergie nouvelle. Plus assuré, plus puissant, se dirigeant dans une direction particulière plutôt qu'en un mouvement aléatoire, chassant les nuages pour dévoiler la myriade de constellations scintillantes au-dessus de nos têtes.

Il y avait quelque chose dans l'air ce soir-là, c'est certain.

Et en particulier l'odeur.

L'odeur d'adolescents en rut aspergés de litres de parfum et d'eau de Cologne, l'odeur d'alcool imprégnant leur haleine. L'odeur du désespoir, de l'indécision, du désir.

Et bientôt, l'odeur de la mort.

Il les observait de loin, depuis l'autre côté du parc, dissimulé sous un dais d'arbres aux branches basses, assis sur un banc. Leurs cris et leurs hurlements étaient audibles de là où il se trouvait, les sons se propageant sur le terrain vallonné, portés par le vent déterminé. Chacune de leurs paroles faisait vibrer son corps.

Mais une en particulier.

La sienne.

La plus bruyante, la plus animée.

Elle ne portait presque rien. Une petite jupe noire minuscule avec un haut court blanc. Un choix courageux mais naïf par ce temps. La température était descendue en dessous de zéro et une fine couche de givre commençait à se déposer sur l'herbe et le banc du parc. Il luttait pour empêcher son souffle de former des nuages devant lui, de peur d'être repéré. Mais avec le recul, c'était un effort inutile ; ils étaient trop occupés à s'amuser, trop occupés à s'enivrer comme les jeunes de leur âge ont l'habitude de le faire, pour lui accorder la moindre attention.

Néanmoins, la prudence n'était jamais superflue.

Il consulta sa montre. Presque 1 h du matin. Avec un peu de chance, ils partiraient bientôt, ayant succombé aux éléments et étant forcés de chercher refuge, un abri dans un endroit plus chaud.

Le timing était crucial. Le timing était peut-être l'élément le plus important de cette nuit. Trop tôt et il risquait d'être aperçu. Trop tard et il risquait de la perdre, de perdre son unique chance de réussir parfaitement. Comme Boucle d'or, il devait chronométrer à la perfection.

En attendant, il ferma les yeux et laissa l'électricité dans l'air irradier à travers son corps et chatouiller ses sens.

Cela faisait un moment. Si longtemps. Trop longtemps, en fait. Une partie de lui avait presque oublié ce que c'était. La faim, la sensation, l'euphorie.

Mais l'attente avait été un mal nécessaire. Tout devait être préparé méticuleusement. Le terrain devait être préparé. Les étapes devaient être tracées. Chaque recoin de son histoire devait être pris en compte.

Cette nuit était celle où il allait tuer. Et il devait s'assurer de pouvoir s'en tirer.

Le temps passait comme toujours : lentement, surtout quand on attend que quelque chose se produise. L'eau qu'on regarde bouillir, et tout ça. Il était un peu plus d'1 h 30 du matin quand le groupe décida qu'il en avait assez du froid. Alors qu'il les regardait se diriger vers le bord du parc, il se leva péniblement du banc et les suivit, masqué par l'obscurité. Leurs acclamations et leurs rires continuaient à rebondir sur les maisons qui entouraient le parc. Peu après, le groupe emprunta un étroit sentier qui menait à la route principale.

Il savait qu'il n'avait pas beaucoup de temps pour cette prochaine étape, alors il parcourut rapidement la centaine de mètres jusqu'à la ruelle un peu plus loin et se précipita vers sa voiture. Sautant à l'intérieur, il alluma le moteur, baissa les phares puis mit en marche le chauffage. À pleine puissance. Pendant son absence, le froid de la nuit avait étouffé la voiture et l'avait enveloppée d'une fine couche de givre.

Similaire à ce qu'il avait prévu pour elle ce soir.

Il saisit le volant, le massant de ses doigts gantés. En latex, de couleur noire comme la colonne de direction et son manteau. Ne voulant pas perdre davantage de temps, il s'extirpa de derrière la voiture garée et se dirigea vers le groupe. Au moment où il passa devant eux, debout à l'entrée de l'autre ruelle, ils discutaient encore, blottis les uns contre les autres, se protégeant du froid.

Pas encore. Trop tôt.

Il devrait attendre et revenir, s'attarder en arrière-plan un peu plus longtemps, quelque part où il pourrait observer sans être vu. De la même manière qu'il l'avait fait ces derniers jours. Il l'observait depuis un moment, surveillant ses mouvements, la voyant sortir avec ses amis comme elle l'avait fait ce soir. Mais chaque fois, il y avait eu un problème, une distraction. Elle n'avait jamais été seule, toujours avec quelqu'un, toujours collée à son amie ou à ce garçon qui semblait être fou d'elle. Cette nuit ne s'annonçait pas différente. À l'exception qu'il pouvait le sentir dans l'air. Quelque chose de différent.

Il baissa la vitre de sa voiture et écouta. Les voix étaient lointaines et il ne put saisir que la fin de la conversation.

— Tu vas rentrer toute seule ? demanda l'un des garçons à Lily.

— Ça ira. Je vais marcher. J'habite juste au coin de la rue, dit-elle avec un air de défi qu'il admirait.

Il attendit quelques minutes que le groupe disparaisse dans l'autre direction et qu'elle vienne vers lui. Une fois qu'elle l'eut dépassé de l'autre côté de la route, il démarra le moteur, massant le caoutchouc épais du volant. Puis il fit demi-tour et la rattrapa deux coins de rue plus loin.

Fille sensée, pensa-t-il, elle restait sur les routes principales, restait dans la lumière, se rendant aussi visible que possible. Il ralentit la voiture et s'arrêta à côté d'elle, les roues tournant, la voiture avançant doucement. Il baissa la vitre et se pencha autant qu'il put, gardant un œil sur la route et l'autre sur sa jupe courte.

— Lily ? C'est toi ? Lily, tout va bien ?

Sa réaction fut immédiate — et exactement comme il s'y attendait. D'abord, elle avait sursauté au son de son nom mais ne l'avait pas regardé, n'osait pas le regarder. Puis elle avait gardé la tête baissée, les yeux fixés sur le trottoir devant elle, sa main protégeant son sac et le serrant contre son corps. Mais comme elle commençait à réaliser que la voix était celle d'un ami et non d'un ennemi, elle s'était détendue, avait baissé sa main et s'était retournée.

— Tu ne devrais pas te promener par ici à cette heure de la nuit, lui dit-il. Il y a des étrangers et des cinglés dans le coin.

Oui, oui, il y en avait. Sauf qu'ils n'étaient pas toujours sur le trottoir ; certains préféraient une voiture comme moyen de transport.

— Tu es en train de me traiter de cinglée alors ? dit-elle, avec une pointe d'enjouement dans sa voix.

— Ne commence pas à me mettre des mots dans la bouche. Il amena la voiture à un arrêt régulier, inspecta les alentours puis continua : Allez, je te dépose. Tu ne devrais pas être ici toute seule. C'est une jungle dehors.

— Et il y a des bestioles partout.

Tu l'as dit.

Lily descendit du trottoir et monta dans la voiture, les fesses en premier. Alors qu'elle se glissait à l'intérieur, sa jupe remonta sur sa cuisse, et il se força à ne pas regarder.

Il y aurait tout le temps pour cela plus tard s'il en avait besoin.

— Qu'est-ce que tu fais dans le coin à cette heure de la nuit ? demanda Lily après qu'il eut démarré.

Il se tourna vers elle, les sourcils froncés. — Je pourrais te poser la même question. Et je pourrais même te demander pourquoi tu sens l'alcool.

Son visage vira à la couleur de son rouge à lèvres, une expression qui la faisait paraître cinq ans plus jeune.

— Bien vu, concéda-t-elle.

— Si tu veux tout savoir, répondit-il, je rendais visite à ma mère. Elle est à l'hôpital. Je ne peux la voir qu'à cette heure de la nuit, sinon je ne pourrai pas la voir du tout.

— Je suis vraiment désolée, dit-elle. Est-ce qu'elle va bien ?

— Pas vraiment, mais c'est bon. C'est comme ça. Je m'y suis fait.

Ils conduisirent le reste du trajet en silence. Jusqu'à ce qu'ils atteignent l'impasse où vivait Lily. Au lieu de tourner dans sa rue, il continua tout droit, manœuvrant entre les voitures garées.

— On vient de rater ma rue, dit-elle, tournant la tête pour regarder en arrière.

Il resta silencieux, les yeux fixés sur la route. Sa main se déplaça adroitement vers le panneau de commande sur le côté de sa portière et verrouilla la voiture.

— Où est-ce qu'on va ? demanda Lily. La peur et l'anxiété étaient évidentes dans sa voix. Exactement comme il aimait. — Où m'emmènes-tu ?

— Détour.

— Où ça ?

— Un petit endroit que je connais.

— Quel endroit ?

Elle posait trop de questions. Il ne voulait pas de questions. Ne les aimait pas.

Il était temps qu'elle se taise maintenant. Il écrasa les freins, attrapa l'attache de sa ceinture de sécurité pour la maintenir en place et l'empêcher de la défaire, puis la frappa à la gorge. Alors qu'elle s'étouffait et haletait pour respirer, il tendit la main vers son sac sur la banquette arrière et en sortit un fin gant en latex. Noir, semblable à ceux qu'il avait aux mains. Puis, gardant une main sur sa bouche, épinglant sa tête contre l'appui-tête, il commença à étirer le gant sur son visage, jusqu'à l'arrière de sa tête.

Elle se débattit violemment, ses ongles fouettant dans sa direction, mais chaque fois ils le manquaient. Et puis elle commença à réaliser ce qui lui arrivait.

Ce qui *allait* lui arriver.

La dernière chose qu'elle fit avant qu'il ne l'assomme fut de crier jusqu'à ce que ses poumons aient presque éclaté.

CHAPITRE
DEUX

— Je peux avoir ça ?

   — Non.

   — Mais ça va...

— Non.

Elle se tourna vers lui en dernier recours. Les yeux de chien battu.

— Toujours non.

— Mais je trouve que ça ferait joli !

— Je trouve qu'une Ferrari ferait joli aussi, mais tu ne me vois pas en acheter une.

— Seulement parce que tu n'en as pas les moyens.

Tomek ignora la pique et soupira profondément. Puis il tendit la main vers l'objet qu'elle tenait et hésita. Un regard d'excitation et d'anticipation s'épanouit sur son visage.

— Oh mon Dieu, *vraiment* ? dit-elle, incapable de se contenir.

Sans rien dire, Tomek prit la décoration de Noël de ses mains et la remit sur l'étagère avec tous les autres sapins de Noël conçus pour ressembler à des feuilles de cannabis. À côté se trouvait un assortiment de décorations de Noël juvéniles et immatures que Tomek admirait et dont il voyait le côté amusant, mais ne l'admettrait jamais : une figurine du Père Noël penché en avant montrant ses fesses ; de Jésus fumant un joint, faisant le signe de la paix aux passants ; et un Père Noël noir jouant au basketball.

Pour lui, Noël était une perte de temps comme toutes les autres fêtes. La Saint-Valentin, Halloween, Pâques. Bien qu'il soit issu d'une famille polonaise profondément religieuse, il n'était pas le seul à s'éloigner des attentes sociétales et culturelles que ses parents, notamment sa mère, avaient placées en lui. Son frère aîné Dawid, depuis qu'il était devenu père et avait créé sa propre famille, s'était éloigné de l'aspect religieux pour se rapprocher de l'aspect capitaliste. Alors que Tomek n'était ni l'un ni l'autre. Ce n'était pas parce qu'il n'y croyait pas ou parce qu'il n'aimait pas l'idée de recevoir des cadeaux chaque année. C'était parce que, historiquement, il n'avait jamais pu profiter de la saison de Noël pour ce qu'elle était. Il savait que c'était un moment pour la famille, pour les rires, pour être ensemble. Mais quand on a vécu seul si longtemps, et qu'on a été exclu des invitations familiales au dîner chez ses parents chaque année, il est un peu difficile de s'enthousiasmer.

Rien n'était pire que quelqu'un à l'autre bout du spectre. Quelqu'un qui était fou de Noël. Quelqu'un qui commençait à écouter George Michael et Mariah Carey des mois avant que ce soit socialement acceptable. Quelqu'un qui était obsédé par les décorations de Noël inexistantes dans son appartement.

— Tu n'as pas besoin d'être un tel... Kasia chercha le mot le plus gentil possible. Tu n'as pas besoin d'être un tel *sac à crottes* à ce sujet.

— Je ne le suis pas. Il baissa les yeux vers le chariot devant eux et les nombreux sacs de courses dans ses mains. Tu ne crois pas qu'on en a assez ?

Il avait déjà dépensé quelques centaines de livres pour une toute nouvelle boîte de guirlandes ; une énorme boîte de quarante boules de différentes couleurs ; une couronne qui semblerait mieux adaptée dans un nid d'oiseau haut perché quelque part dans les arbres ; plus de dix mètres de lumières clignotantes qu'il serait sans doute chargé d'installer au péril de sa vie pour les suspendre aux fenêtres à l'extérieur de la maison ; et un tout nouveau sapin de Noël qu'il regrettait instantanément d'avoir acheté. Bêtement, il avait menti en disant à Kasia qu'il en achetait un frais chaque année pour sauver le monde des déchets plastiques, mais elle lui avait rappelé que tuer des arbres vivants nuisait à l'environnement et qu'un sapin en plastique était réutilisable et plus durable. Il avait argumenté que ne pas en acheter du tout, et même ne rien acheter de *tout ça*, était le plus grand pas qu'ils auraient pu faire vers la durabilité, mais il avait perdu cette bataille, et donc le sapin en plastique s'était retrouvé dans ses bras, ainsi que les quelques kilos supplémentaires ajoutés à son empreinte carbone.

— On n'en a jamais assez, Papa, répondit-elle. Maman et moi, on faisait toujours les choses en grand. On avait tout sur le thème de Noël : maisons en pain d'épice, cadres photos, boîtes de chocolats. On couvrait la maison de guirlandes et on collait des bonshommes de neige et des rennes découpés aux fenêtres. On avait même un grand Père Noël dans le jardin devant, avec de la fausse neige sur toute la pelouse.

Ouais, et ta mère avait probablement l'argent de la drogue pour payer tout ça.

Alors que lui non. Il avait son maigre salaire de sergent qui s'épuisait rapidement — avec le récent déménagement, nourrir sa fille, payer les uniformes scolaires et toutes les autres dépenses qui accompagnent le fait d'avoir un enfant dont on ne sait rien.

— Je pense qu'on en a assez pour l'instant... lui dit-il en dirigeant le chariot loin du mur de décorations et en se dirigeant vers la caisse.

— Tu es un vrai Scrooge.

— C'est injuste, répondit-il, se demandant si elle connaissait toute l'histoire du conte de Dickens. Au moins j'ai *dépensé* de l'argent. Ce sont les plus nombreuses décorations que j'ai eues depuis environ vingt ans.

— Tu devais être un petit homme bien triste, dit-elle. Si elle savait les dégâts que ces mots auraient pu causer à quelqu'un d'autre que lui, elle ne le montrait pas. Il n'y avait pas de sourire narquois, pas d'indice de sarcasme. Heureusement pour elle, il avait la peau dure et avait reçu bien pire dans sa vie — de la part d'enfants beaucoup plus jeunes.

Ils s'arrêtèrent à la fin de la file d'attente qui avait déjà atteint une longueur ridicule en peu de temps depuis qu'il avait regardé la dernière fois.

— Je suis tout à fait prêt à tout rapporter si tu veux ?

Elle posa une main inquiète sur son bras. — Non. S'il te plaît, non. On ne peut pas avoir Noël sans sapin de Noël ni décorations.

— Alors je suggère...

Il avait perdu l'attention de Kasia. Quelque chose l'avait distraite. Une plante sur le thème des fêtes, peut-être. Ou un tisonnier recouvert de guirlandes. Il ne savait pas. Tout lui semblait être la même merde. Mais quelle que soit cette chose, elle l'avait captivée. Sans rien dire, elle se précipita vers une table, attrapa quelque chose puis le rapporta triomphalement, comme un chat qui vient de rapporter un rat à son maître. Tomek baissa les yeux et vit une assiette en céramique sur laquelle était pochée une illustration criarde du Père Noël descendant par une cheminée.

— C'est quoi ce truc ? dit-il, sa voix montant de quelques octaves.

— Elles ne sont pas mignonnes ?

— Non. Ce sont le genre de choses que tu finis par acheter puis donner à une œuvre de charité parce que tu as enfin retrouvé la raison et réalisé à quel point c'était stupide de les acheter en premier lieu.

Le regard perplexe sur son visage lui indiqua qu'elle n'avait aucune idée de ce dont il parlait.

— D'accord, dit-il. C'est un exemple spécifique, mais elles sont quand même horribles. Et nous n'allons *pas* les prendre.

— Mais nous avons *besoin* d'assiettes de Noël !

— Non. Nous avons *besoin* d'air. Nous avons *besoin* de nourriture. Nous avons *besoin* d'eau. Nous n'avons pas *besoin* de ça. En plus, on ne va les utiliser qu'une fois par an.

— Exactement. Occasions spéciales. Au moins elles seront utilisées. Et si elles sont utilisées, alors elles ne finiront pas dans une boutique de charité comme tu l'as dit.

Tomek ouvrit la bouche pour répondre mais ne put le faire. Elle l'avait eu. Utilisé ses propres mots contre lui. Il ne pouvait pas lui reprocher cela. Ni, comme il s'avéra, la femme qui se tenait devant eux dans la file.

— Je pense qu'elle marque un point, dit la femme, s'insérant dans leur conversation privée. Elles sont vraiment jolies. Et elles vont avec le reste des choses que vous avez achetées.

— Super. Merci pour votre commentaire non sollicité.

Tomek prit rapidement conscience qu'il ne pouvait pas crier sur cette fouineuse devant Kasia, alors il devrait se contenter de sourires passivement agressifs et d'un regard encore plus agressivement passif.

— Je vous en prie, dit-elle avec un sourire, et alors qu'elle retournait à ce qu'elle faisait dans la file, elle fit un clin d'œil complice à Kasia.

— J'ai vu ça... chuchota Tomek à sa fille.

— Alors... On peut ? On peut les prendre ?

Tomek soupira profondément. Il avait perdu la bataille, une bataille parmi tant d'autres. Mais il ne perdrait pas la guerre. En fait, non. À qui voulait-il faire croire ça ? Bien sûr qu'il la perdrait. Elle l'avait enroulé autour de son petit doigt et elle ne le lâchait pas.

Pas de sitôt, en tout cas.

Peu après avoir payé leurs achats, ils quittèrent John Lewis et se dirigèrent vers la voiture de l'autre côté de la grande rue de Chelmsford. Dehors, le ciel avait pris une teinte plus sombre d'ardoise, et une légère pluie avait commencé à tomber. Il n'était venu dans le quartier pour faire des achats que quelques fois par le passé, et tout était assez nouveau pour lui. Mais Kasia savait exactement où aller et quoi faire, même si elle n'y était jamais allée auparavant. C'était comme si elle avait un sens inné de l'orientation qui la dirigeait vers ses magasins préférés, comme un limier capable de détecter l'odeur de H&M et Primark à un demi-kilomètre.

Alors qu'ils flânaient vers la voiture, se protégeant contre le froid, Tomek observait ses alentours. Observant la femme d'âge moyen, seule avec des sacs de différentes enseignes, se précipitant vers la suivante, il se demandait ce qu'il y avait à l'intérieur, sur quoi elle avait dépensé son argent. Quelles gâteries ses proches ne sauraient pas apprécier. Si c'étaient les bonnes choses ou pas.

Cela rappela quelque chose à Tomek.

— Qu'est-ce que tu veux pour Noël ? demanda-t-il, réalisant soudainement qu'il l'avait peut-être laissé un peu tard. Quelques semaines à venir... il s'en sortirait, non ?

— Que veux-tu dire ?

— Pour Noël. Des cadeaux. Tu sais... on en reçoit à cette période de l'année... Qu'est-ce que tu veux ?

Elle lui offrit un froncement de sourcils confus, comme si elle venait de manger une friandise acide et essayait de faire bonne figure. — Tu veux que je te fasse une liste ou quelque chose comme ça ?

— Idéalement, oui...

— Mais... Ce n'est pas... Ce n'est pas comme ça qu'on fait Noël.

— Si, c'est comme ça. Tu me dis ce que tu veux. Je l'achète. Tu le reçois. Tu es heureuse. Je suis heureux. Tout le monde est gagnant.

— Mais où est le plaisir là-dedans ? Où est la surprise ?

— Ce n'est pas un Père Noël Secret, Kasia. Si j'avais voulu t'offrir un cadeau minable que tu jetterais après cinq minutes, je t'aurais acheté plus d'assiettes. Je préfère t'acheter quelque chose que tu veux, plutôt que de deviner. Je ne suis pas très bon pour deviner. J'ai besoin qu'on me *dise*. Tu dois me donner une liste.

Elle réfléchit un moment, se grattant sous l'œil.

— Et des AirPods ? demanda-t-elle alors qu'ils traversaient un petit pont sur la rivière Chelmer qui traversait la ville.

— Non. Certainement pas. Tu sais combien ils coûtent cher ? Et tu vas seulement les perdre à l'école. Réfléchis encore.

— Donc je ne peux pas avoir ce que je veux alors, hein ?

— Je n'ai jamais dit ça. J'ai dit donne-moi une liste, et j'en prendrai ce que je peux...

— Mais tu n'as pas dit cette partie non plus.

Elle l'avait encore eu. Utilisé ses propres mots contre lui. Elle devenait trop intelligente pour son propre bien. Et il devrait réfléchir sérieusement à ce qu'il dirait autour d'elle à l'avenir.

Ils arrivèrent à la voiture. Tomek déposa les sacs et le sapin de Noël au sol et déverrouilla la voiture.

— Eh bien, je te le dis maintenant, donne-moi la liste des choses que tu veux et j'en prendrai ce que je peux, et je ferai en sorte que tu ne saches pas lesquelles je t'offre... *Voilà* ta surprise.

Dès qu'ils arrivèrent à la maison, avant même d'envisager quoi que ce soit comme ce qu'ils allaient manger pour le dîner, Kasia insista pour qu'ils passent le reste de la soirée à mettre l'appartement sens dessus dessous et à le transformer en une version moins chère, plus petite (mais en aucun cas moins tape-à-l'œil) de la Grotte du Père Noël. Cela leur prit un total de deux heures. Et dans ce laps de temps, ils avaient réussi à assembler l'arbre et à l'équiper de toutes les guirlandes, boules, lumières et autres décorations inutiles qu'il avait achetées. Ils avaient également placé une couronne, complète avec des boules scintillantes et des feuilles en plastique qui tombaient à chaque fois que Tomek respirait, sur la porte d'entrée de l'appartement. Tomek avait insisté pour ne pas la placer sur la porte d'entrée extérieure parce qu'il avait dit que c'était comme un phare pour les criminels et les voleurs, signalant qu'il y avait des cadeaux coûteux et beaucoup d'argent quelque part dans l'appartement. Ni l'un ni l'autre n'étaient vrais pour lui en ce moment, mais il ne voulait particulièrement pas que quiconque pense pouvoir entrer dans sa maison quand bon lui semblait.

La tâche la plus importante et la plus difficile qui leur avait incombé alors qu'ils redécoraient l'appartement, était de faire de la place pour le sapin de Noël lui-même. Le monstre de six pieds de haut, que Tomek trouvait plus grand que n'importe quel sapin de Noël n'avait besoin d'être, et était certainement plus grand que ce dont *ils* avaient besoin, nécessitait au moins quatre mètres carrés d'espace dans une pièce qui était à peine assez grande pour eux deux (même s'ils venaient juste de passer à une propriété encore plus petite), ce qui signifiait que tous les meubles devaient être déplacés. Quand Tomek avait initialement acheté l'appartement quelques semaines auparavant, il n'avait pas pris en compte une plante artificielle dans ses capacités limitées de décoration intérieure. Maintenant, après que tout avait été déplacé, la pièce semblait considérablement plus petite, et le feng shui de l'endroit était complètement déséquilibré. Non pas qu'il croyait à ce genre de choses, il utilisait juste les mots pour la faire se sentir coupable d'avoir à tout déplacer.

— Maintenant mon cou va me faire mal quand je regarderai la télé, lui dit-il. Et mon cou n'est pas fait pour ce genre d'angle.

— Je ne pense pas que celui de quiconque le soit...

— Et ça va rendre mon mal de dos encore pire.

— Tu ne l'avais pas il y a deux minutes.

Tomek l'ignora et massa plutôt la zone de son bas du dos qu'il avait sentie se tendre lorsqu'il avait soulevé l'arbre en place.

— Pourquoi es-tu si Scrooge ? se plaignit-elle.

— Je ne le suis pas. Je suis désolé. Je plaisantais. Mon dos ira bien. Il le massa un peu plus fort pour soulager la douleur. Es-tu contente ?

— Oui.

— Alors moi aussi.

Pour célébrer, Tomek commanda une pizza de leur restaurant local. Une pepperoni pour lui, pleine de saveur et de graisses saturées délectables. Et une ennuyeuse quatre fromages pour elle, sans gluten, sans style, et sans aucun amusement. Leur pizzeria habituelle, la seule qu'ils utilisaient, connaissait les allergies aux noix de Kasia, et préparait donc spécialement pour elle cette pizza sans joie. À prix fort, bien sûr. Loin de tous les autres ingrédients qui pourraient contenir des noix, autant que possible.

Alors qu'ils s'asseyaient dans le salon qui manquait maintenant de toute sorte de feng shui, Tomek alluma la télévision et syntonisa un documentaire sur la nature. David Attenborough leur enseignait sur les animaux de la savane africaine. Lions, hyènes et toutes sortes d'autres bêtes rôdaient dans le désert, chassant, traquant et tuant.

Jusqu'à ce que l'écran se tourne vers une image d'un troupeau de buffles dociles, s'occupant de leurs affaires, broutant l'herbe et la boue le long d'une oasis.

— Tu penses que tu pourrais combattre une vache ? demanda Kasia, le surprenant. Il se tourna pour la regarder. Elle avait fini sa part de pizza et le fixait intensément, un air sérieux sur le visage.

— Je pense que tu vas devoir me redemander ça. Je ne crois pas avoir bien entendu... répondit-il, en reposant lentement sa part à moitié mangée sur l'assiette.

— Une vache. Tu penses que tu pourrais en combattre une ?

Il s'avère qu'il l'avait parfaitement entendue la première fois.

— Quel genre de question est-ce ?

— Eh bien, quand nous étions à la ferme l'autre jour pour notre voyage scolaire, Billy Turpin s'est mis face à une des vaches et a levé ses poings vers elle. Mme Wells a dû l'éloigner.

Tant de questions. Tant de choses qu'il voulait dire, de commentaires qu'il voulait faire.

Il avait complètement oublié qu'elle était allée à la ferme pour l'un de ses voyages scolaires de géographie. Bien qu'il se souvienne avoir vu la lettre à ce sujet et pensé qu'ils étaient un peu vieux pour voir des vaches, des chèvres et des poulets au collège. Que c'était quelque chose de plus adapté pour ceux de l'école primaire. Évidemment pas. Et évidemment, Billy Turpin n'y semblait pas déplacé.

— Billy Turpin a l'air d'être un peu idiot, répondit-il.

Elle semblait visiblement offensée. — Il prétend qu'il pourrait en combattre une et l'assommer.

Tomek secoua la tête, essayant de saisir la conversation. — Combattre une vache et l'assommer sont deux choses distinctes. N'importe qui peut *combattre* une vache, mais cela ne signifie pas nécessairement qu'il gagnera. Et cela ne signifie certainement pas qu'il l'assommera.

— Mais *toi*, tu pourrais le faire ?

— Je n'y ai jamais pensé. Je peux honnêtement dire que cette pensée ne m'a jamais traversé l'esprit.

Et il était inquiet parce que, maintenant qu'elle l'avait fait, il ne pourrait penser à rien d'autre qu'à une vache recevant son poing.

— Qu'a dit Mme Wells ? demanda Tomek.

Kasia haussa les épaules, comme si elle avait soudainement perdu tout intérêt pour la conversation. — Elle a dit que Billy était stupide.

— Eh bien, elle a raison. Billy a l'air d'être un peu con. Reste loin de Billy.

Kasia tomba dans le silence, son regard tombant sur le tapis juste devant le meuble de télévision. Elle croisa les jambes sur le canapé et plaça ses deux mains dans l'espace entre ses jambes.

— En fait... commença-t-elle, incapable de rencontrer son regard. L'hésitation imprégnait ses mots. J'allais te demander...

Oh-oh. Tomek pouvait sentir où cela menait. Le mot en G. Garçons. En particulier, *un* garçon. Un garçon singulier qu'elle considérait comme supérieur aux autres. Un garçon qui pensait pouvoir combattre une putain de vache.

— Est-ce que Billy pourrait venir un après-midi après l'école ? dit-elle timidement. Une fois les mots sortis, son corps se tendit encore plus et elle resta figée sur le canapé. Juste pour regarder la télé ou quelque chose comme ça...

Ou quelque chose comme ça. Tomek savait exactement ce que ce *quelque chose comme ça* était. C'était en train de se passer juste devant lui sur l'écran de télévision. Deux bêtes sauvages s'accouplant, le lion mâle se montant et se préparant à inséminer la lionne.

Juste pour regarder la télé ou quelque chose comme ça...

Son imagination s'emballa alors que la paranoïa et la surprotection s'installaient.

— Je vais devoir y réfléchir... dit-il. Mais je ne suis pas très enthousiaste à l'idée que vous soyez tous les deux seuls à la maison. Je n'ai pas besoin de te parler des oiseaux et des abeilles, n'est-ce pas ?

— Beurk, Papa ! Non, c'est dégoûtant ! J'ai treize ans ! Billy est juste un ami. C'est un garçon... *ami*, expliqua-t-elle, mettant un accent particulier sur le mot *ami* pour dissiper tout doute qu'il aurait pu avoir. De toute façon, on sait déjà tout ça de l'école. Ils nous l'enseignent depuis des années. S'il te plaît, ne me dis pas comment on fait les bébés.

— Si vous êtes juste amis, alors tu ne devrais pas t'inquiéter que je te dise comment ça fonctionne.

À cela, elle n'avait aucune réponse. Et cela l'inquiétait encore plus.

— Je ne veux pas que Billy vienne, lui dit-il. Tes soirées sont déjà assez occupées avec tes cours de polonais et tes devoirs. Je ne veux pas qu'il te distraie plus qu'il ne le fait probablement déjà dans tes cours... ou à la ferme.

CHAPITRE
TROIS

Comme il s'en doutait, la question ne l'avait pas quitté. Cette question stupide, idiote et franchement exaspérante. Pourrait-il combattre une vache ? Bien sûr que non. Il savait bien que c'était impossible. C'était ridicule d'y penser. L'animal pesait dix fois son poids. Et le dépassait en puissance dans des proportions encore plus grandes. Mais il était plus agile... plus vif. Il avait l'avantage de deux jambes contre quatre.

Néanmoins, c'était vraiment ridicule de perdre le sommeil pour ça.

Et pourtant, cette pensée ne le quittait pas. À tel point que lorsqu'il arriva au Quartier Général de la CID de Southend le lendemain matin, il sentit que cela méritait une discussion plus approfondie. Une conversation plus large avec des adultes, des personnes possédant plus de logique et d'intelligence qu'un garçon de treize ans en pleine puberté.

Il était assis à son bureau depuis plus d'une heure, travaillant sur les restes du travail de la veille, quand il avait finalement trouvé le courage.

— Sean... commença Tomek, ressentant soudain la même insécurité et la même peur que Kasia avait montrées la nuit précédente lorsqu'elle lui avait posé la question.

— Oui, mon pote, répondit le DS Campbell.

— J'ai une question pour toi...

Sean s'arrêta dans son travail et se tourna vers Tomek. Ces derniers jours, ils avaient réorganisé le plan de bureau dans l'open space, et maintenant ils n'étaient séparés l'un de l'autre que par un bureau. C'était agréable d'être si proche de son meilleur ami ; cela créait un environnement de travail plus propice et productif. Le seul inconvénient était le bavardage incessant et insensé. Comme être au fond d'une salle de classe, à perturber le reste des élèves.

— Ça a l'air important, dit Sean.

— Ça ne l'est pas, répondit Tomek. Honnêtement. C'est complètement stupide, voilà ce que c'est.

Sean grogna et se pencha en avant. — Tu sais vraiment comment vendre ton truc, mon pote. Tu me tiens en haleine.

Tomek aurait préféré qu'il ne le fasse pas ; la DC Rachel Hamilton et la DC Nadia Chakrabarti, derrière Sean, s'étaient également tournées vers lui, s'immisçant dans leur discussion.

Il inspira profondément avant de poser sa question.

— Penses-tu que tu pourrais combattre une vache ?

Il y eut un bref moment, une fraction de seconde de silence absolu, le calme avant la tempête, juste avant que la pièce n'éclate en une cacophonie de rires.

— C'est probablement la meilleure question qu'on m'ait jamais posée, dit Sean après avoir réussi à contrôler son rire.

— Et j'espère que ta réponse sera à la hauteur de la question, dit Nadia, intervenant dans la conversation.

Sean entrelaça ses doigts, étira ses bras et fit craquer ses jointures en un seul mouvement fluide. — Je pense que je pourrais... *Facilement.*

— Facilement ?

— Ouais, dit-il en haussant les épaules. Je comprends qu'elles sont grandes et tout, mais elles ne sont pas très rapides. Et si j'avais du temps pour m'entraîner, je pense que je pourrais la mettre KO en quelques coups de poing.

Les filles éclatèrent de rire.

— Bien sûr que tu penses ça, dit la DC Hamilton. Vous les mecs et vos satanés egos.

Sean agita son doigt en l'air. — L'ego n'a rien à voir là-dedans. Tout se résume à la préparation, l'entraînement et un bon crochet du droit. Le visage de Sean s'assombrit comme si une pensée lui était soudainement venue à l'esprit. — Question : est-ce que la vache a droit à un entraînement ?

— Quoi ? Tomek ne s'attendait pas à une contre-question, une question qui les emmènerait plus loin dans le terrier du lapin de la boxe-contre-vache.

— Est-ce que la vache a aussi droit à un entraînement pour le combat ?

— Je n'en ai aucune putain d'idée. Comment suis-je censé le savoir ?

— C'est toi qui as posé la question, mon pote.

Tomek se gratta le côté de la tête. — Euh. Je suppose que oui. Ouais. Je veux dire, c'est seulement juste.

— Eh bien, dans ce cas, non. Aucune chance. La vache gagne tous les jours de la semaine. Puis Sean se tourna vers Nadia et Rachel, qui étaient assises de l'autre côté de leur îlot de bureaux, et dit : — Je vous l'avais dit, l'ego n'a rien à voir là-dedans. C'est une question de logique et de confiance en soi.

— Et dans ce cas, tu n'as clairement pas confiance en toi, dit Nadia, tandis qu'elle rebondissait sur la suspension de sa chaise de bureau avec une main sur son ventre arrondi de femme enceinte.

— Pas si la vache a le même entraînement que moi. Je ne suis pas stupide.

— Évidemment, dit-elle sur un ton sardonique. Puis elle se tourna vers Tomek. — Quelles autres questions stupides as-tu dans la tête ?

C'est alors que Tomek se sentit obligé de leur raconter l'histoire derrière la question. Il ne voulait pas qu'ils pensent qu'il passait la plupart de son temps libre à fantasmer sur des bagarres avec du bétail. Aucun d'entre eux, cependant, ne semblait le croire et restait convaincu que la question venait de lui.

— Tu ne peux plus utiliser Kasia comme excuse pour tout, Tomek, lui dit Nadia.

— Ce n'est pas ce que je fais ! protesta-t-il. Elle m'a même demandé si un garçon pouvait venir après l'école. Le même garçon qui a posé cette stupide question de vache.

— Wow, dit Nadia. Elle invite déjà des garçons, c'est ça ? Je pensais que tu avais encore un an ou deux avant que ça ne commence.

— Avant que *quoi* ne commence ?

Le visage de Nadia s'adoucit. Puis elle forma deux ovales avec ses pouces et ses index et commença à les faire se toucher, imitant des bruits de baisers en le faisant.

— Arrête, dit-il, secouant vigoureusement la tête. Ça n'arrivera pas. Rien ne va se passer. Parce qu'elle n'a pas le droit de le recevoir. Elle n'a le droit d'inviter personne. Voilà, c'est décidé.

— Tu ne lui fais pas confiance ? demanda Rachel, sa voix douce et calme comme si elle personnifiait la voix de la raison.

— Ce n'est pas avec elle que j'ai un problème, répondit-il. C'est avec Billy-le-héros-combattant-de-vache-Turpin que j'ai un problème. Quiconque pense pouvoir combattre une vache ne devrait pas s'approcher de ma fille... Toi y compris, Sean.

L'homme leva les mains en l'air avec désarroi. — Pourquoi tu dois me mêler à cette conversation comme ça ?

Avant que Tomek ne puisse s'expliquer, il remarqua le DC Martin Brown qui se tenait en périphérie de la conversation, une note à la main. Martin avait rejoint l'équipe quelques semaines auparavant seulement. Transféré de Colchester, le Quartier Général de la Police d'Essex, avec la plus récente inspectrice de l'équipe, Victoria Orange. Depuis son arrivée, Tomek avait peu passé de temps à faire connaissance avec l'homme. Il se joignait rarement à leurs soirées au pub après le travail, et ne participait pas beaucoup à leurs discussions de bureau.

— Monsieur, commença-t-il après avoir attendu patiemment l'attention de Tomek.

— Bonjour, Martin.

— J'ai une question pour toi, Martin- commença Sean.

Tomek lança à son ami un regard qui lui ordonnait de se taire, ce que Sean fit rapidement.

Puis il tourna son attention vers l'homme aux cheveux longs attachés en queue de cheval et à la barbe que Tomek enviait plus que tout.

— Oui, Martin. En quoi puis-je t'aider ?

— Je viens de recevoir un appel du central, sergent. Un corps a été découvert dans le parc John Burrows à Hadleigh.

CHAPITRE
QUATRE

Seize décembre. Un peu plus d'une semaine avant Noël. Ce qui aurait dû être une période joyeuse, festive et agréable était désormais devenu un cauchemar pour une famille.

Le parc John Burrows se situait à quelques centaines de mètres de l'A127, la route qui reliait Southend à Rayleigh et au-delà. D'un côté du terrain se trouvait un ensemble de courts de tennis et de basketball, et de l'autre une rangée de terrains de football dont les lignes blanches s'étaient estompées au fil des années. En été, le parc et, en particulier, les courts de tennis étaient remplis d'enfants des écoles locales qui venaient se détendre, discuter et faire du sport. Maintenant, cependant, dans le froid glacial de l'hiver, le parc s'était vidé, et les groupes d'amis avaient été remplacés par des tas de feuilles mortes sur l'herbe.

Le corps avait été découvert du côté nord-ouest du parc, du côté opposé aux courts. Affalée dans les buissons, les membres positionnés à des angles variés. Une teinte fantomatique de blanc sous les nuages gris au-dessus. La pluie avait fouetté son visage pendant si longtemps que très peu de maquillage restait sur le visage de la jeune fille. Elle portait une courte jupe noire et un petit haut court blanc qui n'aurait pas été assez chaud même pour l'été. Ses cheveux étaient attachés en queue de cheval, ses ongles avaient été peints de la couleur de l'herbe, et à côté d'elle se trouvait une petite pochette qui semblait à peine assez grande pour contenir un téléphone portable. Une fine couche de givre qui scintillait dans la lumière du milieu de matinée l'entourait comme pour la protéger.

Au premier abord, Tomek eut l'impression qu'elle était tombée, qu'elle s'était effondrée et qu'elle avait lutté pour se relever jusqu'à ce qu'elle succombe finalement à ce qui l'avait tuée. Rien ne suggérait un acte criminel, rien ne suggérait qu'elle avait été agressée. Sauf les joues rougies et le cou légèrement enflé. Mais même cela pouvait être le début du gonflement dans le processus de décomposition.

Il fallut un moment avant que Tomek ne commence vraiment à apprécier la scène pour ce qu'elle était : une fille, d'âge et de corpulence similaires à sa fille, gisant morte dans un champ. Depuis que Kasia était entrée dans sa vie il y a moins de trois mois, il avait commencé à réagir et à se comporter différemment face à certaines choses, à voir certaines situations sous un autre jour. Les scènes de crime en étaient un parfait exemple. Surtout lorsque la victime était une adolescente.

Pour se distraire de ses pensées, il se tourna vers Rachel.

— Dis quelque chose, s'il te plaît, lui dit-il.

— À propos de quoi ?

— N'importe quoi... Du moment que ce n'est pas au sujet des vaches. J'en ai assez de cette conversation pour aujourd'hui.

Heureusement, avant qu'ils ne plongent dans un silence gênant pendant que Rachel cherchait quelque chose d'intéressant à dire, Lorna Dean, la médecin légiste du ministère de l'Intérieur, se traîna vers eux. Derrière elle, une équipe d'agents de la police scientifique était en train d'installer la tente qui serait érigée au-dessus du corps. Au-delà, à la périphérie du parc, se trouvait un groupe de policiers en uniforme, établissant le cordon extérieur à l'aide de ruban de police blanc et bleu.

— Belle matinée pour ça, dit Lorna avec enthousiasme.

Tomek l'avait toujours trouvée excessivement joviale à propos de son travail, comme si elle tirait une sorte de plaisir à disséquer des cadavres toute la journée, tous les jours. Il n'aurait pas pu faire ce travail lui-même, et il admettait qu'il fallait d'emblée un certain type de personne désensibilisée, mais elle était différente. Elle était insensible à tout sens de la bienséance et du respect.

— Au moins, ça m'a évité de faire mon jogging matinal, continua-t-elle.

Voilà une idée. Tomek ne se souvenait pas de la dernière fois qu'il était allé courir le matin. Il avait l'habitude d'y aller tous les matins, qu'il pleuve ou qu'il vente, sans faute. Dix kilomètres le long du front de mer et vers la fin de la jetée de Southend. Mais maintenant que ses priorités et ses responsabilités avaient changé, cela était tombé au bas de la liste. Et, maintenant qu'il y pensait, il réalisait que ça ne lui manquait pas trop. Le travail et s'occuper de Kasia faisaient de leur mieux pour le maintenir en bonne santé et le distraire des en-cas et friandises qu'il aurait habituellement mangés le soir. Cependant, il y avait une autre partie de lui qui regrettait cette activité. Qui la regrettait beaucoup, en fait. Les endorphines après la course, le vent rafraîchissant qui lui battait le visage, le réveillant. La façon dont cela lui permettait de se vider l'esprit et de traiter les événements de la veille. Lui permettait de voir les choses sous un jour différent.

Comme chaque fois qu'il voyait une adolescente morte, cela lui rappelait sa fille.

Quelque chose, il ne savait pas quoi — l'intuition, peut-être, mais c'était quelque chose de prémonitoire et profondément inquiétant — lui disait qu'il verrait davantage de situations comme celle-ci. Des rappels constants de Kasia. Ce n'était pas tous les matins qu'on trouvait une adolescente presque à moitié nue dans un parc. Mais quelque chose lui disait que ce ne serait pas la dernière fois.

— Qu'est-ce qu'on dit alors, Lorna ? demanda Tomek afin d'aider à faire taire ses pensées.

— Eh bien, elle est morte. Je sais au moins ça.

— Super. On commence bien. Autre chose ?

— D'après ce que j'ai pu voir jusqu'à présent, non. Il ne semble pas y avoir de preuves d'agression sexuelle ; elle est encore complètement habillée et porte toujours ses sous-vêtements, bien que, à en juger par son cou enflé et les plaques sur son visage, je dirais qu'elle a eu une sorte de réaction allergique à quelque chose.

— Une réaction allergique ?

— Ouais. Tu n'en as jamais eu ?

Tomek secoua la tête. — Jamais. Je crois que j'ai été béni de ce côté-là. Mais je n'aime pas les piqûres de moustiques.

Les deux femmes le regardèrent, les visages inexpressifs.

— Personne n'aime particulièrement les piqûres de moustiques, Tomek, dit Rachel sévèrement.

— Je veux dire, je ne m'en sors pas bien avec eux. Ils semblent gonfler à la taille de ces bonbons soucoupes volantes qu'on avait quand on était enfant...

— Avec la poudre effervescente à l'intérieur ?

— Ouais.

— Je m'en souviens. L'extérieur avait un goût de papier et l'intérieur était juste rempli de poudre effervescente. Je ne sais pas qui a jamais pensé que c'était une bonne idée.

— Je ne sais pas pourquoi on les mangeait. Ils avaient un goût pourri.

Elles le regardèrent de nouveau d'un air inexpressif, bien qu'il ne puisse pas imaginer pourquoi.

— Viens-tu d'utiliser le mot « pourri » pour décrire quelque chose de mauvais ? demanda Rachel.

C'était donc ça.

— Ouais. Si quelque chose n'est pas très agréable, c'est *pourri*.

Rachel secoua la tête avec dérision. — Est-ce que Kasia sait que tu utilises ce mot ?

— Quelle différence ça fait ?

— Je pense qu'elle a le droit de savoir. Si je découvrais que mon père utilisait ce mot pour décrire des choses complètement sans rapport, je voudrais probablement le renier.

Tomek sourit sarcastiquement. — Bien joué. Mais ne penses-tu pas qu'on devrait revenir à notre affaire ?

— C'est toi qui nous as distraits avec ton choix de mots stupide.

Tomek l'ignora et s'approcha un peu plus du corps dans sa combinaison de scène de crime. La forte pluie qui avait commencé à tomber rebondissait sur le matériau. Avant de regarder le corps, il leva les yeux vers le ciel et se demanda quelles avaient été les conditions météorologiques au moment de sa mort, s'il avait fait clair ou s'il avait plu. Si cela avait fait une différence dans la façon dont elle était morte.

En s'approchant, il s'accroupit et examina son visage. Pas plus de quatorze, quinze ans. Peut-être seize au maximum. Jeune mais mature. Jolie, mais sans ostentation. Discrètement réservée. Toute sa vie devant elle.

C'est alors qu'il fit quelque chose qu'il n'avait pas fait depuis un moment.

Il commença à lui parler.

— Que t'est-il arrivé, hein ? chuchota-t-il pour lui-même, gardant sa voix basse de peur que Rachel et Lorna ne l'entendent. — Comment est-ce arrivé ? Est-ce que quelqu'un t'a fait ça ?

Bien sûr, il n'y eut pas de réponse. Il n'y en avait jamais. Et il espérait toujours qu'il n'y en aurait pas, car sinon, il aurait une crise cardiaque, mais cela l'aidait à gérer la scène, à la traiter. Et, il aimait aussi penser que cela les aidait à passer dans la vie ou l'existence qu'ils allaient connaître. Un pont réconfortant qui les reliait d'un côté à l'autre.

Cela permettait aussi à son esprit de commencer à réfléchir aux circonstances entourant le destin de la personne. Comme s'il était là, regardant cela se produire de loin. Le voyant se produire en temps réel.

Et cette fois-ci ne faisait pas exception. Il imaginait un groupe d'entre eux. Peut-être six, sept. Un groupe suffisamment grand pour qu'il y ait beaucoup de bavardages et de cris. Peut-être un peu d'alcool. Une combinaison de garçons et de filles. Tous d'âges similaires. Peut-être de la même école. Buvant et socialisant en dehors des heures où ils n'étaient pas censés le faire, quand leurs parents les voulaient à la maison.

Et peut-être qu'elle était rentrée avec le reste d'entre eux. Avait croisé quelqu'un qu'elle connaissait. Ou quelqu'un qu'elle ne connaissait pas. Et s'était retrouvée dans cet état.

Ou peut-être qu'elle était restée pendant que le reste de ses amis était rentré chez eux. Restée avec un garçon avec qui elle n'était pas censée être vue. C'était tabou pour eux d'être ensemble. Quelqu'un dont elle ne voulait pas que le reste du groupe soit au courant. Elle était restée, et lui aussi. Une chose en avait entraîné une autre, et puis...

Le visage de la fille fut immédiatement remplacé par celui de Kasia, et il ne fut plus capable de la regarder, plus capable de penser à ce qui s'était passé, *comment* c'était arrivé.

Il s'éloigna et se tourna vers ses collègues.

— Est-ce qu'on connaît son nom ? leur demanda-t-il.

Lorna secoua la tête, puis appela un agent de la police scientifique. Peu après, une grande silhouette, vêtue de blanc de la tête aux pieds, apparut, légèrement essoufflée et haletante.

— Pouvons-nous jeter un coup d'œil à l'intérieur de sa pochette ? demanda Tomek. — J'aimerais voir s'il y a une pièce d'identité sur elle.

L'homme mit plus de temps à se pencher qu'à se déplacer de l'autre côté du corps. Alors qu'il s'abaissait sur l'herbe, Tomek pouvait entendre le bruit de ses genoux qui craquaient malgré le son du vent qui sifflait à travers le matériau protégeant ses oreilles. Un moment plus tard, l'homme tira la pochette de sous le bras de la victime et l'ouvrit avec la précision délicate d'un chirurgien. Puis il y plongea la main et en sortit un téléphone portable. L'écran s'illumina immédiatement et une image de la jeune fille, assise avec une amie sur une plage quelque part, souriant avec exubérance à la caméra frontale, apparut. La photo était récente, prise en été à moins que Tomek n'ait manqué une période ensoleillée au début de l'hiver. Tenant délicatement le téléphone dans sa main, il fit glisser son doigt vers le haut, mais un mot de passe était requis. Il aurait dû s'en douter. Il avait fait l'erreur de penser qu'il pourrait accéder au téléphone de Kasia à chaque fois qu'elle le lui avait passé. À chaque fois, elle lui arrachait l'appareil des mains et entrait le code elle-même. Un de ces jours, il découvrirait ce que c'était.

Il ne le remarqua pas au début, mais lorsqu'il détourna les yeux de l'écran, il vit la main du policier scientifique flotter devant son visage. Tenant un pass de bus scolaire. Avec le nom et la date de naissance de la victime à côté.

Lily Monteith.

Âgée de quinze ans.

CHAPITRE
CINQ

Tomek s'attendait à tout sauf à voir la DC Anna Kaczmarek lui ouvrir la porte. Mais après tout, elle était l'agent de liaison familiale de l'équipe, et son travail consistait à tendre la main aux familles des défunts et à combler le fossé entre l'information et la désinformation. C'était un rôle important. Un rôle qui parfois s'avérait déterminant dans la capture d'un criminel. Le plus souvent, les affaires qu'ils traitaient étaient liées à la famille d'une manière ou d'une autre, et elle excellait à se fondre dans le décor, au point qu'on remarquait à peine sa présence. Elle écoutait, notait les comportements, les réactions, les disputes et les désaccords des proches. Parfois, la famille du défunt la traitait comme l'une des leurs et avouait quelque chose d'incriminant en sa présence, ou laissait échapper par inadvertance un élément vital pour l'affaire. Elle était le serpent dans l'herbe, rapportant tout à Tomek et à l'équipe.

Oui, elle était douée pour son travail. Mais il ne s'attendait pas à ce qu'elle soit aussi efficace, se présentant chez Lily Monteith avant même qu'il n'ait eu la chance de lui parler.

— *Cześć*, lui dit-il lorsqu'elle ouvrit la porte.

— *Dzień dobry*, Tomek, répondit Anna.

Il entra dans la maison.

— Comment diable es-tu arrivée ici avant moi ? Rachel et toi vous envoyez des messages directs ou quoi ?

— Elle a pensé que ce serait une bonne idée de me tenir au courant.

C'était donc un oui.

— Je suis impressionné, dit-il. Depuis combien de temps travaillez-vous si étroitement toutes les deux ?

Elle ne répondit pas, se contentant d'un haussement d'épaules embarrassé.

— Un de ces jours, vous allez toutes les deux venir après mon poste...

Cette fois, Anna laissa échapper un petit rire, ce qui le déstabilisa. La perspective d'être évincé de son poste par ses subordonnés alors qu'il essayait de décrocher le poste supérieur était troublante. L'idée de se retrouver pris en sandwich entre deux promotions ne lui plaisait guère. Encore moins quand il s'agissait de collègues qu'il admirait grandement et qu'il considérait comme des amis proches. Anna, en particulier. Il la connaissait depuis le plus longtemps (après Sean et Nick), et comme ils étaient tous deux originaires de Pologne, ils partageaient un lien unique.

— Ils sont dans le salon, lui dit Anna d'un mouvement de tête.

Tomek jeta un rapide coup d'œil dans le couloir et repéra la pièce dont elle parlait.

— Comment vont-ils ?

— Comme d'habitude.

— Triple-D ?

Anna acquiesça.

Ah, le Triple-D. Un terme inventé par Tomek alors qu'il était assis dans son bureau, essayant de trouver les mots pour décrire les émotions qu'éprouvait une famille particulière. Il connaissait ces mots, bien sûr, mais à ce moment précis, sous le regard de tous ses collègues, il avait eu du mal à s'en souvenir. Au début, l'expression avait atterri horriblement, et il n'avait pas envisagé d'avenir pour elle, mais maintenant qu'Anna s'en était souvenue, il envisageait la possibilité de la ressusciter, comme un groupe de musique has-been qui relance sa carrière parce que tous ses membres sont fauchés et ont désespérément besoin d'un afflux d'argent.

Le Triple-D.

Désemparé.

Dévasté.

Désespéré.

Tomek imaginait que c'étaient généralement les mêmes émotions que les groupes susmentionnés ressentaient avant de prendre la décision d'annoncer leur tournée de retrouvailles.

Avec peut-être une touche de dégoût en prime.

Il se dirigea vers le salon, prenant soin d'ouvrir la porte avec précaution, et passa la tête à l'intérieur. Assis là sur le canapé au milieu du salon, enlacés, se trouvaient M. et Mme Monteith.

M. Monteith était un homme robuste, aux épaules larges et épaisses qui évoquaient une vie d'ancien rugbyman. Et la bedaine qui bombait le devant de sa chemise en attestait.

Mme Monteith, quant à elle, était tout le contraire. Maigre, petite, menue. Triple-M. Pourtant, il y avait une férocité dans son regard, et sa façon de se tenir bien droite suggérait à Tomek qu'elle était tout sauf le souffre-douleur que sa stature semblait impliquer.

— Monsieur et Madame Monteith, je suis le Sergent-Détective Tomek Bowen. Je travaille avec Anna dans l'équipe des enquêtes criminelles. Je suis vraiment désolé pour votre perte. Mes collègues et moi ferons tout ce qui est en notre pouvoir pour découvrir ce qui est arrivé à votre fille.

Mme Monteith tendit la main vers Tomek. Il la prit. Ses paumes étaient humides, soit de larmes, soit de sueur, et sa poigne était forte, aussi forte qu'il l'imaginait pour son mari.

— Merci, Détective, dit-elle. Merci d'être venu. Cela n'aurait jamais dû arriver à notre petite fille.

Tomek lui serra doucement la main avant de se percher sur le bord du canapé d'en face. À ce moment-là, Anna arriva avec un verre d'eau pour Tomek et s'assit à ses côtés.

— Est-ce que ma collègue vous a expliqué la procédure ? demanda Tomek.

Les deux parents hochèrent solennellement la tête, s'accrochant l'un à l'autre encore plus fort qu'auparavant.

— Avez-vous des questions concernant ce que ma collègue vous a expliqué ?

Cette fois, ils secouèrent la tête, et Mme Monteith commença à s'effondrer contre la poitrine de son mari.

Le premier signe du Triple-D.

— Très bien. Tomek posa les deux paumes sur ses genoux et inspira profondément. Mon rôle est malheureusement de poser certaines questions inconfortables. S'il y en a auxquelles vous ne vous sentez pas prêts à répondre, ou s'il y a quelque chose que vous ne vous sentez pas capable de m'expliquer, c'est pour cela qu'Anna est là. Vous pouvez tout lui dire.

Anna lui sourit, comme pour dire « Merci pour cette introduction, Tomek », puis elle se tourna vers les parents endeuillés. Sans qu'on le lui demande, elle sortit de son sac un paquet de mouchoirs Kleenex et les tendit à Mme Monteith. La femme la remercia puis tamponna délicatement sous ses yeux, regardant vers le ciel, révélant ainsi le blanc de ses yeux qui n'était plus du tout blanc mais avait été réquisitionné par une armée de serpents rouges.

— Pourriez-vous me dire ce que faisait votre fille hier soir ? demanda Tomek après que Mme Monteith eut fini d'essuyer ses larmes.

— Elle... elle était sortie avec des amis, dit M. Monteith, sa voix aussi profonde que Tomek s'y attendait. Une sorte de soirée à la maison, mais pas vraiment une fête. Un rassemblement, comme elle l'appelait. Chez un ami – un garçon nommé Marcus. Juste quelques amis de l'école, à discuter, à parler. Vous savez comment c'est.

— À quelle heure devait-elle rentrer ?

— Elle ne devait pas rentrer. Elle nous a dit qu'elle allait dormir chez Gabby après.

— Gabby ?

— Sa meilleure amie depuis la maternelle. Elles vont partout ensemble, font tout ensemble.

Tomek savait ce que c'était. C'était la même chose pour Kasia et son amie Sylvia. Kasia parlait toujours d'elle, la retrouvait toujours avant et après l'école. C'était bien, c'était bon qu'elle ait une amie aussi proche si peu de temps après son arrivée dans le quartier.

— Connaissez-vous les noms des autres personnes avec qui elle était ?

Les parents de Lily Monteith réfléchirent un moment, puis secouèrent la tête.

— Seulement quelques-uns. Marcus, Brett et Thomas. Mais on m'a dit qu'il devait y en avoir quelques autres. Des amis d'amis. Ils se sont tous déjà retrouvés avant.

Tomek hocha pensivement la tête.

Les images dans sa tête commençaient à changer. Peut-être que Lily et le groupe n'étaient pas du tout allés dans le parc. Peut-être qu'ils étaient tous allés chez Marcus et qu'ensuite quelque chose lui était arrivé sur le chemin de la maison de Gabby. Mais pourquoi était-elle seule si elle devait dormir chez son amie ?

— Avez-vous eu des nouvelles de Gabby ? demanda Tomek.

— Seulement de sa mère, répondit M. Monteith. Pour lui annoncer la nouvelle. Gabby va bien. Et elle ne sait rien de ce qui est arrivé à Lily.

Tomek devrait vérifier cela. Cela n'expliquait toujours pas pourquoi Lily et Gabby avaient été séparées si elles étaient toutes deux censées rentrer chez les parents de Gabby pour la soirée. Peut-être qu'elles s'étaient disputées. Peut-être à propos d'un des garçons.

— Est-ce que Lily avait un petit ami ? demanda Tomek. Il s'apprêtait à naviguer en terrain gênant et inconfortable – pour tout le monde dans la pièce, mais surtout pour M. et Mme Monteith – et il devait donc faire attention à son choix de mots. Ce en quoi il n'était pas vraiment doué.

— Pas à notre connaissance, répondit la mère de Lily.

— Des garçons avec qui elle aurait pu discuter ? Envoyer des messages en ligne ?

Ils se regardèrent avant de secouer la tête.

— Quelqu'un qu'elle serait allée rencontrer ?

Nouveau hochement de tête négatif.

— A-t-elle déjà eu un petit ami dans le passé ? Quelqu'un qui aurait pu être jaloux à son sujet ?

— Il y a eu quelqu'un quand elle avait treize ans, mais ce n'était jamais sérieux ; jamais assez sérieux pour qu'ils soient considérés comme petit ami-petite amie. M. Monteith se tortilla inconfortablement sur le canapé, comme si le sujet de conversation le rendait nerveux. L'idée qu'un garçon soit avec sa fille.

Tomek avait ressenti la même chose après sa discussion avec Kasia la veille au soir.

Billy le putain de Combattant de Vaches.

— Je présume que la relation s'est terminée il y a longtemps..., dit-il.

— Ils n'ont été ensemble que quelques mois. Puis il a découvert qu'elle avait une allergie au latex et a décidé de rompre.

— Une allergie au latex... À treize ans..., murmura Tomek pour lui-même. Et puis il comprit pourquoi le petit ami l'avait quittée.

Latex. Préservatifs.

Sexe.

Treize ans.

Cela ne fit rien pour apaiser les inquiétudes dans sa tête à propos de Billy le Combattant de Vaches.

Désireux de faire avancer la conversation, Tomek demanda aux parents de Lily un profil de son caractère, de sa personnalité. Quel genre d'enfant elle était, comment elle était à l'école et à la maison. Et, comme il s'y attendait, ils firent son éloge. Comme le ferait n'importe quel parent. Comme il l'aurait fait lui-même. Lily était une fille travailleuse et attentionnée qui partageait bien son temps entre eux, l'école et ses amis. Ses cours préférés étaient la géographie, les mathématiques et l'espagnol. Et les week-ends, elle allait dans son club de natation local où elle était une nageuse assidue. Elle n'était jamais en retard à l'école, elle avait beaucoup d'amis, elle était bien élevée et avait de bonnes manières. À leurs yeux, elle était parfaite et sans défaut. Elle n'aurait pas fait de mal à une mouche ni dérangé un nid d'abeilles pour s'amuser.

C'était tout ce que Tomek s'attendait à entendre. Mais c'est ce que M. et Mme Monteith avaient négligé de mentionner qui attira son attention.

Le fait qu'elle n'avait jamais bu d'alcool. Qu'elle n'avait jamais dormi ailleurs que chez Gabby. Qu'elle ne s'était jamais faufilée hors de la maison ou n'était jamais restée dehors plus tard qu'elle n'aurait dû. Qu'elle n'avait jamais essayé la cigarette ou la drogue.

C'étaient peut-être des choses dont ils n'avaient pas conscience, ou peut-être qu'ils en étaient conscients mais qu'ils ne voulaient simplement pas que Tomek pense du mal de leur fille. Quoi qu'il en soit, il doutait que la véritable Lily Monteith soit la sainte que ses parents prétendaient qu'elle soit.

Parce qu'il savait par expérience qu'il n'avait pas été un ange à cet âge non plus. Qu'il avait lui-même vécu des expériences similaires. Ce qui rendait plus difficile de punir Kasia et de l'empêcher de les vivre à son tour.

Message pour Tomek.

Oui ?

C'est la casserole qui a appelé. Quelque chose à propos d'un chaudron...

Alors qu'il les laissait à leur deuil, un processus qui serait supervisé par Anna et un autre jeune agent de police avec qui elle travaillait étroitement, Tomek les remercia pour leur temps et se dirigea vers la porte d'entrée. Alors qu'il posait une main sur la poignée, il se tourna pour faire face à M. Monteith, qui l'avait accompagné jusqu'à la sortie.

— Vous n'auriez pas l'adresse de Gabby, par hasard ? demanda-t-il. Je pense qu'elle pourrait avoir quelques réponses pour nous – pour *vous*.

CHAPITRE
SIX

Gabby Longhouse était aussi désagréable qu'il l'avait imaginé, bien que pour sa défense, il mettait cela sur le compte de l'hérédité, un malheureux trait de personnalité qu'elle avait hérité de ses deux parents.

Bien qu'ils aient affirmé être bouleversés par la mort de Lily et lui aient assuré pendant plusieurs minutes qu'ils étaient, en effet, en deuil, cette émotion n'avait pas réussi à se manifester sur leurs visages, ni à transparaître dans leurs voix.

Il pensait qu'il était plus probable que le cockapoo qu'il avait croisé sur la route menant chez les Longhouse était plus affecté par la mort de Lily Monteith.

Même les premières paroles de Gabby — « Je ne suis pas en état d'arrestation, n'est-ce pas ? » — l'inquiétaient. Si c'était son attitude d'entrée de jeu, alors quelle serait son attitude quand il lui poserait les questions ?

— Pas à moins que vous n'ayez fait quelque chose de mal, répondit-il. Habituellement, il aurait adapté son discours à quelqu'un de son âge, parlé d'un ton plus doux, plus gentil. Mais pas pour Gabby Longhouse. Pas pour aucun des Longhouse.

— Je voulais vous poser quelques questions sur où vous étiez hier soir et ce que vous faisiez.

Ils se déplacèrent dans le salon, Tomek et la famille Longhouse. Juste au moment où il allait s'asseoir sur le canapé, Gabby se tourna vers ses parents et leur demanda de quitter la pièce. Après avoir protesté, ils finirent par céder et fermèrent la porte derrière eux, non sans lui rappeler que s'ils avaient besoin d'eux à n'importe quel moment, ils étaient de l'autre côté de la porte.

Tomek ne pensait pas qu'il faudrait longtemps avant qu'ils ne collent leurs oreilles contre la porte à l'aide de quelques verres.

— Parlez-moi de ce qui s'est passé hier soir.

Dès qu'il se fut installé confortablement, Tomek entra directement dans le vif du sujet. Il lui fallut un moment pour trouver une position où elle se sentirait à l'aise. Elle semblait nerveuse, réservée, comme s'il y avait quelque chose qu'elle voulait lui dire mais dont elle avait trop peur. Elle venait de perdre sa meilleure amie, après tout. Peut-être devrait-il lui accorder un peu de répit.

— Nous étions dix. Moi, Lily, Marcus, Theo, Brett, Thomas, Liam, Henry, Callum et James.

Tomek nota immédiatement les noms, laissant une ligne entre chacun pour tout détail supplémentaire qu'il pourrait trouver utile.

— Nous devions aller chez Marcus à l'origine, mais ses parents ont dû annuler leurs projets. Alors nous sommes tous allés au parc à la place.

— Lequel ?

— John Burrows.

Tomek ne dit rien. Attendit qu'elle continue.

— Nous... nous avons pris un peu d'alcool de chez Marcus avec nous au parc, et nous avons passé la majeure partie de la soirée à boire et à nous détendre dans le champ.

— Juste vous dix ?

— Oui.

— Et quels étaient les projets après ?

— Je devais *normalement* rentrer chez Lily une fois qu'on avait fini.

Tomek s'arrêta, hésita, la regarda dans les yeux. Le mensonge était aussi évident sur son visage que dans sa voix.

— Ne me mentez pas, dit-il. Les parents de Lily nous ont dit qu'elle rentrait chez vous après la fête. Alors où deviez-vous vraiment vous retrouver ?

Gabby baissa le regard et commença à jouer avec ses mains. — Je... Nous... Nous devions rester chez Marcus après la fête à l'origine. Mais comme ses parents étaient là, nous avons dû abandonner ce plan. Puis Henry nous a invités chez lui.

— Qui ?

— Henry.

— Je sais ça. Mais qui a-t-il invité ?

— Moi, Lily et Theo.

— Pourquoi juste vous quatre ?

— Parce que... parce que nous sommes tous de très proches amis.

— Et est-ce qu'il se passe quelque chose entre certains d'entre vous ?

Lentement, comme si elle répondait à sa question, d'un seul mouvement, Gabby se tourna vers la porte de la cuisine, vérifia qu'elle était fermée et que ses parents ne s'étaient pas miraculeusement matérialisés de l'autre côté sans l'ouvrir, puis se retourna vers lui.

Il baissa la voix. — Vous pouvez me le dire. Je ne leur dirai pas si je n'y suis pas obligé.

Cela sembla calmer légèrement ses nerfs. — Eh bien... Theo et moi sortons ensemble. Et Lily et Henry sont... eh bien, eh bien... ils sont en quelque sorte dans une relation ambiguë, si vous voyez ce que je veux dire.

Il ne voyait pas. Et il se sentit soudainement très vieux. Déconnecté de la jeune génération, la génération dans laquelle sa fille grandissait actuellement.

Attentif à ne pas jurer devant elle — ou *contre* elle — il dit plutôt : — Je suis désolé, mais vous allez devoir m'expliquer ce que c'est.

— Quoi ? Une relation ambiguë ?

— Oui. Je n'ai aucune idée de ce que c'est.

— Eh bien, vous savez... C'est une relation ambiguë.

Tomek se mordit la lèvre inférieure de frustration. Il ne supportait pas quand les gens utilisaient le même mot qu'ils essayaient de définir dans la définition. Ce n'était pas comme ça que ça marchait.

— Que signifie une relation ambiguë ? demanda-t-il à nouveau.

— Vous savez. Quand ils ne sont pas tout à fait ensemble-ensemble. Ils se… voient juste.

— D'où ? De l'autre côté de la rue, de la classe, d'où ? Que voulez-vous dire ? Vous pouvez être honnête avec moi. Vous pouvez dire les choses comme elles sont. Je suis un adulte. J'ai tout entendu, et pire encore, avant.

Il ne fallut pas longtemps à Gabby pour se sentir à l'aise de dire le mot, bien qu'elle se pencha légèrement en avant et le lui chuchota, de peur que ses parents indiscrets n'entendent et ne fassent irruption.

— Ils couchent ensemble mais ils ne sont pas en couple. Vous savez… ils sont comme des amis avec avantages.

Voilà une expression qu'il connaissait, une expression qu'il reconnaissait. Des amis avec avantages. Il en avait eu quelques-uns lui-même, mais pas à cet âge-là. Pas aussi jeune que quinze ans. Il était allé dans une école de garçons et n'avait pas rencontré le sexe opposé avant ses années d'université.

Mais *quinze ans*…

Et puis ce nombre passa à treize. Kasia. Billy le Combattant de Vaches.

Est-ce ce qu'ils étaient ? Dans une relation ambiguë ? Est-ce pour ça qu'elle voulait qu'il vienne ?

Eh bien, il ne permettrait certainement pas cela maintenant, pas quand il savait ce que les jeunes d'aujourd'hui faisaient. Pas question. Non, monsieur. Pas de sexe dans sa maison pour au moins les six prochaines années. Y compris pour lui-même.

— Depuis combien de temps cela durait-il entre eux ? demanda Tomek, déterminé à recentrer la conversation et ses pensées.

— Quelques semaines, répondit-elle, continuant à jouer avec ses ongles. Mais ils s'aiment vraiment, je pense qu'ils se seraient mis ensemble dans quelques mois si les choses ne s'étaient pas passées comme elles l'ont fait.

— Quelles choses ?

La réponse le frappa dès qu'il l'eut dit. Si Lily Monteith n'était pas morte la nuit précédente. Si elle n'avait pas été retrouvée au milieu d'un champ, alors elle et Henry auraient fait évoluer leur relation de « relation ambiguë » à petite amie et petit ami.

Tomek nota de parler avec Henry après cette entrevue.

Après avoir fini d'écrire le nom du jeune garçon dans son carnet, il orienta la conversation vers les événements de la nuit précédente. Gabby expliqua qu'ils avaient bu. Qu'ils avaient quitté le parc juste avant deux heures du matin, qu'ils avaient été invités à retourner chez Henry. Gabby avait dit oui, tandis que Lily l'avait surprise en disant non.

— Je ne m'attendais pas à ce qu'elle dise ça, poursuivit Gabby. Je pensais qu'elle aurait été partante, mais tout d'un coup, elle avait décidé de se désister.

Tomek hocha la tête, pensif. — Savez-vous pourquoi ? Avait-elle donné une quelconque indication tout au long de la soirée que quelque chose n'allait pas, qu'elle voulait rentrer chez elle ou qu'elle rencontrait peut-être quelqu'un d'autre ?

Gabby réfléchit un moment. Jouant avec ses mains, regardant ses genoux. À ce moment-là, elle semblait avoir plusieurs années de moins que son âge. Plus son âge réel que la personne qu'elle essayait de présenter au monde extérieur. Même s'il ne l'avait jamais rencontrée auparavant, il avait l'impression que c'était la véritable Gabby Longhouse. La Gabby Longhouse calme, réservée, attentionnée qui n'avait pas des parents envahissants et désagréables respirant dans son cou.

— Je... Je ne sais pas si je devrais vous dire ça, commença-t-elle, sa voix hésitante.

— Si c'est important, alors vous devriez probablement le faire.

— Il y avait... Nous étions... Theo avait réussi à se procurer de l'herbe, alors nous allions la fumer chez Henry. Je l'ai déjà fait avec Theo plein de fois, mais je suppose que Lily ne s'y attendait pas, alors elle s'est retirée de la situation et a dit qu'elle rentrerait à pied ; elle habitait juste au coin de la rue, alors je pensais qu'elle irait bien.

Elle s'est retirée de la situation et a marché droit vers sa mort.

— Est-ce que quelqu'un a marché avec elle ? Quelqu'un a vu où elle est allée ?

Gabby baissa le regard sur ses genoux. Elle était incapable de le regarder.

— Non, répondit-elle lentement. Elle est partie dans une direction. Le reste d'entre nous est parti dans l'autre.

Ils sont partis dans une direction, tandis que Lily Monteith se dirigeait vers sa mort.

CHAPITRE
SEPT

— Je ne pensais pas que tu aurais eu le temps de caser celle-ci dans ton emploi du temps, dit Tomek.

Il observait Lorna qui filait d'un côté à l'autre de la pièce, tenant un scalpel dans une main et un stylo dans l'autre.

— La mort n'attend personne, dit-elle, puis, réalisant que cela n'avait aucun sens, elle se reprit. Le cadavre que j'avais prévu pour le début d'après-midi ne m'a pas pris autant de temps que je le pensais, alors j'ai réussi à caser notre adolescente.

— C'est généreux de ta part.

Ce n'était pas souvent que Tomek était appelé à la morgue pour superviser une autopsie – il confiait généralement cette tâche à l'un des agents de police de l'équipe – mais au téléphone, Lorna avait paru préoccupée. Il y avait quelque chose qu'elle devait lui montrer et cela ne pouvait pas se faire par téléphone.

La blouse attachée autour de son cou commençait à l'irriter et à agacer sa peau douce et sensible, et il avait hâte de l'enlever. Cela faisait longtemps qu'il n'en avait pas porté, et encore plus longtemps qu'il n'en avait pas eu envie. Mais nécessité fait loi. Il ne pouvait pas se plaindre. C'était mieux que l'alternative – être celui sur la table, la poitrine fendue en deux et la peau repliée sur sa cage thoracique.

— Comment les choses se passent-elles jusqu'à présent ? lui demanda Lorna alors qu'elle terminait ses derniers préparatifs.

— Occupé, mais pas productif le moins du monde, répondit Tomek.

Après son entretien avec Gabby Longhouse, Tomek avait rendu une visite impromptue à la maison de Henry Swallow à Benfleet. L'adolescent était chez lui à ce moment-là, avec ses parents et sa petite sœur. Là, il avait expliqué à Tomek sa version des faits, qui correspondait à celle que Gabby lui avait racontée. Weed et amis avec avantages inclus. Tomek leur avait donc donné ses coordonnées, leur avait dit de le contacter s'ils pensaient à quelque chose d'important, puis les avait laissés à leur samedi après-midi ; un samedi après-midi dont ils se souviendraient à jamais comme l'un des pires.

— J'espère que ce que je vais te dire va changer la donne, répondit Lorna.

Tomek était tout ouïe. Il croisa les bras sur sa poitrine et s'approcha prudemment de la table où Lily Monteith gisait sur le dos, brillant sous la lumière fluorescente.

Sans rien dire, Lorna se détourna de lui et tendit la main vers un petit plateau métallique de l'autre côté de la table. Posés dessus, luisant sous la lumière vive, se trouvaient deux objets. Tous deux ressemblaient à de la peau de porc ratatinée et desséchée. Sauf qu'ils étaient de couleurs différentes : l'un noir, l'autre blanc. Lorna les prit dans chaque main comme s'il s'agissait de linge sale, et Tomek les reconnut immédiatement pour ce qu'ils étaient.

— Au début, je n'ai rien trouvé d'anormal chez elle, commença Lorna. Oui, elle avait bu, les restes étaient encore dans son estomac, ainsi que sa pizza du dîner de la veille. Il n'y avait aucun signe de plaies par perforation, rien qui suggérait qu'elle avait été étranglée... rien. Jusqu'à ce que j'arrive à son œsophage.

Lorna replaça les objets sur le plateau et le tendit à Tomek. Il les regarda, les yeux écarquillés.

— Jusqu'à ce que je trouve ceux-ci... dit-elle.

— Est-ce que c'est ce que je pense ?

— Je serais surprise que tu devines correctement.

Tomek la regarda, l'air peu impressionné.

Souriant, dans une tentative de le désarmer, elle pointa l'objet à gauche. — Le préservatif est la première chose qui est descendue dans sa gorge, tout au fond, jusqu'en bas. Puis le gant en latex.

— Et pourquoi ne reconnaîtrais-je pas ces choses ?

Lorna devint timide, penaude. Craignant de dire ce qu'elle avait vraiment voulu dire. — Rien. Désolée. Je ne voulais pas te vexer.

— Tu ne m'as pas encore vexé parce que tu n'as rien dit.

— C'est juste que... tu sais. Le préservatif... à cause de Kasia. À moins que celui que tu as utilisé il y a treize ans ne se soit déchiré. Et les gants parce que... eh bien, je ne t'ai jamais pris pour un adepte du ménage.

Tomek lui rendit brusquement le plateau. Elle le prit et le posa sur la table.

— D'accord, maintenant je suis vexé, dit-il.

— Vraiment ?

— Tu peux me blâmer ?

— Je suppose que non.

— Bien. Tu m'en dois une pour ça. Je ne sais pas pour quoi, ni quand je vais l'encaisser, mais tu m'en dois une. Marché conclu ?

Le visage de Lorna sembla s'illuminer un peu à l'idée que leur relation n'était pas complètement finie grâce à ses commentaires stupides et offensants.

— Marché conclu, dit-elle.

— Bien. Maintenant, parle-moi plus de ce préservatif et de ce gant.

— Eh bien, commença-t-elle, l'un d'eux sert à empêcher la transmission de maladies sexuelles et les grossesses non désirées.

Cette fois, Tomek fit semblant d'être en colère, mais il fut incapable d'empêcher le sourire narquois d'apparaître sur son visage.

— Bref, reprit Lorna. Comme je disais. Le préservatif a été enfoncé dans sa gorge en premier. Très profondément. Et je soupçonne que notre tueur aurait dû utiliser une sorte d'appareil pour le descendre jusque-là.

— Comme quoi ? Un bâton ?

Lorna secoua la tête. — Un bâton aurait été pointu et, s'il l'avait fait pendant qu'elle était consciente, alors j'aurais vu des éraflures ou des abrasions à l'intérieur de sa gorge, mais il n'y avait rien. Au contraire, c'était doux.

S'il te plaît, ne dis pas comme des fesses de bébé.

— Comme des fesses de bébé.

Tomek grimaça à cette expression et aurait préféré ne pas l'entendre. Non seulement c'était ringard, mais ce n'était pas non plus le meilleur moment ou endroit pour l'utiliser. Cela dit, il ne pouvait pas penser à une occasion où ce serait approprié.

— Donc le tueur a utilisé quelque chose de doux pour loger le préservatif dans sa gorge ? demanda Tomek.

Lorna hocha la tête. — Possiblement son poing.

— Mais cela n'aurait-il pas brisé sa mâchoire ?

— Pas s'il avait une petite main.

Tomek réfléchit un moment. Il essaya de se représenter la scène telle qu'elle s'était déroulée, alors que l'agresseur l'avait saisie au bord de la rue, traînée dans le parc, puis avait procédé à enfoncer le latex dans sa gorge. Quelqu'un d'assez grand pour contrôler et maîtriser Lily Monteith, mais assez petit pour enfoncer sa main dans sa gorge.

Ou pire.

Quelque chose de plus doux.

Il frissonna à cette pensée.

— Et le gant ? demanda Tomek. A-t-il été utilisé pour faire descendre le préservatif là-bas en premier lieu ?

Lorna haussa les épaules et tint le gant plus près de la lumière. — Difficile à dire. Nous ne le saurons pas avant le retour des résultats du laboratoire.

Tomek acquiesça et fit un pas en arrière, examinant le corps de la jeune fille devant lui. Il était mince et souple pour son âge. Sa peau était lisse et couverte d'une fine ligne de taches de rousseur le long de sa cuisse gauche, remontant jusqu'à sa taille.

Tandis qu'il observait les taches de rousseur, il demanda : — Est-ce que le préservatif avait quelque chose à voir avec sa mort ?

— Dans quel sens ? demanda Lorna.

— Je parle d'agression sexuelle.

— Non. Comme je l'ai dit tout à l'heure, aucun signe de cela du tout. Et, plus intéressant encore, elle est toujours vierge.

Toujours vierge ? Tomek réfléchit à ce que cela signifiait. Que quelqu'un, quelque part, mentait sur leur relation. Quelqu'un avait exagéré la réalité de ce qu'ils faisaient. Que ce soit Henry, mentant pour paraître plus important et plus adulte devant ses amis, ou que ce soit Lily elle-même, disant à Gabby qu'ils avaient eu des relations sexuelles par pression des pairs ou pour paraître plus âgée, plus mature qu'elle ne l'était.

— Donc elle a été attaquée, possiblement plaquée au sol, et puis on lui a enfoncé ça dans la gorge ?

Lorna hocha tristement la tête. — C'est mon avis professionnel, répondit-elle. Bien que je pense qu'il vaut la peine de noter qu'elle n'est pas morte à cause des corps étrangers dans son gosier.

— C'était l'anaphylaxie ? dit Tomek, comme s'il n'était pas sûr de lui.

Il avait toujours admiré ce mot. La façon dont il sonnait. Ana-phy-laxie. Drôle à dire, drôle à entendre. Sauf dans ces circonstances. Ni dans beaucoup d'autres, à vrai dire, pour être honnête.

— Oui. Elle était gravement allergique. Mortellement, même. Lorna se déplaça jusqu'au bout de la table et s'arrêta près de la tête de Lily. Elle posa une main délicate sur les côtés des joues de la jeune fille et ouvrit sa mâchoire.

— J'ai trouvé ce que je pense être des traces de latex sur sa peau et dans ses cheveux, bien que nous ne le saurons pas avec certitude avant le retour des résultats, ce qui me suggère que quelque chose a été placé sur sa tête. Quelque chose fait de latex. À partir de là, elle a eu une réaction allergique. D'abord, elle aurait eu du mal à respirer, sa gorge se serait fermée, puis son cœur aurait commencé à ralentir alors qu'elle tombait en choc anaphylactique. Elle aurait eu besoin de soins médicaux urgents, et s'il n'y en avait pas, alors il n'aurait pas fallu longtemps pour que ses organes et son cœur lâchent.

— Et cela n'aurait pas été aidé par les corps étrangers dans sa gorge.

— Naturellement.

Tomek se détourna d'elle et ses yeux tombèrent à nouveau sur les taches de rousseur. Six d'entre elles en ligne. Comme des étoiles dans une constellation. Il essaya une fois de plus d'imaginer ce qui lui était arrivé. *Comment* c'était arrivé. Et chaque scénario qui se jouait dans sa tête était aussi macabre que le précédent.

Il devint alors clair pour lui que celui qui avait tué Lily Monteith l'avait ciblée pour une raison. Il connaissait ses allergies. Il savait qu'elle était susceptible d'anaphylaxie.

Et cela signifiait que c'était quelqu'un qui la connaissait intimement.

CHAPITRE
HUIT

Moins d'une heure plus tard, Tomek se retrouva dans le bureau de Victoria Orange. Aujourd'hui, la nouvelle inspectrice portait ses chaussures à plateforme qui résonnaient comme des tambours à chaque pas, et un chemisier élégant rentré dans son pantalon chino. Elle avait attaché ses cheveux et appliqué une fine couche de maquillage sur son visage. Quelle que soit l'occasion, Tomek trouvait qu'elle avait toujours l'allure adéquate et qu'elle montrait l'exemple à cet égard. L'apparence n'était pas quelque chose auquel il accordait une seconde pensée — enfiler un pantalon, une chemise blanche s'il se sentait studieux, ou à carreaux s'il se sentait détendu, et c'était réglé — mais l'arrivée de Victoria dans l'équipe lui avait fait comprendre l'importance d'avoir une allure professionnelle. Surtout s'il voulait un jour diriger des enquêtes en tant qu'inspecteur. Pour gagner le respect, deux choses comptaient : l'impression que vous donniez et votre capacité à faire le travail. On ne voyait pas de politiciens, d'avocats ou de médecins habillés en pulls avec des logos *Star Wars* et des jeans qui n'avaient pas été lavés depuis des semaines. Et il y avait une raison à cela.

— J'ai parlé avec Nick, et il m'a expliqué vos aspirations à une promotion au grade d'inspecteur, dit-elle. Suite à cette discussion, nous avons décidé de vous confier le contrôle de cette opération.

— Vraiment ?

— Vraiment-vraiment.

Tomek rayonnait. C'était la première fois depuis très longtemps qu'on lui donnait l'opportunité de faire ses preuves. Surtout depuis son retour de suspension. Même avant cela, il avait eu du mal à s'impliquer, à prouver sa valeur, à trouver la motivation. Pendant longtemps, il avait eu l'impression que sa carrière stagnait, flottant désespérément dans une mare.

Maintenant, avec Lily Monteith et les événements suspects entourant sa mort, peut-être que les choses commenceraient à changer.

— Merci, madame, dit Tomek, incapable d'effacer le sourire de son visage. J'apprécie vraiment cette opportunité.

Mais ce sourire fut de courte durée.

— Je voudrai avoir un droit de regard sur l'opération, dit-elle, effaçant presque instantanément son sourire. Vous me ferez un rapport hebdomadaire, peut-être plus si la situation l'exige, et à partir de là, nous définirons les objectifs et les priorités.

— Donc ce sera comme si vous me disiez quoi faire, que je le faisais, et qu'ensuite on prétendait tous que c'est moi qui suis aux commandes ?

Le dos de Victoria se raidit légèrement et elle baissa les yeux vers ses notes. — Non, Tomek, dit-elle, ferme mais juste. Je pense que vous m'avez mal comprise. Vous aurez la supervision opérationnelle de cette affaire, et j'offrirai mes conseils le cas échéant. Je ne veux pas marcher sur les plates-bandes de qui que ce soit, mais si nécessaire, j'aurai le dernier mot.

Tomek croisa les bras sur sa poitrine et régula sa respiration. Il admit que cela avait du sens ; il n'aimait simplement pas ça. Depuis l'arrivée de Victoria à la Criminelle de Southend, il n'avait pas réussi à se défaire de cette perception qu'il avait d'elle, qu'elle cherchait à l'avoir, celle qui avait été ternie par son prédécesseur, Tony Hunt. Ou Hunt l'Enfoiré comme Tomek l'appelait. Les deux hommes ne s'étaient pas toujours bien entendus, se heurtant et provoquant des disputes au milieu des briefings, et il ne voulait pas avoir le même type de relation avec elle. Pas s'il pouvait l'éviter.

— Je comprends, lui dit-il calmement. Merci de cette clarification. J'ai hâte de voir ce que nous pourrons faire ensemble.

— Tout comme moi. Et je suppose qu'un bon point de départ serait ce que vous savez jusqu'à présent.

Alors Tomek lui raconta. Les événements présumés ayant conduit à la mort de Lily Monteith. Le parc, l'alcool, l'herbe, Henry et les mensonges sur leur relation, le trajet de retour qui avait été brusquement interrompu. Enfin, il lui avait expliqué comment l'adolescente avait été tuée.

— Du latex ?

— Elle y était allergique. Ana-phy-lax-ie, dit-il, en articulant chaque syllabe avec toutes les parties de sa bouche. Le préservatif était d'abord dans sa bouche, puis le gant. Bien que Lorna soupçonne qu'un autre gant ait pu être utilisé pour étouffer son visage et ses cheveux. Cependant, nous ne le saurons pas avant d'avoir les résultats du laboratoire.

Victoria acquiesça pensivement et se détendit légèrement dans son fauteuil. Une expression réservée se dessina sur son visage tandis qu'elle se balançait d'avant en arrière.

— À quoi pensez-vous ? demanda-t-elle.

— En général, ou... ?

— À propos de l'affaire, idiot, répondit-elle. Ce qui signifie que je sais que vous ne pensez pas à combattre des vaches.

Tomek rougit. — Vous avez entendu parler de ça, n'est-ce pas ?

— Tout le monde l'a entendu, Tomek. Je pense que ça va figurer dans notre bulletin d'information. Ou peut-être que je vais en parler à mon club de lecture.

— Vous faites partie d'un club de lecture ?

— Aussi étonnant que cela puisse paraître, j'ai *effectivement* une vie en dehors de ces quatre murs.

Intrigué, Tomek croisa les jambes et commença à se masser le menton.

— Que lisez-vous en ce moment ? *Cinquante nuances* ?

Victoria leva les yeux au ciel. — Non. Pour l'amour du ciel. Nous ne sommes pas toutes des femmes quadragénaires en manque de sexe. Bien qu'il y en ait *beaucoup* dans le groupe. Vous devriez entendre certaines d'entre elles parler, bon sang ! Mais —

— Quand vous réunissez-vous ? Je pourrais venir me présenter à certaines de ces —

— Taisez-vous, lui dit-elle. Ne soyez pas si grossier. D'ailleurs, quand avez-vous pris un livre pour la dernière fois ?

— Justement ce matin, dit-il, se sentant fier de lui. Un des livres de Kasia. *Le Songe d'une nuit d'été*. Shakespeare.

— Oui, je sais bien qui l'a écrit, merci. Mais ça ne compte pas. Vous ne l'avez pas lu, n'est-ce pas ?

Il agita son doigt en l'air. — Ce n'était pas la question. Si vous aviez demandé la dernière fois que j'ai *lu* un livre, alors il faudrait remonter à quelques mois, peut-être même un an.

— Vous devriez le faire plus souvent. C'est bon pour l'âme.

— Tout comme boire du thé vert et passer plus de temps dans les bois ou à la campagne, mais vous ne me voyez pas le faire. De toute façon, le concept de la lecture ne vous semble-t-il pas complètement bizarre ?

D'après son expression, elle choisissait de ne pas répondre à la question.

— Je veux dire, réfléchissez. Vous êtes juste en train de fixer des morceaux d'arbres morts, avec de petites marques noires dessus, en hallucinant. Est-ce que ça ne vous... ? Tomek fit un geste d'explosion qui sortait des côtés de sa tête.

En réponse, Victoria se contenta de le fixer, abasourdie par son idiotie.

— Je suis vraiment tentée de vous emmener maintenant. D'abord le combat de vaches, maintenant ça. Elles vous mettraient en pièces.

— Comme les femmes le font avec les stripteaseurs pendant les enterrements de vie de jeune fille ? Ou aux spectacles de Magic Mike ? Des sauvages, certaines d'entre elles.

Le sourire narquois sur son visage était trop pour elle, et elle ramena la conversation sur le sujet de Lily Monteith.

— Dites-moi ce que vous pensez, conclut-elle.

— En dehors d'un groupe de femmes quadragénaires en manque de sexe, je pense que c'est étrange, très étrange en effet. Je n'ai jamais eu ce genre d'affaire sur mon bureau auparavant. Mort par ana-phy-lax-ie. Surtout quand cela semble être ciblé.

— Vous pensez que celui qui l'a tuée la connaissait ?

Tomek haussa les épaules. — Impossible que non. Sinon, comment aurait-il su pour son allergie ?

— Ils auraient pu le trouver dans ses dossiers médicaux.

Et si c'était le cas, alors cela pourrait signifier qu'il y en aurait d'autres à venir.

— Peut-être, répondit Tomek. Mais je dois examiner les différents angles. Si quelqu'un lui en voulait, si des ex-petits amis voulaient se venger d'elle, même si je doute que le garçon de quinze ans y soit pour quelque chose. Peut-être était-ce quelqu'un qu'elle avait énervé dans la cour de récréation. Quelqu'un d'assez grand pour la maîtriser mais assez petit pour mettre sa main dans sa gorge. Et je ne pense pas qu'Henry ou l'un des autres garçons du groupe soient responsables car ils sont tous rentrés chez eux. L'équipe leur a parlé et ils ont tous des alibis solides pour l'heure de sa mort. Mon instinct me dit que quelqu'un savait qu'elle était dehors et a attendu sa chance, et hier soir, il a eu de la chance.

En l'écoutant, Victoria hocha la tête d'un air pensif. — Avez-vous envisagé la possibilité qu'elle allait peut-être rencontrer quelqu'un d'autre hier soir, quelqu'un de plus âgé qu'elle, quelqu'un avec qui elle aurait pu parler en ligne ?

Tomek n'y avait pas pensé jusque-là. Et si elle voulait jouer comme ça, un décompte compétitif d'arguments valables et de pistes d'enquête, alors il était prêt à sortir sa carte maîtresse.

— Si cela ne vous dérange pas, commença-t-il, je voudrais passer un peu de temps à examiner des cas antérieurs.

— Des cas de quoi ? Des adolescentes décédées ?

— Des cas de mort par ana-phy-lax-ie.

N'importe quelle excuse pour utiliser ce mot.

Il poursuivit. — Cela me semble tellement bizarre, tellement unique, qu'une partie de moi se demande si ce n'est pas *trop* unique, trop bizarre. Quelque chose qui aurait pu précédemment passer sous le radar à un moment donné.

Victoria réfléchit. Passa son doigt sur ses lèvres.

— Je ne veux pas que vous y passiez trop de temps. C'est juste —

Avant qu'elle ne puisse terminer sa phrase, on frappa à la porte, les faisant tous deux sursauter. Victoria invita la personne de l'autre côté à entrer, et un instant plus tard, l'agent Martin Brown fit un pas dans la pièce.

— Désolé de vous interrompre, dit l'homme, le souffle court. Mais, Tomek, j'ai cette liste pour vous.

— Juste à temps, dit Tomek en se tournant sur son siège pour regarder Martin. Nous n'avions pas prévu ça. Honnêtement. Il tendit la main et prit le document du constable avant de se retourner vers Victoria.

— Qu'est-ce que c'est ? demanda-t-elle, les yeux s'écarquillant, les sourcils se levant.

— Une liste de tous les décès dans la circonscription de Southend et Castle Point, pour des filles âgées de dix à vingt-quatre ans, au cours des six derniers mois, où la cause du décès a été attribuée à l'ana-phy-lax-ie ou lorsque la victime a souffert d'ana-phy-lax-ie.

— Donc vous l'avez fait quand même ?

— On dirait bien.

— Alors pourquoi demander mon approbation ?

Tomek haussa les épaules. — J'ai tenté ma chance. On rate cent pour cent des occasions qu'on ne saisit pas.

Et c'était une chance qu'il allait s'assurer de ne pas rater.

CHAPITRE
NEUF

Ce soir-là, Tomek parcourut la courte distance entre sa voiture et la porte d'entrée avec un entrain manifeste. Et cela n'avait absolument rien à voir avec l'esprit de Noël. Au contraire, c'était plutôt en dépit de celui-ci. Impossible d'échapper au rappel constant de ce qui n'était plus qu'à quelques semaines : la radio diffusait en boucle les mêmes classiques recyclés ; des lumières et décorations de Noël ornaient les réverbères le long de Southend Road ; dans sa rue, plusieurs maisons et appartements avaient placé des guirlandes multicolores aux fenêtres, leur donnant l'air de participer à une soirée disco des années quatre-vingt. Et comme si ce n'était pas assez, l'un de ses voisins, parmi les nombreux qu'il n'avait pas encore daigné saluer d'un bref hochement de tête, avait équipé son jardin d'un bonhomme de neige gonflable géant qui vous soufflait de la fumée au visage chaque fois que vous passiez devant. Outre le fait que c'était un gaspillage d'argent monumental d'acheter cette saloperie en premier lieu, Tomek était fortement tenté de passer devant plusieurs fois pour s'assurer que les propriétaires a) épuisent leur fumée et aient la dépense supplémentaire d'acheter des recharges, et b) subissent le coût électrique de faire fonctionner un accessoire aussi exorbitant et excessif à toute heure du jour.

Mais il était de bonne humeur ce soir. Son comportement de type *bah, quelle plaie !* devrait attendre un autre jour.

Lorsqu'il franchit la porte d'entrée, deux voix résonnèrent depuis le salon en haut du petit escalier. Des voix qui parlaient polonais.

— *Latem lubię... podróżować z rodzicami... do Anglii.*

— Très bien, répondit Phillip Balham, le professeur de polonais de Kasia. Comme elle était d'un quart polonaise, elle avait jugé important d'apprendre la langue de ses origines (avec quelques encouragements insistants de la part de Tomek), alors il avait trouvé avec plaisir le meilleur professeur de polonais de la région pour lui donner des cours au moins deux fois par semaine, avec l'option d'un troisième jour si aucun d'eux n'était occupé. Ils en étaient seulement à leur troisième leçon, mais on voyait clairement qu'elle faisait déjà des progrès considérables. Le polonais était une langue notoirement difficile à apprendre, et même lui était le premier à admettre que s'il n'y était pas né, et s'il n'avait pas grandi en le parlant, l'écrivant et l'écoutant depuis sa naissance, il ne s'en serait jamais approché. Par conséquent, il était immensément fier qu'elle se soit lancée. Maintenant, il leur appartenait à tous deux de s'assurer qu'elle persévère.

— Tu es déjà une professionnelle, remarqua Tomek en entrant dans le salon. Il les trouva tous deux assis à la table à manger, penchés sur une série de livres et de documents.

— Je serai bientôt meilleure que toi, dit Kasia en se levant de sa chaise pour courir lui faire un câlin.

— De cela, je n'ai aucun doute, répondit-il en lui massant le dos. Puis il se dirigea vers Phillip et lui serra la main.

— Comment se débrouille-t-elle ?

— Elle s'est beaucoup améliorée depuis la semaine dernière, dit-il à Tomek. Je soupçonne même qu'elle s'entraîne en dehors des cours.

— J'espère bien, bon sang, dit Tomek. Vu ce que ça coûte.

— Je, euh... commença Phillip, mais Tomek posa une main sur son épaule.

— Je plaisante, mon vieux. Il faut bien que tu gagnes ta vie, que tu paies ton loyer d'une manière ou d'une autre. Je la fais pratiquer presque tous les jours. Les week-ends, elle a congé. Mais si elle avance à ce rythme, je pourrais lui faire apprendre autre chose en même temps. Combien de langues as-tu dit que tu parlais ?

Une expression de fierté se dessina sur le visage de Phillip et y demeura. Tomek pouvait difficilement le blâmer quand il entendit le nombre.

— Sept, dit-il avec toute l'assurance de quelqu'un qui savait qu'il était intelligent et n'avait pas peur de l'admettre. Je suis ce qu'on pourrait appeler un polyglotte.

— Un poly-quoi ?

— Polyglotte.

— J'ai bien peur que répéter simplement le mot ne m'aide pas à mieux le comprendre. Qu'est-ce qu'un polyglotte ?

— Un polyglotte est quelqu'un qui peut parler plusieurs langues. Généralement plus de trois.

— Mais tu en parles sept, alors ça doit faire de toi un super-polyglotte...

— Un hyperpolyglotte, corrigea Kasia.

Tomek se tourna vers elle et vit son téléphone portable à la main, la recherche Google qu'elle venait de faire en un clin d'œil déjà à l'écran.

— Un hyperpolyglotte, dit-elle en lisant sur son appareil, est quelqu'un qui peut parler au moins six langues, selon l'Association des Hyperpolyglottes.

— Wow. Il y a une *association*, remarqua Tomek. Tu dois donc être très demandé ?

— On pourrait penser, mais malheureusement non. Je dois aussi travailler de nuit au casino de Southend comme croupier. Il fit une pause. D'ailleurs, pour beaucoup de ces types de travaux de traduction, il faut être accrédité et avoir des qualifications.

— Parler plusieurs langues pour ta candidature ne suffit pas ?

— Si seulement. Et, ne te méprends pas, c'est génial qu'ils aient une association, mais c'est un peu incestueux.

— Comme Mensa ? Ou les francs-maçons ?

— Presque. Mais pas aussi excitant ou secret. Phillip retira ses lunettes et les nettoya avec sa chemise. D'ailleurs, beaucoup des langues que je parle se ressemblent. Donc je ne pense pas que ça compte vraiment.

— Ah bon ?

— Eh bien, l'anglais est l'évidence même. Mais si tu peux parler anglais, tu peux assimiler l'allemand car ils ne sont pas si différents. Et si tu peux parler allemand, tu peux parler polonais et beaucoup d'autres langues d'Europe de l'Est car leurs dialectes sonnent tous pareil. Et si tu parles espagnol, alors le portugais et l'italien sont pratiquement identiques. Le seul à part est le français, qui est curieusement la dernière langue que j'ai apprise.

— Ça t'a découragé d'en apprendre davantage ?

Phillip gloussa et posa sa main sur sa poitrine en le faisant. — Je comprends pourquoi tu dirais ça, répondit-il. J'ai juste eu envie de faire une pause pendant un moment. Mais j'ai eu un enfant que je tutorais qui m'a demandé pourquoi il apprenait le français parce qu'il pensait que les Français n'existaient pas.

— Fais attention à qui tu dis ça, dit Kasia, se joignant à la conversation. S'ils t'entendent de l'autre côté de la Manche, ils pourraient commencer à manifester.

Tomek la regarda un moment en silence, stupéfait qu'elle ait sorti une telle plaisanterie à son âge. Il était impressionné. Puis il reporta son attention sur Phillip et commença à compter les langues sur ses doigts. — Donc on a l'anglais, l'espagnol, le portugais, l'italien, le français, l'allemand, le polonais.

— Couramment, oui. Pour les autres, je peux saisir des phrases et des mots, mais je ne serais pas capable de converser beaucoup avec un natif. Bien que je sois récemment revenu d'un voyage à Recife où ils parlaient un dialecte du portugais que je n'avais jamais rencontré auparavant, c'était intéressant !

Cela semblait l'être, mais en consultant sa montre, Tomek réalisa qu'il n'avait pas le temps de rester dans le salon à discuter de langues étrangères. Il avait un meurtre à résoudre, et il n'allait pas le faire en compagnie de Phillip ou de Kasia. Alors il s'excusa, remercia Phillip d'être venu (ce que Phillip lui rappela n'être que parce qu'il était payé pour le faire), puis entra dans sa chambre.

Ils avaient emménagé dans leur nouveau logement seulement deux semaines auparavant, et les traces du déménagement étaient encore visibles partout. Des cartons entassés dans un coin, remplis de vieux vêtements qu'il devait apporter à la boutique caritative locale. Des pièces de mobilier qui avaient été déballées mais n'avaient pas encore trouvé leur place définitive. Et enfin, il y avait les tenues qui avaient été portées, utilisées et abandonnées dans divers recoins. La chambre était un désastre, mais cela ne le dérangeait pas. Il y était habitué.

Cependant, les seules parties dégagées de la pièce étaient le rebord de la fenêtre et son bureau. Une petite zone de clarté, d'ordre, et la seule partie de la chambre qui ne donnait pas l'impression qu'un garçon de quatorze ans venant de découvrir les plats au micro-ondes et les jeux vidéo y habitait.

Sur le rebord de la fenêtre reposaient certaines de ses possessions les plus précieuses. Celles que, en cas d'incendie, il sauverait avant tout le reste, avant son ordinateur portable, avant son téléphone, avant quoi que ce soit (la seule exception étant le manteau que son frère portait la nuit où il était mort ; cela, il ne l'abandonnerait jamais). Il adorait ses bonsaïs et ses plantes presque autant que Kasia, bien que ce fût serré, et Kasia n'avait que récemment réussi à les devancer. Il les possédait depuis des décennies, en prenait soin presque quotidiennement, et les taillait, les élaguait et les entretenait depuis plus longtemps qu'il n'osait l'admettre. Il leur avait aussi donné des noms, mais il n'aimait pas l'admettre non plus et n'était prêt à partager cette information, ce secret jalousement gardé, qu'avec les personnes en qui il avait vraiment confiance. Quand il travaillait dessus, perfectionnant leur forme et pliant leurs branches en place, il se trouvait toujours dans un état de zen, un état de calme, de réflexion. Juste lui et ses arbres, lui et ses plantes. Le monde extérieur – le monde extérieur qu'il regardait maintenant ; la rue en contrebas, avec les voitures et les lampadaires – tout cela n'était qu'un flou pour lui.

Juste lui et ses arbres. Lui et ses pensées.

— Bonsoir, messieurs, dit-il en s'asseyant à son bureau.

Grand Ken le Ficus Pleureur.

Dudley le Dracaena.

Gandhi le Lys de la Paix.

Les Gars.

— Et Dame, ajouta-t-il, en saluant Freya la plante Monstera.

En raison de la taille de celle qui vivait auparavant dans le salon de leur ancien appartement, Tomek avait été contraint d'en acheter une plus petite pour qu'elle puisse tenir dans sa chambre, et il regrettait cette décision chaque jour. Il avait très peu d'espace pour s'étaler sur la surface et souvent, il se retrouvait sur le lit, assis en tailleur à examiner ses notes, mâchouillant son stylo, exactement comme il surprenait Kasia à le faire.

Ils n'étaient pas fréquents, mais il aimait penser qu'il y avait des signes qu'elle était définitivement sa fille (en dehors du test ADN évident), et c'était l'un d'eux.

Ce soir, il avait rapporté avec lui son ordinateur portable et un petit dossier. L'essentiel de l'affaire. Les faits qu'ils savaient être vrais. Le reste était dans une application de notes sur son bureau. Mais la preuve la plus importante qu'il avait ramenée était l'information que le policier Martin Brown lui avait donnée.

L'homme l'avait surpris. Il avait rejoint l'équipe en même temps que Victoria, mais contrairement à elle, il s'était intégré beaucoup plus vite. Tomek supposait que c'était facile à faire quand on était l'un des moins gradés : on arrivait, on faisait ce qu'on vous demandait de faire, on gagnait le respect, puis on rentrait chez soi. Martin n'avait pas les mêmes pressions opérationnelles et logistiques que l'inspecteur. En fait, aucun d'entre eux n'en avait. Sauf Tomek. Cela ne faisait que quelques heures, mais il commençait à ressentir une présence omnisciente au-dessus de ses épaules. Le surveillant. Jugeant chacune de ses pensées, chacune de ses décisions. Comme la voix dans sa tête qui critiquait tout ce qu'il faisait.

Repoussant cette pensée au fond de son esprit, Tomek concentra son attention sur le document qui confirmait qu'il n'y avait eu aucun décès lié à l'anaphylaxie dans les arrondissements de Southend ou Castle Point au cours des six derniers mois. Cependant, lorsque Tomek avait demandé d'élargir le filet pour les décès des deux dernières années, Martin, dans un style digne de *Blue Peter*, avait tiré un autre document de sa pile et l'avait tendu à Tomek.

— En voici un que j'ai préparé à l'avance, sergent, lui avait dit Martin, se tenant fièrement dans l'embrasure de la porte.

— Bon travail, Martin. Continue comme ça. On va faire de toi un jeune Tomek Bowen en un rien de temps.

— C'est bien la dernière chose dont le monde a besoin, avait interrompu Victoria.

Sur quoi Tomek avait demandé à Martin de l'ignorer, affirmé qu'il n'y avait rien de mal à être Tomek Bowen, puis l'avait congédié.

En regardant maintenant le document devant lui, il se rappelait les sentiments qu'il avait éprouvés en prononçant ces mots : Il y a deux ans, une jeune écolière de dix-sept ans est morte à l'intérieur de la salle de concert du Cliffs Pavilion. Elle et son amie s'étaient rendues au concert ensemble. Une combinaison d'ecstasy, d'ibuprofène et de paracétamol avait été trouvée dans son système. La cause du décès avait été déclarée comme une overdose de drogue, mais l'anaphylaxie était considérée comme ayant eu un impact significatif. Elle était extrêmement allergique à l'ibuprofène.

La fierté, l'optimisme et un sentiment renouvelé de détermination ; que son intuition avait été juste, que son instinct l'avait mené vers quelque chose de potentiellement bien plus vaste que la mort de Lily Monteith, coulaient en lui.

Le seul problème maintenant, cependant, était que sa découverte indiquait quelque chose d'autre. Quelque chose de plus grand. Un tueur en série potentiel, ciblant ses victimes via leurs allergies. D'abord le concert, maintenant Lily Monteith. À deux ans d'intervalle.

Et s'il y avait une chose qu'il savait à propos des tueurs en série, c'était que le temps entre leurs meurtres, le temps dont ils avaient besoin pour assouvir leurs désirs, devenait de plus en plus court à chaque meurtre.

Si c'était le cas, alors il craignait qu'il n'y ait d'autres corps à venir.

Plus tôt que tard.

CHAPITRE
DIX

Tomek n'avait presque pas dormi. Il avait passé la majeure partie de la soirée à examiner les dépositions des témoins et les rapports sur la mort de Mandy Butler. Au fil de la nuit, il s'était de plus en plus convaincu qu'il y avait quelque chose, une méthode dans sa folie. Ou plutôt, dans la folie du tueur.

Mandy Butler avait dix-sept ans quand elle était morte, à l'aube de l'âge adulte. Elle était allée à un concert d'Example avec son amie et n'était jamais rentrée. Elle avait pris un mélange de drogues et son corps avait lâché. Pour l'officier non averti enquêtant sur l'affaire, cela aurait semblé être un cas classique de surdose, un cas malheureux et dévastateur de surdose, selon tous les témoignages. Mais maintenant que Tomek avait découvert le lien entre elles – ana-phy-lax-ie – un soupçon plus profond grandissait en lui. Certes, le lien était ténu. D'après ce qu'il avait pu établir, les filles ne se connaissaient pas, elles n'avaient pas fréquenté la même école, et pourtant elles étaient mortes à cause de leur allergie. Les décès par anaphylaxie étaient extrêmement rares au Royaume-Uni, avec seulement quelques cas attribués à cette réaction allergique fatale chaque année. Mais que deux filles d'âge similaire soient mortes dans des circonstances semblables dans un court laps de temps, dans la même région, c'était plus qu'une coïncidence.

Et c'était une pensée qui avait déclenché toutes les sonnettes d'alarme.

À tel point qu'avant de se rendre au bureau ce matin-là, Tomek avait appelé pour parler avec les parents de Mandy Butler. Mais comme il l'avait vite découvert, il n'en restait qu'un seul.

— Le père de Mandy est décédé six mois après elle, expliqua Jennifer Butler en le conduisant dans son bureau. Elle travaillait pour un cabinet d'architectes local à Leigh, ce qui signifiait que le trajet avait été court.

— Je suis désolé de l'apprendre, répondit Tomek en s'asseyant.

— Ça a été difficile, mais je commence enfin à m'en remettre.

Tomek ne pouvait qu'imaginer. Perdre une fille et un mari, comme perdre un poumon et un cœur, à six mois d'intervalle. Terrible.

— J'aime rester occupée ici, dit-elle. Ça m'aide à ne pas trop penser. Et c'est mieux que de rentrer dans une maison vide chaque soir.

Tomek sourit pensivement et acquiesça. Le bureau était simple, avec tous les accessoires habituels d'un cabinet d'architecte : un bureau, un ordinateur et des photos de conceptions récentes accrochées au mur. Tout dans cette pièce était minimaliste, aux lignes droites et criait le design.

— Avez-vous réalisé quelque chose que j'aurais pu voir ? demanda Tomek en pointant l'une des images au mur.

Elle se tourna pour la regarder. — Probablement pas. Nous faisons beaucoup de designs intérieurs pour des espaces de bureau, ainsi que des conceptions structurelles de bâtiments occasionnelles. À moins que vous ne soyez allé dans le parc d'affaires près de Colchester, je ne pense pas que vous ayez vu nos réalisations.

Tomek admit que non. Mais s'il se trouvait dans le coin, il passerait jeter un œil. Une fois les politesses échangées et les présentations terminées, Tomek était impatient d'en apprendre le plus possible sur la mort de Mandy. Il ne pouvait tirer qu'une quantité limitée d'informations d'un rapport de police.

— Prenez tout le temps dont vous avez besoin.

— Puis-je vous demander pourquoi vous voulez savoir ?

Tomek apprécia la question et la respecta grandement pour cela. Il n'y avait aucune raison pour qu'elle revive la pire expérience de sa vie sans motif valable.

— Vous n'êtes probablement pas encore au courant, mais hier matin, une jeune fille a été retrouvée assassinée dans un champ, dans des circonstances similaires à celles de votre fille.

— Similaires comment ?

— Je soupçonne qu'elle a été tuée par son allergie.

— Hmm.

Et puis il la perdit. Elle détourna son attention de lui et fixa le clavier devant elle comme si elle voulait que les touches tapent l'histoire dans sa tête.

— Elle sortait avec son amie pour aller à un concert. Elle avait dix-sept ans. C'était son tout premier concert. Example. Elle l'adorait depuis qu'elle était enfant. J'ai pensé à l'accompagner, que son père et moi restions simplement au fond de la salle, mais ce n'était pas cool, ce n'était pas la bonne chose à faire. Elle voulait être seule, sans que l'un de nous ne gâche son style. La liberté, disait-elle. Alors nous avons décidé de lâcher les chaînes et de la laisser partir.

Une boule se forma dans sa gorge et elle l'avala. Ce n'est qu'après quelques instants qu'elle continua.

— Nous avons reçu l'appel peu avant la fin du concert. Mon mari devait les récupérer, il était donc déjà sur place. Je suis arrivée séparément et le temps que j'arrive, ils avaient évacué la salle de concert et arrêté la musique. Elle s'était effondrée au milieu de la foule, mais il était trop tard pour que les ambulanciers puissent faire quoi que ce soit. Le rapport du médecin légiste indiquait qu'elle était morte d'une overdose. Mais, mais je ne l'ai pas cru. Je ne pouvais pas. Je ne voulais pas. Il y avait de l'ibuprofène dans les drogues qu'ils avaient trouvées dans son organisme. Pourquoi ? Peut-être que je ne voulais pas penser que ma fille serait assez insensée pour prendre de la drogue après que nous lui avions expliqué tant de fois les dangers et les conséquences.

En parlant, le regard de Jennifer s'enfonçait de plus en plus profondément dans le clavier.

— Pendant longtemps, j'ai voulu croire qu'on l'avait droguée à son insu. Que quelqu'un avait délibérément mis quelque chose dans sa boisson. Mais après la déposition d'Elsie disant que quelqu'un s'était approché d'elles pour leur proposer de la drogue, j'ai su que ce n'était pas possible. Ma fille avait acheté de la drogue. Elle les avait vues, les avait payées et consommées. Pendant encore plus longtemps, j'ai lutté avec le désir de savoir pourquoi ou comment, de comprendre ce qui l'avait possédée, mais je n'allais jamais obtenir de réponses. Tout a changé quand j'ai entendu parler de Nisha.

Bingo. La vraie raison pour laquelle il était venu la voir. Un petit bout d'information comme celui-ci.

Dans le cadre de ses recherches la nuit précédente, Tomek avait découvert plusieurs articles dans le journal local avec des interviews de Jennifer Butler, où elle critiquait la police pour sa gestion de l'affaire, pour la rapidité avec laquelle ils l'avaient classée comme overdose. Elle avait déclaré publiquement que la police ne s'était pas souciée de la mort de Mandy, tout comme ils ne s'étaient pas souciés de toutes les autres fois où cela s'était produit. Quand il avait lu cela, Tomek avait eu du mal à comprendre ce qu'elle voulait dire. Et il espérait maintenant qu'elle allait le lui expliquer.

— Qui est Nisha ?

— Quelqu'un que j'ai rencontrée en ligne.

Tomek sortit son stylo et son carnet et prit note. — Pourriez-vous être plus précise ?

Gardant toujours son regard fixé sur le clavier de l'ordinateur, Jennifer continua : — Elle m'a contactée sur Facebook quelques jours après les événements. Je n'ai pas eu le temps de lui répondre avant les funérailles. Tout allait si vite, c'était si chargé... Elle marqua une pause en sortant de ses pensées. — Elle m'avait contactée en disant que sa fille avait vécu quelque chose de similaire. Comme Mandy, elle était allée à un concert et on lui avait proposé quelque chose, et comme Mandy, elle l'avait pris. Et, tout comme Mandy, elle avait eu une forte réaction et s'était effondrée. Sauf que cette fois, les ambulanciers étaient arrivés à temps pour administrer l'injection qui lui sauverait la vie. Jennifer leva la tête et croisa le regard de Tomek pour la première fois. Son regard implacable le déstabilisa légèrement. — Le plus drôle, c'est que ce n'était pas la première fois que cela se produisait.

Tomek resta silencieux, attendant qu'elle termine.

— Nisha avait parlé avec plusieurs autres mères, toutes réunies sur Facebook, pour discuter de ce qui était arrivé à leurs filles. Cinq d'entre nous au total. Toutes avec des filles d'âge similaire. Quinze à dix-sept ans. Certaines allaient à la même école, tandis que d'autres n'avaient jamais entendu parler les unes des autres. Mais il y avait quelque chose qui les reliait toutes. Elles avaient toutes reçu des drogues qui avaient été coupées avec de l'ibuprofène et du paracétamol, et chacune d'entre elles avait failli mourir lors d'un concert au Cliffs Pavilion. C'était trop similaire pour que nous l'ignorions.

— Êtes-vous allées à la police avec cette information ?

Tomek essaya de se rappeler s'il avait déjà vu ou entendu quelque chose à propos de Mandy Butler et des cinq autres filles qui avaient été droguées au Cliffs Pavilion deux ans auparavant, mais il fit chou blanc.

— Nous sommes allées au plus haut niveau que nous pouvions trouver, mais il ne voulait pas nous écouter.

— Qui ?

— Nous sommes allées voir le commissaire principal.

Nick.

Désagréable de nom, désagréable de nature.

— Et comme il n'a donné aucune suite, nous sommes allées au *Southend Echo.*

Cette fois, Tomek essaya de se rappeler s'il avait vu l'article dont elle parlait, s'il était apparu dans ses recherches de la nuit dernière, mais rien. Il avait dû le rater.

— J'en ai encore un exemplaire chez moi, dit Jennifer, son attention désormais entièrement portée sur Tomek.

— Qu'en est-il d'une version en ligne ?

— Bien sûr.

Il lui fallut moins d'une minute pour trouver l'article en question. Tomek se déplaça de l'autre côté du bureau pour avoir une meilleure vue. Quelques centimètres les séparaient. En haut de l'écran se trouvait la bannière rouge du logo *Essex Live*. En dessous, le titre de l'article avec une image du Cliffs Pavilion sur le côté.

En dessous se trouvait le nom du journaliste qui avait couvert l'affaire.

Depuis que Jennifer l'avait mentionné, un nom était immédiatement apparu dans son esprit. Et maintenant, il venait d'être confirmé.

CHAPITRE
ONZE

Il n'y avait pas d'heure idéale pour s'installer au Café de Morgana sur la Grande Rue de Hadleigh. Leur buffet de petit-déjeuner anglais à volonté fonctionnait de sept à onze heures, et après cela, ils proposaient une version allégée qui comprenait tous les éléments d'un petit-déjeuner anglais complet, moins les parties que personne ne voulait : tomates, boudin noir et champignons. C'était un festin somptueux pour tous les âges, et des clients de tous âges franchissaient leurs portes. Pendant l'heure où Tomek avait attendu là, sirotant douloureusement lentement sa tasse de thé, essayant de la faire durer aussi longtemps que possible avant d'affronter la décision de commander de la nourriture avec sa prochaine commande, il avait compté pas moins de soixante-dix personnes entrant dans le restaurant, impatientes et heureuses de débourser la dizaine de livres que coûtait le buffet. Des hommes et des femmes de tous âges et de toutes tailles. Certains étaient des habitués qui connaissaient la propriétaire Morgana par son prénom (bien qu'il ne fallait pas être un génie pour savoir qui elle était), tandis que d'autres mentionnaient avoir entendu parler de l'endroit par des amis. Ce second groupe était composé de personnes qui laissaient des avis Google sur tous les endroits qu'elles visitaient : certains bons, certains mauvais, certains plutôt désagréables, et qui pensaient réellement que les gens les lisaient et y prêtaient attention.

L'odeur de graisse, de gras et d'huile était épaisse et musquée dans l'air, et avait imprégné le mobilier ; chaque fois qu'il bougeait, il captait une nouvelle bouffée de l'arôme piquant. Mais cela ne le dérangeait pas. C'était à ça que ressemblait un café typiquement britannique. L'odeur, les bruits de graisse qui grésille et les cris dans la cuisine ouverte à l'arrière, les ingrédients bon marché, le mobilier en faux diamants encore moins cher et les miroirs accrochés au mur, tous dévorés par des clients qui ne se souciaient nullement des effets de la nourriture sur leur santé. Étrangement, il se sentait comme chez lui. Dans un endroit sûr. Ici, tout le monde était un ami, un allié, uni dans l'amour de la bonne nourriture. Peu importait leur origine, d'où ils venaient ou ce qu'ils faisaient dans la vie ; ici, toutes les étiquettes et tous les préjugés étaient oubliés.

À côté de lui se trouvait une famille de trois générations. L'aîné n'avait pas plus de cinquante ans, et le plus jeune pas moins de dix ans. Alors que Tomek essayait de calculer les mathématiques dans sa tête, il fut distrait par Morgana qui se présentait pour la quatrième fois.

— Je peux t'apporter un autre thé, mon chou ?

— S'il te plaît, dit-il en consultant sa montre.

Elle était en retard. Plus d'une heure. Mais il n'était pas encore prêt à abandonner.

— Et pour manger ?

Tomek réfléchit un instant. Son estomac grondait. Il avait attendu si longtemps. Et il n'était pas trop précieux pour avoir l'air d'un crétin devant elle en se goinfrant de bacon et d'œufs.

— Oui, s'il te plaît.

Elle sortit le carnet de sa poche de son tablier et prépara son stylo. — Qu'est-ce que je peux te servir ?

Tomek regarda autour du café. Les visages heureux, les couteaux et fourchettes qui travaillaient sans relâche pour ouvrir leurs saucisses et déchirer le bacon, l'état de leurs serviettes alors qu'ils s'essuyaient la graisse de la bouche.

— Je prendrai ce que tout le monde prend, s'il te plaît, dit-il. La formule crise cardiaque.

Morgana trouva ça drôle et rit. — Peut-être qu'on devrait l'appeler comme ça.

— Si vous le faites, je veux au moins dix pour cent de commission sur toutes les ventes.

Elle lui sourit, dévoilant un ensemble de dents presque aussi brillantes que le reflet dans le miroir en faux diamants. — Je suis sûre qu'on peut trouver un arrangement, dit-elle.

Au début, Tomek n'avait pas remarqué le flirt occasionnel, mais alors qu'elle remettait le carnet dans sa poche et s'attardait un moment de plus, il commença à le remarquer.

— D'où viens-tu ? demanda-t-il. Je sens un accent.

— Tu as l'oreille fine, répondit-elle. D'Estonie, mais j'ai vécu ici presque toute ma vie.

— Pareil pour moi.

Intriguée, elle actionna son stylo une seconde fois et le plaça dans son tablier à côté du carnet. — Et toi ?

— Né en Pologne, déménagé ici quand j'avais cinq ans.

— Très bien, répondit-elle. Je n'aurais pas su si tu ne me l'avais pas dit.

On lui disait souvent ça. Et c'était normal, pensait-il ; après plus de trente-cinq ans dans le pays, il espérait maintenant être capable de parler correctement la langue. Cela dit, il avait écouté certaines conversations aux tables autour de lui et il était convaincu qu'il parlait mieux anglais qu'au moins la moitié d'entre eux.

— Tu retournes parfois en Estonie ? lui demanda-t-il.

Mais avant qu'elle ne puisse répondre, la porte s'ouvrit et la personne qu'il attendait entra. Elle avait teint ses cheveux d'un blond plus foncé depuis la dernière fois qu'il l'avait vue. À moins que ce ne soit l'obscurité déprimante et envahissante de l'hiver qui les ait teintés d'une nuance plus profonde. Elle portait un pantalon à motifs et un pull en coton noir, avec ses cheveux attachés en chignon. Derrière elle se traînait une petite valise à roulettes, débordant de documents.

— Désolée, je suis en retard, dit-elle, agitée.

— Juste à temps, répondit Tomek. Tu veux manger ?

Elle voulait. La même chose que lui et tout le monde. Pendant qu'elle prenait la commande d'Abigail, le sourire sur le visage de

Morgana diminua, et quand elle se détourna d'eux, son sourire, et son intérêt pour lui, avaient pratiquement disparu.

— J'espère que tu n'as pas attendu longtemps, dit Abigail, sa voix plus calme maintenant qu'elle s'était assise.

— Tu sais bien que si. C'est toi qui m'as dit de venir ici il y a une heure.

— Désolée. Matinée mouvementée.

Tomek était sûr qu'elle l'avait été, mais il n'était pas intéressé à l'entendre. Moins de cinq minutes plus tard, deux assiettes complètes avec deux œufs, deux saucisses, deux tranches de bacon, deux toasts, deux tomates, deux champignons, deux tranches de boudin noir et une portion de haricots à la tomate, atterrissaient devant eux.

— Si vous voulez plus de quelque chose, demandez simplement, dit Morgana en posant les assiettes.

Tomek la remercia et aperçut l'ébauche d'un sourire sur ses lèvres.

— Arrête de flirter, lui dit Abigail.

— Je ne flirtais pas.

— Si. Tu flirtes avec tout ce qui respire.

— Je ne flirte pas avec toi.

— Parce que tu as déjà passé ce cap.

Tomek leva les yeux au ciel. Il se demandait combien de temps il lui faudrait pour évoquer le baiser échangé sous l'effet de l'alcool un soir. Ça avait été une erreur, particulièrement de sa part, mais pas pour elle. Elle s'accrochait encore au tourment émotionnel de la façon dont il l'avait traitée par la suite.

— Je t'ai demandé de venir ici pour parler affaires, j'en ai peur, répondit-il.

— Je sais. Je n'ai pas des images de toi sur les murs de ma maison, Tomek. Je n'ai pas de petits cœurs à côté de ton nom sur mon téléphone. Je n'ai pas...

— Prouve-le.

Elle ne le ferait pas. Au lieu de cela, elle ignora la demande et se mit à dévorer son buffet de petit-déjeuner à volonté. Tomek se joignit à elle, et il devint bientôt l'un des clients débraillés qu'il avait observés toute la matinée.

De la graisse sur les doigts, une goutte de ketchup coulant sur le devant de sa chemise, la serviette sale et souillée qui ne faisait pas grand-chose pour essuyer le désordre. Mais tout cela en valait la peine. La nourriture, l'attente et la crise cardiaque imminente en valaient toutes la peine. C'était l'un des repas les plus savoureux qu'il avait eu depuis un moment.

— J'ai besoin d'aide, dit Tomek après que leurs assiettes eurent été emportées et qu'une autre tournée de bacon et d'œufs arrivait pour lui.

— Ça a l'air important.

— Ça l'est, répondit-il.

— Et qu'est-ce que j'obtiens en retour ?

— C'est encore à déterminer.

Abigail joignit ses doigts et pinça les lèvres. — Pas très doué dans l'art de la négociation, n'est-ce pas ?

Tomek soupira. — Que voudrais-*tu* en retour ?

— Être journaliste principale sur ce pour quoi tu as besoin d'aide.

Ce n'était pas complètement déraisonnable, surtout si elle avait déjà de l'expérience sur l'affaire.

— D'accord. Mais tu n'auras qu'une longueur d'avance sur ce que nous dirons à tout le monde, répondit Tomek.

— On verra.

Les relations de Tomek avec la presse ressemblaient beaucoup à ses relations avec les femmes. Aucune ne s'était très bien passée. Et elles s'étaient toujours terminées par un chagrin d'amour. Il en attendait toujours trop et ne donnait presque jamais rien en retour. Mais peut-être que cela était sur le point de changer.

Autour d'eux, les clients continuaient d'aller et venir, et à mesure que l'heure dépassait midi, le café devint très fréquenté, et une petite file d'attente commença à se former à l'extérieur. La deuxième assiette de Tomek arriva peu après, suivie d'une autre tournée de thé pour eux deux.

— Il y a quelques années, commença Tomek, en essuyant le ketchup de sa bouche, quand tu n'étais qu'une journaliste débutante, te nourrissant de tous les restes que ton patron te donnait, j'imagine, tu as travaillé sur un article concernant de jeunes écolières de la région qui avaient été droguées lors d'une série de concerts aux Falaises.

L'affaire ne lui disait rien.

— Elles ont toutes eu des réactions allergiques aux produits chimiques contenus dans les drogues, continua-t-il, essayant de rafraîchir sa mémoire. Et l'une d'elles est morte.

Toujours rien.

— Elle s'appelait Mandy Butler.

Pour stimuler sa mémoire, elle sortit son petit ordinateur portable de sa valise. Après s'être connectée, elle trouva rapidement l'article qu'elle avait écrit.

— Je m'en souviens maintenant, dit-elle. Dix-sept ans. Morte à un concert d'Example.

— C'est ça.

— Mais rien n'a jamais été fait avec l'affaire.

— Exactement.

Tomek tendit la main vers l'ordinateur et le lui prit. Sur l'écran, elle avait chargé le dossier sur son bureau qui contenait les témoignages de témoins, l'article lui-même, un dossier intitulé « Photos » et un autre nommé « Master ». Mais Tomek n'était intéressé par aucun d'entre eux. À la place, il voulait voir son économiseur d'écran. Il réduisit les fenêtres jusqu'à ce qu'il trouve ce qu'il cherchait. C'était une photo de la cérémonie de remise des prix à laquelle ils avaient assisté ensemble. Un selfie d'elle et de ses collègues. Avec Tomek en arrière-plan, parlant à quelqu'un d'autre.

Un sourire apparut sur son visage avant qu'il ne s'en rende compte, et Abigail lui arracha l'ordinateur portable avant qu'il ne puisse réagir.

— Ne dis pas un mot, dit-elle. C'est une vieille photo. J'avais l'intention de la changer.

— Hmm.

— Tais-toi. Maintenant, tu veux mon aide ou pas ?

— S'il te plaît, dit Tomek, sortant ses yeux de chiot. Il massa ses bras et les posa contre la table, puis baissa la voix et lui fit signe de s'approcher un peu plus près. — Hier, le corps d'une jeune fille a été retrouvé. Elle est morte d'une réaction allergique au latex. Un préservatif et un gant ont été découverts enfoncés dans sa gorge.

— C'est horrible, répondit Abigail, bien que l'émotion n'atteigne pas son expression. Comme lui, elle était devenue insensible aux extrémités du métier. — Mais quel rapport avec Mandy Butler ?

— Je pense qu'elles sont liées. De la même manière que tu as dû penser que toutes ces filles droguées lors de concerts étaient liées. Je pense qu'il y a un lien entre les deux décès.

Abigail resserra le nœud de ses cheveux. — De quoi as-tu besoin de ma part ?

Son comportement avait changé. Plus d'Abigail drôle et flirteuse. À la place, il était maintenant assis en face de l'Abigail sérieuse et résolue.

— J'ai besoin de parler aux personnes mentionnées dans ton rapport. J'ai besoin de savoir ce qu'elles savent, ce qu'elles ont vu, à qui elles ont parlé, et si elles ont déjà eu un lien quelconque avec Mandy Butler et Lily Monteith.

— Lily Monteith, répéta lentement Abigail. C'est son nom ?

Tomek hocha la tête. Attribuer un nom à un corps le rendait immédiatement plus réel.

— Je crains que quelque chose ne se reproduise, continua-t-il. Et si j'ai raison, j'ai besoin de preuves à apporter à l'Agence nationale de lutte contre le crime.

Le regard d'Abigail tomba sur la tasse de thé sur la table, et elle commença à la tourner progressivement, la déplaçant d'un pouce à la fois avec ses doigts. — Voyons ce que je peux faire, dit-elle. Je ne vais pas te donner les noms. Pas encore. Laisse-moi les contacter, leur parler, voir si elles sont d'accord pour être interrogées. Certaines étaient très jeunes quand elles ont vécu ce qu'elles ont vécu, donc c'est peut-être la dernière chose dont elles veulent discuter. Mais donne-moi un peu de temps. Je verrai ce que je peux faire.

CHAPITRE
DOUZE

Abigail n'avait pas pu préciser quand elle le contacterait. Cela pouvait être n'importe quand, de la fin de la journée à la fin de la semaine. Mais elle avait promis qu'elle contacterait les victimes individuellement. Elle en ferait sa priorité.

Entre-temps, sur le chemin du retour vers le commissariat, Tomek s'était retrouvé à chercher une chemise de rechange chez M&S dans la rue principale. La tache de ketchup provenant du Café Morgana était plus grande qu'il ne l'avait d'abord cru, embarrassante même, et il avait désespérément besoin d'éviter la honte à son retour au bureau. En flânant le long de la rue principale vers le commissariat, déjà vêtu de sa nouvelle tenue, il passait en revue la multitude de magasins et de commerces. HMV, Waterstones, JD Sports, Sports Direct, River Island. Aucune des boutiques où il avait vu Kasia se rendre ou qu'il l'avait entendue mentionner. Aucune où il pourrait entrer et trouver quelque chose pour elle pour Noël. La seule exception était Boots, et même quand il y était allé avec elle, il s'était toujours retrouvé tellement confus et nauséeux par la quantité vertigineuse de maquillage et de produits nettoyants qu'il avait négligé d'y prêter attention. Non, s'il devait lui offrir quelque chose, ce serait à partir de la liste, la liste qu'elle ne lui avait toujours pas envoyée. Et si elle ne l'envoyait pas bientôt, il n'avait aucune garantie qu'elle obtiendrait ce qu'elle voulait. C'était leur premier Noël ensemble, le premier de nombreux à venir, jusqu'à ce qu'elle atteigne dix-huit ans et disparaisse à l'université, ou reste avec lui jusqu'à ses trente ans quand elle réaliserait que le marché immobilier était complètement absurde, et il voulait le rendre mémorable.

En passant devant la gare, Tomek vit un homme vêtu d'un gilet haute visibilité, debout sur le côté de la rue principale, tenant un seau dans ses mains. Penny Picker Pete. Une légende locale de la rue principale de Southend, Pete passait ses journées et ses soirées à traîner devant les boîtes de nuit et les magasins, ramassant la monnaie que les distraits laissaient tomber. C'était une célébrité locale, et le soir, quand les clubs ouvraient, les fêtards et les clubbers prenaient des photos avec lui. Tomek était certain d'avoir déjà pris une photo avec cet homme à un moment donné de sa vie. Bien qu'il ait été sobre et portant un gilet de police à l'époque.

À son retour au bureau, Tomek passa le reste de l'après-midi en réunions. Il était 18 heures lorsqu'il termina sa journée et il n'avait pas grand-chose à montrer. Pas de percée majeure, pas de nouvelles d'Abigail, et aucun signe que le tueur se manifesterait. Une journée absolument désastreuse. Et elle fut encore aggravée par le fait qu'il avait réussi à renverser du thé sur sa toute nouvelle chemise M&S à table.

— Putain de bordel de merde, hurla-t-il, accompagné de quelques autres mots bien choisis, alors que le liquide descendait en rappel le long de sa poitrine.

— Langage ! dit Kasia. Tu sais, tu ne devrais pas boire de caféine après midi de toute façon.

— Vraiment ? Qui a dit ça ?

— La science.

Tomek leva les yeux au ciel et essuya le devant de sa chemise avec un chiffon humide en vain. — Eh bien, si la science était si efficace, elle aurait trouvé un moyen de se débarrasser complètement de cette tache et de garder mes blancs blancs.

— Tu *as* déjà entendu parler du liquide vaisselle et de Vanish, non ?

Tomek lui lança un regard noir puis retira sa chemise. Il la jeta dans le panier à linge et enfila un T-shirt. Pendant qu'il passait le haut par-dessus sa tête, Kasia l'appela lentement, doucement.

— Papa... Sa voix était pleine d'hésitation.

— Tu ne vas pas me parler encore de Billy Turpin, n'est-ce pas ? Parce que j'y ai réfléchi et je préférerais que tu ne l'amènes pas ici, ni que tu ailles chez lui, d'ailleurs.

Quand il ouvrit les yeux, il la vit assise avec les jambes et les bras croisés, un regard de désapprobation sur son visage. — Pourquoi penses-tu automatiquement que c'est ce que je vais dire ? Pourquoi ne me laisses-tu pas finir avant de commencer à parler ?

— Parce que je suis le parent. C'est ce que nous faisons. Tu l'apprendras par toi-même un jour.

— Je peux finir ?

Il hésita plus longtemps que d'habitude juste pour bien faire passer son message. — Oui...

— Bien. Elle tira une mèche de cheveux de sa frange et la glissa dans son bandeau. — Je me demandais si je pouvais sortir une fois avec Lucy et ses amis.

Lucy...

Lucy...

Il parcourut le nom dans le Rolodex de sa tête mais ne trouva rien.

— Qui est Lucy ?

— Cleaves.

Lucy Cleaves. Toujours rien.

— La fille de Nick.

— La fille de Nick ? répéta Tomek, son esprit traînant quelques secondes derrière. — Comme dans, Nick le Méchant ? Comme dans, Commissaire divisionnaire Nick Cleaves ? Comme dans, mon patron ? Tu veux sortir avec sa fille ?

— Ouais.

Eh bien, Tomek pouvait difficilement contester cela. Si Lucy Cleaves était comme son père, alors il savait que Kasia était entre de bonnes mains. Entre des mains plus sûres qu'avec un gamin qui voulait boxer une tonne de bœuf, en tout cas.

— Qu'est-ce que tu prévois de faire avec elle ?

Kasia haussa les épaules. Et si ce geste lui semblait peu engageant, sa réponse l'était encore moins. — Juste traîner...

— Juste traîner comme une bande de voyous.

— Personne ne dit plus *voyous*, Papa. Je ne sais même pas ce que ça veut dire.

— Alors il vaut mieux que toi et Sylvia ne « traîniez » pas avec Lucy et ses amis, sinon tu en apprendras vite la signification.

— C'était juste moi, répondit Kasia sur la défensive. Je n'allais pas inviter Sylvia.

Tomek leva un sourcil. Il sentait une importante leçon de vie se profiler. — Pourquoi pas ? Tu ne vas pas laisser tomber Sylvia pour Lucy et ses amis juste parce qu'ils ont un an ou deux de plus ?

— Eh bien...

Tomek secoua la tête, agitant son doigt en même temps. — Non. Pas question, jeune fille. Ça ne passe pas. Tu ne peux pas simplement abandonner la seule amie qui a été là pour toi depuis que tu as rejoint cette école. Crois-moi, tu as besoin d'elle plus que tu ne le crois, et tu regretteras la décision de la laisser derrière. Soit tu l'intègres aussi, soit tu n'y vas pas.

Il se fichait que ce soit une leçon qu'elle devait peut-être apprendre par elle-même, il ne pouvait pas se permettre de risquer qu'elle perde Sylvia comme amie. La jeune fille avait été la seule à initier un contact avec Kasia à l'école, et cela lui disait qu'elle avait bon cœur, un cœur gentil. Lucy Cleaves pouvait être la personne la plus gentille de l'école, mais elle ne serait jamais aussi gentille que Sylvia. On pouvait en dire autant de toutes les autres filles de l'école et du groupe d'amis de Lucy. Sinon, ce seraient elles qui auraient parlé avec elle dans la cour de récréation le premier jour.

— C'est ce que tu as fait avec Saskia ? répliqua-t-elle.

Saskia, la plus ancienne et la plus proche amie de Tomek.

Saskia, celle pour qui il avait eu le béguin le plus longtemps.

Saskia, celle avec qui il venait de renouer le contact après treize ans de dérive.

— Oui, dit-il. J'ai fait la même chose avec elle, et je l'ai regretté pendant des années.

— C'est pour ça que tu ne lui as pas parlé pendant si longtemps pendant qu'elle était en Écosse ?

— Bon. Ça suffit. Va dans ta chambre.

— Quoi ! Tu es totalement injuste.

— Non, je ne le suis pas. Ce serait injuste de ma part de dire que tu es privée de sortie. Tu veux que je te dise que tu es privée de sortie ? Dis un mot de plus et je peux faire en sorte que ça arrive.

Il ne l'avait jamais privée de sortie auparavant. N'avait jamais eu le cran de le faire. Mais maintenant elle allait le tester. Et il espérait qu'elle ne l'appelle pas sur son bluff. Il ne voulait pas être l'un de ces parents, comme *ses* parents, qui lui interdisaient tout. Mais elle rendait les choses tellement impossibles parfois.

Pour se calmer, il trouva le numéro de portable de Saskia dans son téléphone et lui demanda si elle était disponible pour boire un verre.

— Encore un verre tardif dans un bar ? dit-elle froidement. Les gens pourraient commencer à se poser des questions, Tomek.

Il se fichait de ce que les gens pensaient.

Tout ce qui lui importait en ce moment, c'était une distraction. Quelque chose pour le détourner de Lily Monteith et Mandy Butler. Quelqu'un pour le détourner de Kasia et des similitudes entre elle et les victimes de meurtre. Quelqu'un pour le détourner de la pensée d'elle et de Billy le Boxeur de Vaches.

Ils se retrouvèrent dans ce qui devenait rapidement leur cachette habituelle. Un bar au centre de Leigh Broadway appelé Moo-Moos, un nom qui ne lui échappait pas.

— Comme d'habitude ? demanda le barman alors qu'ils se dirigeaient vers le comptoir.

— En sommes-nous déjà à ce stade ? répondit Tomek, regardant entre le barman et Saskia.

— Je pense que oui, répondit-elle. Nous ne sommes venus ici que deux fois.

— On doit être les seuls à faire tourner l'affaire, chuchota Tomek à son intention tandis que le barman préparait leurs boissons.

Une fois servis, ils trouvèrent une place dans le coin près de l'entrée. Tomek était assis dos à la fenêtre, pendant qu'elle observait tout ce qui se passait derrière lui.

— J'espère que je n'ai pas gâché ta soirée, lui dit-il en sirotant son mojito. C'était l'un des meilleurs qu'il ait jamais goûtés. Il ne savait pas pourquoi il en avait commandé un, et en semaine en plus ; il se sentait aventureux.

— Juste le train-train habituel. Assise seule avec un verre de vin blanc et des devoirs d'enfants illettrés devant moi.

— Je ne te retiendrai pas trop longtemps, répondit-il. On dirait que tu as besoin d'y retourner au plus vite.

Elle rit, et ce faisant, le blanc de ses yeux s'illumina. Ils passèrent les cinq minutes suivantes à se mettre au courant. À combler les lacunes des dernières semaines depuis qu'ils s'étaient vus.

— Quels sont tes projets pour Noël ? lui demanda-t-il après qu'elle eut fini d'expliquer que son directeur était sur le point de partir pour un nouveau poste dans une école plus performante.

— Rien d'excitant. Je rentre à la maison pour la semaine. Visite chez maman et papa.

— Sympa.

— Et toi ?

— Kasia et moi fêtons ensemble. Juste nous. Elle a tout un programme prévu. C'est très strict aussi. Cadeaux le matin. Puis petit-déjeuner - œufs brouillés sur toast, son choix. Ensuite elle veut regarder *Vaiana* de Disney. Puis dîner, qui sera apprécié à la table sans la télévision en arrière-plan. Ensuite, nous devons jouer à quelques jeux. Puis nous finirons la soirée en regardant une comédie romantique sur Netflix ou autre chose, moment où je risque de m'endormir sur le canapé.

— Ça a l'air d'être une journée merveilleuse, honnêtement. Alors pourquoi as-tu l'air de ne pas t'en réjouir ?

— Parce que je ne lui ai pas dit que nous, les Polonais, célébrons Noël le vingt-quatre. Je ne suis pas sûr de ce que cela va faire à ses plans. Ça pourrait tout déséquilibrer et les ruiner.

Saskia prit lentement une gorgée de son verre de vin et l'observa attentivement. — Dans tous les cas, ça semble être mon idée d'un bon Noël.

— La mienne aussi. Je pense que nous garderons la visite chez mes parents pour l'année prochaine. Elle n'a pas besoin d'être soumise à cela tout de suite. C'est un carnage de la plus haute volée.

Du moins, c'était ce qu'il en avait été la dernière fois qu'il y était allé.

Peu après, le sujet de conversation se tourna vers l'école. Et la conversation entre Billy le Boxeur de Bovins et Kasia.

— Quelle chose stupide à dire, dit Saskia. Il n'y a absolument aucun moyen pour quiconque de mettre une vache K.O.

Tomek leva les yeux au ciel. Ce n'était pas la réponse qu'il s'attendait à entendre. Il avait espéré qu'elle lui dirait qu'il avait raison d'empêcher sa fille de voir Billy le Boxeur de Bovins, qu'elle confirmerait sa décision parentale.

— La vraie question est de savoir si tu pourrais *distancer* une vache à la course.

Tomek laissa tomber sa tête dans ses mains. Cela devenait incontrôlable. Mais alors qu'il était assis là, fixant l'espace entre la table et ses jambes, il ne pouvait s'empêcher de s'imaginer sur une piste de course, confronté à un taureau d'une tonne.

— Je dois juste être plus rapide que la personne la plus lente, dit-il.

— C'est cliché. Et nul. Ne gâche pas le plaisir. Elle prit une autre gorgée. — Dans un face-à-face. Qui gagne ? Toi ou la vache ?

— De quoi parlons-nous, une vache Shetland ou une vache qui fait meuh ?

— Qu'est-ce qu'une vache qui fait meuh ?

— Une qui fait *meuh*.

Elle secoua la tête avec dérision. — Peu importe. L'une ou l'autre. Réponds juste à la question. Penses-tu pouvoir distancer une vache à la course ?

Il réfléchit un peu plus longtemps. Imagina le scénario : lui-même, en pleine forme, entièrement équipé des derniers vêtements de sport aérodynamiques de haute technologie, sprintant pour sa vie dans une course aussi fictive que ridicule.

— Oui, répondit-il sans honte.

— Faux, fit la voix du barman derrière le comptoir.

Ils ne s'en étaient pas rendu compte, mais dans la chaleur de leur discussion, ils avaient élevé la voix et criaient presque l'un contre l'autre.

Sur quelque chose de fictif et de ridicule.

— Votre vache moyenne peut courir, en *moyenne*, environ quarante kilomètres par heure, poursuivit le barman. Usain Bolt a à peine atteint quarante-trois km/h quand il a battu le record du monde. Maintenant, à moins que nous ne soyons tous aussi rapides que l'homme le plus rapide du monde, je ne pense pas qu'aucun de nous n'ait la moindre chance.

Ils remercièrent l'homme pour sa contribution, puis il s'éloigna tranquillement pour reprendre ses fonctions. Quand Saskia se retourna vers Tomek, elle arborait un air suffisant et je-sais-tout sur son visage.

— Oh, allez, répliqua-t-il. Comme si tu connaissais la réponse à ça.

— Bien sûr que oui. Je suis enseignante. C'est la première chose qu'on t'apprend à l'école des enseignants. Elle fit une pause. — D'ailleurs, nous avons déjà eu la même discussion dans ma classe à plusieurs reprises, bien que je devrai aborder le sujet de *se battre* contre une vache dans mon prochain cours.

— Qu'est-ce que c'est que cette fascination des enfants pour les vaches ? À notre époque, on les faisait simplement basculer pour s'amuser. On ne pensait jamais être plus forts que les vaches. Quand est-ce que cette mentalité a changé ?

Elle haussa les épaules. — Ce sont des enfants, Tomek. Ils disent les conneries les plus stupides. L'autre jour, quelqu'un m'a dit que les chauves sont une conspiration. L'un d'eux a écrit « les pigeons ont tué Ben Laden » sur le tableau blanc pendant que j'étais hors de la salle. Et quelqu'un m'a dit qu'il allait m'acheter un Cameo pour mon anniversaire, et je ne sais même pas ce qu'est un Cameo !

— Malheureusement, moi si. Kasia dit que c'est un truc où des célébrités facturent des sommes exorbitantes pour une vidéo rapide où elles disent joyeux anniversaire ou une autre platitude.

— Ce que je veux dire, c'est qu'à cet âge, ce sont juste des gamins de treize ans stupides qui essaient d'être drôles. Ils sont pleins d'hormones et pensent que la meilleure façon de s'impressionner les uns les autres est de s'injecter une combinaison puissante de prétention et d'idiotie à doses égales chaque jour. Tu y es passé, j'y suis passée, et je suis à peu près sûre que tu étais exactement pareil.

— Donc ce que tu es *vraiment* en train de dire, c'est que je devrais être plus indulgent avec ce Billy Turpin ?

— Non. Je dis que tu devrais arrêter d'être si coincé. Ce n'est pas un bon look pour toi. Et tu auras bientôt l'air d'avoir la cinquantaine alors que tu n'auras que quarante et un ans.

Tomek n'aimait pas entendre ça. Il tirait fierté du fait qu'il paraissait dix ans de moins que son âge réel. Cela flattait son ego narcissique quand les femmes qu'il rencontrait disaient qu'il était trop jeune pour avoir une fille de treize ans. Il avait travaillé dur pour avoir l'air aussi jeune. Une routine quotidienne réfléchie et délicate de crèmes hydratantes, de lotions et de produits anti-âge, avec un peu de teinture pour sa barbe et ses cheveux de temps en temps.

— Je suppose que tu as peut-être raison, dit-il calmement. Je pensais probablement pouvoir affronter environ cinq vaches à la fois.

— Double ça, et ça ressemble au Tomek avec qui j'avais l'habitude de m'asseoir en cours de sciences.

Tomek rit et finit son verre. Il avait besoin de ça. Une caisse de résonance. Quelqu'un à qui parler des choses dont il ne savait rien. Même si Saskia n'avait pas d'enfants elle-même, elle avait côtoyé suffisamment d'entre eux pour savoir comment ils étaient, et elle était tellement plus sage que lui en général, l'avait toujours été, qu'il sentait qu'il pouvait lui demander n'importe quoi et qu'elle aurait une réponse intelligente, logique et réfléchie.

Quand le sujet de commander un autre verre fut abordé, Saskia le remercia mais refusa. Le travail. Les matins tôt. Rien contre quoi Tomek pouvait argumenter puisqu'il avait la même chose au programme. Alors qu'ils s'apprêtaient à partir, ils remercièrent le barman et lui dirent en plaisantant qu'ils le reverraient dans quelques semaines, dans la nouvelle année.

Alors qu'ils se dirigeaient vers leurs voitures garées sur le côté de la route, Tomek entendit son nom appelé. Un cri aigu et perçant.

Il se retourna pour voir Abigail Winters s'approchant de loin. Elle portait une robe noire moulante avec des talons hauts et un mini-sac sous le bras.

— Que fais-tu ici ? demanda-t-elle.

Il aurait pu lui demander la même chose.

— Sorti boire un verre avec une vieille amie, répondit-il.

— Pareil. J'étais sortie prendre quelques verres avec certains de mes vieux amis aussi. De mes débuts en journalisme.

Il pouvait le dire. L'odeur d'alcool sur son haleine et sa parole pâteuse suggéraient qu'elle en avait eu plus que quelques-uns.

— Tu rentres chez toi ? demanda-t-elle, l'espoir teintant sa voix.

— On dirait bien, répondit-il.

— Tu n'as pas envie de rester pour un de plus ? Mes amis ont appelé ça une nuit, mais j'imagine que je pourrais supporter un ou deux verres de plus.

Tomek hésita. Puis prit soudain conscience que Saskia observait leur interaction.

— Pas ce soir, lui dit-il.

Elle s'approcha alors, ses talons hauts claquant sur le trottoir. — Dommage, dit-elle. J'*allais* te dire en privé que j'ai parlé avec les filles, mais je suppose que je vais devoir le faire *maintenant* à la place.

Tomek sourit maladroitement, trouvant la situation légèrement inconfortable. — Si ça ne te dérange pas, répondit-il. Qu'ont-elles dit ?

— Je suis désolée, mais elles ont dit qu'elles ne veulent pas être contactées par toi. Elles ne te parleront pas.

— Tu as demandé pourquoi ?

Elle rota et couvrit sa bouche avec sa main. — Elles ne veulent pas revivre le passé. C'est trop douloureux pour elles toutes.

— Tu leur as dit que je suis policier ?

— Oui.

— Et ça n'a rien changé ?

— Non.

Merde.

— Très bien, lui dit-il. Nous réglerons ça demain matin. Bonne nuit, Abigail.

Si elle était offensée par sa brusquerie, elle ne le montra pas. Quand elle partit, elle s'éloigna avec assurance sur ses talons hauts, s'assurant que Tomek la regardait partir. Ce qu'il fit docilement. Alors que son corps ondulait sous sa tenue, il fut transporté à la nuit de leur baiser.

Puis il fut ramené au présent par Saskia ouvrant la portière de sa voiture. Au moment où il se retourna pour la regarder, elle se glissait déjà dans sa voiture, lui lançant un de ces regards menaçants qu'elle lui adressait chaque fois qu'elle n'était pas impressionnée par lui.

— Quoi ? lui lança-t-il. Ce n'est pas ce que tu crois.

— Quelle partie, les filles qui ne veulent pas te parler ou celle qui t'a commodément trouvé au milieu de la rue principale à onze heures un lundi soir et t'a demandé de rester pour un autre verre ?

CHAPITRE
TREIZE

Tomek n'avait pas pu retenir son bâillement.

— Je t'ennuie, peut-être ? demanda le commissaire Cleaves.

Tomek secoua la tête.

— Bien. Comme je disais, es-tu sûr d'avoir exploré toutes les pistes ?

— Oui. Le seul problème, c'est que les victimes refusent de nous parler.

— On ne peut pas faire plus pression ?

— Je me renseigne, répondit Tomek. Mais ce qui m'intéresse davantage, c'est pourquoi on a tant attendu avant d'exercer cette pression.

Le visage de Nick se crispa. — Pardon ?

— L'autre soir, j'ai parcouru les notes sur la mort de Mandy Butler et je suis tombé sur un email de Tony à votre attention, monsieur, demandant plus de ressources pour enquêter sur les agressions des filles. Son email est resté sans réponse. Et aucune ressource supplémentaire n'a été accordée.

Nick secoua la tête et frappa son bureau du plat de la main. — C'est quoi ce bordel ? C'est une sorte d'interrogatoire ? Tu travailles pour l'IOPC maintenant ? Ils t'ont chargé d'enquêter sur mes erreurs ?

— Non, monsieur, dit Tomek aussi calmement qu'il le pouvait.

— J'ai fait une erreur, d'accord ? C'était il y a deux ans. À peu près quand Robbie est parti à l'armée. Je n'étais pas dans un bon état d'esprit. Nous n'étions pas dans un bon état d'esprit en tant que famille. C'est aussi simple que ça. Je reconnais que c'était un oubli de ma part. Nick baissa la tête, toute son agressivité et sa combativité le quittant soudainement. — Mais... mais je vais me rattraper auprès de ces filles, crois-moi. C'est pour ça que je voulais que tu t'occupes de cette affaire. Tu es comme un chien avec un os parfois, et maintenant que tu as Kasia dans ta vie, je pense que tu auras une détermination renouvelée pour trouver le responsable. Après tout, c'est *toi* qui as trouvé le lien.

Tomek ne savait pas si cette remarque était censée flatter son ego ou l'offenser d'une certaine manière, mais il décida de rester silencieux et de laisser Nick continuer.

— Je... je... Il s'étrangla, puis secoua la tête. — Tu as la réunion avec la NCA dans une heure. Tu dois t'y préparer.

Tomek se leva à moitié de sa chaise et s'arrêta. — Ce n'est probablement pas le meilleur moment pour en parler, commença-t-il, mais il semble que nos filles soient maintenant en contact. Je ne sais pas d'où leur est venue cette idée, mais Lucy a invité Kasia et son amie à sortir ensemble un de ces jours.

La surprise se dessina sur le visage de Nick. — Ça te va ? demanda-t-il. Elle a quelques années de plus que Kasia.

— Tu fais confiance à ta fille ?

— Quoi ?

— Si tu lui fais confiance, alors je lui fais confiance.

— Bien sûr que je lui fais confiance.

— Alors c'est bien. Réglé. Ça me va. Ta fille et ma fille seront amies.

— Ne va pas croire que ça signifie qu'on doit en faire autant.

Tomek se leva complètement. — Tu sais bien que tu m'adores, dit-il avec un clin d'œil. Imagine si ma fille était un garçon et qu'*ensuite* ils voulaient devenir amis ? *Là*, ce serait intéressant.

— Je préférerais poncer le cul d'un tigre dans une cabine téléphonique plutôt que d'envisager cette perspective, répondit Nick. Maintenant, sors d'ici et fais ton boulot.

Sa relation avec Nick était complexe. Père-fils les bons jours, père-fils les mauvais jours, simplement aux deux extrêmes du spectre. Tomek travaillait avec le commissaire depuis près de quinze ans. Il avait rendu visite à sa famille, passé des soirées chez eux, s'était régalé des délicieux repas faits maison par la femme de Nick. Il avait même été invité à assister à quelques-unes de leurs assemblées scolaires quand ils étaient plus jeunes. Nick en avait trois en tout. Deux filles et un garçon. Les filles étaient à l'école, séparées par quatre ans, tandis que Robbie, l'aîné, avait quitté l'école à seize ans pour rejoindre l'armée. Cette décision avait brisé la famille et résultait d'une querelle de longue date entre le père et le fils biologique. Par conséquent, Nick arrivait souvent aux réunions du matin enragé par quelque chose, quelque chose qu'il n'expliquait pas à l'équipe. Sauf à Tomek. Tomek était le seul à voir et à entendre ce qui se passait derrière les portes closes.

En fermant la porte derrière lui, Tomek réalisa à quel point cet homme avait souffert à l'époque. Qu'il avait pris la décision de Robbie de quitter la famille plus durement qu'il ne l'avait laissé paraître. Au point d'avoir été négligent dans son travail.

Mais cela ne l'avait pas empêché de défendre Tomek chaque fois qu'il en avait eu besoin, chaque fois qu'il avait fait un faux pas, commis une erreur, poussé les choses trop loin. Nick avait toujours été le premier à venir à sa défense. Et maintenant c'était au tour de Tomek ; en lâchant la poignée, il décida que si quelqu'un de l'Agence nationale contre le crime voulait savoir pourquoi les incidents impliquant les surdoses présumées de drogue n'avaient pas été poursuivis au-delà d'un simple rapport et de quelques déclarations de témoins, alors Tomek défendrait, défendrait, défendrait.

Nier.

Nier.

Nier.

CHAPITRE
QUATORZE

La réunion avec l'Agence nationale contre le crime ne s'était pas déroulée comme Tomek l'avait espéré. Les personnes dont le travail consistait à repérer et à enquêter sur les indices révélateurs d'un tueur en série n'avaient pas saisi le lien que Tomek leur avait expliqué. Ils avaient ignoré les preuves qu'un tueur ciblait des adolescentes en fonction de leurs allergies.

— Il y a trop de suppositions, lui avait expliqué Naomi Mackenzie, dont seul le haut du corps était visible à l'écran. Même s'il y avait une troisième victime, je ne pense toujours pas que cela répondrait aux critères.

Tomek avait tiqué à cette expression.

Les critères.

Les critères qui devaient être remplis pour qu'un meurtre puisse être enquêté différemment. Les critères qui devaient être remplis pour justifier les ressources supplémentaires et les dépenses.

Tomek était prêt à lui donner quelques critères bien à lui, mais il s'était ravisé, se rappelant qu'ils étaient tous du même côté. Même si, parfois, ce n'était pas l'impression qu'il avait.

Pour se calmer et prouver davantage son point de vue, Tomek quitta le bureau et se rendit auprès d'Elsie Rawcliffe. L'amie de Mandy Butler. Celle qui était avec elle la nuit de sa mort, celle qui avait vu

Mandy payer pour les drogues qui l'avaient tuée, qui avait vu son amie souffrir et mourir sous ses yeux. Tomek s'était présenté à son lycée et avait demandé à lui parler discrètement. La directrice des classes préparatoires avait été plus qu'heureuse de l'aider et s'était assurée qu'Elsie resterait disponible pendant que Tomek lui parlerait, mais pas avant d'avoir appelé les parents pour leur expliquer ce qui se passait. À ce moment-là, Tomek avait été obligé d'attendre que les parents d'Elsie quittent leur travail et se rendent à l'école. Ils étaient arrivés près de trente minutes plus tard, et pendant ce temps, Tomek avait gardé la conversation brève et générale - lui demandant des nouvelles de ses études, du lycée en général, de la vie sans Mandy Butler. La jeune fille était visiblement nerveuse, ce qui était compréhensible, et il pouvait voir qu'elle revivait les événements de cette nuit dans sa tête, regardant son amie mourir encore et encore avant même qu'ils n'aient commencé la discussion.

— Prenez votre temps, lui dit-il. Vous n'êtes pas en état d'arrestation ni rien de tel, j'ai juste besoin de vous poser quelques questions sur ce qui est arrivé à Mandy la nuit de sa mort.

— De quoi s'agit-il ? demanda la mère d'Elsie, une femme qui s'était présentée comme Docteur Rawcliffe. Elle était assise à quelques centimètres de sa fille, prête à l'entourer de son bras quand les choses deviendraient trop difficiles. À moins qu'elle ne soit prête à l'emmener au moment où elle déciderait que la conversation était devenue trop pénible.

— L'autre jour, une jeune fille du même âge que Mandy au moment de sa mort a été retrouvée dans le parc John Burrows. Elle est morte d'un choc anaphylactique. Nous enquêtons actuellement sur ces deux décès pour voir s'il existe un lien entre eux, expliqua Tomek. C'était plus qu'elle n'avait besoin de savoir. Plus qu'il n'aurait voulu qu'elle sache, mais il avait l'impression que le Docteur Rawcliffe ne le laisserait pas continuer tant qu'elle ne serait pas satisfaite de sa réponse.

— Très bien, répondit le médecin, puis se tourna vers sa fille. Si tu veux arrêter à n'importe quel moment, tu peux le faire. Tu comprends ?

Elsie acquiesça énergiquement, soutenant le regard de Tomek.

— Que voulez-vous savoir ? demanda-t-elle d'un ton posé, la

régularité de sa respiration évidente alors qu'elle inspirait et expirait de manière contrôlée.

— Tout d'abord, j'aimerais savoir si vous vous souvenez du visage de l'homme à qui Mandy a acheté la drogue. Était-ce même un homme ?

— Oui, répondit Elsie.

Tomek savait que c'était un homme, mais il valait mieux jouer l'ignorant ; de cette façon, elle parlerait davantage, et plus elle parlerait, plus elle pourrait se souvenir d'un détail mineur.

— Vous vous souvenez de son visage ?

— Un... un peu.

— Pourriez-vous peut-être me le décrire ?

— Il... je veux dire, il faisait sombre, il y avait tellement de monde. Et tout s'est passé si vite. Il n'est pas exactement resté dans les parages. Elle prit une grande inspiration, la retint, puis laissa lentement son corps se dégonfler. Il était de taille moyenne, je dirais. Plus petit que vous. Cheveux noirs épais. Peut-être une barbe.

Tomek hocha la tête, se forgeant une image de l'homme dans son esprit. — Seriez-vous prête à donner cette description, et peut-être quelques détails supplémentaires, à un artiste pour que nous puissions créer un portrait-robot ? Parfois, nous constatons que cela aide à raviver votre mémoire.

Elsie fit une pause et se tourna vers sa mère, qui à son tour hocha la tête en signe d'approbation. — D'accord, dit-elle doucement. Je pense que ce serait bien.

— Excellent. Je vais demander à l'un des membres de mon équipe de s'en occuper. Ils vous contacteront. À l'époque, continua-t-il, avez-vous reconnu l'homme ou avait-il l'air d'un parfait inconnu ?

Elsie secoua la tête. — Mandy le connaissait. Quand il est venu vers nous, elle lui a fait un câlin et puis elle l'a payé pour la drogue. Je... j'ai... j'ai essayé de l'arrêter mais elle ne voulait pas m'écouter. Je ne sais pas pourquoi elle pensait que c'était une bonne idée. Elle en avait déjà pris avant et je... je lui ai dit que je ne voulais rien avoir à faire avec ça, mais elle ne voulait pas m'écouter.

Tomek étudia le visage d'Elsie. Les lignes sur son front, la dilatation de ses pupilles, le tremblement dans sa voix, et en conclut qu'elle disait la vérité. Qu'elle n'avait pas été tentée d'essayer la drogue, qu'elle ne rejetait pas simplement toute la faute sur Mandy Butler pour échapper à la colère de sa mère médecin.

— Après cette rencontre, reprit Tomek. Avez-vous demandé à Mandy de vous dire qui était cet homme ?

— J'ai essayé, mais elle ne voulait pas me le dire. Elle m'a juste dit que c'était quelqu'un qu'elle connaissait de l'école.

— *Cette* école ?

Tomek se tourna vers la directrice des classes préparatoires assise au fond de la salle, comme s'il s'attendait à ce qu'elle connaisse la réponse. La perspective que le tueur ait été quelqu'un de l'école même où il se trouvait excitait Tomek.

— Pas cette école, non, répondit Elsie, et une expression de soulagement s'afficha sur le visage de la directrice. Mandy vivait à Manchester quand elle était plus jeune. Elle est venue ici au début de la seconde, je crois.

— Oui. C'est exact, ajouta la directrice, bien qu'il fût évident, à l'hésitation dans sa voix, qu'elle n'avait aucune idée de ce dont elle parlait.

Tomek prit note. Manchester. Quelqu'un d'une école à Manchester où elle avait été.

— Connaissez-vous le nom de l'école ? demanda Tomek.

Elsie secoua à nouveau la tête. — Elle n'en parlait pas. Ils sont revenus ici uniquement parce que sa mère avait le mal du pays. Son père était d'ici à l'origine.

— Et vous avez mentionné que ce n'était pas la première fois que Mandy achetait de la drogue, commença Tomek. Savez-vous à quelle fréquence elle en prenait ?

— Je pense qu'une ou deux fois seulement. Juste du cannabis... je crois. Elle et quelques autres personnes de notre école allaient dans les bois en face et fumaient après les cours parfois, mais je ne m'en suis jamais approchée. J'avais trop peur.

Donc elle était passée du cannabis à l'ecstasy. Un saut qui l'avait tuée. Et elle était devenue une affiche pour les dangers de la drogue.

Le cannabis, la drogue passerelle qui mène à la mort.

Alors qu'il était assis là, digérant l'information, plusieurs choses lui apparurent clairement. Et il avait honte d'admettre que ce n'était pas du tout à propos de Mandy Butler ou de Lily Monteith. C'était plutôt à propos de sa propre fille.

Que les amis de Mandy et de Lily en savaient plus sur leurs amies que les parents n'en savaient sur leurs propres enfants. Et que, si c'était une vérité universelle, il était temps qu'il commence à se rapprocher de Sylvia et de sa mère, Louise. Parce que la dernière chose qu'il voulait, c'était que l'histoire se répète. Et que Kasia abandonne son amie pour quelqu'un de plus cool, enfreigne les règles, se retrouve mêlée à la drogue, et devienne une autre affiche.

Peu importait qu'elle n'ait que treize ans. Les risques étaient toujours aussi présents pour elle que pour n'importe qui.

En quittant la salle, Tomek remercia Elsie pour son temps et prit les coordonnées de la famille pour que l'artiste puisse les contacter concernant le portrait-robot. Puis il remercia la directrice, lui rappela qu'il la recontacterait, et se dirigea vers sa voiture. Juste au moment où il allait fermer la portière derrière lui, son téléphone portable sonna.

Abigail.

Avec de bonnes nouvelles, espérait-il.

— Trois fois en deux jours ? C'est plus que je ne parle avec mon voisin, et on se voit presque tous les jours.

— Tu voudrais que ce soit quatre ce soir ?

— Seulement si tu as quelque chose pour moi.

— Pourquoi faut-il toujours que ce soit donnant-donnant ? Deux amis ne peuvent-ils pas sortir boire un verre sans rien attendre l'un de l'autre ? Tu n'avais pas l'air d'avoir de problème avec ça hier soir quand je t'ai trouvé.

— Je croyais que tu étais trop ivre pour t'en souvenir.

— Arrête. J'étais un peu pompette. Rien d'autre. Alors, qu'en dis-tu ? Un verre ce soir ?

Tomek fit une pause pour consulter son agenda imaginaire.

— Il faudra que je vérifie d'abord avec ma fille, mais je ne pense pas que ce soit un problème.

CHAPITRE
QUINZE

Kasia lui avait lancé ces mots avant qu'il ne parte pour le Moo-Moos, et ils résonnaient encore dans son esprit lorsqu'il franchit la porte.

— On dirait que tu n'as pas besoin de conseils amoureux, avait-elle dit. Deux femmes en deux nuits. Tu es un homme occupé. Juste pas de frères ou sœurs supplémentaires, s'il te plaît.

Cette pensée avait noué l'estomac de Tomek. Ce n'était pas seulement l'idée d'avoir un nouveau-né à la quarantaine, mais aussi le fait que, seulement un jour ou deux auparavant, elle avait esquivé la discussion sur les fleurs et les abeilles. Et maintenant, c'était elle qui abordait le sujet. Qu'est-ce qui avait changé ? Qu'est-ce qui l'avait encouragée à être si directe à ce sujet ?

Il ne savait pas, mais il était à la fois choqué et encouragé par son choix de mots. Lorsqu'elle était entrée dans sa maison et avait été propulsée dans sa vie, elle avait été, naturellement, réservée et silencieuse, timide, craintive. Mais maintenant qu'elle se sentait installée dans son foyer et sa vie scolaire (et aussi maintenant que le harcèlement avait cessé), elle devenait plus ouverte, le lien de leur relation se renforçant. Ils n'étaient pas seulement père et fille, ils devenaient aussi, de plus en plus rapidement, comme de meilleurs amis au fil des jours. Ils discutaient de choses comme l'âge adulte, les amitiés, les relations, bien plus tôt qu'il ne l'avait prévu. Et il ne voulait pas entraver cela. Si elle lui faisait suffisamment confiance pour s'ouvrir sur ces sujets, alors il ne ferait rien qui puisse compromettre cette confiance.

Peut-être que permettre à Billy le Combattant de Vaches de passer la soirée chez eux n'était pas une si terrible idée, après tout.

Comme il s'approchait du bar, l'homme derrière commença à préparer sa commande.

— Un verre de vin aussi pour votre compagnie ce soir ?

Tomek rit maladroitement. — Je ne suis pas tout à fait sûr, en fait. Je crois qu'elle aime le rouge.

— Quelqu'un d'autre, n'est-ce pas ?

Tomek savait où cette conversation menait. — Juste une amie.

Le barman lui lança un regard entendu, lui tendit sa boisson et lui dit qu'il l'ajouterait à l'addition.

— Je vais payer maintenant, merci, dit-il. Elle pourra commander la sienne quand elle arrivera.

— Waouh, répondit le barman. C'est *vraiment* juste une amie.

Pour l'instant, du moins.

Tomek ne pouvait nier l'histoire, ni la chimie et la tension sexuelle entre eux. Mais pour l'instant, il ne pouvait pas penser à cela. Ne voulait pas y penser. Mandy et Lily étaient mortes parce qu'un tueur malveillant et maléfique les avait assassinées, et il devait découvrir qui c'était avant même de pouvoir envisager d'entrer dans une relation romantique avec qui que ce soit.

Tomek consulta sa montre à plusieurs reprises pendant les dix minutes suivantes jusqu'à son arrivée. Au moment où elle se présenta enfin, il avait fini sa bière par frustration et avait finalement décidé de payer une seconde boisson pour lui-même et un verre de rosé pour Abigail, ignorant le sourire narquois du barman lorsqu'il avait posé sa carte sur la machine.

— C'est agréable, dit-elle alors qu'ils s'asseyaient aux mêmes places que Tomek et Saskia la veille. On devrait faire ça plus souvent.

— Peut-être, répondit-il. Je ne pense pas que Sean serait très heureux de ça.

— Sean ne s'en souciera pas, répliqua-t-elle, le contredisant immédiatement. Et tu le sais bien.

Sa relation avec le sergent avait été brève, un éclair instantané qui n'avait duré que quelques semaines, mais Sean n'avait pas bien vécu la rupture. Il avait essayé à plusieurs reprises de faire fonctionner les choses, mais quelque chose s'était interposé entre eux. Quelque chose qui s'était immiscé dans leur relation et avait causé une grande division : Tomek. Tout ça à cause d'une nuit d'ivresse, d'un baiser échangé sous l'effet de l'alcool.

Mais Tomek ne voulait pas revenir sur le passé.

— Pourquoi m'as-tu fait venir ici, Abigail ? demanda-t-il.

— Comment s'est passée ta réunion avec la NCA aujourd'hui ?

Tomek hésita. Comment était-elle au courant ? Avait-elle placé des petits dispositifs d'enregistrement sur son bureau ? En avait-elle mis un sur lui la nuit dernière ? Ou Sean continuait-il à lui fournir des informations ? Quoi qu'il en soit, cela le mettait mal à l'aise. Et une chose lui apparaissait clairement : elle détenait tout le pouvoir dans cette conversation et n'était pas disposée à la précipiter juste pour lui faire plaisir.

— Pas très bien, lui dit-il. Ils n'ont pas accepté de s'en occuper.

— Je suis désolée d'entendre ça, répondit-elle, son ton chargé de sincérité, ce qui était l'une des rares fois où il avait remarqué cette inflexion dans sa voix.

— J'ai besoin que ces filles se manifestent et nous aident de quelque façon que ce soit.

— Je sais, dit-elle, en passant son doigt sur le bord de son verre. Mais je ne pense pas qu'elles vont céder sur ce point.

— N'y a-t-il rien d'autre que nous puissions faire ?

La frustration affectait généralement les affaires impliquant de jeunes victimes. Les souvenirs de ce qui leur était arrivé les empêchaient de faire confiance à quiconque, même à la police, et alors elles gardaient le silence, ce qui permettait à leurs agresseurs de continuer à commettre leurs crimes. Mais il avait maintenant accepté que cela faisait partie du travail et qu'il lui incombait de trouver des moyens nouveaux et innovants pour contourner ces obstacles.

— Je pense avoir quelque chose qui pourrait t'intéresser.

Les yeux de Tomek s'écarquillèrent et ses oreilles se dressèrent.

— Je t'écoute.

— J'ai fait quelques recherches hier et aujourd'hui, j'ai parlé avec quelques contacts, rencontré de vieux amis. Elle prit une gorgée de vin, prenant son temps, lui ôtant le pouvoir. Et je pense avoir trouvé une affaire similaire, impliquant une femme à Manchester.

— *Manchester* ?

Tomek pouvait sentir ses paumes commencer à transpirer.

— Oui. La ville du nord. Je n'y suis jamais allée, mais j'ai entendu dire qu'elle s'est transformée récemment.

— Qu'est-ce qui s'est passé à Manchester ? Qui était-ce ? Quand ? Où ?

Tomek ne pouvait pas se contenir. Ses paumes étaient maintenant recouvertes d'une fine couche de sueur, il était assis au bord de son siège, et il était tellement penché en avant sur la table qu'on aurait dit qu'il allait l'embrasser.

— Il y a cinq ans, commença-t-elle, en parlant lentement exprès pour le provoquer, une femme nommée Diana Greenock a été retrouvée morte dans son appartement au rez-de-chaussée à Manchester. Quand son amie l'a trouvée, elle a vu un chat assis au pied de son lit. Diana Greenock était allergique aux chats. Elle était aussi gravement asthmatique. Le chat avait disparu pendant quelques jours, et alors que Diana dormait un soir, selon la théorie, le chat serait entré par la fenêtre au milieu de la nuit et l'aurait tuée.

— Elle a été tuée par un chat ? demanda Tomek, stupéfait.

— Non. L'autopsie indique que son allergie avait réagi à la présence du chat, ce qui avait déclenché son asthme, qui est ce qui a fini par la tuer.

— Donc un chat se faufile dans sa chambre, se tient simplement là, et elle meurt.

Abigail hocha la tête. — Ce n'est pas exactement comme je le formulerais, mais après tout, *je* suis la journaliste.

Tomek but lentement sa bière. Si ce n'était pas pour la découverte antérieure que Mandy Butler avait autrefois vécu à Manchester, il n'aurait pas établi le lien. Mais maintenant, il ne pouvait pas se le sortir de la tête. Que, si c'était le même tueur, alors Diana Greenock pourrait avoir été sa première victime. Qu'il avait enseigné à Mandy Butler d'une manière ou d'une autre dans une école à Manchester. Qu'il l'avait suivie, elle et sa famille, vers le sud. Qu'il avait attendu des années pour la tuer.

Les intervalles entre les meurtres préoccupaient Tomek. Trois ans entre les morts de Diana Greenock et de Mandy Butler, et maintenant un intervalle de deux ans entre Mandy Butler et Lily Monteith. Cinq ans au total. Du peu qu'il savait sur les tueurs en série, ce qui était maintenant le terme correct à utiliser si c'était vraiment le cas, il savait que quel que soit le désir qui les poussait, il deviendrait bientôt trop difficile à supporter et que les intervalles entre les victimes deviendraient de plus en plus courts. Qu'il pourrait avoir une autre victime sur son bureau bien plus tôt que prévu.

— Quel âge avait Diana Greenock ? demanda Tomek, après avoir réalisé qu'il n'avait rien dit depuis un moment.

— Je crois qu'elle avait vingt-huit ou vingt-neuf ans. Je ne me souviens pas exactement.

Cela ne semblait pas correspondre au schéma. À moins, bien sûr, que les choses n'aient mal tourné avec la première victime. Qu'elle n'était pas morte comme il l'aurait voulu, et qu'il avait donc réduit l'âge de ses victimes à quelqu'un sur qui il pourrait avoir plus de contrôle, plus de pouvoir. Et avec les deux dernières victimes âgées de quinze ans, il avait trouvé le point idéal.

— Sais-tu ce qui s'est passé avec l'enquête policière ? demanda Tomek.

— D'après ce que je comprends, la police a interrogé les colocataires de son immeuble et en est restée là. Il n'y avait aucun signe d'effraction, et le chat avait disparu quelques jours auparavant, alors on a supposé qu'il s'était simplement faufilé à l'intérieur.

— Ou que c'est ainsi que quelqu'un avait fait en sorte que ça paraisse.

CHAPITRE
SEIZE

Fern Clements était allongée sur le sol au milieu de la pièce froide. Nue, à l'exception de ses sous-vêtements. Des gouttes de sueur perlaient de son nombril sur la surface lisse et solide, de son menton jusqu'à son cou, de ses poignets jusqu'à ses doigts, malgré le froid, malgré le frisson qui enveloppait le bâtiment et ses alentours. Il faisait en dessous de zéro dehors, à peine plus chaud à l'intérieur, et pourtant elle transpirait abondamment, son corps fonctionnant à plein régime pour lutter pour sa survie.

Il se tenait au-dessus d'elle, l'observant depuis vingt minutes, attendant qu'elle sorte de sa torpeur. Quand elle l'avait fait, elle avait agité frénétiquement ses bras, testant la résistance des liens à ses poignets et ses chevilles. Chacun d'eux avait résisté à l'épreuve. Maintenant, quelques minutes plus tard, elle continuait de se débattre et de se tortiller, mais ses mouvements s'étaient transformés en un frémissement laborieux, épuisé, ses niveaux d'énergie épuisés. L'alcool qu'elle avait consommé au cours des dernières heures n'avait pas arrangé les choses.

Ses yeux étaient emplis de peur, mais ils conservaient encore le flou trouble de l'alcoolisme. Et pour quelqu'un de son âge, quelqu'un dont le corps n'avait pas développé une tolérance suffisante, il supposait qu'elle serait dans cet état pour les prochaines heures. Dans un état de transe, comme engourdie.

Parfait.

Elle avait fait la moitié du travail pour lui.

Tandis qu'il avançait, émergeant de l'obscurité de la pièce, il sourit derrière le filet qui couvrait son visage et s'approcha d'elle. Dès qu'elle sentit son toucher sur son front, les soubresauts s'intensifièrent. Tout son corps cette fois, y compris ses seins.

Il les admira un instant, puis continua.

Il ne s'agissait pas de quelque chose de sexuel. Ça n'avait jamais été le cas et ça ne le serait jamais. Il n'avait retiré ses vêtements que parce que c'était nécessaire. Parce qu'il voulait voir comment *ils* réagissaient. Il aurait fait la même chose avec Lily Monteith ; l'aurait placée sur le sol et aurait pris son temps avec le latex, enduisant son corps de cette pâte qu'il avait achetée spécifiquement pour elle. Mais le gant avait agi beaucoup plus vite qu'il ne l'avait prévu, et il avait donc été contraint d'écourter leur soirée ensemble.

Ce soir serait différent.

Ce soir, il aurait le temps de savourer, d'observer les événements se dérouler devant lui.

De perfectionner le processus.

— Chut, dit-il en lui caressant lentement les cheveux. Leur texture semblait désarticulée, distante sous ses doigts.

Bien que la combinaison soit pour sa propre protection, il détestait admettre qu'elle gâchait toute l'expérience. Particulièrement le filet devant son visage qui l'empêchait d'examiner son corps avec autant de détails qu'il l'aurait souhaité.

La combinaison elle-même était exemplaire. Obtenue auprès d'un fournisseur réputé au Brésil. Élastiquée aux pieds, aux mains et à la taille. Fabriquée avec le poly-coton le plus épais du marché. Et elle avait même des poches sur les cuisses, au cas où il en aurait besoin.

Il continua à caresser ses cheveux un moment, espérant que cela la calmerait. Mais cela n'avait pas l'effet escompté. Au lieu de cela, elle continuait à contracter ses muscles et à aggraver les abrasions qui se formaient autour de ses poignets et de ses chevilles. Peut-être pensait-elle qu'il allait lui arriver quelque chose de sexuel. Peut-être pensait-elle que la combinaison faisait partie de son fétiche. Mais comment lui dire que la réalité allait être bien pire sans gâcher la surprise ?

— Chut, continua-t-il. Toujours avec peu d'effet.

Il ne pouvait pas lui promettre que tout irait bien, parce que ce ne serait pas le cas. Et il n'avait pas l'habitude de mentir ou de donner de faux espoirs. Il aimait dire les choses telles qu'elles étaient.

À l'exception évidente de garder *ceci* secret et de ne rien dire à personne.

Réalisant qu'il n'y avait rien de plus qu'il puisse dire ou faire (il avait déjà du mal à détacher son regard du corps mince, élancé et mineur de Fern), il décida qu'il était temps de commencer.

Il caressa ses cheveux une dernière fois, puis se tourna et se dirigea vers la sortie. Il revint quelques instants plus tard, un objet à la main.

Au début, Fern ne semblait pas le reconnaître. Mais à mesure que l'intensité du son augmentait, elle tendit le cou et ses yeux s'élargirent, ses pupilles se focalisèrent et presque instantanément, c'était comme si elle était redevenue sobre, l'alcool soudainement évacué de son système.

Elle savait exactement ce qui allait arriver.

Il savait exactement ce qui allait arriver.

Ce qui signifiait qu'il était temps de commencer la prochaine étape du processus pour débarrasser le monde de ceux plus faibles que lui, plus faibles que la population générale.

Une allergie à la fois.

CHAPITRE
DIX-SEPT

Tomek bâilla en retournant les œufs au plat. Il devait les cuire à fond, comme Kasia l'avait précisé. C'était la condition qu'elle avait imposée la première fois qu'il lui avait préparé le petit-déjeuner. Pas de parties molles et baveuses sur le dessus qui ressemblaient à de l'eau. Ses œufs devaient être cuits presque jusqu'à l'extinction. Même chose pour ses toasts et son bacon, noirs sur tous les côtés.

— Quels cours as-tu aujourd'hui ? demanda-t-il tandis qu'elle entrait dans la cuisine, son uniforme scolaire tout de travers.

— Rien de passionnant, répondit-elle. Maths. Histoire. Sport. Anglais. Et sciences en double.

— *Double* sciences ? s'étonna Tomek. Il ne pouvait imaginer pire torture.

— Ouais, confirma-t-elle. Double cours. Double ennui. Mais assez parlé de moi. Je veux savoir comment ça s'est passé hier soir.

Tomek retourna les œufs une nouvelle fois, grimaçant à la vue du jaune qui ressemblait maintenant à une balle de caoutchouc spongieuse.

— Comment ça s'est "passé" ?

— Ouais. Tu as conclu ?

Tomek ricana. Il décida de continuer la farce.

— Ça ne te regarde pas.

— Ça veut dire oui, alors.

— Non. Ça veut dire "ça ne te concerne pas, alors mêle-toi de tes affaires".

— Elle était jolie ?

Tomek n'y avait pas réfléchi. En fait, il ne se souvenait même pas de ce qu'elle portait.

— Euh, oui. Elle était jolie.

— Elle portait quoi ?

Et là, il s'en souvint. Un jean blanc, fraîchement lavé et peut-être repassé. Des chaussures bateau blanches légèrement décolorées. Un blazer noir sur une chemise en maille grise. Elle avait clairement fait un effort vestimentaire, et il n'y avait prêté aucune attention.

— On dirait qu'elle s'était faite belle.

— Oui. Merci, Cupidon.

— Quand est-ce que tu vas la revoir ?

— Dans un cadre professionnel ?

— Ce n'est pas ce que j'ai demandé, répliqua Kasia en le regardant sévèrement. Et tu le sais très bien.

— Rien ne t'échappe.

Tomek finit les œufs et posa son petit-déjeuner sur la table. Kasia s'assit avec excitation sur la chaise.

— Je l'ai déjà rencontrée ?

— Non.

— Je peux ?

— Non.

— Pourquoi pas ?

— Parce que c'est une collègue. Et il ne se passe rien entre nous.

— Et Saskia ? demanda Kasia. Est-ce que Saskia est au courant pour Abigail ?

— Comment dia- commença-t-il avant de se reprendre. Il haussa un sourcil. Comment connais-tu son nom ?

Kasia sembla se recroqueviller sur sa chaise et s'occupa avec son petit-déjeuner, mangeant rapidement pour ne pas avoir à répondre à la question.

— J'ai mes méthodes, dit-elle prudemment.

— Eh bien, arrête. Il ne se passe rien ni avec Saskia ni avec Abigail. Et je ne veux pas qu'il se passe quoi que ce soit.

— Pourquoi pas ? Le ton de sa voix changea, passant de l'enthousiasme agaçant à la réflexion et à une inquiétude sincère.

— Eh bien...

Attention, Tomek.

— Parce que j'ai toi à m'occuper, n'est-ce pas ? Et j'ai mon travail. Les deux prennent-

— Ne me laisse pas entraver ta vie amoureuse, lui dit-elle en terminant son petit-déjeuner. Pas si ça t'empêche d'être heureux.

— Ça n'arrivera pas. Tu ne m'empêches de rien. Je...

— Je veux que tu sois heureux, dit-elle sincèrement.

— Et je veux que tu sois heureuse aussi, répondit-il avec la même sincérité.

— Super. Alors, est-ce que Billy peut venir après l'école un soir ?

Et voilà. Le motif caché. La raison pour laquelle elle avait voulu fouiner et s'immiscer dans sa vie privée. La raison pour laquelle elle avait voulu le mettre en confiance et le rendre incapable de revenir sur ses propres paroles.

Elle l'avait dupé.

Du moins, c'est ce qu'elle croyait.

— J'y réfléchissais justement, commença-t-il. J'aimerais rencontrer Billy. Peut-être qu'on pourrait aller dîner tous les trois pour que je puisse mieux le connaître.

— Je... euh... Son visage perdit toute couleur. Je veux dire... je peux lui demander. Mais je ne pense pas qu'il serait à l'aise avec ça.

Bien sûr qu'il ne le serait pas. Ce garçon était un farceur en classe mais une souris en dehors.

— Alors, est-ce qu'il peut venir à la maison un soir après l'école ? insista-t-elle face à son silence.

Il hésita avant de répondre. Le mot qui le remplissait de crainte lui vint à l'esprit.

Relation ambiguë.

Avec toutes ses syllabes inquiétantes.

— Qu'est-ce que vous ferez tous les deux s'il vient ? demanda Tomek.

Il posa ses mains sur le dossier de la chaise de la salle à manger en attendant une réponse.

Kasia avait repoussé son assiette et était en train de préparer son sac d'école pour la journée. Une boîte à lunch, son agenda, des cahiers et une bouteille d'eau trouvèrent tous leur place dans le compartiment central.

— Ça ne te regarde pas, répondit-elle finalement.

Tomek savait qu'elle essayait d'être maligne, de le battre à son propre jeu, mais malheureusement pour elle, elle venait de dire la pire chose possible, sans s'en rendre compte.

Re-la-tion am-bi-guë.

— Tu es parfois trop intelligente pour ton bien, dit-il, mais maintenant que tu as dit ça, il n'y a aucune chance que je le laisse venir. Pas sans surveillance adulte, en tout cas.

Le visage de Kasia se crispa de fureur, comme s'il venait de lui confisquer son téléphone - ou quelque chose d'aussi vital pour une adolescente de treize ans. Mais avant qu'elle ne puisse répondre, son téléphone sonna, vibrant contre sa jambe.

Étrangement, et aussi tristement, il savait de quoi il s'agirait.

L'intuition, les petites sonnettes d'alarme, résonnaient déjà dans sa tête.

Tandis qu'il écoutait le Lieutenant Oscar Perez lui expliquer qu'on avait retrouvé le corps d'une autre adolescente, il savait que sa prochaine conversation avec l'Agence Nationale contre le Crime se passerait bien mieux que la précédente.

CHAPITRE
DIX-HUIT

La scène de crime contrastait totalement avec celle de Lily Monteith.

Le corps avait été laissé à moitié nu, sans dignité et exposé aux éléments ainsi qu'aux regards peu enviables de ses collègues et des professionnels qui s'affairaient autour d'elle. Comme elle ne portait pas de vêtements, hormis les sous-vêtements qu'elle avait mis avant de mourir, il n'y avait ni sac ni aucune forme d'identification.

La façon dont elle avait été abandonnée était également différente. Cette fois, elle avait été jetée sur l'herbe au milieu du parc Belfairs, près de Leigh-on-Sea, avec colère, avec frustration. Balancée au sol comme un paquet de chips vide. Ses bras étaient mutilés et déformés, reposant dans des angles maladroits et contre nature ; ses jambes avaient été laissées dans la même position.

Mais cela ne les empêchait pas de voir ses blessures.

Oh, non.

Celles-ci avaient été laissées bien en vue pour que le monde entier puisse les contempler.

Les minuscules trous sur son corps. Les énormes marques sur sa peau, gonflées comme de petits volcans. La multitude de ces marques sur son visage et sa poitrine. Les urticaires sur ses lèvres et ses joues. Les dards qui dépassaient encore des points d'attaque.

— *Jezus Maria*, dit Tomek en s'approchant du corps. Combien y en a-t-il ?

— Une seule aurait suffi à la tuer, répondit Lorna, debout, les mains dans les poches de sa combinaison médico-légale. En supposant que cela soit lié à *votre* tueur.

Comme s'ils étaient des amis qui gardaient un contact régulier l'un avec l'autre.

Accompagnant Tomek, cependant, se trouvaient ses *véritables* amis. Le DS Campbell et le DC Chey Carter, le plus jeune membre de l'équipe.

Tomek essaya de compter le nombre de points rouges sur le corps de la jeune fille. — Il y a au moins cinquante piqûres. Et ça, c'est juste d'un côté.

— Donc au moins cinquante abeilles, ajouta Sean.

— Ouais. Bon début. Ses yeux parcouraient les sous-vêtements de la jeune fille, vers la zone de chair près de sa cuisse intérieure. — Celle-là semble être encore coincée en elle.

La minuscule boule noire et jaune penchait d'un côté, se balançant doucement dans le vent. C'était un miracle qu'elle ait survécu aussi longtemps. Tomek se pencha pour mieux voir.

— Attention ! cria Chey, mettant brusquement une main devant le visage de Tomek. Ne la touchez pas, sinon, elle pourrait devenir une *abeille*-zombie !

Pendant un moment, Tomek ne dit rien. Non pas parce qu'il ne savait pas quoi dire (il connaissait exactement les mots qui sortiraient de sa bouche bien avant que Chey ne les entende), mais parce qu'il était tellement déconcerté par ce commentaire qu'il fallut quelques secondes à son cerveau pour déterminer si l'agent avait réellement dit cela.

Finalement, Tomek se retourna vers le jeune détective et lui lança un regard noir, la menace sur son visage. — Tu es une putain de honte, mec. Tu devrais avoir honte de toi. Un peu de respect, bordel.

L'inexcusabilité de son commentaire se fraya rapidement un chemin sur le visage de Chey, et il s'excusa profusément. Tomek l'accepta puis l'accueillit dans ce qu'il appelait L'Équipe de Punition : une petite unité qui ne comprenait actuellement que Chey, qui ferait désormais toutes les longues heures, les heures supplémentaires et les tâches ennuyeuses et monotones que personne d'autre ne voulait faire. Si quelqu'un dans l'équipe avait besoin de quelqu'un pour chercher quelque chose aux scellés, Chey était l'homme de la situation. Si quelqu'un avait besoin de quelqu'un pour assister à une autopsie à sa place, Chey serait le premier nom dans l'esprit de tout le monde.

Tomek ne voulait pas diriger avec un poing de fer, mais c'était nécessaire. Il y avait un moment et un lieu pour ce genre de commentaires, et regarder directement le corps qui n'était froid que depuis quelques heures n'était certainement ni le moment ni le lieu.

— Tu es allé trop loin, mec, dit Sean en secouant la tête alors que Chey se recroquevillait derrière eux deux pour tenter de rester hors de vue. Beaucoup trop loin.

— Comme si tu n'avais jamais dit pire, chuchota Chey sous son souffle.

Tomek entendit chaque mot. Il le vit aussi. La buée sur son souffle était le plus grand indice. — Oh, on est passés par là, on a fait ça, répondit-il. Mais on a appris quand et où. C'est pareil pour toi. Rite de passage.

— Quoi qu'il en soit, je trouve toujours dégoûtant ce qu'il a dit.

Les trois hommes se retournèrent pour voir la dernière buée sortir de la bouche de Lorna.

— Eh bien, au nom du jeune M. Carter ici présent, commença Tomek, je m'excuse.

— C'est seulement dégoûtant parce que je n'y ai pas pensé en premier.

Oh, génial, pensa Tomek. *Deux comiques inappropriés dans l'équipe.*

Si on ajoutait ce nombre à lui-même et Sean, ils étaient déjà bien au-dessus de sa limite préférée.

Tournant ses pensées vers le sujet en question, Tomek pointa l'abeille qui dépassait de la cuisse de la jeune fille. À Chey, il ordonna : — Trouve un technicien de scène de crime. Demande-lui de retirer *soigneusement* l'insecte et de l'ajouter à la liste des pièces à conviction. Après ça, je veux que tu découvres quel type d'abeille c'est et d'où elle vient.

Chey ouvrit la bouche pour parler, mais Tomek le coupa immédiatement.

— N'ose même pas dire qu'elle vient d'une ruche, sinon je te vire de cette équipe.

Chey quitta la conversation avec un sourire narquois sur le visage.

— Les jeunes de nos jours, dit Sean en roulant des yeux de façon sarcastique.

— De petits emmerdeurs, n'est-ce pas ? *Gówniaki*, comme on les appelle chez moi. Ça se traduirait à peu près par *petites merdes*. Mais Chey est un des bons, même s'il ne sait pas encore comment se comporter correctement.

— Il est un peu comme un chien pas dressé. Qui pisse et chie partout.

Tomek leva les yeux vers son ami, avec son mètre quatre-vingt-treize, et lui donna une tape amicale dans le dos. — J'ai déjà un truc qui pisse et qui chie à la maison. Elle n'est pas petite, c'est vrai, et elle est bien dressée, mais elle pisse et chie quand même. Tu ne voudrais pas prendre celui-là sous ton aile ? Tomek fit un signe de tête en direction de Chey. Le jeune homme s'adressait nerveusement à une silhouette sans visage dans une combinaison blanche de la police scientifique.

Le visage de Sean se tordit alors qu'une rafale de vent soufflait, portant avec elle les paroles de Lorna.

— C'est quoi votre problème à tous ? demanda-t-elle. Je pensais que c'était *moi* la bizarre. Mais vous, vous êtes quelque chose d'autre. C'est un putain de miracle que vous arriviez à travailler.

— C'est un miracle qu'on arrive à faire *quoi que ce soit*, répondit Sean. Le vent avait commencé à se lever et faisait claquer les côtés de sa combinaison médico-légale sur son visage.

Alors qu'il parlait, une feuille errante le gifla sur la joue. Tomek était sur le point de rire quand il vit un tas de feuilles, détrempées et couleur rouille, foncer vers eux. Sa première pensée fut de protéger le corps. Mais l'équipe de la police scientifique était en train de récupérer la tente de leur camionnette et luttait elle-même contre le vent. Tomek s'accroupit à côté de la jeune fille et commença à enlever les feuilles et autres débris qui avaient été soufflés sur elle pendant l'assaut.

Heureusement, il n'y en avait qu'une poignée, et seules quelques-unes étaient tombées sur les nombreuses piqûres d'abeilles qui marquaient son corps.

— Il faut la couvrir le plus vite possible, nota-t-il sans s'adresser à personne en particulier.

— Ils y travaillent, dit Chey en revenant.

Avec lui se trouvait une technicienne de scène de crime tenant un sac en plastique dans sa main. Elle se pencha, sortit un mince tube en plastique du sac et l'appuya contre la cuisse de la jeune fille. Puis, avec une précision délicate, elle pinça l'abeille de la plaie avec une pince à épiler et la laissa tomber dans le tube.

Tomek la remercia. Elle l'ignora et informa Chey que quelqu'un de l'équipe contacterait le responsable des pièces à conviction concernant le numéro de l'objet. Et sur ce, elle partit.

— Tu la connais ? demanda Tomek.

— Qui ?

— Elle.

— Qui ?

— Tu es une putain de chouette ou quoi ? La jeune femme qui vient de venir et qui pense que tu es plus gradé que moi.

— Oh, *elle*. Les joues de Chey devinrent rouges. Soit c'était le froid qui avait un impact soudain sur le flux sanguin vers son visage, soit il venait d'être pris en flagrant délit et il le savait. — Nooooon... je ne l'ai jamais rencontrée de ma vie.

Tomek croisa les bras sur sa poitrine. — Bien sûr que non.

— Est-ce une de ces relations ambiguës ? demanda Sean à Chey, regardant directement Tomek.

— Va te faire foutre, répondit-il. Laissons tomber toute cette conversation et passons à autre chose. La première chose que je veux savoir, c'est qui est cette fille. Ensuite, je veux savoir ce qu'elle faisait ici, où elle était allée, avec qui elle était, et ce qui lui est arrivé. Puis je vais envoyer Chey à l'autopsie et à l'identification de la victime. Et, Sean, si tu veux l'accompagner, continue à faire des commentaires idiots sur la vie sociale de ma fille de treize ans.

CHAPITRE
DIX-NEUF

À leur retour au bureau, Rachel avait terminé la mise en place de la salle des opérations, et tous les membres de l'équipe commençaient à s'y rassembler. Debout ensemble à la tête de la salle, comme deux généraux sur le point de donner un dernier message avant d'envoyer les troupes à la guerre, se tenaient le DCI Cleaves et le DI Orange, les bras derrière le dos, le dos bien droit. Tomek s'approcha d'eux.

— C'est quoi tout ça ? demanda-t-il. Vous ressemblez à Thelma et Louise, là.

Nick baissa la voix et parla sans détour. — J'ai transféré l'affaire sous la responsabilité de Victoria. C'est elle qui en a la charge maintenant.

Ces mots lui firent l'effet d'une gifle au visage, d'un coup de poing dans l'estomac et d'un coup de pied dans les couilles. Tout à la fois. Victoria. Aux commandes. Nick était revenu sur sa parole et avait écarté Tomek de l'affaire. Ce n'était plus à lui de la gérer, de la superviser, de faire ses preuves.

— Vu la complexité de l'affaire, poursuivit Nick, je voulais quelqu'un avec un peu plus d'expérience pour s'en occuper à partir de maintenant.

Tomek ne pouvait se concentrer sur rien d'autre, ni sur le bavardage derrière lui, ni sur le bruit des pas sur la moquette, ni sur le bruit de la porte qui se fermait. Il ne pouvait se concentrer que sur le choix des mots de Nick.

Quelqu'un avec un peu plus d'expérience.

Le mot clé étant *peu*. Victoria avait fait une ascension rapide jusqu'au niveau d'inspecteur, ce qui ne signifiait pas toujours qu'elle avait l'expérience qui allait avec. Comme Nick venait de le prouver.

Quelqu'un avec un peu plus d'expérience.

Tomek réprima la rage qui commençait à brûler en lui. Il n'avait rien à dire.

— Ce n'est rien de personnel, Tomek. Je veux juste maîtriser cette affaire avant que les choses ne deviennent incontrôlables. J'ai convoqué une conférence de presse pour cet après-midi. Je veux savoir où nous en sommes d'ici là.

Cela expliquait pourquoi il avait vu une poignée de silhouettes sous des parapluies devant l'entrée principale du commissariat. En tant que membres du personnel, ils utilisaient généralement l'entrée arrière car elle était plus calme et attirait moins l'attention. Et ils avaient moins de chances d'être abordés par un journaliste en quête de commentaires.

— Cool, dit Tomek, espérant que l'amertume dans sa voix était évidente.

— Comme je l'ai dit. Rien de personnel.

— Avez-vous besoin de moi maintenant ? J'ai un appel à passer.

Nick et Victoria se regardèrent. Nick soupira en répondant. — En fait, nous avons besoin de toi ici.

— Pourquoi ?

— Eh bien, parce que c'est toi qui as dirigé cette enquête jusqu'à présent. Tu es celui qui sait tout ce qu'il y a à savoir.

— Intéressant.

Nick soupira à nouveau. Cette fois plus profondément, plus longuement. — Ne rends pas les choses plus difficiles qu'elles ne le sont. Et ne ramène pas tout à toi.

— Ce n'est pas ce que je fais.

— Si. De mon point de vue, tu te comportes comme un enfant capricieux en ce moment. À qui dois-tu parler ?

— L'Agence Nationale contre le Crime. Je me suis dit qu'ils aimeraient peut-être entendre parler de notre Jane Doe.

— Tu peux les appeler après ?

Il haussa les épaules. — Peut-être.

— Bon, ça va prendre combien de temps ?

Beaucoup moins si tu arrêtes de me parler et me laisses y aller maintenant.

Un autre haussement d'épaules. — Le temps qu'il faudra.

— Très bien. Passe ton appel. Mais reviens.

Comme s'il irait ailleurs.

L'appel à la NCA s'était mieux passé qu'il ne l'avait espéré. Il avait expliqué à sa contact, Naomi Mackenzie, qu'un quatrième corps avait été découvert. Et quand elle avait demandé d'où venait le troisième corps, Tomek lui avait décrit les événements entourant la mort de Diana Greenock à Manchester, et le lien entre elle et Mandy Butler ; un lien ténu mais significatif qui devenait de plus en plus tangible au fil des jours. Après avoir entendu cela, Naomi lui avait conseillé qu'elle et son équipe examineraient les détails de l'affaire. Tout ce qu'il avait à faire était d'envoyer les informations et d'attendre leur appel.

Ce n'était pas un refus catégorique. C'était une prise en considération. Une amélioration bienvenue.

Malheureusement, on ne pouvait pas en dire autant de son humeur. Il était encore furieux lorsqu'il revint dans la salle des opérations. Ce qui l'agaçait le plus n'était pas le fait qu'il avait été remplacé par quelqu'un à peine plus gradé avec à peine plus d'expérience ; c'était le fait que Nick ne lui faisait pas assez confiance pour faire le travail lui-même. Tomek aimait à penser qu'il avait fait ses preuves jusqu'à présent, qu'il avait découvert deux autres victimes potentielles, qu'il avait établi la connexion initiale, avec l'aide de la minutie et de l'analyse de Martin, entre Lily Monteith et Mandy Butler. Sans son intuition, il n'y aurait pas de conférence de presse, il n'y aurait pas de tueur en série, et il n'y aurait pas de justice pour Diana Greenock et Mandy Butler.

Alors pourquoi ce changement soudain de leadership ?

Il savait qu'il allait devenir fou à force d'y penser, alors il résolut de penser à autre chose. De canaliser son agressivité dans une autre direction. Au lieu de cela, il choisit de réfléchir aux prochaines étapes, aux prochaines étapes que *lui* prendrait pour trouver le tueur.

Mais avant qu'il ne puisse y réfléchir correctement, il fut appelé par Nick et Victoria à la tête de la salle pour expliquer tout ce qu'il savait. Debout là, regardant les visages impatients de ses collègues, il repoussa Victoria et Nick au fond de son esprit, imagina qu'ils n'étaient pas là, et prit un instantané de son équipe lorsqu'elle était la plus fraîche, car il savait que dans quelques semaines, ces yeux sauvages et excités deviendraient fatigués et épuisés, épuisés par toutes les nuits tardives et les heures supplémentaires, le temps qu'ils passeraient loin de leurs familles pendant la période des fêtes. Ce serait la dernière fois qu'ils auraient l'air comme ça, et il voulait s'assurer que cela durerait aussi longtemps que possible.

— Il y a cinq ans, commença Tomek, en tournant son attention vers le tableau blanc. Il le nettoya avec la manchette de sa manche et divisa le tableau en quatre sections. En haut de chaque section se trouvaient les noms des quatre victimes dans l'ordre chronologique. Diana Greenock, Mandy Butler, Lily Monteith, et maintenant leur dernière victime non identifiée, leur Jane Doe. — Il y a cinq ans, reprit Tomek, en griffonnant tout en parlant, Diana Greenock, âgée de vingt-huit ans, a été retrouvée morte dans son appartement du rez-de-chaussée à Manchester. Elle était gravement allergique aux chats et aux poils de chat et souffrait d'asthme par-dessus le marché. Elle a été découverte par une amie qui était venue lui rendre visite après qu'elle ne s'était pas présentée au travail. L'amie a rapidement appelé les secours, mais au moment où elle a essayé de la réanimer, elle était déjà partie. Les résultats de l'autopsie indiquent qu'elle était morte d'une crise d'asthme *provoquée* par le chat qui a été trouvé dans sa chambre.

Tomek pointa le nom de Mandy Butler et commença à écrire les détails de sa mort en dessous.

— Il y a deux ans, donc un écart de trois ans entre la mort de Diana et celle de Mandy, Mandy Butler, dix-sept ans, a été tuée lors d'un concert au Cliffs Pavilion. Surdose de drogue suspectée. Pendant le concert, un homme qui connaissait prétendument Mandy s'est approché d'elle et de son amie et leur a proposé de la drogue. Mandy a accepté son offre, a pris la drogue, et puis est morte en conséquence. La drogue en question était de l'ecstasy, mais elle s'est avérée être mélangée avec de grandes quantités d'ibuprofène et de paracétamol, des produits chimiques auxquels Mandy était allergique. Elle est morte sur la piste de danse, entourée de centaines de personnes, et a été piétinée. L'autopsie a déterminé que la cause du décès était l'ecstasy, mais ses parents pensaient différemment. Et moi aussi.

Tomek traîna ses doigts vers le troisième nom de la liste.

— Lily Monteith. Morte il y a seulement quelques jours. Retrouvée au parc John Burrows tôt le matin, entièrement habillée et sans aucune indication sur ce qui lui était arrivé. Il s'avère que, selon l'autopsie, un préservatif et un gant en latex avaient été enfoncés dans sa gorge. Du latex, une substance à laquelle elle était mortellement allergique.

— Et ici, nous avons notre Jane Doe, notre dernière victime. Retrouvée à moitié nue dans le parc de Belfairs, couverte de près d'une centaine de ce qui semble être des piqûres d'abeilles. Nous n'avons pas de nom pour cette pauvre fille, car aucune identification n'a été laissée sur les lieux.

Tomek finit de griffonner sur le tableau blanc et se retourna pour s'adresser à l'équipe : *son* équipe.

— Ce que nous semblons avoir, ce sont quatre décès apparemment aléatoires et sans rapport. Sauf pour une chose, une chose qu'elles avaient toutes en commun. Une faiblesse qui a été exploitée et abusée par un tueur malveillant et diabolique. Leurs allergies. Tomek fit une pause un moment pour laisser l'information s'imprégner et pour lui-même reprendre son souffle. Il regarda le mur de visages studieux et attentifs. Il était clair qu'ils étaient tous captivés et intrigués, qu'ils semblaient tous penser que c'était son enquête. — Pour autant que j'ai pu le déterminer, aucune des victimes ne se connaissait. Cependant, cela pourrait changer au cours de nos investigations collectives. Il y a, cependant, quelque chose qui relie nos deux premières victimes. Tomek agita le marqueur du tableau blanc entre Diana Greenock et Mandy Butler. — Manchester... Diana Greenock vivait et est morte à Manchester, et à un moment donné, Mandy Butler y vivait aussi, avant de déménager dans l'Essex avec sa famille il y a un peu plus de trois ans. Cela signifie qu'elle vivait dans la région depuis plus d'un an avant d'être tuée. Et, je soupçonne que notre tueur semble l'avoir suivie jusqu'ici. J'ai parlé avec son amie hier matin, et elle a confirmé que l'homme qui lui avait vendu de la drogue connaissait Mandy depuis l'époque où elle était à Manchester.

— Je soupçonne également que nous recherchons quelqu'un qui les connaissait toutes. Quelqu'un qui aurait pris le temps de faire connaissance avec les filles avant de les tuer et de découvrir quelles étaient leurs *faiblesses* avant de trouver un moyen de les exploiter. Il aurait eu besoin de temps pour préparer et planifier ce qui leur est arrivé. Le premier meurtre a eu lieu il y a cinq ans, et l'écart entre le meurtre de Diana Greenock et celui de Mandy Butler est de trois ans. L'écart entre Mandy Butler et Lily Monteith est de deux ans. Et maintenant, la distance entre Lily Monteith et notre Jane Doe est une question de jours. Vous pouvez voir où je veux en venir. Le temps entre les meurtres devient rapidement plus court, ce qui m'inquiète car il pourrait y en avoir d'autres. Et nous devons nous assurer de pouvoir le trouver avant de découvrir notre prochain corps.

Tomek fit une nouvelle pause pour ouvrir la discussion aux questions. Elles arrivèrent dense et rapide - « Quel âge avaient les autres filles ? », « Y avait-il des preuves d'agression sexuelle ? », « Pourquoi l'une d'entre elles était-elle à moitié nue et pas les autres ? » - mais avant qu'il ne puisse y répondre, Victoria intervint et le poussa de côté.

— Merci pour ça, Tomek, dit-elle, lui souriant avec ironie. Je peux prendre le relais à partir d'ici.

— Pardon ?

Les questions s'arrêtèrent et le silence tomba sur la salle.

— Merci pour cette explication, mais je peux prendre le relais à partir d'ici. Elle tourna son attention vers l'audience avant de lui donner une chance de répondre. — Ce sont toutes des questions auxquelles nous allons devoir trouver des réponses. Comme l'a dit Tomek, nous recherchons quelqu'un qui est potentiellement proche des filles, ou quelqu'un qui a accès à elles. Quelqu'un dans leur vie qu'elles partagent toutes. Nous devons trouver cette personne.

Sans s'en rendre compte, Tomek se déplaça sur le côté de la pièce, comme s'il était déplacé par une force irrésistible. Jusqu'à ce qu'il trouve finalement un siège libre à la périphérie du groupe. Il s'affaissa dans la chaise et écouta les mots sortir de la bouche de Victoria. Il avait peu l'intention de faire ce qu'elle lui demandait. Dans son esprit, c'était son enquête, son plan, et la stratégie dans sa tête était la bonne.

À la tête de la salle, Victoria se tourna vers le tableau blanc et traça une ligne horizontale à travers les quatre noms, divisant le tableau en deux. Puis, en lettres géantes, elle écrivit « Prochaines étapes » sans se soucier de croiser les lignes verticales. Dans chaque colonne, elle commença à écrire les prochaines étapes pour chaque victime et commença à attribuer des tâches et des rôles à chaque membre de l'équipe.

— La meilleure façon de combattre cela est de diviser et conquérir, commença-t-elle, griffonnant en même temps. Nadia et Sean, je veux que vous trouviez qui vivait dans l'immeuble avec Diana Greenock. Travaillez étroitement avec Chey et Martin, qui enquêteront sur la mort de Mandy Butler. J'ai besoin que vous trouviez un lien entre les deux. Anna et Oscar examineront les événements entourant la mort de Lily Monteith, tandis que Tomek et Rachel découvriront l'identité de notre Jane Doe.

Tomek sentit la tête de Rachel se tourner vers lui en signe de solidarité, mais il l'ignora et continua à regarder Victoria écrire sur le tableau, toujours enragé que ce ne soit pas lui là-haut à sa place.

— Dans les prochaines heures, nous avons une conférence de presse prévue, dit Nick, en s'avançant devant la salle. Au cours des dernières minutes, son corps s'était tendu ; ses épaules étaient repoussées en arrière, ses poignets étaient fléchis et ses poings serrés. — J'y assisterai seul, cependant, si vous trouvez des informations, j'apprécierais que quelqu'un d'autre soit là avec moi pour me murmurer quelque chose à l'oreille. Cette même personne devra m'informer des faits avant que je m'y présente.

La tête de Nick se tourna automatiquement vers DC Anna Kaczmarek, ou Triple Word Score, comme elle était affectueusement surnommée. En tant qu'officier de liaison avec les médias (ainsi que dans son rôle d'officier de liaison avec les familles), c'était son devoir de préparer les informations qui étaient transmises aux journalistes. Une partie de Tomek s'attendait à ce que Nick le regarde, mais quand ce ne fut pas le cas, il poussa un soupir de soulagement.

Le soulagement fut cependant de courte durée.

— Tomek pourrait le faire.

La suggestion venait de Victoria. Dès qu'il l'entendit, il serra la mâchoire et grinça des dents.

— Je... hésita Nick.

— Je suis occupé, répondit Tomek. Ce n'est plus mon enquête. J'ai mes propres tâches à accomplir.

— Pas à moins que je ne te le dise, répondit Nick, plus affirmatif cette fois.

Tomek choisit de ne rien dire de plus. Il pouvait voir le petit trou qu'il avait déjà creusé pour lui-même et décida qu'il ne voulait pas s'enfoncer davantage. Il avait déjà vécu cette situation auparavant, et avoir Nick qui le dominait pendant qu'il pissait dans le trou n'était pas quelque chose qu'il voulait revivre.

— Je pense que c'est tout pour l'instant, dit Nick. Vous pouvez tous y aller.

D'un seul coup, tout le monde se leva de ses chaises et se dirigea vers la sortie. Tout le monde sauf Tomek. Dès que la porte se referma derrière la dernière personne, Nick posa ses mains sur le dossier d'une chaise et soupira profondément. Sa marque de fabrique.

— Tu veux arrêter ces conneries mesquines ?

— Quelles conneries mesquines ?

— *Ça*. Cette merde immature où tu prétends être en colère.

— Mais je *suis* en colère.

Nick soupira à nouveau. À chaque fois, ils devenaient progressivement plus forts et plus longs.

— Tu comprends pourquoi j'ai dû changer de direction, n'est-ce pas ?

— Pour sauver les apparences.

— Quoi ?

— Parce que vous vous sentez coupable de la façon dont vous avez géré l'enquête sur Mandy Butler et vous ne voulez pas qu'on vous voie faire la même erreur en ayant un sergent comme SIO.

Cette fois, il n'y eut pas de soupir. Juste une longue inhalation continue qu'il garda là longtemps. Pendant un moment, Tomek se demanda s'il respirait encore.

— Tu ferais mieux de surveiller ton putain de ton, Tomek. Sinon, je te retire de cette équipe et de cette putain d'enquête.

Tomek sourit avec suffisance et posa sa main sur la porte. — Vous avez déjà fait une promesse que vous n'avez pas pu tenir, chef. Alors je crois que je vais tenter ma chance.

CHAPITRE
VINGT

La beauté de sa relation presque père-fils avec Nasty Nick, c'était qu'ils pouvaient se disputer et se chamailler autant qu'ils le voulaient, mais ils finissaient toujours par se réconcilier peu après. Il y avait très peu de rancune entre eux à la fin de chaque désaccord – habituellement. Tomek avait poussé les boutons métaphoriques de Nick depuis aussi longtemps qu'il s'en souvienne, et rien n'était jamais venu entre eux qui semblait pouvoir changer cela. Sauf maintenant. En quittant la salle d'enquête, Tomek avait le sentiment que leur relation pourrait prendre du temps à guérir après leur dispute. Que les commentaires de Tomek avaient dépassé les bornes. Qu'ils avaient été une attaque personnelle contre Nick et sa capacité à diriger et à remplir ses fonctions de commissaire principal. C'était correct, bien sûr, mais Tomek était tout aussi têtu et con que Nick, et il faudrait donc un certain temps avant qu'il ne s'excuse pour ses commentaires. De même, il attendait des excuses pour s'être vu promettre le rôle d'enquêteur principal puis avoir vu ce rôle lui être retiré sous ses pieds. Et si elles n'arrivaient pas, il ne savait pas où leur relation irait à partir de là.

— Tout va bien, sergent ? demanda Rachel.

— Je ne me suis jamais senti aussi bien, mentit-il.

— Eh bien, tu veux bien démarrer la voiture ? Seulement, je suis gelée et j'aurais bien besoin du chauffage.

Tomek ne s'en était pas rendu compte, mais il était assis dans la voiture depuis au moins une minute sans avoir rien fait.

La voiture mit quelques minutes à se réchauffer et ils cessèrent enfin de frissonner. La maison de Fern Clements se trouvait à un peu plus de vingt minutes de route, à Hockley.

Peu après que Nick eut mis fin à la réunion, le standard avait reçu un appel signalant une personne disparue qui correspondait à la description de leur Jane Doe. Ils se rendaient maintenant chez les Clements pour confirmer l'identité de la jeune fille.

— Et si c'est bien elle ? demanda Rachel tandis que Tomek conduisait sur la voie principale.

— Alors c'est regrettable, mais ça nous épargnera beaucoup de travail, répondit-il. Mais quoi qu'il en soit, une famille va avoir le cœur brisé.

— Tu as l'image ?

Il l'avait. Mais aurait préféré ne pas l'avoir. L'image qui avait été prise du visage de la Jane Doe. Le côté qui présentait le moins de lésions. Le côté qui causerait le moins de détresse à sa famille.

Le côté qui, comme il s'avéra, confirma leurs soupçons.

Kelly Clements n'avait pu regarder la photo que quelques secondes avant de hocher la tête, les yeux remplis de larmes. Elle avait ensuite disparu dans la salle de bain, laissant son mari Ralph seul pour absorber l'information que leur fille était morte. Tous deux vivaient dans une belle maison individuelle de quatre chambres, avec de hauts plafonds et des pièces spacieuses. La vue depuis les portes-fenêtres à l'arrière du salon donnait sur un jardin parfaitement entretenu qui semblait luire malgré la morosité du temps hivernal à l'extérieur. Une maison qui venait de devenir beaucoup plus silencieuse, beaucoup plus vide.

Tomek attendit patiemment que Kelly revienne. Elle le fit une minute plus tard, armée d'une poignée de mouchoirs, certains s'échappant de sous ses aisselles.

— Et... et vous êtes certains qu'elle est partie ? demanda Kelly en s'asseyant. Vous êtes certains que c'est elle ?

Tomek admirait le désir ardent de Kelly de s'accrocher à l'impossible. Que la fille sur la photo n'était pas sa fille, ne pouvait pas l'être. Que la fille sur la photo se jouait d'eux, que les piqûres d'abeilles ne lui avaient pas ôté la vie. Bon sang, il savait qu'il aurait réagi de la même façon s'il avait été à sa place.

— Votre fille a été retrouvée ce matin dans le parc de Belfairs. Cette photo ne montre que sa tête, cependant, le reste de son corps est couvert des mêmes lésions, expliqua Tomek.

— Nous soupçonnons qu'il s'agit de piqûres d'abeilles, poursuivit Rachel. Sa voix était beaucoup plus douce et plus gentille que la sienne et suscitait une réaction plus calme chez les parents de Fern Clements. Est-ce que votre fille y est allergique par hasard ?

Les yeux hagards, Kelly et Ralph Clements hochèrent lentement la tête.

— Mais, commença Ralph avant de s'étouffer sur le nœud dans sa gorge. Pourquoi quelqu'un ferait-il ça à ma fille ? *Qui* ferait ça à ma fille ?

— C'est ce que nous avons l'intention de découvrir, continua Rachel. Tomek était plus qu'heureux de la laisser prendre le contrôle de la situation, et de n'intervenir lui-même que lorsque c'était nécessaire. *Si* nécessaire. Avant de passer aux questions concernant les circonstances entourant le décès de votre fille, nous pensons qu'il est pertinent de vous informer que, dans les prochaines heures, notre chef, le commissaire divisionnaire Nick Cleaves, apparaîtra à la télévision concernant le décès de votre fille. Pour l'instant, elle ne sera pas nommée, car nous ne nous attendions pas à découvrir son identité si rapidement, mais nous pouvons changer cela si vous le souhaitez. La seule raison pour laquelle nous allons divulguer des informations et lancer un appel à témoins est parce que nous pensons que le meurtre de Fern est lié à trois autres meurtres. Nous ne pouvons pas entrer dans trop de détails, mais nous pouvons partager tout ce qui sera dans la conférence de presse. Avez-vous des questions sur ce que je viens de dire ? Je comprends que c'est beaucoup à assimiler, et beaucoup d'informations à traiter, alors prenez votre temps.

Ils n'avaient pas de questions. Mais Tomek en avait une : apprends-moi, Rachel. De toutes ses années, c'était peut-être la façon la plus éloquente et la plus apaisante d'annoncer un décès qu'il ait jamais vue. Les siennes étaient généralement directes, factuelles, presque dénuées d'émotions. Celle de Rachel avait été tout le contraire. Ce n'était pas exactement de la science de fusée, certes, mais Tomek pensait qu'il pourrait apprendre une chose ou deux d'elle, ce qu'il avait négligé de faire depuis les quatre mois où elle faisait partie de l'équipe après son transfert de la Police Métropolitaine.

— Nous avons un agent de liaison familiale qui sera votre principal contact, commença Rachel, puis elle continua à expliquer le rôle d'Anna à la famille, et comment elle deviendrait comme un troisième membre. (Bien qu'elle ait négligé de mentionner qu'elle pourrait être une sorte de cousine éloignée, à cause de toutes les familles qu'elle devait ajouter à sa liste.)

— Je voudrais également ajouter, avant de continuer, que je suis vraiment désolée pour votre perte, et que nous ferons tout ce qui est en notre pouvoir pour découvrir qui a fait cela à votre fille, termina-t-elle.

Une belle touche. Et cela semblait fonctionner aussi.

— Nous... nous apprécions cela, merci, dit Ralph, plus courageux cette fois. Je pense... je ressens... je me sens confiant et plus à l'aise de savoir que vous êtes sur l'affaire, merci.

Rachel leur offrit une pression de main chacun, puis concentra son attention sur les détails de la vie de leur fille.

— Quel âge a votre fille ?

— Quinze ans.

— Où était-elle hier soir ?

— Elle buvait un verre avec des amies, répondit Kelly Clements.

— Elles faisaient une petite fête à la maison. Juste quelques filles, nous a-t-on dit.

— Puis-je avoir le nom de la fille qui organisait et les noms des autres participantes ?

Kelly les lui donna du mieux qu'elle s'en souvenait.

— Connaissez-vous ses projets après la fête ? Devait-elle rester chez une amie, revenir ici, ou passer la nuit là-bas ?

Kelly et Ralph se regardèrent, comme pour demander confirmation l'un à l'autre. — Elle était censée passer la nuit là-bas. Elles l'étaient toutes. Mais, si elle a été retrouvée dehors, alors elle a dû quitter la maison pour une raison quelconque. Elle a dû essayer de rentrer à pied ou quelque chose comme ça. Peut-être s'était-elle disputée avec certaines des autres filles. Je n'ai jamais vraiment aimé cette Kirsty. Mais pourquoi n'aurait-elle pas appelé si elle rentrait ? Pourquoi n'a-t-elle demandé d'aide à personne ?

Tomek pouvait voir ce qui se passait. Kelly était au début d'une spirale descendante de pensées hypothétiques et inutiles, mais avant qu'il ne puisse y mettre un terme, Rachel l'avait devancé.

— Nous ferons tout notre possible pour répondre à ces questions, dit-elle, levant une main puis la baissant pour inconsciemment demander à Kelly de se calmer. Nous intégrerons tout cela dans nos enquêtes, ne vous inquiétez pas. Ensuite, je dois vous interroger sur les allergies de Fern. Qui d'autre était au courant ?

— Eh bien, il y avait son école. Tous les enseignants devaient être informés, et l'équipe de soins pastoraux s'est occupée d'elle à quelques reprises. Puis il y a ses amies, elles sont toutes au courant. C'est... c'est drôle. Elle nous racontait toujours comment elles se jetaient sur elle pour la protéger chaque fois qu'elles voyaient une abeille dans la cour ou dans le champ à proximité.

Le sourire disparut du visage de Kelly tandis que sa tête tombait dans son giron. Son mari posa une main consolatrice sur son dos, mais il était trop tard. Elle était déjà redescendue dans la spirale, sauf que cette fois, elle n'exprimait rien à voix haute.

Tomek intervint. — Y avait-il, à votre connaissance, des garçons ou des filles dans la vie de Fern avec qui elle était impliquée romantiquement ? Était-elle dans une... une relation ambiguë avec l'un d'entre eux ?

Kelly releva la tête, une expression de confusion gravée dans chaque pore de sa peau.

— Relation ambiguë ? répéta-t-elle.

— Peu importe. Était-elle impliquée avec quelqu'un, d'un point de vue romantique ?

Les deux parents se regardèrent à nouveau, essayant de voir à qui Fern aurait pu se confier. Puis ils se tournèrent vers lui et secouèrent la tête. À leur connaissance, Fern n'avait ni petit ami ni petite amie. Mais comme il l'avait déjà appris plusieurs fois au cours de cette enquête, ce sont parfois les amis qui en savaient davantage sur les victimes que leurs parents.

Ce qui lui rappela... Il devait encore contacter Sylvia et sa mère. Plus tard. À un moment moins inopportun.

Tomek les remercia tous deux pour leur temps, les informa qu'ils seraient en contact s'ils avaient besoin de quoi que ce soit, mais qu'Anna serait leur principal point de contact, puis partit, présentant leurs excuses et offrant leurs condoléances au passage. En retournant à la voiture, Tomek reçut une notification par email sur son téléphone. Intrigué par l'aperçu sur l'écran, il ouvrit l'application et lut le reste du message.

— Ne les laisse pas voir ce sourire sur ton visage, dit Rachel alors qu'il contournait l'autre côté de la voiture. Sinon, ils vont penser que tu es content que leur fille soit morte.

— Quelle drôle de remarque.

— Alors *pourquoi* souris-tu ?

— Parce que je viens de recevoir un email de la NCA. Ils vont nous rejoindre à partir de maintenant avec des conseils sur notre ami tueur en série.

CHAPITRE
VINGT-ET-UN

Tomek était assis dans la pièce avec sa personne la moins préférée et sa nouvelle personne préférée.

La personne la moins préférée était celle qui pensait être en charge de tout, y compris de cette discussion. Tandis que sa nouvelle personne préférée était celle qui dirigeait réellement et reprenait le contrôle de la conversation chaque fois que sa personne la moins préférée tentait de la détourner.

— Je suis l'experte, rétorqua Tracy Pickard. Voulez-vous entendre ce que j'ai à dire ou non ?

Tomek l'avait appréciée dès qu'elle avait franchi la porte, et encore plus après cette remarque. Elle avait déjà cerné Victoria et il était évident qu'elle n'était pas du genre à se laisser marcher sur les pieds. Elle était confiante, directe, et elle avait un travail à faire. Et elle allait le faire sans se soucier de ce que les autres pensaient.

Tracy était l'une des psychologues légistes les plus fiables et expérimentées de l'Agence nationale contre le crime. Elle avait minutieusement examiné les notes de l'affaire que Martin avait envoyées plus tôt, et c'était son avis qui avait convaincu Naomi Mackenzie de donner son feu vert.

— Non. Bien sûr. Je vous en prie, allez-y, dit Victoria, chancelante.

— Parfait, merci. Tracy se redressa avant de parler. Devant elle, sur la table, se trouvait son ordinateur portable avec un bloc-notes à côté. Elle griffonnait tout en parlant. — D'après ce que j'ai pu examiner, il semble que le tueur soit presque certainement connu de toutes les victimes. Cela signifie qu'il est à l'aise et confiant avec les femmes, particulièrement les jeunes femmes. Mais il est également important de se rappeler qu'elles sont à l'aise avec lui. Je crois que ces personnes vont volontairement avec lui ou se retrouvent avec lui dans ces endroits, plutôt que d'y être contraintes. Cela signifie que c'est quelqu'un en qui les victimes ont confiance, que les filles connaissent et respectent. Par conséquent, le tueur leur apparaît comme sympathique et amical. Je dirais aussi qu'il pourrait être légèrement efféminé, ou à tout le moins en présenter certains signes. Pour la plupart, les filles de cet âge apprennent à se méfier des hommes plus âgés, quelle que soit leur profession ou leur rôle dans la société. Il est possible que ces filles soient différentes et qu'elles apprécient les hommes plus âgés, ce qui correspondrait certainement à la théorie selon laquelle il aime avoir du pouvoir sur elles, mais nous y reviendrons plus tard.

— Je pense qu'il sera légèrement efféminé, abordable, digne de confiance et peut-être quelqu'un qui leur rappelle un peu leur père, ou tout autre modèle masculin dans leur vie, en termes d'apparence, de style vestimentaire et de manières. Cependant, avec quatre victimes différentes, j'imagine qu'il est difficile de trouver un homme qui ressemble aux quatre pères, d'autant plus que l'un d'entre eux est malheureusement décédé.

— D'autre part, l'individu pourrait être quelqu'un en position de pouvoir et d'autorité. Quelqu'un de plutôt séduisant également. Quelqu'un capable de démonter les barrières de ses victimes et qui n'a pas peur de leur parler à l'intérieur ou à l'extérieur de l'école. Quelqu'un dont elles pourraient peut-être parler à leurs amies si jamais elles le rencontraient par hasard. Il les flatte possiblement, mais pas d'une manière embarrassante. Et il pourrait même être quelqu'un dont ses victimes ne parlent pas à leurs parents ou amis. Si c'est le cas, alors il va être assez manipulateur et autoritaire, cependant, ses victimes sont jeunes et influençables, il ne faudrait donc pas grand-chose pour qu'elles croient tout ce qu'il dit.

Tracy tendit la main vers sa bouteille d'eau en plastique posée sur le bureau. Elle portait des marques pour différentes heures de la journée indiquant quand elle devait boire ; elle venait d'atteindre son alarme d'eau de 14 heures.

— Ensuite, nous devons considérer les motivations du tueur. *Pourquoi* tue-t-il ces victimes via leurs allergies, et pourquoi ce groupe d'âge ? Et puis nous passerons au comment. Elle revissa fermement le bouchon et reposa la bouteille à côté de son ordinateur portable. — Premièrement, je dirais que le groupe d'âge des victimes est principalement lié à l'accessibilité et au pouvoir. Il peut contrôler une adolescente beaucoup plus facilement qu'une femme adulte. Évidemment, il y a des cas où ce ne serait pas vrai, mais notre tueur est assez intelligent pour savoir quelles batailles choisir. Je ne crois pas que le sexe des victimes ait quoi que ce soit à voir avec cela, car il n'y a eu aucune preuve d'agression sexuelle. Il n'y a pas de motivation sexuelle derrière ses actions, derrière ses meurtres, et je ne m'attends pas à ce que cela change à l'avenir. Ce sont presque ses sujets d'expérimentation. Ses yeux s'illuminèrent en disant cela, comme si elle venait tout juste d'avoir cette idée à ce moment précis. — Il joue avec elles, testant différentes allergies et leurs réactions. D'abord le chat, puis les médicaments, ensuite le latex et maintenant les piqûres d'abeilles. Il perfectionne la méthode de mise à mort par allergie, puis passe à la suivante. Avec Diana Greenock, si elle était vraiment sa première victime, elle est morte de son allergie aux chats. C'était fait, alors il est passé à la suivante. L'ibuprofène. Or, comme vous le savez, cela n'a pas très bien fonctionné puisqu'il l'a essayé plusieurs fois avec les autres victimes.

— Vraiment ? demanda Victoria, qui semblait aussi surprise qu'elle en avait l'air.

Tracy se tourna vers Tomek, puis revint à Victoria. — Tomek m'a envoyé l'article de journal, expliqua-t-elle. Et ce fut tout sur le sujet. Victoria devrait se mettre à jour par elle-même. Puis Tracy continua, impatiente d'avancer et de faire sortir toutes les idées de sa tête pendant qu'elles étaient encore claires. — Une fois que Mandy Butler a été tuée avec succès grâce à sa réaction à l'ibuprofène dans son système, il est passé à Lily Monteith. Latex. Ce fut un succès instantané et il est donc passé à

Fern Clements, notre dernière victime. Avec chaque meurtre réussi, avec chaque *expérience* réussie, il trouve une nouvelle victime.

— Que pensez-vous des intervalles entre les meurtres ? demanda Tomek. Jusqu'à présent, il avait été captivé par ce qu'elle disait. Il n'était pas nécessairement d'accord avec tout et parfois avait du mal à comprendre pourquoi elle était aussi célèbre qu'on le disait, mais il était néanmoins fasciné par ses propos.

— J'y ai réfléchi, et je pense que maintenant qu'il a mis au point un processus, il va effectuer des meurtres beaucoup plus rapidement. Il a peut-être déjà une liste de victimes potentielles qu'il peut cibler, une liste qu'il a pu constituer au cours des cinq dernières années, et maintenant il est prêt à l'utiliser. Ce pourraient être des filles qu'il connaît depuis qu'elles étaient plus jeunes, et il attend qu'elles atteignent un âge particulier avant de vouloir essayer.

— Pourquoi ? demanda Tomek. Pourquoi attend-il ? Pourquoi ne pas simplement essayer quand elles sont beaucoup plus jeunes ?

Et puis la réponse lui parut évidente. Les trois dernières victimes – Mandy Butler, Lily Monteith et Fern Clements – sortaient toutes socialiser d'une manière ou d'une autre. Elles étaient loin de leurs parents, seules, et les attaques s'étaient produites isolément et dans l'obscurité (à l'exception de Mandy Butler).

— Il a choisi cet âge parce qu'elles commencent à sortir davantage. Moins de regards qui les surveillent. Elles sont plus vulnérables.

— Exactement, dit Tracy avec force. Il est intelligent, calculateur. Il attache beaucoup d'importance à ses plans et il y a beaucoup d'attention aux détails.

— Qu'en est-il des autres motivations ? demanda Victoria. Oublions les filles un instant. Pourquoi fait-il cela en premier lieu ?

C'était la question à un million de dollars. Et Tomek était curieux de savoir si Tracy y avait une réponse.

Elle réfléchit attentivement un moment, consciente apparemment que c'était son moment de prouver sa valeur.

— Je ne voudrais pas l'affirmer avec certitude ou mettre ma carrière en jeu, cependant, j'imagine que c'est parce qu'il considère les allergies comme une sorte de faiblesse. C'est quelqu'un qui sera typiquement en bonne santé et il se moquera du fait que quelque chose d'aussi petit ou mineur que des poils de chat ou du latex puisse tuer une personne. Il tirera du plaisir de cette pensée. Il peut avoir une sorte de complexe de Dieu où il pense qu'il est meilleur que tout le monde, et donc il débarrasse le monde de ceux qui sont plus faibles que lui. Il considère que c'est son devoir.

Tomek hocha la tête et était tout à fait d'accord sur ce point. Un ego dangereux et maléfique menait le jeu. Un ego qui serait difficile à arrêter.

— Avez-vous envisagé la possibilité qu'il puisse s'agir de plus d'un tueur ? Un duo d'individus partageant les mêmes idées ou une *folie à deux,* demanda Victoria. Elle faisait bien sûr référence à l'affaire passée sur laquelle ils avaient travaillé ensemble, la disparition et le meurtre de deux jeunes filles sur l'île de Canvey, qui avaient été enlevées et tuées par un couple en rupture cherchant à se venger.

— Si c'est ce que vous soupçonnez, alors ma présence ici n'a aucun intérêt.

— Je couvre simplement tous les angles, répondit Victoria avec un sourire peu impressionné.

La conversation se termina et ils remercièrent tous deux Tracy pour son temps. Puis Tomek la conduisit hors de la pièce et vers le petit espace qui avait été aménagé pour elle à côté d'Anna dans le bureau. Quand elle avait demandé un espace à elle, Tomek avait ri et lui avait rappelé qu'elle n'était plus à Londres. Peu après, il retourna à contrecœur dans la pièce où Victoria l'attendait. Juste eux deux. Seuls. Laissés pour discuter. Où il ferait toute la conversation et elle prendrait tout le crédit.

— Qu'en pensez-vous ? demanda Tomek, prenant les devants.

— Je pense que c'est un bon point de départ. Je pense que cela nous a donné beaucoup matière à réflexion et a clarifié beaucoup d'incertitudes que j'avais. Je pense que ce sera bien de l'avoir dans l'équipe.

Pour Tomek, cela ressemblait à un discours d'entretien. Lui dire ce qu'il voulait entendre.

Malheureusement, il ne ressentait pas la même chose.

— Répondez-moi à ceci. Cherchons-nous un homme efféminé qui leur rappelle leur père, ou une figure d'autorité confiante, attirante ?

À cela, elle n'avait pas de réponse.

Comme Tomek s'y attendait.

Le profil psychologique du tueur établi par Tracy avait été parfois contradictoire, comme Tomek venait de le souligner, mais il y avait quand même de bons éléments d'information qu'il jugeait pertinents. Des choses qu'il ne se sentait pas à l'aise de partager avec Victoria. Pour celles-là, il s'adresserait directement à Nick.

— Y a-t-il quelque chose que vous aimeriez ajouter ? demanda Victoria.

Tomek hésita. — Oui, commença-t-il en s'apprêtant à partir. Pensez-vous que vous pourriez *distancer* une vache à la course ?

CHAPITRE
VINGT-DEUX

Kasia avait attendu toute la pause déjeuner pour lui parler. Jusqu'à ce que la sonnerie retentisse et que la cour se vide. Alors que tout le monde s'inquiétait de recevoir une retenue, elle l'a attrapé de l'autre côté de la cour.

Mais elle s'en fichait. Elle avait quelque chose à lui demander. Quelque chose d'important.

— Tu veux venir chez moi ce soir ?

La bouche de Billy s'est ouverte et fermée plusieurs fois comme celle d'un poisson.

— Est-ce que tu... euh, as-tu vérifié... c'est bon avec ton père ?

Elle a soupiré et a croisé les bras sur sa poitrine. — Pourquoi es-tu si obsédé par lui ?

Billy s'est penché plus près et a chuchoté du coin de la bouche. — Parce que c'est un putain de flic.

— Ouais. Et alors ? Il a dit que c'était d'accord.

Billy semblait dubitatif. Il n'avait toujours pas répondu à la question.

— Il ne sera même pas à la maison. Regarde.

Elle a fouillé dans la poche intérieure de son blazer et lui a montré son téléphone. Sur l'écran s'affichait le message de son père qu'elle avait reçu quelques minutes auparavant, l'informant qu'il rentrerait tard et lui souhaitant bonne chance pour son cours de polonais ce soir.

— Tu vois ! Il ne sera même pas là.

Billy a lu le message plusieurs fois.

— Comment je sais que tu n'as pas juste envoyé ça depuis un autre téléphone ?

— Pourquoi je ferais ça ? Tu ne me fais pas confiance ? Tu ne m'aimes pas ?

Il a posé ses mains sur ses bras. — Bien sûr que si. C'est juste que... je sais pas. Et s'il nous trouve ?

— Je t'ai déjà dit qu'il est d'accord avec ça. Et je t'ai dit, je ne veux pas faire *ça*.

L'expression sur le visage de Billy s'est affaissée. Venait-elle de lui donner une autre raison de ne pas venir ?

— J'allais aller au parc après l'école, a-t-il dit.

Dans le noir complet ? a-t-elle pensé, mais elle a choisi de ne rien dire.

— Ce n'est pas grave, a-t-elle répondu. Mon tuteur vient ce soir, donc tu peux venir après. Disons, dix-neuf heures ?

Billy a hésité un moment, perdu dans ses pensées, pesant la décision dans son esprit. C'était une simple réponse par oui ou non, mais il rendait cela beaucoup plus compliqué que nécessaire. Elle comprenait son hésitation. Son père *était* policier. Elle pouvait comprendre que c'était intimidant, mais pourquoi ne lui faisait-il pas confiance, pourquoi ne l'écoutait-il pas ? Même si Tomek n'avait pas dit explicitement que Billy pouvait venir, comment saurait-il qu'il allait rentrer tard ? Par expérience, elle savait que « tard » signifiait entre vingt-et-une et vingt-deux heures, et c'était dans le meilleur des cas. Certains soirs, c'était aussi tard que vingt-trois heures ou minuit, et Tomek la trouvait encore éveillée dans sa chambre à regarder Netflix sur son ordinateur portable. Un soir d'école. Mais ce qu'il ne savait pas, c'est qu'elle restait parfois éveillée encore plus tard, juste à faire défiler son téléphone, à regarder des vidéos sur TikTok et Instagram. C'est pourquoi elle se sentait toujours fatiguée, mais ne s'en plaignait jamais parce qu'elle savait ce qu'il dirait.

Va te coucher plus tôt.

Arrête de faire défiler ce téléphone, sinon je vais devoir le confisquer.

Toutes ces choses ennuyeuses de père qu'elle avait déjà entendues tant de fois.

Eh bien, ce soir serait différent. Ce soir, au moment où Tomek rentrerait, Billy serait venu et reparti, et elle serait profondément endormie.

Le seul problème était la nourriture. Trouver quelque chose pour le dîner.

— Tu as de l'argent ? lui a-t-elle demandé.

— Ouais, bien sûr, a-t-il répondu avec un hochement de tête fier.

— Tu peux acheter une pizza ou quelque chose et on pourra la manger quand tu arriveras chez moi ?

Avant que Billy ne puisse répondre, M. Healy, le responsable de la Troisième, est sorti dans la cour. Son ventre débordait de sa chemise et sa cravate était de travers.

— En classe ! Sa voix écossaise profonde a résonné dans toute la cour. — C'est votre dernier avertissement. Sinon, retenue pour vous deux !

Sans rien dire, Billy est parti d'un côté, tandis que Kasia est partie de l'autre. En se dirigeant vers le petit bâtiment où se déroulaient ses cours d'histoire, elle s'est arrêtée dans l'embrasure de la porte et a regardé Billy traverser la cour en courant.

— Dix-neuf heures, a-t-il crié, sa voix se brisant au milieu de la phrase. — Et j'apporterai la pizza !

CHAPITRE
VINGT-TROIS

Tomek était reconnaissant de ne pas avoir été forcé d'assister à la conférence de presse aux côtés de Nick. D'après ce qu'il avait pu entendre, c'est-à-dire l'intégralité grâce à la fonction vidéo *Live* sur le site web du *Southend Echo*, ça avait été un véritable désastre.

Nick avait commencé avec aisance, éloquence, tout allait bien. Il avait expliqué la situation : deux filles d'âge similaire provenant d'écoles différentes avaient été retrouvées mortes dans deux champs distincts, et leurs décès étaient traités comme suspects et liés l'un à l'autre. Mais ensuite, alors qu'il commençait à répondre aux questions de la meute affamée face à lui, il s'était mis à vaciller, à balbutier.

Ça avait été implacable. L'information, grâce à Abigail Winters sans doute, s'était répandue que la mort de Mandy Butler était inextricablement liée aux autres et qu'il existait tout un groupe de filles d'âge similaire qui avaient vécu quelque chose de semblable. Qu'une demande d'enquête approfondie avait été faite et que rien n'avait été entrepris. Naturellement, la presse avait commencé à remettre en question la crédibilité et le professionnalisme de Nick. Mais tout s'était effondré dès que la mention de Diana Greenock avait été faite, également par Abigail Winters. (Tomek devait lui reconnaître ça, c'était une petite garce tenace, et elle n'avait pas peur de s'en prendre à qui que ce soit dans le processus).

Deux meurtres, c'était déjà assez grave.

Trois meurtres avec une multitude de victimes liées, c'était sérieux.

Mais quatre meurtres, tous liés, c'était intolérable.

Deux vies auraient pu être sauvées si Nick avait enquêté plus minutieusement sur la mort de Mandy Butler.

— Qu'allez-vous faire différemment ? demanda une voix hors champ, bien qu'il la reconnaisse comme celle d'Abigail.

Encore une fois.

Implacable. Un trait qu'il pensait ne jamais cesser d'admirer chez elle, tant qu'elle ne le harcelait pas *lui* pour obtenir des informations.

— Eh bien, commença Nick en soupirant profondément. Il semblait usé et brisé, prêt à ce que la conférence se termine. Cette fois, nous avons une équipe composée de certains de nos... de nos meilleurs hommes et femmes qui travaillent sur l'affaire. Nous aurons également le soutien de l'Agence nationale contre le crime pour nous aider à déterminer le profil de notre tueur. Puis il se tourna vers la caméra et s'adressa directement au spectateur, son regard perçant, hypnotisant. Si quelqu'un possède des informations relatives aux décès de ces quatre personnes, merci de vous manifester. Nous sollicitons toutes les informations que vous pourriez nous donner. Merci.

— Pourquoi cela n'a-t-il pas été fait avant ?

— Que savez-vous réellement ?

— Pourquoi êtes-vous toujours en charge ?

— Pourquoi pensez-vous être apte à diriger cette enquête ?

Le déluge de questions qui l'avait suivi hors de la salle était brutal, et une partie de Tomek se sentait légèrement coupable pour l'homme. Mais seulement légèrement.

— Ça avait l'air intense, dit Rachel à côté de lui alors qu'il rangeait son téléphone dans sa poche.

— Au moins, il a terminé sur une note positive. Peut-être. Ou du moins, il est parti avec *un peu* de dignité.

— Pour ce que ça vaut, je pense que tu aurais dû rester SIO sur cette affaire, mais je sais que mon opinion ne compte pas pour grand-chose.

— Merci, dit Tomek. Cela signifiait beaucoup pour lui et il l'appréciait, mais comme un homme typique, il n'en dit rien, préférant l'intérioriser. Une partie de moi veut la voir s'écraser et se brûler. Tandis que l'autre partie de moi reconnaît le fait que quatre femmes sont maintenant mortes, plusieurs autres marquées à vie, et que le tueur est toujours en liberté.

— Ah, le classique dilemme du Catch-22 : s'inquiéter de son ego ou laisser un tueur faire plus de victimes. Un choix difficile.

Le sarcasme dans sa voix était évident alors qu'elle roulait des yeux et se tournait pour regarder par la fenêtre côté passager.

Ses paroles lui donnèrent matière à réflexion. Peut-être laissait-il son ego interférer. C'était son ego qui conduisait l'enquête jusqu'à présent, et s'il le laissait prendre le dessus, davantage de jeunes filles pourraient mourir. Et puis il pourrait se retrouver à subir des insultes de l'autre côté d'un micro dans dix ans.

Rien de tout cela ne lui semblait attrayant.

À l'ordre du jour maintenant, un rendez-vous avec le seul apiculteur enregistré dans la région de Southend.

Timothy Warren possédait et vivait dans sa ferme au milieu de Great Wakering, un petit village pris en sandwich entre les marais d'Essex à l'est et des terres agricoles à l'ouest. C'était un homme bien avancé dans la trentaine, à quelques années de Tomek, avec des cheveux grisonnants et une épaisse barbe roussâtre. Son visage était comme on pouvait s'y attendre d'un fermier : fatigué, buriné par les intempéries, et arborant un bronzage agaçant de perfection bien que datant de six mois. Et son corps était en meilleure forme. Mais Tomek aimait penser que le sien aurait été aussi bon sinon meilleur s'il avait transporté du foin et du matériel agricole toute la journée.

— Nous gardons les moutons de ce côté de la ferme là-bas, expliqua le fermier en montrant une grande étendue de terre verte et plate. Les poules dans cet enclos là-bas. Les vaches de l'autre côté de cette rangée de haies. Et quelques chevaux dans les écuries derrière la maison.

— Vous vous en sortez bien alors, commenta Tomek.

— Ce n'est plus ce que c'était. Le Brexit est une sacrée merde pour nous. On se fait concurrencer et vendre partout. Mais que pouvons-nous faire ? J'étais l'un de ceux qui ont voté pour, alors je n'ai que moi à blâmer.

Oui, pensa Tomek. *Oui, c'est vrai.*

— Et puis voici où nous gardons les abeilles.

Timothy les avait conduits à travers une petite brèche dans une rangée de haies et dans une autre étendue de terre plate et verte. À plus de cent mètres se trouvaient des rangées de petites boîtes blanches. Entourant les boîtes s'étendait un champ de fleurs depuis longtemps mortes pendant l'hiver. Un chemin étroit, fait de planches de bois savamment disposées, avait été aménagé, menant jusqu'aux ruchers. Un bourdonnement bas et monotone qui ressemblait à une brosse à dents électrique vibrait dans l'air. À la droite de Tomek, à une courte distance, se trouvait une petite usine de fabrication.

Timothy leur fit signe de s'y diriger, et Tomek se sentit se détendre au fur et à mesure qu'il s'éloignait du bourdonnement électrique.

L'usine de fabrication était étonnamment grande à l'intérieur et séparée en deux compartiments. À gauche se trouvait la chaîne de production, où les rayons de miel et les produits étaient transformés en produits de miel. La section de droite présentait le produit fini. Des rangées de pots de miel de différentes saveurs trônaient fièrement sur des étagères le long du mur du fond. Citrouille épicée, curcuma, zeste de citron, cannelle. À côté, sur d'autres étagères, s'alignaient des rangées de moutarde au miel, des bougies en cire d'abeille et du baume à lèvres à la propolis, tous portant l'image de marque de l'exploitation apicole de Timothy.

Accrochées aux murs se trouvait une série de combinaisons d'apiculture à différents stades de production. L'une était simplement un chapeau avec un filet. Une autre était un chapeau et le haut de la combinaison qui s'arrêtait à la taille. La dernière était la combinaison dans son intégralité, avec chapeau, filet et combinaison complète. La plus haute couche de protection disponible.

— Comme vous pouvez le voir, c'est ici que je garde toutes ces délicieuses merveilles, dit Timothy.

Tomek n'était pas sûr que quiconque ait employé l'expression « délicieuses merveilles » depuis les années quatre-vingt, mais il choisit de ne pas le mentionner. Au lieu de cela, il laissa Rachel prendre les devants.

— Combien d'abeilles avez-vous ? demanda-t-elle.

— Nous ne travaillons pas avec ce genre de chiffres. C'est difficile de garder trace de ce type de données. Je pourrais vous dire combien de colonies j'ai, si vous le souhaitez ?

— Oui. Évidemment.

— Cent soixante-douze.

— Et combien d'abeilles dans chaque colonie ?

— Entre cent et deux cents.

— Donc vous auriez pu nous donner une estimation alors ?

— Si j'avais dû mettre un chiffre dessus.

Mon Dieu, ce type était pénible.

— Depuis combien de temps les élevez-vous ?

— Près de dix ans.

— Et vous êtes le seul ?

— En ce qui concerne l'Association des Apiculteurs Professionnels, oui. Il y a d'autres personnes qui essaient de les élever, mais elles n'ont pas beaucoup de succès, et la majorité des gens qui gardent des abeilles sont juste des apiculteurs amateurs et des hobbyistes. Ils le font par amour ou pour se faire un peu d'argent en complément.

— Mais vous, vous êtes là pour faire des millions ?

Timothy haussa les épaules. — Si vous voulez être grossier à ce sujet. Êtes-vous ici pour fouiller dans mes finances ? Parce que je paie tous mes impôts et je donne une grande partie de mes bénéfices aux associations caritatives dont je fais partie.

— Non, dit Rachel sèchement. Ce n'est pas pour cela que nous sommes ici.

— Alors puis-je vous demander pourquoi vous m'interrogez sur mes abeilles ?

Rachel hésita, déglutit. — Dans une minute. Il y a juste quelques questions supplémentaires que nous aimerions vous poser, si vous le permettez.

— Voulez-vous goûter ?

Avant que l'un d'eux ne puisse répondre, Timothy se précipita vers l'autre côté de l'usine de production. Il prit un pot de miel et le tendit à Tomek, qui l'accepta poliment.

— C'est l'un des meilleurs miels que vous goûterez jamais.

Est-ce ce que tu as dit à Fern Clements avant de la tuer ?

Tomek ouvrit le pot et y plongea son doigt. Timothy avait raison, c'était délicieux. Et il fit le bruit pour le prouver.

— Je savais que vous aimeriez, poursuivit Timothy. Et pour vous, mademoiselle ?

Avant qu'elle ne puisse répondre, Timothy prit le pot des mains de Tomek et le tint devant Rachel, qui trempa avec hésitation son petit doigt jusqu'à l'ongle et le lécha.

— Mmm. Délicieux. Son expression démentait sa déclaration.

— C'est l'un de nos best-sellers.

— Entre ça et la viande ? demanda Tomek.

— Ouais. Et n'oubliez pas le lait. Voulez-vous venir voir quelques abeilles ?

Tomek et Rachel échangèrent un rapide coup d'œil. Ils savaient tous deux que ça allait venir, mais ni l'un ni l'autre n'étaient particulièrement enthousiastes à cette idée.

— Seulement si vous pouvez nous en dire plus sur ceci, dit Rachel, en fouillant dans la poche de poitrine de son blazer. Un instant plus tard, elle sortit la pièce à conviction que Tomek avait fait sortir du stockage. Un petit bécher en verre, scellé dans un sac en plastique, avec un numéro d'exposition et une feuille de contrôle attachée. À l'intérieur du bécher se trouvait la petite abeille qu'ils avaient extraite du corps de Fern Clements.

Rachel n'eut pas besoin de tenir le bécher très haut pour que Timothy s'y intéresse. Il fut sur elle en un éclair, demandant la permission de le tenir lui-même.

— Je connais ça ! dit-il avec excitation. Mais où l'avez-*vous* trouvé ? Et pourquoi l'avez-vous ?

Rachel évita la question avec un sourire désarmant. — Nous vous serions reconnaissants de bien vouloir l'identifier pour nous, s'il vous plaît, Timothy.

À la mention de son nom, les joues de Timothy rougirent. — Bien sûr. Oui. Absolument. C'est... Eh bien, elle provient d'une abeille africanisée. Ce sont parmi les abeilles les plus agressives au monde. On les trouve le plus souvent au Brésil, et la plupart des piqûres sont extrêmement douloureuses, mais certaines peuvent être mortelles, surtout si vous êtes allergique.

Les oreilles de Tomek se dressèrent.

— On ne peut pas les trouver dans ce pays, poursuivit Timothy. Enfin, on *peut*. On peut tout acheter si on sait où chercher, mais il faut juste être très prudent avec elles. On sait qu'elles peuvent poursuivre leurs victimes sur près d'un kilomètre une fois agacées. Un kilomètre ! Imaginez ça.

Tomek préférait ne pas imaginer.

— Où peut-on se procurer ce genre d'insectes ? demanda-t-il.

— Vous auriez du mal à trouver quelqu'un au Royaume-Uni qui en possède. La plupart du temps, les gens les ramènent de l'étranger par erreur ou elles finissent ici sur des cargaisons.

— Combien en faudrait-il pour tuer une personne ? demanda Tomek.

L'excitation enfantine sur le visage de Timothy disparut. — *Tuer* ?

— Eh bien, on les appelle abeilles tueuses, non ?

— Oui, mais...

— Combien pourriez-vous en avoir besoin pour tuer une jeune fille de quinze ans ?

— Jeune f-? Âgée de quin-?

— Combien de piqûres avant que l'abeille africanisée ne meure ? Une ? Ou des centaines ?

— Cen-? La bouche de Timothy s'ouvrit et se ferma alors qu'il luttait pour articuler ses mots.

Tomek fit un pas de plus vers l'homme. — Est-ce que le nom de Fern Clements vous dit quelque chose ?

Le hoquet de Timothy était audible. Ses yeux firent l'aller-retour entre ceux de Rachel et Tomek. — Qu'est-ce que c'est que *ça* ? demanda-t-il, accusateur. Pourquoi êtes-vous ici ? Pourquoi me demandez-vous cela ? Je n'ai jamais entendu le nom de Fern Clements de ma vie.

— Où étiez-vous hier soir aux premières heures du matin ?

Timothy regarda autour du hangar comme si celui-ci allait répondre à la question. — J'étais ici. À la maison. J'avais eu une dure journée à la ferme et j'avais besoin de dormir. Il claqua des doigts, se souvenant de quelque chose. Oui. Je m'étais couché tôt. J'étais crevé. Je venais de finir de regarder *Holby City*.

Tomek fit une pause avant de dire quoi que ce soit d'autre. Pour laisser l'homme transpirer, pour le laisser y réfléchir. Il n'avait plus de questions, alors il fit un signe à Rachel et la laissa terminer l'entretien.

— Combien de ces abeilles pourraient tuer une personne ? répéta-t-elle.

— Ça dépend, dit-il, sa respiration ralentissant progressivement. Quelques-unes suffiraient.

— Et elles meurent après chaque piqûre ?

— Tout comme les abeilles normales, oui.

Donc quoi qu'il ait tué Fern Clements, il y en avait eu des centaines.

— Et qui pourrait posséder de grandes quantités de ces abeilles ?

— Je... Je... Je ne peux pas imaginer qu'un apiculteur professionnel en aurait. Personne dans l'association, en tout cas. Elles prennent le contrôle des colonies si elles sont assez nombreuses, et c'est mauvais pour les affaires. Mais, peut-être qu'un amateur ne s'en soucierait pas autant. Peut-être quelqu'un dans l'Association des Apiculteurs Amateurs pourrait en avoir.

— Il existe une autre association ?

— Pour les amateurs, oui.

— Où pourrions-nous les trouver ?

— Au même endroit où vous m'avez trouvé, expliqua Timothy. En ligne. Il y a plus de cent quarante apiculteurs rien qu'en Essex, et ce sont seulement ceux qui sont enregistrés. Vous pourriez chercher quelqu'un qui en a juste gardé dans son jardin sans être membre.

— Est-il possible qu'ils aient cultivé une colonie par eux-mêmes ?

Timothy se gratta une marque rouge sur son cou. — Je suppose. Mais ils auraient besoin de quelques-unes pour commencer. Y compris une reine.

Tomek absorba tout ce qu'il avait entendu.

Il réalisa qu'ils pourraient chercher une aiguille dans une botte de foin de cent quarante autres apiculteurs enregistrés, ou ils pourraient chercher une aiguille au milieu des océans du monde, quelqu'un qui n'était pas enregistré du tout et était tombé sur les abeilles d'une manière ou d'une autre.

Mais au moins ils avaient un point de départ.

— Merci pour tout ce que vous nous avez dit, commença Rachel, sentant que la conversation était terminée. Vous nous avez beaucoup aidés. Voici mes coordonnées si vous avez besoin de quelque chose ou si vous avez autre chose à ajouter. De même, nous vous contacterons si nous avons d'autres questions à vous poser.

Tomek s'arrêta et se retourna dans l'embrasure de la porte. — Peut-être que nous pourrons voir les abeilles une autre fois, Timothy. Profitez bien du reste de votre après-midi.

CHAPITRE
VINGT-QUATRE

Elle n'avait pas cessé de vérifier l'heure, ses yeux se posant furtivement sur les petits chiffres en bas de l'écran de Phillip, luttant contre l'envie de tapoter son téléphone pour regarder les chiffres plus grands et visibles, juste pour s'assurer que c'était exact — 19h01.

Ils avaient dépassé l'horaire prévu. En grande partie à cause de son attention qui vagabondait ailleurs, vers des pensées concernant Billy et l'intrus imminent, son père. Ils auraient dû terminer presque une demi-heure plus tôt. Cela lui aurait donné amplement le temps de préparer l'appartement pour sa visite, de ranger sa chambre, de vaporiser sa brume de lavande sur les coussins, de remettre les oreillers en forme et de préparer les bougies. Mais maintenant, elle n'aurait pas le temps pour tout ça. Pas le temps pour quoi que ce soit.

— Répétez après moi, commença Phillip.

Kasia leva les yeux intérieurement et s'agita inconfortablement sur sa chaise.

— *W weekend idę do parku z przyjaciółmi.*

— Le week-end, je vais au parc avec mes amis, dit lentement Kasia, en essayant de paraître aussi désintéressée et désengagée que possible.

— Très bien pour la compréhension. Mais essayez peut-être de le dire en polonais, comme je vous l'ai demandé.

Kasia le fit, mais massacra volontairement sa prononciation.

— Non. Vous ratez le son *prz* au début de *przyjaciółmi*.

— Non, pas du tout. Je l'ai dit parfaitement.

— Si c'était le cas, je ne serais pas ici trente minutes après l'heure prévue. Il vérifia sa montre après avoir regardé l'heure sur l'écran. En fait, je dois partir pour le travail.

Alors qu'elle s'apprêtait à répondre, son ventre gargouilla. Bruyamment. Et pendant une fraction de seconde, elle paniqua, croyant presque qu'elle avait lâché un pet. Cependant, après avoir entendu ce bruit, Phillip ne parut pas dérangé. Au contraire, il prit cela comme un signal pour partir.

— C'est l'heure du dîner. Je vais vous laisser préparer ce que vous allez manger. Je devrais probablement prendre quelque chose pour moi aussi.

— Vous allez manger quoi ?

Il haussa les épaules. — Probablement quelque chose de très malsain et très mauvais pour moi. *Jedzenie na wynos.*

— Hein ?

— À emporter.

Maintenant ça avait du sens.

Peu après, Phillip rassembla ses affaires et s'apprêta à partir. Il rangea les documents et les imprimés qu'il avait apportés pour elle dans sa mallette compartimentée, puis inséra soigneusement son ordinateur portable dans la section rembourrée. Tandis qu'il enfilait son manteau, Kasia vérifia rapidement son téléphone.

Toujours rien de Billy.

Rien pour dire qu'il était en route. Rien pour dire qu'il était en retard. Elle commençait à penser qu'il ne viendrait pas du tout. Qu'il lui avait menti. Probablement raconté à tous ses potes qu'il allait venir chez elle et voulait la planter là pour rire. Parce qu'ils trouvaient ça drôle.

Phillip agita sa main devant son visage. Elle mit un moment à le remarquer.

— On se voit dans deux jours ?

— Oui, répondit-elle, essayant de ne pas paraître trop déçue.

Elle le suivit jusqu'en bas des escaliers.

— Pas de devoirs ce soir, dit-il en posant la main sur la porte d'entrée. Mais je ne serai pas aussi indulgent ce week-end.

— Ha ha. D'accord.

Il ouvrit la porte. — *Do widzenia*.

— *Do wid-*

Elle le vit avant de pouvoir finir sa phrase. Son cœur bondit dans sa bouche et elle se figea, le dévisageant. Billy Turpin se tenait sur le pas de la porte, deux boîtes de pizza de taille moyenne à la main. Il regardait Phillip. Une expression de surprise désagréable sur son visage.

— Un ami à vous ? demanda Phillip à Kasia.

— Euh. En quelque sorte. Oui. Mais, s'il vous plaît, ne-

— Je peux avoir une part ?

Un moment d'appréhension passa entre Billy et Kasia, aucun des deux ne sachant quoi faire. Kasia voulait plus que tout se débarrasser de Phillip. Et si une part de pizza était le moyen d'y parvenir, alors-

Il se servit avant qu'elle ne puisse répondre et mâcha bruyamment tandis qu'il abaissait le couvercle.

— Vous m'avez inspiré à prendre la mienne pour le dîner, dit-il en se léchant les lèvres. Merci, à vous deux. *Do widzenia*, Kasia.

— *Do widzenia* !

Sans rien ajouter d'autre, Phillip s'éloigna vers sa voiture. Dès qu'il quitta le perron, Kasia saisit Billy par le bras et le tira à l'intérieur du bâtiment, refermant la porte d'entrée derrière lui.

Il était parti ! Et il n'avait rien dit à propos de Billy ou de son père !

Avant même que la porte ne soit complètement fermée, elle se jeta sur Billy et l'embrassa. Elle était si excitée qu'elle ne savait pas ce qui lui avait pris. Ses lèvres étaient sèches, et elle était sûre qu'elle avait aussi touché un peu ses dents. Et autant que les premiers baisers allaient, celui-ci n'avait pas répondu à ses attentes ; ses attentes raisonnablement basses, il fallait l'admettre.

— Qu'est-ce que... qu'est-ce que c'était que ça ? Le sourire sur le visage de Billy lui disait qu'il était aussi content de ce baiser qu'elle.

Elle haussa les épaules. Mais avant qu'elle ne puisse répondre, sa langue gonfla dans sa bouche. Elle la mâchouilla mais en quelques secondes, elle avait déjà gonflé à la taille d'une tablette de chocolat. Puis

sa gorge commença à enfler et à se contracter comme un serpent s'enroulant autour de son œsophage, rendant sa respiration difficile.

— Kasia ? Kasia !

Billy posa ses mains sur elle pour la stabiliser, mais ce n'était pas ce dont elle avait besoin en ce moment.

Là maintenant, elle avait besoin de son EpiPen. Son assistance vitale.

À défaut, Phillip.

Elle murmura le nom de l'homme et, par chance, Billy comprit ce qu'elle voulait dire. Une seconde plus tard, il était dehors, criant après son professeur de polonais. Pendant qu'il était parti, elle s'était effondrée au sol, haletante et s'accrochant à tout l'air qu'elle pouvait obtenir.

Juste avant de sentir l'étreinte enveloppante de l'inconscience enrouler ses tentacules autour d'elle, elle entendit le son de deux voix qui approchaient.

CHAPITRE
VINGT-CINQ

Quand Tomek a reçu l'appel, il était assis à son bureau. Il tapait son rapport sur Timothy Warren, l'apiculteur.

— Elle est où ? a-t-il crié dans le téléphone, avant de se précipiter hors du bureau sans rien dire à personne.

Heureusement, le trajet entre le commissariat et l'hôpital de Southend était court. Deux miles. Dix minutes. En temps normal. Et dans sa hâte, il a parcouru la distance en sept minutes. Brûlant quelques feux rouges, doublant sur une voie unique, coupant la route aux autres conducteurs aux intersections, les serrant aux ronds-points. Le son des klaxons qui retentissaient derrière lui continuait de résonner à ses oreilles tandis qu'il se précipitait dans les couloirs de l'hôpital à la recherche de la chambre de Kasia.

Il l'a trouvée au troisième étage.

Mais pas avant d'avoir trouvé Phillip et un petit garçon maigrichon qui se tenait à côté de lui dans le couloir.

— Qu'est-ce qui se passe, bordel ? a demandé Tomek à Phillip.

Le hyperpolyglotte s'est avancé vers Tomek, protégeant légèrement le garçon.

— Les ambulanciers ont dit qu'elle faisait une réaction allergique, a dit Phillip calmement et lentement. Heureusement que j'étais là pour l'aider.

Réaction allergique.

Comment ?

Après tous les sacrifices qu'il avait faits pour éliminer complètement les cacahuètes et toutes autres formes de noix de son alimentation, elle avait quand même été victime d'une réaction allergique. Dans sa propre maison.

— Comment ? a demandé Tomek, trouvant le courage dans sa voix pour exprimer cette pensée.

Phillip s'est tourné vers le jeune garçon. — Billy ici a apporté de la pizza, et...

— Billy ? a répété Tomek, son corps commençant à vibrer de colère. Billy ? Du genre, Billy le gamin qui pense pouvoir se battre contre une putain de vache ? Le même Billy que ma fille me supplie d'inviter un soir, et après que j'ai dit non à plusieurs reprises, il décide de venir quand même ? C'est toi, Billy ?

Auparavant, alors qu'il se cachait derrière Phillip, Billy se tenait le dos droit et le menton relevé. Arrogant, courageux. Mais maintenant, après le début de la tirade de Tomek, il a baissé la tête et s'est recroquevillé sur lui-même, lui donnant l'apparence de quelqu'un d'au moins cinq ans plus jeune.

— Réponds-moi, Billy !

La voix de Tomek a résonné dans tout le couloir. Phillip s'est avancé et a placé un bras en travers de la poitrine de Tomek pour le retenir.

— Qu'est-ce que tu faisais chez moi, Billy ? Pourquoi as-tu donné des cacahuètes à ma fille ?

Billy n'a pas répondu. En fait, il n'a rien fait du tout. Figé, cloué sur place par la peur d'un homme deux fois plus grand que lui et plus de trois fois son âge qui lui criait au visage. Tomek était parfaitement conscient qu'il ne pouvait pas frapper un gamin de treize ans, même s'il le méritait (et peu importe à quel point il en avait envie), mais cela ne l'empêcherait pas de faire peur à ce petit morveux.

Ce petit *gówniacki*.

Kasia aurait pu mourir à cause de son incompétence ; c'était le minimum qu'il méritait.

— Qu'est-ce que tu faisais avec des cacahuètes autour de Kasia, Billy ?

a continué Tomek. Qu'est-ce qui t'a fait penser que c'était une putain de bonne idée, hein ? Ta mère et ton père t'ont laissé tomber sur la tête quand tu étais petit ? Ils te tapaient dessus ?

— Hé, hé, hé ! Cette fois, Phillip s'était complètement interposé face à Tomek, et la silhouette petite, mince et frêle de l'homme était la seule chose qu'il pouvait voir. *Przestań*, Tomek ! *Ja pierdolę* ! Fais attention à ce que tu dis. Ce n'est qu'un gamin de treize ans, bordel.

Tomek a fixé les yeux de l'homme pendant un bref instant. — Je sais quel âge il a, putain. Il essaie de se mettre ma fille dans la poche. Et maintenant, ce connard a failli la tuer. Si tu n'avais pas été là, elle serait restée à treize ans pour toujours et lui aurait grandi pour vivre le reste de sa vie de merde !

La poitrine de Tomek montait et descendait à une vitesse folle. Son corps continuait de trembler sous l'effet d'un mélange puissant d'adrénaline, de peur et de culpabilité. Un cocktail qui lui était trop familier.

— Je comprends tout ça, a poursuivi Phillip, sa voix plus douce qu'auparavant. Vraiment. Et je ne peux qu'imaginer quelles émotions tu ressens en ce moment, mais s'en prendre à un petit gamin ne changera rien. Ce qui est fait est fait. C'était une simple erreur. Il est venu avec de la pizza, et puis un instant après mon départ, il est venu me chercher. Il m'a dit qu'il avait mangé des cacahuètes avec ses copains au parc plus tôt.

— Est-ce qu'il connaissait ses allergies ? Je parie que ce connard...

— Eh bien, s'il ne les connaissait pas avant, il les connaît certainement maintenant.

Phillip a reculé d'un pas, laissant à Tomek un peu d'espace pour respirer. Que ce soit dans sa tête ou que la présence de Phillip ait été si oppressante, Tomek n'a pas remarqué la différence. Il a inspiré une grande goulée d'air et l'a avalée avant de se tourner sur le côté, vers la porte de l'hôpital.

— Est-ce que je peux la voir ? a-t-il demandé.

— Je pense que oui. Les infirmières ont dit qu'elles prendraient d'autres résultats de tests dans environ une demi-heure, mais c'était il y a presque vingt minutes.

J'y vais maintenant alors, a pensé Tomek, et il s'est dirigé vers les portes.

Il a perdu son souffle en entrant dans la chambre. Kasia était allongée là sur le lit, bordée jusqu'à la poitrine, les yeux fermés, reposant paisiblement, sa poitrine se soulevant et s'abaissant doucement.

Lentement, avec hésitation, il s'est approché du lit et a pris sa main dans la sienne. Dès qu'il a senti son touché, son corps s'est réchauffé. C'était la première fois en trois mois de relation père-fille qu'ils avaient un tel contact physique. Pour une raison quelconque, il s'est retrouvé transporté treize ans en arrière dans cette même pièce. La chambre, le mobilier, la vue par la fenêtre, tout restait identique. La seule différence était que la jeune fille allongée devant lui n'était pas si grande ni si développée. Au lieu de cela, il a imaginé qu'elle était un bébé, un nouveau-né, une toute nouvelle addition au monde, et qu'il tenait ses minuscules mains et qu'elle enroulait toute sa main autour de son doigt. La scène était entièrement imaginaire, bien sûr, il n'avait pas été au courant de sa naissance ou même de son existence jusqu'à quelques mois auparavant, mais il aimait penser que c'est ce qu'aurait été d'assister à sa naissance, de tenir sa main dès son plus jeune âge. De tenir quelque chose de si fragile et dépendant de lui. De tenir quelque chose qui comptait sur lui pour tout : nourriture, vêtements, abri, protection. C'était comme ça maintenant. Les mêmes sentiments et les mêmes exigences en tant que père. Seulement avec une adolescente de treize ans au lieu d'un nouveau-né.

Et il avait échoué. Il n'avait pas été là pour la protéger, n'avait pas été là pour la sauver de ses allergies.

En se rapprochant sur sa chaise, il a commencé à comprendre ce qu'avaient ressenti les parents de Diana Greenock, ceux de Mandy Butler, ceux de Lily Monteith, ceux de Fern Clements.

Maintenant il s'ajoutait à cette liste. Il se considérait seulement, *eux deux*, chanceux que cela ne se soit pas terminé en catastrophe.

Il était dix heures le lendemain matin lorsque Kasia a enfin pu quitter l'hôpital. Les infirmières et les médecins avaient voulu la garder en observation pendant la nuit, mais cela n'avait pas été nécessaire. Elle avait passé toute la nuit à dormir, se reposant et récupérant de son épreuve. Et quand ils sont finalement rentrés chez eux, après avoir été pris dans les embouteillages de fin de matinée, Kasia se sentait à quatre-vingt-dix pour cent.

— Je suis désolée, a-t-elle dit tandis que Tomek jetait ses clés de maison dans le pot sur la table de la salle à manger.

Rectification. Peut-être était-elle à cinquante pour cent, encore sous l'effet des analgésiques et des médicaments qu'on lui avait donnés ; Tomek ne l'avait pas entendue s'excuser pour quoi que ce soit depuis très longtemps.

— Tant que tu vas bien, a-t-il dit. C'est le principal.

Il s'est glissé dans la cuisine et a allumé la bouilloire. Il avait désespérément besoin de caféine. Il était resté à côté de son lit toute la nuit et son sommeil avait été terrible, inconfortable.

— Nous devrons quand même discuter du fait que tu m'aies menti et que tu aies invité Billy précisément quand j'avais dit de ne pas le faire.

— Je sais. Je... je pensais que ça irait.

Tu pensais mal.

Tomek s'est préparé un café et un thé pour Kasia, et tous deux ont passé l'heure suivante en silence, regardant la télévision.

— Tu n'es pas censé aller travailler ? a demandé Kasia. Elle était allongée sur le dos, faisant défiler son téléphone, lorsque cette pensée lui est venue à l'esprit.

— Non, a répondu Tomek. Nick m'a donné la journée.

À sa grande surprise.

— Alors c'est juste toi et moi aujourd'hui, gamine. Il a tapoté son genou plusieurs fois de manière ludique. J'ai prévenu l'école et ils sont d'accord. Tu dois juste te concentrer sur ton repos. Et pour aujourd'hui seulement, tout ce que tu veux, c'est moi qu'il faut demander.

Tomek a plus tard regretté cette décision. Ça avait été un déluge de demandes exigeantes. Une avalanche de collations – chocolat, chips, toutes les bonnes choses – suivie de boissons comme du Coca et des resservies de thé et des verres d'eau. Il lui avait même laissé le contrôle total de la télécommande et avait été forcé de subir des rediffusions de l'émission de téléréalité, *Made in Chelsea*. Une émission qui lui avait donné envie de s'arracher les yeux.

Enfin, au moins ce n'était pas *The Only Way Is Essex* ; là, il aurait fait un pas de plus et aurait fouillé le local des pièces à conviction au travail à la recherche d'une arme à feu.

Plus tard dans la soirée, alors qu'il préparait le dîner pour eux deux – son plat préféré, la paella – il a réfléchi à ce qui était arrivé à sa fille. Et combien il était reconnaissant que Phillip ait été là pour l'aider. Un adulte sensé qui savait quoi faire dans ce genre de situation. Et comment il avait complètement oublié de remercier l'homme avant qu'il ne parte pour son service.

Tomek était en train de saupoudrer du paprika sur le plat lorsque Kasia est entrée dans la cuisine. Elle a jeté sa canette de Coca à la poubelle et est allée au réfrigérateur pour en prendre une autre. En fond sonore, Moby jouait sur la petite enceinte qu'il avait achetée l'autre semaine.

— Tu veux en parler ? a demandé Tomek. Maintenant qu'il avait eu toute la journée pour l'assimiler, il espérait qu'elle aussi.

— Pas vraiment.

— Je pense qu'on devrait.

Kasia est restée en suspens devant le frigo, tenant la porte ouverte d'une main, une canette de Coca dans l'autre.

— Alors tu l'as embrassé, hein ? a commencé Tomek.

— Papa... s'il te plaît...

— Comment aurais-tu été en contact avec les cacahuètes autrement ?

Kasia a poussé un soupir si lourd qu'il s'est presque transformé en grognement. — D'accord. Très bien. Oui, je l'ai embrassé. Content maintenant ?

— C'était ton premier baiser ?

— Oui.

— De toute ta vie ?

— Oui. Maintenant, on a fini ?

— Peut-être.

— De quoi d'autre veux-tu parler ?

— Combien de fois est-il venu sans que je le sache ?

— Juste cette fois. C'était la seule fois.

— Promis ?

Kasia a tendu son petit doigt. Tomek a posé la cuillère en bois sur le comptoir et a entrelacé le sien avec le sien.

— Promis juré, a-t-elle dit.

— Promis juré, a-t-il répondu.

Un pacte sacré entre eux deux.

— As-tu parlé à Sylvia de sortir avec la fille de Nick ?

Alors que la musique passait aux Red Hot Chili Peppers, le visage de Kasia s'est tordu de confusion.

— Tu veux dire que je peux toujours y aller ? Sa voix était pleine d'espoir.

— Oui. Je ne vais pas t'enfermer à l'intérieur pour le reste de ta vie.

Même si j'aimerais bien.

Et même si tu le mérites probablement.

— Mais je ne vais pas te laisser voir Billy de sitôt. Et, pour être honnête, je ne pense pas qu'il sera très enthousiasmé à l'idée de te revoir non plus. Je crois que je lui ai peut-être fait peur à l'hôpital. Puis, à voix basse, il a ajouté : — Lui ai foutu la trouille de sa vie, avec un peu de chance.

CHAPITRE
VINGT-SIX

Tomek avait essayé de se déconnecter pendant qu'il passait la journée à s'occuper de Kasia. Non pas parce qu'il voulait être totalement présent pour elle pendant sa convalescence, mais parce que les similitudes entre les décès des victimes et l'incident de Kasia étaient trop profondes. Plus il réfléchissait aux blessures subies par Mandy Butler, Lily Monteith et Fern Clements, plus il pensait que Kasia pourrait connaître le même sort.

Dans l'ensemble, ça avait été un succès. Il avait réussi à se déconnecter et à penser principalement aux émissions médiocres qu'ils regardaient, et Kasia l'avait certainement tenu occupé avec ses demandes et exigences constantes.

Mais il y avait une pensée qu'il n'arrivait pas à chasser. Une pensée qui l'inquiétait plus que toute autre.

Billy.

Billy le combattant de vaches.

Billy, ce connard de combattant de vaches qui avait failli tuer sa fille.

Il se demandait si c'était une attaque intentionnelle contre elle, s'il avait tenté de la tuer.

Oui, ça semblait absurde. Mais c'étaient parfois les idées absurdes, les idées complètement folles, qui restaient toujours gravées dans l'esprit.

Après en avoir brièvement discuté avec elle, il avait appris que Billy était effectivement au courant de ses allergies. Que c'était, en fait, l'une des premières choses qu'elle lui avait dites lorsqu'ils avaient déjeuné ensemble pour la première fois à la cantine de l'école.

Ce qui soulevait la question évidente : si Billy connaissait son allergie aux noix, pourquoi diable était-il allé chez elle quelques instants après avoir mangé un paquet de cacahuètes avec ses amis ? L'avait-il fait intentionnellement ? S'y était-il rendu en connaissance de cause, en essayant de l'attaquer ou de mettre sa vie en danger ?

Un garçon de treize ans en était-il capable ?

Puis, alors qu'il était allongé dans son lit la nuit, ses pensées avaient commencé à s'emballer.

Du peu qu'il savait sur le garçon, d'après le peu que Kasia lui avait raconté et les quelques recherches qu'il avait faites sur ses réseaux sociaux, il savait que Billy était un fervent fan de football et pas un mauvais joueur non plus. En tant que membre de l'académie des jeunes U14 du Dagenham & Redbridge FC, son fil Instagram était un kaléidoscope de vidéos de techniques et de défis de barre transversale. Et, Tomek était forcé de l'admettre, le gamin était capable de faire des choses avec le ballon dont Tomek n'avait fait que rêver à cet âge. Il était talentueux, certes, mais il faisait aussi partie d'un grand groupe de garçons. Les mêmes garçons avec qui il était sorti la veille, jouant dans le parc. Tomek reconnaissait les visages sur plusieurs photos Instagram de Billy. Et il se demandait : les garçons lui avaient-ils dit de manger des cacahuètes ? S'étaient-ils tous mis d'accord, trouvant que c'était amusant ? Et puis il s'était demandé s'ils avaient des liens avec Fern Clements ou Mandy Butler. S'il était possible qu'un groupe d'adolescents, un groupe de garçons et d'hommes du club de football de Dagenham & Redbridge, cible des jeunes femmes souffrant d'allergies.

Absurde, oui. Mais pas au-delà du domaine du possible.

Quelque chose à méditer, quelque chose à investiguer de son côté, peut-être.

Malheureusement, dès qu'il mit le pied au bureau le lendemain de son temps passé à s'occuper de Kasia, il réalisa qu'il n'avait pas le temps pour quoi que ce soit. Le bureau était plein, et tout le monde dans l'équipe était à son poste, parlant fort et tapant furieusement sur son clavier. Tous les systèmes étaient opérationnels. Et il se sentait déjà en retard.

— Ah, Tomek, vous êtes là !

Le cri venait de Victoria, qui était déjà debout et se dirigeait vers lui à son entrée. Le temps qu'il se tourne vers elle, elle se tenait dans l'embrasure de la porte de son bureau, lui faisant signe d'entrer.

— J'espère que tout va bien avec Kasia, commença-t-elle, puis elle lui fit signe de s'asseoir.

Tomek tira la chaise de sous le bureau et fit ce qu'on lui demandait.

— Elle va beaucoup mieux, merci. L'école prend soin d'elle.

— Excellent. Eh bien, pendant votre absence hier, nous avons eu une réunion avec les cadres supérieurs. Moi-même, Nick et Sean étions présents, et nous avons discuté de notre stratégie à suivre.

— Pardon ?

Cette sensation d'être giflé au visage, frappé à l'estomac et de recevoir un coup de pied dans les couilles en même temps lui revint. Encore une fois.

— Nous avons pensé qu'il était important d'aligner nos hypothèses avant de faire d'autres progrès.

— Et c'était une décision consciente de ne pas m'impliquer dans cette discussion ?

Victoria s'agita, mal à l'aise sur son siège. — Nous ne voulions pas vous déranger pendant votre jour de congé.

— Ce n'était pas un jour de congé. Je m'occupais de ma fille après son hospitalisation. Ce sont deux choses complètement différentes.

— Bien sûr. Désolée.

— J'ai toujours un téléphone. J'ai toujours un ordinateur portable. J'aurais pu me joindre via l'un de ces appareils.

Tomek enfonça ses ongles dans la paume de sa main.

— Comme je l'ai dit, Nick ne voulait pas vous déranger.

C'était donc la décision de Nick. À moins qu'elle ne lui fasse porter le chapeau. Ni l'un ni l'autre ne le faisait se sentir mieux face à la situation.

— Vous n'avez même pas demandé, dit-il, essayant de garder son calme. J'aurais été plus qu'heureux d'aider.

— Je comprends. Eh bien, peut-être la prochaine fois, s'il y a jamais—

— J'espère que ma fille ne sera plus jamais au bord de la mort, merci beaucoup, l'interrompit-il. Donc espérons que nous n'aurons plus à avoir cette conversation.

Quelle connerie stupide à dire.

— Bien sûr.

— Allez-y alors. Tomek fit un geste de la main pour qu'elle continue. Qu'avez-vous décidé ?

Plus d'agitation inconfortable. Plus ce sentiment redouté qu'il n'allait pas aimer les mots qui allaient sortir de sa bouche.

— Eh bien, *collectivement*, commença-t-elle. Il remarqua l'accent mis sur ce mot ; une autre occasion de faire porter la responsabilité à quelqu'un d'autre. Collectivement, nous avons convenu que nous allons élargir notre recherche. Nous allons dresser une liste de tous les enseignants masculins qui ont eu l'une de nos victimes comme élève. S'il y a des dénominateurs communs, nous les trouverons. Nous allons également parler à tous les détenteurs de billets qui ont assisté au concert pendant la mort de Mandy Butler. Enfin, Chey et Martin vont examiner les profils de médias sociaux des victimes, voir si elles ont échangé des messages avec un homme plus âgé, ou si elles ont reçu des messages déplacés, menaçants ou suspects de notre tueur, tout ce qui peut nous donner un aperçu de qui est cette personne.

Ou ces personnes, pensa-t-il. Mais il garda le silence. L'idée qui germait dans sa tête n'était qu'un petit animal, blessé qui plus est. Un animal qui nécessitait la bonne dose de nourriture et de soins avant d'être présenté au monde. Pour l'instant, il la garderait dans les confins de son esprit jusqu'à ce qu'elle soit prête à être annoncée.

— Ça ne semble pas s'éloigner de ce dont nous avons déjà discuté, commença Tomek.

Et puis ça le frappa.

Une liste de tous les enseignants masculins qui ont enseigné à l'une de nos victimes.

Enseignants.

Une liste qui ne concernait que trois des quatre victimes de meurtre.

— Qu'en est-il de Diana Greenock ? demanda Tomek, le niveau d'inquiétude dans sa voix augmentant.

— Nous prenons du recul par rapport à Diana, répondit Victoria, sa voix tremblante malgré l'effort évident pour essayer de se maîtriser.

— Pourquoi ?

— Parce qu'après plusieurs discussions et avec l'aide de Tracy, nous avons décidé que le lien est ténu. Et que les circonstances entourant sa mort le sont encore plus. Il n'y a jamais eu de preuves suggérant une effraction, et la plausibilité que quelqu'un grimpe dans sa chambre et y place un chat est également difficile à avaler. Nick et Sean étaient d'accord avec cela. Tomek ouvrit la bouche pour parler, mais elle continua, déterminée à finir avant d'être obligée de répondre à ses questions. De plus, nous n'avons pas beaucoup de ressources et c'est un long chemin pour que nous ayons un impact quelconque sur ce côté de l'enquête... Elle hésita, comme s'il y avait autre chose qu'elle voulait dire. Tomek attendit de l'entendre. Finalement, elle poursuivit, vous devriez également savoir que nous allons progressivement écarter le meurtre de Mandy Butler de nos enquêtes.

— Qu'est-ce que ça veut dire ?

— Étant donné les ressources et les budgets limités que je viens de mentionner, ce dont je n'ai été informée qu'hier, nous consacrerons environ dix pour cent à l'affaire de Mandy Butler, tandis que le reste sera réparti équitablement entre Lily Monteith et Fern Clements.

Tomek était incrédule. Totalement et complètement incrédule. Il n'arrivait pas à croire un mot de ce qu'il entendait. Son travail acharné, son dévouement, son intuition. Tout avait été piétiné par ses supérieurs. Ceux qui étaient censés avoir plus d'expérience que lui (bien qu'il ait du mal à comprendre comment Sean s'était retrouvé dans ce lot).

— Ne pensez-vous pas que chaque victime mérite un temps adéquat pour que nous puissions enquêter ? Et le fait que nous ne consacrions même pas dix pour cent à Diana Greenock et Mandy Butler *au moins* est dégoûtant.

— Tomek, je peux voir—

— Mon attention, avant cette annonce, était sur Fern Clements. Est-ce que ça change ?

— Bien sûr que non, mais—

— Et comment—?

Avant qu'il ne puisse terminer sa question, quelqu'un frappa à la porte. Le silence tomba instantanément dans la pièce. Tomek garda les yeux fixés sur Victoria, alors qu'elle réfléchissait rapidement à sa réponse.

— Oui, entrez, appela-t-elle.

C'était Nick, qui semblait étonnamment heureux pour une fois.

— Bonjour, vous deux, dit-il, en fermant la porte derrière lui. Il posa une main ferme sur l'épaule de Tomek et la serra. Désolé pour Kasia. Comment va-t-elle ?

— Bien. Merci.

Nick fit le tour du bureau et se tint entre eux comme l'arbitre d'un match de tennis. Nick ne savait pas que Tomek était sur le point de le faire entrer dans le jeu.

— Que se passe-t-il ?

— Je pourrais vous poser la même question, monsieur. C'est quoi ce bordel ?

Le visage du commissaire principal se crispa, ainsi que sa prise sur le bord du bureau de Victoria.

— Vous voulez me redemander ça, Tomek ?

— D'accord, répondit-il en haussant les épaules. C'est quoi ce bordel avec cette nouvelle stratégie, *monsieur* ? Et Diana Greenock ? Mandy Butler ? Après ce qui s'est passé la dernière fois, monsieur, j'aurais pensé que vous seriez tout—

— Fais attention à ce que tu vas dire, mon pote, siffla Nick. Il n'y avait rien d'amical dans sa façon de le dire. Je ne pense vraiment pas que tu veuilles prendre ce ton avec moi.

— Allez-vous répondre à la question ou continuer à l'éviter ?

— Je n'ai pas à rester ici à écouter ça. Nick indiqua la sortie avec son pouce. Retourne là-bas et fais ton boulot. Ou je peux faire venir les RH pour te donner un autre jour de congé si tu veux plus de temps pour te calmer ? Parce que tu te comportes comme un putain de trou du cul et je ne le tolérerai pas.

Tomek quitta rapidement la salle de réunion sans dire un mot de plus. La menace d'une autre rencontre avec quelqu'un des RH suffisait à le faire sortir de là aussi vite que possible. Cependant, il voulait toujours une réponse. Et il connaissait la personne qui pouvait la lui donner.

Sean.

Mais juste au moment où il allait se diriger vers lui, son téléphone vibra.

Abigail Winters l'appelait.

CHAPITRE
VINGT-SEPT

Treize minutes plus tard, Tomek se retrouva au Café Morgana. Avec le même air épais, gras et moite, la même odeur magnifique et aromatique de bacon et d'œufs, les mêmes habitués qui semblaient ne jamais être partis ou louer presque les mêmes sièges.

Abigail lui avait demandé de se retrouver au même endroit que la dernière fois. Et, tout comme la dernière fois, elle était en retard.

Trente minutes au lieu de soixante, certes, mais en retard quand même.

Et dans son état d'esprit actuel, son manque de ponctualité n'arrangeait pas les choses.

Alors que trente minutes devenaient trente et une, Morgana tendit le bras devant son visage pour poser une tasse de thé devant lui. Il leva les yeux vers elle et la remercia chaleureusement. Elle était plus jolie que la dernière fois qu'il l'avait vue, bien qu'il ne puisse déterminer pourquoi. Peut-être était-ce ses cheveux qui avaient été bouclés et coupés au carré, ou peut-être la fine couche de maquillage qui s'était un peu épaissie, en particulier sous les yeux et sur les cils, accentuant le bleu qui se cachait derrière, ou peut-être était-ce sa tenue – plus élégante, discrète, presque présidentielle.

Un instant, il songea à flirter avec elle à nouveau, mais il se rappela alors ce qui s'était passé la dernière fois. Dès qu'il avait commencé,

Abigail était entrée, comme si elle l'avait observé de l'extérieur et l'avait fait exprès. Tomek réfléchit à la décision un moment de plus : flirter avec Morgana et faire apparaître immédiatement Abigail, ou retarder le flirt et continuer à échanger des regards pendant qu'il attendait.

Malheureusement, cette fois, la décision fut prise pour lui.

La personne suivante à franchir la porte fut Abigail. Sauf que cette fois, elle ne traînait pas derrière elle la valise qui lui donnait l'air d'une institutrice.

— Salut, toi, dit-elle. Tu es plutôt élégant aujourd'hui.

Tomek baissa les yeux sur le blazer qu'il portait depuis presque trois semaines d'affilée sans lavage et sur la chemise blanche qu'il possédait depuis un an et qui commençait à virer au gris titane.

— Merci, répondit-il maladroitement. Tu sais, si ma fille nous voit ici, elle va se mettre à me poser des questions, en plus de celles qu'elle me pose *déjà*.

— De bonnes questions, j'espère ?

Tomek but une gorgée d'eau pour toute réponse. — Qu'est-ce qui était si important que tu ne pouvais pas me le dire au téléphone ?

À l'idée de lui annoncer sa nouvelle, le visage d'Abigail s'illumina et ses cheveux prirent une teinte blonde plus claire sous les lumières.

— D'abord, je voulais te prévenir d'un article que je prépare.

— D'accord. Est-ce que cet article me concerne ?

— Non.

— Alors tu as ma bénédiction.

— C'est à propos de ton commissaire principal.

Cela donna à Tomek une raison de faire une pause.

— Nick ? Quoi à son sujet ?

— Je fais des recherches sur ses échecs dans l'affaire Mandy Butler.

Tu vas adorer ce que je viens de découvrir alors.

Mais peut-être valait-il mieux le lui dire dans deux ans pour qu'elle puisse aussi torpiller la carrière de Victoria.

— Je ne... je ne pense pas que ce soit un problème. Je veux dire, jusqu'où va-t-il descendre ?

Abigail fit glisser son doigt de haut en bas le long d'une rainure sur la table. — Je n'ai pas encore décidé. Ce n'est pas extrême, mais certains diraient que ça s'en approche.

— Mais juste assez pour être publié, n'est-ce pas ?

Elle sourit. — Exactement.

Pour l'instant, ni Nick ni Victoria n'étaient ses personnes préférées sur la planète, alors il ne se souciait pas vraiment de ce qu'Abigail prévoyait de publier. S'ils l'avaient maintenu comme SIO de l'enquête, ses pensées n'auraient peut-être pas été aussi destructrices, mais dans les circonstances actuelles, il se demandait s'il y avait quelqu'un d'autre qu'il pourrait jeter dans le feu.

— L'autre raison pour laquelle je t'ai demandé de venir, commença Abigail, le distrayant de ses pensées, c'est que j'ai une visiteuse pour toi.

— Pas encore une fille dont j'ignorais tout, dit-il lentement en secouant la tête. Une me suffit. Je ne pense pas pouvoir supporter le stress d'une autre...

— Tais-toi, idiot. Ce n'est pas *ça*...

Tandis qu'elle laissait sa phrase en suspens, Abigail se tourna sur son siège et fit un geste vers un couple dans le coin opposé du restaurant. Une mère et sa fille, assises l'une à côté de l'autre, les fixant du regard. Tomek ne les avait pas vues entrer et, à en juger par les assiettes vides devant elles, elles étaient assises là bien avant lui.

Abigail leur fit un signe. Elles se déplacèrent vers eux. Hésitantes, prudentes. Comme s'il était un homme atteint d'une maladie incurable. La fille, dont les traits juvéniles lui rappelaient Kasia, était plus grande que sa mère. Elle portait un sweat à capuche fin qui pendait d'une épaule, et elle enroulait un bras devant son corps, le maintenant en place en agrippant l'intérieur de son coude de l'autre côté. À côté d'elle se tenait sa mère qui, n'eût été le gris diluant le brun de ses cheveux, il aurait pu la prendre pour une sœur.

Elles s'assirent en face de lui en silence. Trois contre un.

— Tomek, voici Nisha et Avena Kumar. Avena était l'une des...

— Je reconnais ce nom, dit-il en hochant la tête avec enthousiasme. De l'article.

Il tendit sa main par-dessus la table. Avena la prit avec l'assurance d'une jeune fille de dix-sept ans, faiblement et désireuse d'en finir rapidement.

— Merci d'être venues, commença-t-il. Je ne crois pas qu'on puisse exagérer l'importance de cette rencontre. Tout ce que vous voudrez bien me dire aujourd'hui sera, bien entendu, traité dans la plus stricte confidentialité, je vous l'assure. Bien que... Il se retourna pour regarder autour de lui. Les conversations animées. Le manège incessant de clients entrant et sortant. — Ne préféreriez-vous pas aller quelque part de plus privé ?

Abigail secoua la tête. — C'était leur choix, bizarrement. Et j'ai dit que le déjeuner serait à tes frais.

Tomek lui adressa un sourire sarcastique mais aimable qui disait : « Bien sûr. Merci beaucoup. »

Et puis, comme si cela avait été répété, Morgana arriva à leur table avec une addition à la main. Tomek la prit instinctivement – il était tellement habitué à le faire lors de rendez-vous galants et de repas avec Kasia que c'était maintenant inscrit dans sa mémoire musculaire – et sortit sa carte de débit.

— J'imagine que l'addition pour cette table est encore à venir ? demanda-t-il en entrant son code.

— Oui.

— Vous avez entendu, les filles ? Commandez ce que vous voulez ! Abigail attrapa un menu du présentoir. — C'est Noël, après tout. Quelqu'un doit se mettre dans l'esprit des fêtes, même si *lui* ne le fera pas.

Les Kumar n'avaient aucune idée de ce à quoi elle faisait référence, mais cela ne sembla pas les perturber ; elles parcoururent le menu et commandèrent un Coca Light pour Nisha et un milkshake à la banane pour Avena. Morgana s'éloigna précipitamment avant que Tomek ne puisse commander un autre thé pour lui-même.

Tous les quatre restèrent assis dans un silence presque complet en attendant leurs boissons. Tomek avait décidé qu'il valait mieux commencer leur discussion sans la menace d'une interruption toutes les deux minutes pour leur demander s'ils voulaient d'autres rafraîchissements. Et dès que les boissons furent arrivées, et que Tomek eut réglé l'addition peu après, ils purent commencer.

— Que voulez-vous savoir ? demanda Avena. Elle parlait avec la douceur et le charisme d'une hôtesse de l'air.

— Tout ce que vous pouvez me dire. Tout ce dont vous vous souvenez de cette nuit-là. Tout ce dont vous vous êtes souvenue depuis.

Avena regarda sa mère pour obtenir du soutien, qui le lui offrit d'une main douce sur son avant-bras. Tomek la supplia doucement du regard de rester ferme et forte. Il ne voulait pas que ce soit un voyage inutile pour eux tous. Surtout pour son compte en banque.

— Eh bien, nous étions un groupe de six. Moi, Nala, Dein, Harrison, Priti et Prav. On allait voir Catfish and the Bottlemen aux Cliffs. C'était un concert à guichets fermés et on était tout près du devant. On a essayé de rester ensemble autant que possible, mais les gens avaient besoin d'aller aux toilettes et finissaient par aller chercher plus de boissons et tout ça. Alors, on a fini par se séparer. Je me suis retrouvée avec Harrison et Priti, tandis que les autres étaient seuls quelque part, je n'ai jamais su où.

Elle prit une gorgée de son milkshake et le posa sur la table avec un soin extrême, comme si le poser plus brusquement risquait de le briser.

— On dansait, on s'amusait, on se hurlait les paroles des chansons au visage, quand tout à coup ce type apparaît devant nous. Il faisait à peu près votre taille, peut-être. Un peu plus petit. Cheveux noirs épais. Portant des lunettes de soleil. Au début, j'ai pensé qu'il cherchait ses potes. Mais quand il n'a pas bougé et qu'il a continué à rester là, j'ai pensé qu'il cherchait la bagarre. Je ne sais pas pourquoi, mais j'avais l'impression qu'il me regardait droit dans les yeux. Comme s'il voulait se battre avec *moi*.

Malheureusement, la vérité n'était pas si éloignée.

— Juste au moment où j'allais lui demander s'il allait bien, Harrison l'a poussé du coude et l'a pris dans ses bras. Ils se connaissaient de quelque part.

— Savez-vous d'où ? demanda Tomek, en appuyant fort sur le bout de son stylo jusqu'à ce que l'encre commence à imbiber la page.

— Je crois qu'il a dit que c'était du foot. Quelque chose à propos de jouer ensemble à Dagenham.

L'intérêt de Tomek fut piqué.

— Ils jouaient ensemble ? demanda-t-il.

Avena secoua la tête. — Ce mec était plus âgé de quelques années au moins, donc je pense qu'il devait jouer dans quelques équipes au-dessus, ou peut-être en équipe première.

— Et c'est l'homme qui vous a vendu les pilules d'ecstasy ? demanda Tomek.

Elle mit un moment avant de répondre. Alors qu'elle le faisait, avec un léger hochement de tête, gardant les yeux fermés, la porte s'ouvrit et un autre groupe de clients entra. L'heure du déjeuner battait son plein, et l'endroit se réchauffait. Tomek enleva son blazer et le posa sur le dossier de sa chaise, par-dessus son manteau.

— C'est Harrison qui les a payées. Il avait l'air de l'avoir déjà fait, à la façon dont il a tendu l'argent. Je l'ai à peine vu. Et puis il les a juste distribuées, comme si c'était des bonbons. Quand j'ai relevé les yeux, l'homme avait disparu.

— Mais vous vous rappelez à quoi il ressemblait ?

Elle hocha la tête. Tomek lui dit alors qu'il lui fixerait un rendez-vous avec leur portraitiste pour réaliser un portrait-robot de l'homme.

— Est-ce que Harrison ou Priti vous ont forcée à prendre les pilules ?

Le regard d'Avena se posa sur sa boisson et elle commença à la faire tourner distraitement sur la table.

— Harrison a dit qu'il l'avait déjà fait, que c'était l'une des meilleures expériences de sa vie, mais il ne m'a pas *forcée*.

Parce que ses paroles avaient suffi. Elle avait été en compagnie de quelqu'un en qui elle avait confiance, quelqu'un qu'elle connaissait peut-être et respectait depuis longtemps. Alors pourquoi ne serait-il pas sûr de les essayer ?

— J'en ai pris seulement une moitié, cependant, dit-elle comme une réflexion après coup.

— Une demi-tablette d'ecstasy ?

— Oui. C'était ma première fois et j'avais peur.

— Donc c'est pourquoi... commença-t-il, puis se reprit.

— Pourquoi quoi ? demanda Nisha, sa mère.

— Cela... Pardonnez ma franchise, mais c'est la raison pour laquelle vous êtes en vie. La jeune fille qui est malheureusement décédée d'une expérience similaire à la vôtre est morte parce qu'elle a pris la chose entière.

— Et parce que Priti avait l'EpiPen d'Avena avec elle, et qu'elle savait *comment* l'utiliser.

Le visage de Tomek s'aplatit. — Eh bien. Oui. Bien sûr. Ça aussi.

— Cette pauvre fille n'avait pas son EpiPen avec elle ?

Tomek n'en était pas si sûr. Il n'avait pas pensé à le demander à Elsie Rawcliffe quand il lui avait parlé. Et, en tant que père d'une fille anaphylactique, il savait que ce n'était pas un remède si évident et facile à administrer. Si on ne savait pas comment l'utiliser en premier lieu, il n'y avait pas grand-chose à faire de plus.

Tomek put reconstituer le reste de l'histoire lui-même. Réaction anaphylactique au milieu de la piste de danse, suivie d'une perte de conscience, entourée de centaines de personnes, suivie d'un voyage d'urgence à l'hôpital.

Pas une soirée mémorable pour qui que ce soit.

Après avoir conclu la réunion et les avoir remerciées à plusieurs reprises pour leur confiance et leur courage de partager cette histoire avec lui, Tomek passa la parole à Abigail, qui expliqua que toute communication serait gérée par elle et que le nom d'Avena pourrait rester confidentiel si c'était ce qu'elles souhaitaient.

Ils sortirent tous les quatre en même temps. À l'extérieur, Tomek et Abigail leur firent un signe d'adieu et les regardèrent s'éloigner.

— Tu as obtenu ce que tu voulais ? demanda-t-elle.

Tomek acquiesça.

C'était le cas.

Parce que maintenant le filet de football venait de se rétrécir, l'espace entre les poteaux de but s'était réduit. Il espérait seulement pouvoir marquer le but décisif bientôt.

CHAPITRE
VINGT-HUIT

Durant son « jour de congé » — terme que tout le monde employait et qui commençait sérieusement à l'agacer — la DC Rachel Hamilton avait accompli une bonne partie de leur liste de tâches concernant l'enquête sur la mort de Fern Clements.

Chose qu'elle ne se gênait pas de lui rappeler.

— Ce n'était pas un foutu jour de congé, d'accord ? Ma fille était à l'hôpital.

Elle leva les mains en signe de reddition.

— Je ne savais pas, mec. Désolée. Le message disait juste que tu prenais un jour de congé. Sans vraie explication.

— Qui t'a donné cette impression ?

— Un-Tiers-de-Jaffa-Cake, répondit Rachel. Elle nous a dit que tu étais absent. Je ne vais pas mentir, j'étais un peu énervée, mais maintenant je n'ai plus aucune raison de l'être.

— Non. En effet.

Et maintenant, il n'aurait plus le droit non plus de reprocher à Sean de ne pas l'avoir informé de la réunion stratégique de la veille. Si Sean avait partagé la même idée fausse que le reste du bureau, il n'avait aucune raison d'en vouloir à son ami.

— Qu'as-tu accompli hier ? demanda Tomek en essayant de ne pas paraître trop condescendant. Il se rendit compte que cela n'avait probablement pas aussi bien fonctionné qu'il l'aurait souhaité.

— Plus que tu ne me donnes crédit là-dedans. Elle tapota le côté de sa tête.

— Ce n'est pas vrai. Tu sais que je t'estime beaucoup.

— Mouais. Dis ça à mon évaluation de performance.

Tomek eut un petit rire. Malgré la différence de grade, Tomek respectait Rachel et la considérait comme son égale. Elle était expérimentée, travaillait dans le métier depuis quelques années de moins que lui, et possédait toutes les qualités de quelqu'un qui pourrait progresser davantage dans la hiérarchie si seulement elle croyait en ses capacités. Durant le temps où il avait « géré » les inspecteurs adjoints (même s'il détestait ce terme), elle était peut-être celle qui montrait le plus de dynamisme et d'engagement, une envie d'apprendre, de grandir et d'évoluer ; essentiellement toutes ces choses qu'on met sur un CV en espérant que personne ne vous contredira. Sans compter qu'elle était une personne gentille et formidable. Elle n'était dans sa vie que depuis aussi longtemps que Kasia, mais elle s'était intégrée dans l'équipe après quelques jours et, maintenant qu'elle s'était rapprochée du commissariat, elle était plus disponible pour prendre un verre et participer aux soirées sociales après une longue journée.

Pour répondre à sa question, elle ouvrit un document Excel sur son écran. Sur le premier onglet figurait une série de quatre tableaux, remplis de noms et d'adresses. Au-dessus de chaque tableau se trouvait le nom de chacune des quatre victimes, en gras et centré. Et, dans la colonne de droite de chaque tableau, il y avait une série de O et de N.

Tomek regarda le premier tableau. Fern Clements. Leur section de travail. La liste contenait les noms de tous ceux qui avaient assisté à la réunion le soir de sa mort. Toutes les cellules de cette colonne étaient marquées d'un O — sauf une.

— Tu as parlé à quatre personnes différentes de la soirée hier ?

— Cinq, techniquement. Elle pointa deux noms sur la feuille. Ces deux-là sont des jumeaux. Donc je compte ça comme une personne. Et heureusement qu'ils l'étaient, sinon j'aurais travaillé jusqu'à minuit.

Tomek la connaissait assez pour savoir qu'elle parlait littéralement, pas au figuré.

— Eh bien, commença-t-il. Merci pour ton travail acharné et tes efforts. Je l'apprécie vraiment. Pour te remercier, je vais m'occuper de la dernière personne pour que tu puisses te reposer. Ça te va ?

Elle lui lança un regard noir. Et pas de la manière flirteuse habituelle à laquelle il était si habitué avec d'autres femmes. C'était un regard dur et perçant qui, il devait l'admettre, lui faisait un peu peur.

— Et on dit que la chevalerie est morte ? dit-elle avec sarcasme.

— Ce n'est pas de la chevalerie. La chevalerie serait de te demander si tu es bien rentrée hier soir. Es-tu bien rentrée ?

— Eh bien. Oui.

— Super. Ça, c'est de la chevalerie. Alors que moi qui propose de parler à une adolescente pour que tu n'aies pas à le faire, c'est ma façon d'être un gentleman.

Rachel le regarda sans expression pendant un long moment.

— Je crois que tu ne comprends pas le concept de ces deux mots.

— Et je crois que tu ne comprends pas que tu ne comprends pas ce que je dis.

— Quoi ?

— Exactement. À toi de me dire.

— De quoi tu parles, bordel, Tomek ?

— Je ne sais pas. Désolé. Honnêtement, j'ai perdu le fil un instant.

— On dirait que tu as des problèmes.

Il tapota l'écran.

— Alors ajoute-moi à la liste.

CHAPITRE
VINGT-NEUF

Claudia Lowther était la dernière sur la liste des invités qui avaient assisté à la soirée le soir de la mort de Fern Clements, et d'après ce que Tomek et Rachel avaient compris, elle était la meilleure amie de Fern. Rachel avait pris, à juste titre, la décision de parler avec les autres participants avant de s'entretenir avec Claudia. Elle avait voulu entendre toutes les allégations farfelues et les mensonges avant de finalement réduire son champ de vision et d'écouter la seule version des faits, la seule version de la vie de Fern Clements qui était probablement la plus exacte.

Ils étaient tous assis dans une petite salle située dans l'un des couloirs du bâtiment des sciences. C'était calme, isolé et la pièce avait été déguisée en placard à matériel chimique, donc il n'y avait aucun risque d'être interrompu, à moins qu'un professeur, cherchant un endroit pour pleurer, comme il soupçonnait que la pièce avait pu être conçue à cet effet, ne tombe sur eux et ne les distraie. Dans la salle se trouvait également la responsable de l'accompagnement des élèves de Seconde, Linda Vickers, une femme de petite taille avec une coupe au carré, des lunettes qui couvraient toute la largeur de son visage, et un sourire encore plus large qui semblait atteindre ses oreilles. Elle parlait doucement, était polie et gentille. Et ce sourire ; désarmant, chaleureux et apaisant. On voyait clairement pourquoi elle occupait ce poste depuis près de quinze ans, comme elle l'avait expliqué.

— J'ai mes propres enfants, et je pense qu'il est important qu'ils voient un sourire chaque jour, même s'il vient de leur propre mère, avait-elle dit. Le monde aurait besoin d'un peu plus de bonheur.

C'était un peu trop profond pour Tomek comme proverbe d'après-déjeuner, mais c'était juste le cynique en lui qui parlait. Elle avait raison, bien sûr. Le monde aurait besoin de beaucoup plus de bonheur. Le seul problème était que dans son monde à lui, dans sa vie où il côtoyait quotidiennement la mort, le crime et la destruction d'innombrables vies, ce n'était certainement pas l'endroit pour en trouver.

Une fois que Claudia se fut remise du choc initial d'avoir été appelée hors de la classe par un officier de police, Tomek lui expliqua qui il était et pourquoi il était là.

— Je comprends qu'on vous a proposé de prendre des jours de congé pour faire face à ce qui s'est passé, commença Tomek. Comment se fait-il que tous vos amis l'aient fait mais pas vous ?

— Je ne peux pas, dit-elle en secouant la tête. J'ai besoin de m'occuper. Sinon, je vais devenir folle à force d'y penser.

— C'est très consciencieux de votre part, dit-il, plus comme une note pour lui-même sur son caractère que pour elle.

Et puis il commença l'entretien pour de bon. D'abord, il posa des questions simples, abordant légèrement le sujet de Fern et de leur relation, traitant le sujet de manière contrôlée et réfléchie. Il lui demanda des informations sur l'école, ses notes, ses examens, quels cours elle suivait et lesquels étaient ses préférés (l'espagnol et le français, comme Fern). Toutes ces choses qui étaient destinées à la mettre à l'aise. Et elle avait réagi en conséquence : avec prudence et réflexion, douceur et chaleur.

Jusqu'à ce qu'il commence à tourner la vis d'un cran.

— Que s'est-il passé la nuit où Fern est morte ? demanda Tomek.

— Que voulez-vous dire ?

— Eh bien, que lui est-il arrivé ?

— Je ne sais pas qui l'a tuée.

— Ce n'est pas ce que je demande.

— Mais vous me donnez cette impression pourtant.

Sentant que les tensions montaient, Linda tendit la main entre eux et la posa sur celle de Claudia.

— Le détective ne présume de rien. Il veut simplement savoir ce qui s'est passé. C'est tout.

Immédiatement, la jeune fille se calma.

Et Tomek sentit qu'il se détendait aussi.

— Il y a eu, commença-t-elle, mais elle s'arrêta. Il lui fallut quelques instants pour reprendre contenance et, après quelques déglutitions profondes et des respirations encore plus profondes, elle poursuivit. Il y a eu une dispute. On était tous censés passer la nuit chez Bianca, mais Fern était un peu pompette, et elle avait passé toute la soirée à envoyer des messages à son petit ami.

— Son petit ami ?

— Enfin, pas vraiment son *petit ami*. Plutôt un...

— Un plan foireux ?

— Oui. Un plan foireux. Mais elle l'appelait toujours un plan merdique parce qu'il la baisait com—

Claudia réalisa soudain ce qu'elle disait et s'arrêta, ses yeux implorant le pardon de Linda.

— S'il vous plaît, dit Tomek, continuez.

— D'accord. Bon. On avait tous bu, juste quelques gorgées de WKD et quelques verres de vin, rien d'extraordinaire. Mais Fern ne le supportait pas très bien, et elle s'est mise à parler fort et à couper la parole à tout le monde. Alors on s'est tous énervés contre elle. Et elle n'a pas aimé ça et a commencé à devenir un peu agressive. Puis elle a dit qu'elle allait rejoindre Darren.

— Et Darren est celui avec qui elle a ce plan foireux ?

Claudia regarda Linda pour obtenir son approbation. La responsable de l'accompagnement hocha la tête vers Claudia, qui hocha ensuite la tête vers Tomek, comme si le message se transmettait télépathiquement dans la chaîne.

— Savez-vous si elle a finalement retrouvé Darren ?

Cette fois, Claudia secoua la tête, un message qui n'avait pas besoin de passer par tous les trois.

— Est-ce que Darren va dans cette école ?

— Non. Il est plus âgé. Il a environ dix-sept ans.

— Mais il ne va pas à l'école ?

Plus de secouements de tête. — Non. Elle a mentionné qu'il avait obtenu une bourse de football pour une équipe à Dagenham, je crois. Je ne sais pas pourquoi quelqu'un voudrait jouer là-bas - ils sont nuls.

— Langage, lui rappela Linda. Celui-là était un peu inutile, n'est-ce pas ?

— Désolée, madame.

Pendant qu'elle s'excusait, l'esprit de Tomek s'égara. Vers des pensées concernant Darren et ce plan foireux. Darren le footballeur. Darren, dix-sept ans, qui jouait pour une équipe à Dagenham. Darren, le jeune homme qui était allé rencontrer Fern Clements la nuit où elle était morte.

Tout cela ne pouvait pas être lié, n'est-ce pas ?

— Je n'ai pas dit quelque chose que j'aurais pas dû dire, hein ?

La voix aiguë de Claudia le ramena dans la pièce. Il secoua la tête. — Non, répondit-il. Vous nous avez beaucoup aidés. Merci.

CHAPITRE
TRENTE

Tomek ne faisait entièrement confiance qu'à quelques personnes au bureau pour écouter les pensées qui lui traversaient l'esprit. Surtout quelque chose d'aussi tiré par les cheveux et inattendu que cela.

— Tu me tiens en haleine maintenant, lui dit Sean tandis que Tomek quittait la table pour se diriger vers le bar du Fork and Spoon.

Derrière le bar se tenait Jim, qui possédait l'établissement depuis aussi longtemps qu'ils y venaient.

— Comme d'habitude ?

— S'il te plaît, mon pote.

Tandis que Jim se déplaçait de l'autre côté du bar, le regard de Tomek dériva vers le distributeur automatique dans le coin du pub, presque aussi lumineux qu'un jeu de projecteurs sur un paquebot de croisière. Jim avait mis en place cette source de revenus supplémentaire dans le cadre de sa stratégie de diversification. Il facturait au propriétaire de la machine un montant fixe mensuel pour l'espace dans le coin et récupérait ensuite dix pour cent des bénéfices mensuels. Tout cela semblait trop beau pour être vrai. Mais seulement si la machine était utilisée, et pour autant que Tomek le sache, ce n'était pas le cas ; chaque fois qu'il était venu, elle était encore pleine et semblait n'avoir attiré personne à proximité.

— Comment ça marche pour toi ? demanda Tomek tandis que l'homme revenait avec deux verres remplis à ras bord.

— Une putain de merde ! s'exclama Jim. Je veux m'en débarrasser. Ce petit minable m'a vendu du rêve. Il m'a escroqué de mille livres, ce con.

— Mille livres ?! La voix de Tomek atteignit une octave qu'il n'avait pas atteinte depuis près de trente ans.

— Ben, j'ai dû payer une caution, pas vrai ?

— Pour quoi ?

— La machine. Au cas où elle serait endommagée.

— Mais je croyais qu'il te payait pour l'emplacement ?

— Ben, s'il le fait, j'ai rien vu venir.

Tomek sortit son portefeuille. — Il t'a bien eu, dis donc.

Jim grogna à la vue du portefeuille de Tomek et tendit la main, prêt à recevoir l'argent qui allait tomber joliment dedans.

— Ça fera quinze livres, s'il te plaît, mon pote.

Tomek tressaillit et faillit s'étouffer avec sa salive.

— Quinze livres. Pour deux pintes ? Depuis quand cet endroit est-il situé en plein Shoreditch ?

Jim haussa les épaules. — Ben, il faut bien que je répercute ces coûts d'une façon ou d'une autre, hein ? expliqua-t-il en pointant du pouce vers le distributeur automatique.

— Pourquoi ai-je l'impression d'être celui qui se fait avoir maintenant ?

— La merde dégringole toujours, j'en ai peur, mon pote.

— Ouais. Et c'est toujours nous, les ouvriers, qui devons en supporter le poids.

Jim n'avait rien à répondre à cela. Alors Tomek lui tendit l'argent, *à contrecœur*, et retourna dans le box où Sean était assis.

— Tu peux croire ça ? commença Tomek, furieux.

— Croire quoi ?

— Quinze livres pour deux pintes. Tout ça parce qu'il a réalisé que sa décision commerciale astucieuse n'était pas si astucieuse après tout.

Sean prit la pinte au milieu de la table et y trempa les lèvres. En abaissant le verre sur le sous-bock, il laissa derrière lui une fine moustache mousseuse. — J'ai piqué une crise la dernière fois que je suis venu.

— La dernière fois que tu es venu ? Tomek essaya de cacher la peine dans sa voix mais sans succès.

— Ouais. Je suis venu il y a quelques semaines avec Chey.

Tomek hocha la tête, incapable de croiser le regard de son ami, essayant cette fois de cacher la douleur sur son visage.

— On t'aurait demandé si tu voulais venir, mais on s'est dit que tu serais occupé avec Kasia. Et je suis presque sûr que c'était le soir même où tu as dit qu'elle commençait ses cours de polonais et que tu voulais rentrer pour ça.

Un silence s'installa entre eux. Inconfortable et palpable. Tomek le combla en prenant une gorgée et en rencontrant progressivement le regard de son ami. Sean le combla en faisant avancer la conversation dès qu'il le put.

— Comment se débrouille-t-elle avec ses cours ?

— Ouais, bien.

— Tu as vu beaucoup d'amélioration ?

— Ouais, je suppose. Elle ne commandera pas *dos cervezas* en polonais de sitôt, mais elle y arrive.

— Comment as-tu dit que s'appelait son tuteur déjà ?

— Ben, c'est un tuteur.

— Non, je suis sûr qu'il y avait un nom particulier pour ça.

— Ah, un polyglotte.

Sean claqua ses gros doigts. — C'est ça !

— Techniquement, c'est un *hyper*polyglotte, mais comme il n'est pas là, je ne pense pas qu'il nous en voudra si on s'épargne les syllabes supplémentaires.

Sean ricana maladroitement, et la conversation devint soudainement étrange. L'atmosphère s'était dégradée, et c'était comme s'ils avaient épuisé les sujets de conversation, épuisé les choses à se dire. Quelque chose qu'ils n'avaient jamais eu à endurer. Pas comme ça.

Ils étaient amis depuis près de quinze ans et avaient passé la plupart de ce temps à parler de tout et de rien, à apprendre à se connaître à presque tous les niveaux, alors maintenant c'était une situation étrange dans laquelle se retrouver. Inconfortable et peu familière. Les choses n'avaient plus été les mêmes depuis que Kasia était entrée dans sa vie, il était le premier à l'admettre. Elle était devenue la priorité, et sans que ce soit de sa faute, l'avait éloigné de son ancienne vie qui était remplie de boisson, de socialisation, d'amusement, de rencontres avec des femmes chaque semaine, pour le propulser dans une vie beaucoup plus ennuyeuse. Peut-être que c'était pour le mieux et qu'il ne s'en était pas encore rendu compte. Il avait *quarante* ans, après tout. Peut-être qu'il était trop vieux pour coucher à droite à gauche et repousser la peur de l'engagement aussi longtemps que physiquement possible. Peut-être qu'il était temps qu'il se pose et trouve quelqu'un avec qui il pourrait avoir un avenir.

Ce qui lui rappela...

— J'ai vu Abigail, récemment... commença-t-il, puis se retint.

— Tu l'as *vue* ?

Tomek agita ses mains en l'air. — Non, non, non. Pas comme ça. Pas dans un genre de relation ambiguë. Dans un sens *professionnel*. Elle m'a donné des informations sur les filles qui ont été droguées aux Cliffs. C'est elle qui m'a aidé avec le lien entre les meurtres, y compris celui de Diana Greenock à Manchester.

— Sympa.

Cette fois, ce fut au tour de Sean de ne pas réussir à cacher la douleur et la peine dans son expression et sa voix. La douleur et la peine de sa relation récente avec Abigail qui s'était terminée seulement quelques semaines auparavant.

— Je l'ai rencontrée cet après-midi d'ailleurs, continua Tomek. Elle a amené une fille appelée Avena Kumar qui était l'une des victimes du tueur. Elle et quelques-unes de ses amies étaient ensemble au concert, pour voir Catfish and the Bottlemen. Mais ce qu'elle m'a dit m'a intrigué.

— Abigail ou la fille ?

— La fille.

— D'accord.

Puis Tomek lui parla de sa théorie. Qu'ils s'étaient complètement trompés. Qu'ils ne cherchaient pas un seul tueur. Ils cherchaient un groupe de tueurs, tous unis par un élément commun de leurs vies : le football. Et en particulier, un club de football. Dagenham & Redbridge

FC. Qu'ils travaillaient tous ensemble, en tant qu'amis et complices, complotant pour tuer un groupe de filles via leurs allergies.

Les mots semblaient étranges à entendre pour Tomek, mais dès qu'il eut fini de les prononcer, il sentit un poids se lever. Sean était le seul homme en qui il pouvait avoir confiance pour ce genre de chose, mais il commença bientôt à sentir qu'il n'aurait pas dû.

— Donc, tu penses qu'un groupe de garçons de quinze et dix-sept ans, qui auraient tous eu quinze ans à l'époque, étaient assez malins et intelligents pour soit se lier d'amitié, soit entrer en relation avec des filles qui avaient des allergies, puis trouver des moyens de les tuer en fonction de leurs allergies ? Tu penses qu'un groupe de garçons de quinze et dix-sept ans a la dextérité technique pour réussir quelque chose comme ça ?

Tomek se tut. — Bon, quand tu le mets comme ça.

— Je pense juste que c'est hautement improbable.

— Mais pas *impossible*, dit Tomek, sentant un léger rayon de lumière percer la toile noire que Sean avait créée avec sa négativité. Je ne pensais pas qu'il serait probable que la première femme que j'ai aimée depuis longtemps me brise le cœur et se révèle être une tueuse en série. Je ne pensais pas qu'il serait probable qu'un père simule sa mort et tue sa fille parce qu'il ne pensait pas qu'elle était la sienne... Mais tout cela est arrivé.

Et en l'espace des derniers mois, en plus.

Sean se gratta le côté de la tête, massant les veines visibles sur ses tempes.

— Je vois ce que tu veux dire, mais quand même. Il y avait une véritable supplication dans sa voix. — Trois victimes de meurtre...

— Dont deux ont des petits amis ou des personnes dans leur vie qui jouent au football.

Sans compter Billy le Combattant de Vaches, qui n'était lié aux meurtres d'aucune façon.

— Et Diana Greenock ? demanda Sean.

— Je croyais que tu ne la considérais pas comme un élément pertinent dans cette enquête ? répliqua Tomek d'une manière qui fit comprendre à Sean qu'il était énervé.

— Écoute, à ce sujet, commença-t-il. Je voulais t'appeler. Je voulais que tu sois là, mais Victoria a dit de laisser tomber.

— Hmm.

— On n'a mis Diana Greenock en attente que pour l'instant. On ne l'a pas complètement oubliée.

— C'est tout comme, avec la quantité de ressources que vous consacrez à son meurtre, et à celui de Mandy Butler.

Sean roula des yeux et inspira profondément. Son torse géant se gonfla presque au double de sa taille. Puis il laissa tout sortir lentement.

— Ta théorie ne correspond pas au profil du psychologue judiciaire.

— Tu veux dire celle que j'ai dû écouter inventer sur place il n'y a pas si longtemps ? Allez. Tu l'as bien entendue, non ? C'est plus alambiqué que les instructions d'un gaufrier, bien plus confus que nécessaire. Tracy a donné des descriptions de deux hommes complètement différents pour couvrir toutes les possibilités. Tu penses que c'est un profil solide à suivre ?

— C'est tout ce qu'on a.

— Alors c'est comme l'aveugle qui guide l'aveugle là-bas.

Tomek avait besoin d'une autre gorgée. Mais quand il regarda son verre, il se rendit compte qu'il n'y avait plus rien.

— *Ta* tournée ensuite, dit-il à Sean.

— La même chose ?

— S'il te plaît.

Et puis Sean se glissa hors de sa chaise et se dirigea vers le bar. Pendant qu'il attendait, Tomek vérifia son téléphone. Pas d'appels manqués, juste un message pour dire que Kasia était bien arrivée. Un moment plus tard, Sean revint avec des verres en main.

— Ça a coûté vingt livres cette fois.

— Pardon ?

Alors que Sean retournait à sa place, il agita deux paquets de chips devant Tomek. Des Walkers nature et fromage oignon. Du distributeur automatique.

— Tu aurais dû demander à Jim de déduire le montant du total, répondit Tomek.

— Peut-être la prochaine fois.

Un autre moment gênant passa. Un deuxième en si rapide succession. Cela inquiétait Tomek.

— Arrêtons de parler de travail, commença Sean. C'est ennuyeux et ce n'est pas quelque chose à quoi je veux penser toute la journée.

— D'accord. Comme tu veux.

— Qu'est-ce que tu fais pour Noël ?

— C'est juste nous deux. Je voulais que notre premier soit juste nous deux, seuls, sans le chaos d'être chez ma mère. On peut garder ça pour l'année prochaine. Et toi ?

— L'inverse, répondit Sean. Ma sœur et moi allons chez ma mère.

Comme chaque année. La même histoire aussi longtemps que Tomek l'avait connu. Sean était, selon ses propres mots, un fils à maman. Quand Sean était jeune, son père était mort à un âge précoce, une crise cardiaque en confrontant le père du harceleur de Sean à l'école, et donc Sean avait été forcé d'endosser ce rôle très tôt. Il avait aidé à subvenir aux besoins de sa mère et de sa petite sœur en vendant des bonbons et des boissons à l'école et en se forgeant une réputation comme étant celui qui avait le plus de chances de devenir entrepreneur plus tard dans sa vie. Et puis il avait rejoint la police alors qu'il vivait encore à la maison et avait continué à mettre de la nourriture sur la table tout en protégeant sa famille de leur quartier difficile avec sa réputation encore plus impressionnante et intimidante.

Et chaque année, il y avait l'invitation typique pour Tomek à se joindre à eux. À quelques occasions, il les avait accompagnés, passant la soirée à se régaler du riz jollof de la mère de Sean et du pudding malva en dessert, avant de rentrer chez lui dans son appartement vide pour une soirée de télévision pourrie et s'endormir sur le canapé. La plupart du temps, il était allé travailler et avait passé la journée avec des personnes avec qui il travaillait quotidiennement. Mais c'était différent. Pour un jour de l'année, il semblait que le stress du travail s'était dissipé et tous les fardeaux qui l'accompagnaient.

— Premier Noël ensemble, murmura Sean. Ça doit être excitant.

— Elle l'attend avec impatience. Moi, en revanche, je n'y pense pas beaucoup, comme tu le sais. Bien que je sois heureux de dire qu'elle ramène un peu de cette fête en moi. Les mètres de guirlandes et de décorations de Noël qu'on a dans la maison feront ça à n'importe qui.

— Où est-elle ce soir ?

— Qui ?

— Kasia. Évidemment.

Les yeux de Tomek s'écarquillèrent. — Écoute ça. Elle est sortie pour un repas de Noël entre filles avec la fille de Nick.

— Le fameux Nick Cleaves qui ne laisse pas sa fille faire quoi que ce soit à moins que ce ne soit passé par plusieurs niveaux d'approbation et demandé au moins six mois à l'avance ?

— Celui-là même. Donc j'ai la soirée libre.

Sean pointa le verre. — D'où le verre.

— D'où le verre.

Un autre moment passa entre eux. Mais cette fois, ce n'était pas gênant. Enfin, c'*était* gênant mais seulement un peu. Un quatre sur dix sur l'échelle de la gêne, alors que les deux hommes réalisaient que ce serait comme ça à partir de maintenant, se retrouver dans un environnement social quand Tomek s'était vu accorder une soirée de congé de ses devoirs parentaux. Un fait qu'ils devraient tous les deux accepter.

— Assure-toi juste de ne pas devenir comme Nick en tant que parent, dit Sean.

— Que veux-tu dire ?

— J'imagine qu'il a préparé ses questions d'entretien prêtes pour quand elle reviendra. Et il a probablement un onglet sur son iPad de sa position actuelle dans le monde.

— Cela ne vient-il pas avec le territoire du travail ?

— Ça dépend jusqu'où tu le pousses.

— Cool. D'autres mots de sagesse ?

— Ouais. N'achète plus jamais ces chips - elles sont complètement rassis. En fait, n'achète rien de ce distributeur automatique, c'est probablement tout périmé. Tomek jeta le paquet à moitié mangé de chips fromage oignon sur la table et grimaça, montrant les morceaux de nourriture dans sa bouche. Les deux hommes rirent.

— Oh, et pour ce que ça vaut, mon pote, commença Sean, en s'installant confortablement au fond de sa chaise. Si tu *étais* inquiet d'avoir ma bénédiction avant que quelque chose ne se passe entre toi et

Abigail, et ne fais pas cette tête, je sais comment elle est, et je sais ce qu'elle veut, alors tu n'as pas besoin d'attendre. Tu peux faire ce que tu veux. Elle et moi, c'est de l'histoire ancienne.

CHAPITRE
TRENTE-ET-UN

La sensation du sable sous ses pieds, se glissant entre ses orteils. Le bruit des vagues qui se brisent au loin et qui noie rapidement leurs voix. La morsure du froid qui parvient à traverser le tissu de son jean et de son haut Zara. Et cette autre sensation dans son corps qui l'engourdissait légèrement face à tout cela.

Juste une gorgée. Une gorgée de la vodka dans le sac de Lucy. C'est tout ce qu'elle avait pris. Les filles ne lui avaient pas permis d'en prendre davantage, car elles disaient qu'elles étaient responsables et que c'était leur devoir de veiller sur elle et Sylvia pour s'assurer que rien ne leur arrive. Sans compter que ce n'était pas bon pour elle. Mais cette gorgée avait suffi à lui monter à la tête et à ralentir ses réflexes.

Alors quand elles appelèrent son nom, elle ne l'entendit pas. Elle était trop occupée à contempler l'eau, l'obscurité miroitante de l'estuaire de la Tamise devant elle.

— Kash, tu viens ou tu vas rester planté là comme un citron ? demanda Lucy Cleaves, la fille de Nick, de l'autre côté de la plage.

Kasia n'aimait pas les citrons, mais elle ne pensait pas non plus qu'il y ait quelque chose de mal à en être un.

Repoussant cette pensée bizarre, et possiblement induite par la vodka, au fond de son esprit, elle se pencha pour ramasser ses chaussures puis se précipita vers les autres. Le reste du groupe, Sylvia incluse, se trouvait à quelques mètres du bord de l'eau. L'odeur de sel et d'algues séchées était forte dans cette partie de la plage, si épaisse qu'elle s'accrochait au fond de sa gorge. La plage était une petite étendue de sable à Old Leigh appelée Bell Wharf, complètement déserte maintenant, mais généralement bondée en été, ou dès que le soleil faisait son apparition, avec des hordes de vacanciers se serrant dans chaque espace disponible. De l'autre côté de l'estuaire de la Tamise brillaient les lumières atténuées du Kent, à seulement quelques kilomètres. Au-dessus, luisant à travers une fine couche de nuages, la lune, brillante et splendide, émettait une lueur assez vive pour illuminer les visages de ses nouvelles amies.

Kathy, Vicky, Fiona, Yasmin et Lucy. Et bien sûr Sylvia.

Elles étaient toutes plus âgées qu'elle (à l'exception de Sylvia, qui n'avait que quelques mois de moins) et elle les trouvait formidables. Elles étaient drôles, plus expérimentées dans la vie, à l'école et avec les garçons, plus courageuses, n'avaient pas peur de dire ce qu'elles pensaient, elles étaient intelligentes, elles étaient belles. Toutes. De la tête aux pieds. Chacune à sa manière.

Et elles étaient aussi plus sophistiquées. Certaines filles qu'elle connaissait de sa propre année étaient fascinées par les garçons, TikTok et les dernières tendances, mais tout cela ne l'intéressait pas vraiment. Certes, elle passait un temps anormalement long sur TikTok et toutes les autres plateformes de médias sociaux, mais c'était uniquement parce que cela l'aidait à passer le temps, à faire taire son anxiété. Mais elle ne faisait jamais de vidéos elle-même, ne pensait jamais à se filmer en exécutant des pas de danse stupides devant une caméra à moitié dévêtue. Certaines filles de sa classe parlaient même d'essayer de devenir célèbres sur TikTok. Kasia n'en revenait pas. Ça lui semblait idiot.

Mais c'était surtout l'absence de conversations sur les garçons que Kasia appréciait vraiment. Elle en avait eu assez avec Billy et ne voulait plus lui parler. Surtout après ce qu'il lui avait fait. Il connaissait son allergie aux cacahuètes mais avait quand même apporté des traces près d'elle. Il savait qu'elle ne pouvait pas être à proximité, mais avait quand même essayé de la contaminer. Pour cela, il avait perdu toute sa confiance et son respect.

Et dire qu'elle l'avait embrassé !

Quel énorme regret. Plus jamais. Non, elle attendrait que ce soit quelqu'un en qui elle pourrait vraiment avoir confiance, quelqu'un qui la respecterait et n'essaierait pas de la tuer, que ce soit par inadvertance ou intentionnellement. Quelqu'un dont elle tomberait amoureuse.

Ou peut-être qu'elle n'embrasserait plus jamais personne.

Cela semblait être la bonne façon de faire pour l'instant.

— Vous avez entendu ce qui s'est passé l'autre jour en maths avec M. Higham ? demanda Yasmin. Le blanc de ses yeux scintillait sous le clair de lune, et les ombres de son visage et de sa poitrine ne faisaient qu'accentuer sa jolie silhouette.

Les filles répondirent qu'elles n'avaient rien entendu. Kasia et Sylvia restèrent silencieuses, attendant que l'histoire se poursuive.

— Eh bien, c'était la chose la plus drôle, vraiment. Dexter Walker est arrivé en retard, et dès que le prof l'a remarqué, il lui a demandé quelle était la réponse à la question au tableau. Et Dexter l'a trouvée comme ça ! Elle claqua des doigts et le son ponctua l'air et se répercuta dans la rue au-delà. Mais le plus drôle, c'était les réactions de tout le monde après. Le visage du prof s'est décomposé, comme si quelqu'un venait de l'exhiber devant lui. Et puis on a tous déconné pendant vingt minutes. Il n'a pas pu nous contrôler après ça. Il est tellement intelligent.

— Je n'aime pas Dexter, répliqua Vicky. C'est un peu un connard. Tu ne trouves pas qu'il est un peu arrogant ? Il se croit le plus beau mec de l'année.

— J'ai dit qu'il était intelligent, répondit Yasmin. Ça ne veut pas dire que je le trouve beau.

Kasia était reconnaissante que ce genre de conversation soit brusquement interrompue. Elle espérait qu'il n'y aurait pas du tout de discussions sur les garçons, les petits amis, les relations et les situations ambiguës ce soir, car elle savait que si le sujet était abordé, elles seraient enclines à l'interroger sur son séjour à l'hôpital, et elle ne voulait pas affronter l'embarras de devoir l'expliquer. Sylvia était la seule à être au courant, et pour l'instant, elle voulait que cela reste ainsi.

Sauf peut-être Yasmin.

Yasmin semblait être le genre de fille capable de garder ce genre de chose secrète, comme Sylvia l'avait fait. Elle avait un sentiment de méfiance envers les autres. Ce n'était pas qu'elles étaient mauvaises ou qu'elles s'efforceraient de lui faire du mal, c'est juste qu'elle ne leur faisait pas entièrement confiance. C'est tout.

Elle avait vu assez de *Mean Girls* et de films dramatiques pour adolescents pour savoir comment étaient ces types de filles.

Surtout Lucy. C'était la meneuse du groupe, la Regina George. C'était elle qui avait apporté la vodka, l'avait volée dans le placard de la cuisine de ses parents et avait remplacé le liquide manquant par de l'eau dans l'espoir qu'ils ne le découvriraient jamais. C'était elle qui la faisait circuler parmi les autres.

— Non, ça va, merci, répondit Yasmin assez fermement, avec suffisamment de force pour faire passer son message mais pas assez pour vexer qui que ce soit. Je crois que ça m'est déjà monté à la tête.

— Petite nature, dit Lucy en la faisant passer aux autres filles.

Kasia les regarda toutes prendre la bouteille en verre des mains de la fille de Nick, la porter à leurs lèvres, hésiter en le faisant, puis grimacer comme si elles venaient de sucer un citron.

— Putain, c'est dégueulasse, dit Vicky en la passant à la suivante.

— Beurk.

— Pourquoi les gens boivent ça pour s'amuser ?

— Je ne sais pas comment mon père peut en boire autant.

C'était unanime. La vodka était mauvaise, avait un goût de merde, mais elles continuaient quand même à en boire. Jusqu'à ce qu'il n'en reste plus rien, rien qu'une petite goutte que personne n'a réussi à extraire de la bouteille.

— File-la-moi, dit Lucy, tendant la main vers Fiona de l'autre côté du cercle qu'elles avaient formé dans le sable.

— Pourquoi ? Tu ne vas pas la rendre à ton père, si ?

— Bien sûr que non. Je veux juste... je veux juste la mettre à la poubelle. C'est tout.

— On se préoccupe de la planète maintenant ? Mais quand j'ai voulu me débarrasser du barbecue qu'on a allumé dans la forêt l'autre jour, tu as dit qu'il se biodégraderait.

— Parce que c'est ce qui était écrit sur la boîte !

— Ouais, ouais.

Kasia ne savait pas ce qui se passait, et à en juger par les expressions gênées et vides sur les visages des autres filles, personne d'autre non plus, mais elle sentait qu'une dispute se préparait. Une dispute sur les déchets sauvages, rien de moins.

Tomek serait fier.

Pas de la consommation d'alcool par des mineurs ni du fait de traîner sur une plage tard le soir, mais des déchets ; il lui rappelait toujours de mettre ses ordures dans la poubelle quand elle avait fini de les utiliser, sinon il menaçait de la mettre à l'amende.

Mais pour une raison quelconque, elle ne pensait pas que son choix d'amies soucieuses du développement durable compenserait le fait qu'elle avait bu de l'alcool ce soir.

Mais avec un peu de chance, il ne le découvrirait jamais.

— Je peux l'avoir alors ? demanda la fille de Nick pour la seconde fois.

— Vas-y. Si tu y tiens.

Lucy arracha la bouteille des mains de Fiona et se releva péniblement, projetant des sabots de sable en l'air comme un cheval dansant sur la terre souillée. L'espace d'un instant, Kasia la regarda disparaître en direction de la poubelle sur l'esplanade mais perdit rapidement son attention quand elle entendit Yasmin parler de nouveau.

— Est-ce que l'une d'entre vous a vu...

Avant qu'elle ne puisse terminer, un cri perçant perfora le silence et fendit l'air en deux. Le son était si fort qu'il fit physiquement sursauter Kasia de peur. Son corps se glaça et elle retint son souffle une fraction de seconde avant de finalement se tourner dans la direction du bruit. Même si l'alcool avait déformé ses capacités d'écholocalisation, elle savait que c'était Lucy qui criait.

Tout le monde savait que c'était Lucy qui criait.

Le seul problème était de savoir qui serait assez brave pour découvrir pourquoi.

À sa propre surprise, elle avait déjà fait quelques pas dans sa course le long de la plage avant de réaliser ce qu'elle faisait. Exactement cela. Courir. Vers le danger. Vers l'obscurité. Mais aussi vers son amie qui avait besoin d'aide.

Le cri avait été un son singulier, solitaire et perçant, suivi d'un *bruit sourd*. Puis le silence.

Kasia ne savait pas ce que cela signifiait. Elle ne s'était pas préparée à ce qu'elle pourrait trouver.

Au bout de la plage, au pied des marches, elle découvrit. Là, effondrée sur la promenade en béton comme une poupée de chiffon, se trouvait la fille de Nick, et debout au-dessus d'elle se tenait un petit homme trapu portant un manteau battu et déchiré. Du sang coulait le long du ciment, freiné dans son parcours par le sable et les algues rejetées par la mer.

Au début, l'homme ne la remarqua pas - l'odeur d'alcool qui émanait de lui l'atteignit à quelques mètres de distance - mais dès qu'elle cria le nom de Lucy, il se retourna d'un air ivre, ses mouvements lents et laborieux. Et puis elle lui sauta dessus.

Elle ne savait pas ce qui l'avait prise - la rage, la colère, la stupidité - mais ça avait marché. Après sa première tentative, elle fit tomber l'homme au sol, et au moment où elle lui sauta dessus, le reste des filles était arrivé. Des cris éclatèrent dans l'air à la vue du sang et du corps de Lucy allongé par terre.

— Aidez-moi ! cria Kasia. Sautez sur lui pour qu'il ne puisse pas bouger !

Il ne fallut pas longtemps aux filles pour sortir de leur inertie et l'aider. Peu après, elles s'étaient toutes les cinq jetées sur l'homme, le clouant au sol. Avec le reste de ses amies occupées, Kasia saisit l'opportunité de descendre de lui et de se précipiter vers la fille de Nick. Elle la trouva effondrée sur le sol, parfaitement immobile. Pendant un instant, Kasia craignit le pire, qu'elle ait succombé à un coup fatal à la tête, qu'elle ait été assassinée. Mais dès qu'elle remarqua la légère montée et descente de la poitrine de Lucy, elle passa à l'action. La première chose à laquelle elle pensa, avant toute autre chose, fut d'appeler son père.

Il saurait quoi faire.

Et pas seulement parce qu'il était policier. Mais parce qu'il était courageux, intelligent et capable de penser logiquement et clairement dans des moments comme ceux-ci. Il serait le héros dont elle avait besoin, dont elles avaient toutes besoin, pour les sauver de ce cauchemar.

CHAPITRE
TRENTE-DEUX

Quelques minutes après l'arrivée de Tomek à la plage, toute la zone avait été sécurisée. Maintenant l'agresseur plaqué au sol et attaché à une barrière métallique à l'aide d'un jeu de serre-câbles que Tomek gardait dans le coffre de sa voiture, lui et Sean avaient demandé aux filles de protéger la zone. Kasia et Sylvia, les deux seules qu'il connaissait et en qui il avait donc confiance, avaient reçu pour instruction de rester aux côtés de Lucy, avec Sean, qui la plaçait doucement en position latérale de sécurité tout en essayant de garder son corps aussi droit que possible. Le sang qui s'écoulait de sa tête comme d'une bouteille d'eau percée continuait de manière inquiétante, et une épaisse rivière rouge coulait progressivement jusqu'au bord de la promenade et sur le sable, formant une flaque dense en dessous. Pendant ce temps, deux des amies — il apprendrait leurs noms plus tard — se tenaient en haut du pont qui menait à la plage. Les deux dernières amies — là encore, les noms n'étaient pas importants pour l'instant — avaient sprinté jusqu'à l'autre côté d'Old Leigh, la seule entrée accessible aux véhicules d'urgence par la route.

Tomek avait appelé une ambulance et demandé un soutien policier quelques secondes après son arrivée. Par chance, ils étaient arrivés deux minutes plus tôt que prévu. Des lumières bleues et blanches éclatantes clignotaient rythmiquement sur les restaurants et le mur de mer qui les entouraient, l'aveuglant presque dans l'obscurité. Une ambulance, deux ambulanciers. Et trois agents de police.

Et puis Tomek avait appelé Nick.

— De quoi tu parles ? avait-il demandé frénétiquement. Qu'est-ce qui s'est passé ? Où ? Où est-elle ? Qu'est-ce qui lui est arrivé ?

Tomek avait eu du mal à répondre à ses questions par-dessus le volume de la voix de Nick, mais dès que le commissaire principal s'était arrêté pour reprendre son souffle, Tomek lui avait expliqué qu'il devait se rendre à l'hôpital de Southend. Qu'il devrait y attendre son arrivée. Mais la situation n'était pas bonne. L'un des ambulanciers lui avait expliqué que l'entaille dans sa tête était importante et qu'elle avait besoin d'une intervention chirurgicale immédiate pour arrêter l'écoulement du sang et empêcher le cerveau de se noyer.

Une fois l'ambulance partie dans la direction d'où elle était venue, Tomek avait alors porté son attention sur l'homme qui était jeté à l'arrière de la voiture de police.

— Sean, tu peux l'accompagner ?

— Oui, bien sûr. Mais pourquoi ? Du brouillard se formait devant la bouche de Sean tandis qu'il respirait rapidement dans la fraîcheur nocturne.

— Parce que quelqu'un doit s'occuper de ce connard tout de suite. Et je dois m'assurer que les filles rentrent chez elles en toute sécurité.

Il se retourna pour leur faire face. Leurs visages hagards, choqués et effrayés le regardaient sans expression, comme s'il fixait un groupe de zombies. Il était maintenant temps de connaître leurs noms, et pendant qu'ils attendaient que leurs parents respectifs viennent les chercher, Tomek les conduisit à travers la ville en direction de la gare. Alors qu'ils marchaient le long de la marina, un train passa en trombe près d'eux, l'un des derniers de la nuit. Le répétitif *ta-dom ta-dom* des roues sur les rails semblait apaiser les filles, comme si cela les avait hypnotisées.

Pendant leur promenade vers la gare, Tomek leur demanda de partager un fait intéressant sur elles-mêmes. Elles devaient se changer les idées après ce qui venait de se passer, et c'était la seule façon qu'il pouvait imaginer.

Kathy savait jouer du violon à un niveau correct.

Les grands-parents de Vicky étaient originaires de France, mais elle ne parlait pas un mot de la langue.

Fiona était intolérante au gluten.

Le film préféré de Yasmin était *Die Hard*.

Sylvia ne comprenait pas le battage médiatique autour de la cigarette électronique et des cigarettes.

Et Kasia avait admis qu'elle avait bu quelques gorgées d'alcool ce soir-là.

Dès que les mots avaient quitté ses lèvres, le groupe était tombé dans le silence, et il pouvait sentir leurs regards brûlants sur sa fille pour les avoir tous dénoncés à un officier de police.

— Où... ? commença-t-il, incertain de la façon d'aborder le sujet. Gérer un mineur qui boit était déjà assez, mais cinq d'entre eux. D'où vient l'alcool ?

— Lucy, répondit doucement Kathy, comme si elle ne voulait pas être associée à ces mots. Elle l'a emprunté à son père.

— Emprunté ? Vous comptez en rendre ? tenta-t-il de plaisanter comme s'il était l'un des leurs, amical, sympathique, quelqu'un en qui elles pouvaient avoir confiance en modérant la colère dans sa voix.

Le commentaire provoqua un rire chez les filles et les mit un peu plus à l'aise.

— Vous n'allez pas le dire à nos parents, n'est-ce pas ?

C'était la question à un million d'euros. Elles avaient toutes traversé une expérience bouleversante, leurs nerfs étaient à vif, l'adrénaline était au maximum, l'anxiété encore plus élevée, la peur stratosphérique. La dernière chose dont elles avaient besoin était de se faire engueuler par leurs parents dès qu'elles rentreraient.

— Les médecins vont trouver l'alcool dans son sang et le diront à la police quand ils feront leur rapport. Une fois qu'ils l'auront, ils le diront probablement à vos parents. Mais ce ne sera pas avant le matin. Donc vous êtes tranquilles pour l'instant.

Il leur fit un clin d'œil et un sourire. Au moins, il ne serait pas le méchant, et elles pourraient toutes se détendre un peu plus maintenant.

Près de vingt minutes plus tard, toutes les filles étaient parties, à l'exception de Sylvia, récupérées par des parents paniqués qui avaient brièvement interagi avec lui, l'avaient remercié d'avoir veillé sur leurs filles, puis étaient rentrés chez eux. Avant qu'elles ne disparaissent toutes, Tomek leur avait rappelé que des agents de police passeraient le matin pour prendre leurs dépositions.

— Rappelle-moi ton adresse, Sylvia, dit Tomek en démarrant la voiture.

Sylvia la lui donna et ils arrivèrent dix minutes plus tard. Lorsque Louise, la mère de Sylvia, ouvrit la porte, la peur traversa immédiatement son visage.

— Que se passe-t-il ? Qu'est-ce qui est arrivé ?

— Elle va bien, dit Tomek. Juste un peu secouée. Cela vous dérange si nous entrons ?

Kasia et Sylvia disparurent à l'étage dans la chambre de Sylvia tandis que lui et Louise se dirigeaient vers la cuisine. Ce n'était pas le genre d'événement à discuter dans le salon.

— Dois-je rester debout pour ça ?

— S'asseoir pourrait être préférable, mais j'ai de bons réflexes, donc si vous décidez de vous évanouir, je devrais pouvoir vous rattraper.

— Devrais ?

Il haussa les épaules et lui sourit. — J'ai dit « bons », pas « excellents ».

— Tu me rassures vraiment, Tomek. Maintenant, dis-moi, que s'est-il passé ?

Et il lui expliqua sa compréhension de seconde main des événements. Que, alors qu'elles étaient toutes assises sur la plage, bavardant et discutant (il omit de mentionner l'alcool pour l'instant), elles avaient entendu un cri, puis vu une silhouette se dresser au-dessus de Lucy Cleaves.

— Oh mon Dieu, répondit Louise, en portant la main à sa bouche. Comme c'est horrible. Connais-tu l'étendue de ses blessures ?

— Non, mais ça n'avait pas l'air bon. Elle saignait de la tête.

— Mais les blessures à la tête ne semblent-elles pas toujours pires qu'elles ne le sont ? Je me suis cogné la tête une fois, une toute petite coupure, mais il y a eu du sang pendant des jours.

— Littéralement ? demanda Tomek avec sarcasme.

— Littéralement pendant des jours, oui. Un miracle que j'aie survécu, pour être honnête.

— Heureusement que tu as survécu, sinon je ne connaîtrais pas les dangers des petites coupures.

Louise vit le côté comique de la chose et lui proposa un thé. Il refusa. — La bière et le thé ne se mélangent pas très bien.

— Tu veux dire que tu as bu et conduit pour ramener ma fille à la maison ?

Tomek regarda le sol et hésita.

— Qu'est-ce qu'il y a ? demanda-t-elle, son instinct maternel soupçonnant immédiatement que quelque chose n'allait pas.

— Tu devrais probablement savoir que, apparemment, les filles ont bu ce soir. Lucy a volé de la vodka dans le placard de son père.

— De la vodka ! Les joues de Louise s'empourprèrent de rage. Putain, boire de la vodka à treize ans !

— Je sais.

— Tu sembles étrangement calme à propos de tout ça, dit-elle.

Tomek eut un petit rire. — Crois-moi, je ne le suis pas. Mais j'ai dû faire face à beaucoup de choses de ce genre dans ma vie, donc je suppose que j'y suis habitué maintenant. Je n'aime pas l'idée que Kasia boive à n'importe quel âge, et encore moins à treize ans, donc je vais avoir une sérieuse discussion avec elle à ce sujet, en tout cas. Mais elles sont secouées, elles ont peur pour Lucy, alors leur crier dessus n'accomplira rien. Si ça se trouve, ça lui donnera probablement envie de recommencer.

— À moins qu'elle soit tellement traumatisée par cette nuit qu'elle ne touche plus jamais une goutte d'alcool.

Tomek croisa les doigts des deux mains et les leva.

Quand il fut temps pour lui de partir, il appela Kasia à descendre de l'étage et l'attendit au bas des escaliers.

— Merci encore de l'avoir ramenée à la maison, dit Louise, venant à ses côtés. Je ne me souviens pas si je l'ai déjà dit.

— Tu ne l'as pas dit. Mais ce n'est pas grave. On ne peut pas tous porter des capes.

Elle posa une main sur son bras et l'étreignit. Son corps était chaud, un agréable répit face au froid qui s'accrochait encore à lui depuis l'extérieur. — Merci, dit-elle à nouveau. C'est une bonne chose que tu aies été si proche.

Un moment s'installa entre eux. Un moment où ils firent une pause, où tout semblait se figer, et il sembla être enfermé dans une bataille avec son regard. Ni l'un ni l'autre ne cédant. Les pouls battant. Le sang affluant.

Louise était une femme séduisante et célibataire. Elle avait à peu près le même âge, légèrement plus jeune de quelques années, et elle était tout ce qu'il recherchait chez une femme. Résistante, déterminée, courageuse, forte, charismatique. Tout ce qu'il—

— Papa ?

La voix de Kasia le sortit de sa rêverie, et il tourna brusquement la tête vers elle au milieu des escaliers. Derrière elle se trouvait Sylvia.

— Ah. Te voilà.

— Qu'est-ce qui se passe ?

Tomek s'éloigna doucement de Louise, sans vouloir l'offenser, et se brossa les vêtements. Pris en flagrant délit. Comme deux adolescents.

— Tu es prête à partir ? demanda-t-il, en veillant à éviter sa question autant que possible. Je disais juste au revoir. Tout va bien ?

Les visages de Kasia et de Sylvia s'illuminèrent de joie, tandis que ceux de Tomek et de Louise rougissaient d'embarras.

— Tu peux effacer ce sourire de ton visage, Sylvia, dit Louise à côté de lui. Toi et moi devons avoir une conversation demain matin. Mais pour l'instant, directement au lit après avoir dit au revoir.

Et Tomek et Kasia prirent cela comme leur signal de départ.

CHAPITRE
TRENTE-TROIS

C'était le jour avant la veille de Noël. Le jour avant le jour avant. Et une ambiance solennelle s'était installée dans l'appartement. Quand Tomek s'était réveillé le lendemain matin, ouvrant les rideaux sur un ciel gris et bruineux, le poids de ce qui s'était passé la veille semblait enfin s'être posé sur *lui*. La fille de Nick était à l'hôpital. La fille de Nick avait été agressée. L'idée que cela aurait pu être n'importe laquelle des filles, que cela aurait pu être sa propre fille, commençait finalement à le hanter.

Et quand Kasia est sortie en titubant de sa chambre, étroitement enveloppée dans son sweat à capuche comme si elle comptait sur lui pour se protéger, on voyait clairement que la même pensée l'avait également tenue éveillée toute la nuit.

— Tu as bien dormi ? demanda-t-il en lui préparant une tasse de thé.

— Non. Je n'ai pas pu dormir.

— Moi non plus. Tu veux en parler ?

— De quoi y a-t-il à parler ?

— Tu peux me dire comment tu te sens.

— J'ai peur.

— D'accord. De quoi en particulier ?

— J'ai peur pour Lucy. Tu as des nouvelles ?

Tomek vérifia son téléphone et secoua la tête. Il n'avait reçu aucune nouvelle de Nick ou de Sean. Il était maintenu dans un black-out informationnel.

— Est-ce que je peux aller la voir ? demanda Kasia.

Tomek s'était posé la même question dès son réveil. Il voulait leur rendre visite. Non seulement pour Lucy mais aussi pour Nick et sa femme. Il ne pouvait pas imaginer ce qu'ils ressentaient, à quel point ils étaient terrifiés. L'angoisse et la détresse qu'ils devaient ressentir alors qu'ils étaient assis là, à l'hôpital, attendant des nouvelles des médecins et des infirmières. Tomek en avait été témoin directement avec d'autres familles sur des affaires sur lesquelles il avait travaillé. Dans ces cas-là, il avait toujours été un observateur extérieur, regardant depuis la périphérie. Mais maintenant que c'était quelqu'un qu'il connaissait, quelqu'un qu'il appréciait et respectait qui traversait le même tourbillon d'émotions, il commençait à vraiment comprendre ce que c'était. Même s'il restait un peu en retrait.

Déverrouillant à nouveau son téléphone portable, Tomek fit défiler son carnet d'adresses jusqu'à ce qu'il trouve le numéro de portable de Nick. Il appela son patron et attendit qu'il réponde.

— Salut.

— Salut, Nick. Tu peux parler ?

— Ouais.

— Comment va-t-elle ?

— Pas bien. C'est incertain. Son crâne a été fracassé. Une énorme dépression dans sa tête. Elle est dans le coma. Les médecins pensent que ça pourrait aller dans un sens comme dans l'autre. Possibles dommages cérébraux permanents. Hémorragie cérébrale. Elle pourrait ne jamais se réveiller. Tout.

— Putain de merde, mon vieux. Je suis vraiment désolé.

S'il pensait passer une mauvaise matinée, ce n'était rien comparé à ce que Nick et sa femme vivaient.

— Comment Maggie tient le coup ?

— C'est pire. Daniela va bien, elle dort, elle ne sait pas ce qui se passe, mais Maggie est morte d'inquiétude.

— Je ne peux qu'imaginer... Tomek fit une pause, avala sa salive et se tourna vers Kasia. Quand le moment sera venu, on se demandait si on pourrait venir vous voir. Peut-être vous changer les idées.

— Ouais, ce serait bien, mec. Mais ce ne sera pas pour tout de suite. Je vais parler aux médecins et je te tiendrai au courant.

Tomek n'avait jamais entendu son patron, son ami, avoir l'air si abattu, si vaincu, si brisé. C'était comme si on lui avait arraché son âme (ce qu'il en restait, en tout cas).

Il expliqua à Kasia que Nick les tiendrait au courant.

— Tu me diras dès qu'il t'aura contacté ? demanda Kasia, comme si c'était elle qui était responsable.

— Bien sûr que oui, dit Tomek avec un sourire. Il regarda sa montre - 8 h 48. Je dois aller travailler. Savoir ce qui se passe avec l'arrestation. Je vais essayer de trouver quelqu'un pour te tenir compagnie aujourd'hui.

— Je n'ai pas cinq ans.

— Non, mais tu voudras parler à quelqu'un, et ce sera un changement agréable que ce soit quelqu'un d'autre pour une fois. En plus, c'est Noël, je pensais que c'était tout au sujet de...

— C'est le pire Noël de tous les temps, dit Kasia en tirant sa capuche sur sa tête et en s'affalant sur le canapé.

Notre Noël n'est rien comparé à ce que Nick et sa famille traversent en ce moment, pensa Tomek en commençant à préparer le petit-déjeuner pour eux deux. Quelque chose de salé. Quelque chose de gras. Quelque chose de réconfortant. Quand il eut terminé, et que tous les restes furent jetés à la poubelle, il commença à appeler pour voir qui pourrait venir tenir compagnie à Kasia pour la journée. Son premier choix était Saskia Albright, sa plus ancienne amie, mais elle était déjà en Écosse avec ses parents pour les fêtes. Ensuite, il avait envisagé d'appeler Abigail mais savait que cela ne ferait qu'alimenter le désir insatiable de Kasia de l'embêter et de s'impliquer dans sa vie amoureuse. De plus, il ne voulait pas donner de fausses impressions à Abigail. Puis il essaya Louise et Sylvia, mais elles rendaient visite à leur famille à Colchester cet après-midi. Ce qui ne laissait que les seules autres personnes auxquelles il pouvait penser à appeler. Le bas de sa liste.

Ses parents.

CHAPITRE
TRENTE-QUATRE

Perry et Izabela Bowen avaient été plus que ravis de s'occuper de Kasia aussi longtemps qu'il en aurait besoin. Un peu de temps pour créer des liens, lui avaient-ils dit. C'était bien nécessaire. En privé, sans que Tomek vienne fouiner et censurer tout ce dont ils parlaient. Il n'était pas vraiment à l'aise à l'idée qu'ils la cuisinent sur ses petits amis, l'école, *lui*, et la vie en général, tout en partageant un paquet de *paluski* et un café extra-fort, mais il n'avait pas le choix. Peut-être était-il trop prudent, trop paranoïaque. Après tout, ils étaient les grands-parents de Kasia. Et il leur avait très peu parlé d'elle et de sa vie, il était donc normal qu'ils soient curieux.

— Elle est entre de bonnes mains, lui avait dit Izabela Bowen avec un sourire malicieux avant qu'il ne parte.

Tomek n'en était pas convaincu, mais il avait essayé de repousser ces pensées au fond de son esprit en se rendant au commissariat. Et il découvrit bientôt que plus il s'en approchait, plus cela devenait facile, car au lieu de penser à Kasia, Perry et Izabela, ses pensées furent envahies par des images de la fille de Nick sur le béton, le crâne défoncé, en train de saigner. Puis par les images d'elle allongée dans son lit d'hôpital avec ses parents à ses côtés.

Ces images commencèrent enfin à se dissiper dès qu'il posa les yeux sur ses collègues. Et elles disparurent presque complètement lorsqu'il vit le visage de l'homme qui avait agressé Lucy Cleaves sur l'écran de télévision. Une liaison en direct avait été transmise à l'arrière de l'unité dans la salle des opérations, et l'équipe le regardait en plein interrogatoire. Face à l'agresseur se trouvaient Sean et Chey, qui le bombardaient de questions.

Maintenant qu'il pouvait voir clairement son visage, Tomek reconnut immédiatement l'homme. Paddy Battersby. Un schizophrène paranoïaque connu des services de police depuis des années. Précédemment arrêté pour agression, trouble à l'ordre public, vandalisme, et toute une série de délits mineurs. La plupart du temps, c'était un homme brisé désespérément en manque ; inoffensif, jusqu'à hier soir, bien sûr.

Les visages qui se tournèrent vers Tomek étaient bouffis et gonflés. Ils avaient passé une nuit blanche, et les interrogatoires s'étaient déroulés toute la nuit. Sans répit. Légalement, Paddy avait droit à huit heures de repos au cours des premières vingt-quatre heures de garde à vue, mais il était clair que l'équipe allait le faire attendre aussi longtemps que possible. C'était le minimum qu'il méritait.

Dans la salle des opérations se trouvait une équipe réduite de quatre personnes. Victoria, Martin et Oscar. C'était Noël, et une grande partie des membres de l'équipe étaient en congé, célébrant la période festive avec leurs proches. En conséquence, le reste d'entre eux, Tomek inclus, devrait faire des heures supplémentaires.

Dès qu'elle l'avait repéré, l'inspectrice Orange l'avait attiré dans son bureau pour une mise à jour.

— Nous l'avons inculpé pour coups et blessures graves, dit-elle en gardant la voix basse. Mais maintenant nous lui demandons s'il sait quoi que ce soit sur Fern Clements et Lily Monteith.

— Sérieusement ?

— Quoi ?

Tomek pointa du doigt en direction de la télévision dans la salle des opérations. — Lui ? Paddy Battersby ? Paddy le Panda, l'homme qui ne ferait pas de mal à une mouche ?

— Eh bien, il est manifestement capable de faire bien pire.

Tomek mit ses mains dans ses poches et se pencha légèrement en arrière. — Tu ne le connais pas comme nous. Il est perturbé. Il est schizophrène.

— Ça ne l'excuse pas d'avoir envoyé la fille de Nick à l'hôpital.

— Je ne dis pas le contraire. Tomek inspira profondément pour se contrôler. — Quelle est sa version des faits ?

— Selon lui, il voulait lui demander si elle avait une boîte de spam. Quand elle l'a vu, elle a paniqué et a réagi violemment, ce qui l'a fait paniquer à son tour. Et en essayant de s'échapper, il l'aurait bousculée et fait tomber, sa tête heurtant un poteau.

Il fallait quand même une sacrée force pour lui enfoncer le crâne, songea Tomek.

— Donc c'était un accident ? demanda-t-il.

— Accident ou pas, elle est toujours à l'hôpital. Nous verrons comment sa version des faits résiste face à celle des filles.

Tomek savait que ce serait la parole de Paddy contre la leur. Toutes les six. Et dans ce cas, peu importerait qu'il s'agisse d'un accident ou non. Le sort de Paddy Battersby était scellé.

— A-t-il avoué avoir tué Lily Monteith et Fern Clements ?

— Non, dit-elle sèchement. Son avocat et son représentant légal lui conseillent de ne rien dire à ce sujet.

— Donc naturellement, vous le soupçonnez davantage.

— Oui, dit-elle.

Mais pas Tomek. Ce qui était arrivé à Lucy Cleaves était un accident bizarre, une de ces histoires qui arrivent une fois sur un million, mais rien de plus. Bien que tragique, oui, Tomek ne pensait pas que cela justifiait de déclencher des procès de sorcières et de brûler Paddy Battersby sur le bûcher.

— Combien de temps risque-t-il ? demanda Tomek.

— Après qu'il aura été inculpé pour leurs meurtres ?

— Non. Parce que vous n'avez encore aucune preuve contre lui pour ça. Combien de temps risque-t-il pour hier soir ? Les coups et blessures graves ?

— Cinq ans, répondit Victoria, son expression et sa voix impassibles.

— Wow.

Pauvre type. Mais Lucy était encore plus à plaindre. Tomek ne pouvait pas avoir trop de sympathie pour lui à cet égard, pas quand elle se battait actuellement pour sa vie.

— Il y a autre chose dont je voulais te parler, commença Victoria.

Tomek posa sa main sur le dossier d'une chaise. — Dois-je m'asseoir pour ça ?

— Tu peux t'asseoir si tu veux. Comme ça tu me feras paraître plus grande et me sentir plus grande.

Tomek se dit qu'elle avait bien besoin de ça en ce moment. Elle avait commis quelques erreurs récemment, notamment dans la double enquête sur le meurtre de deux filles qui avaient été enlevées et étranglées près d'une balançoire dans un terrain de jeux à Canvey. Et par conséquent, il avait du mal à avoir de la compassion pour elle.

— C'est à propos de ton rôle dans cette équipe.

Il retint son souffle.

— Nick va être en arrêt pour les prochaines semaines, j'imagine, pendant qu'il s'occupe de sa fille. Donc je serai temporairement en charge, et j'aurai besoin d'un numéro deux.

— D'accord, dit Tomek en la regardant, les yeux perçants. — Tu as besoin que je te dise où sont les toilettes ?

À sa surprise, Victoria n'avait pas vu celle-là venir. Heureusement, elle *avait* vu le côté amusant, et plaça une main délicate sur sa poitrine en riant pour le montrer.

— Tu n'arrêtes jamais avec ton humour immature, n'est-ce pas ?

— Où est le plaisir de grandir ? J'ai dû le faire suffisamment ces deux derniers mois, je n'en veux pas plus. J'ai besoin de *quelques* immaturités, au moins.

— Quelques-unes, mais pas toutes. À part ça, tu n'as rien à dire ?

— À propos de quoi ? Tomek ne s'en rendait pas compte, mais il la regardait comme un chien regarde son maître : obéissant et impatient de savoir ce qui allait se passer ensuite.

— *Tu es mon second*. Pendant que Nick est en congé.

— Eh bien, eh bien, comme les tables tournent.

C'était bien. Très bien. Parce que maintenant, en tant que second, il aurait plus son mot à dire sur l'orientation que prendrait l'enquête. Plus de contrôle sur les aspects qu'il ne pouvait pas contrôler par lui-même.

C'était bien. Très bien.

CHAPITRE
TRENTE-CINQ

La première tâche sur sa liste pour la journée avait été facile : inviter Kasia au commissariat pour recueillir sa déposition de témoin. Au cours de la journée, les filles seraient interrogées individuellement sur leur version de ce qui était arrivé à la fille de Nick. Leurs récits seraient ensuite comparés entre eux pour en vérifier l'authenticité, puis confrontés à la version de Paddy Battersby. Tomek avait le secret soupçon qu'ils ne différeraient pas beaucoup, voire pas du tout. Il était évident pour lui que Paddy serait inculpé pour ce qui était arrivé à Lucy — le cercueil avait déjà été commandé et les obsèques payées —, mais Tomek était prêt à tout pour s'assurer qu'il ne soit pas condamné pour les meurtres auxquels il n'avait pas participé. Condamner injustement quelqu'un pour meurtre, viol ou toute autre infraction grave était heureusement une erreur qu'il n'avait jamais commise. Mais il avait entendu les histoires, vu les articles de presse. Vingt ans de peine purgés, pour que finalement les avancées technologiques et scientifiques arrivent comme un héros dans la nuit pour changer l'issue d'une affaire et vous disculper. Vingt ans de votre vie perdus. Vingt ans achetés et payés par le gouvernement sous forme d'indemnité. Aucune somme d'argent ne pouvait compenser autant d'années de votre vie, c'est pourquoi il était fermement convaincu qu'il fallait obtenir la bonne condamnation au bon moment. Et si cela signifiait prendre plus de temps que nécessaire ou épuiser toutes les options et le budget, alors qu'il en soit ainsi.

C'était la première fois que Kasia visitait son lieu de travail, et il se sentait incroyablement nerveux. Mêlé à une petite dose d'excitation. Et avec également une pincée de gravité. Il s'inquiétait de ce qu'elle penserait de l'endroit, de ce qu'elle dirait de ses collègues. Il aurait aimé lui faire visiter les lieux et la présenter correctement à l'équipe (après tout, ils avaient tant entendu parler d'elle, et elle si peu d'eux), mais cela n'avait pas été possible. C'était simplement dommage que les circonstances de sa visite aient été pour faire une déposition de témoin.

Une déposition qui avait été recueillie par Rachel, aussi calmement et poliment qu'elle le pouvait, la meilleure dans ce domaine. L'épreuve avait duré plus d'une heure, et à la fin, les yeux de Kasia étaient rouges et son maquillage avait coulé. Pour lui remonter le moral, Tomek lui avait proposé de l'emmener rapidement dans les magasins pour acheter quelques-unes de ses sucreries préférées.

— On peut contracter un autre crédit sur salaire et acheter d'autres Freddos si tu veux ?

— Vous n'avez pas de chocolat ici ?

Tomek avait regardé autour de lui le bureau terne et sinistre. Il n'avait aucune apparence festive et semblait que toute joie et excitation pour la période des fêtes tombaient dans un trou noir dès qu'on y entrait.

— C'est Nadia qui s'occupe habituellement du chocolat, répondit-il. Mais depuis sa grossesse, elle n'en raffole plus trop.

— Oh.

— Ouais. Sa nouvelle passion, si ça t'intéresse, c'est le biltong.

— Le biltong ?

— C'est un truc sud-africain, de la viande séchée. Bizarre. Personne n'aime ça, ce qui est bien pour elle parce que, crois-moi, tu ne veux pas t'approcher d'elle quand elle mange son biltong, elle le protège bien mieux que les animaux tués pour le fabriquer ne protègent leurs petits. Et puis personne ne veut s'en approcher parce que ça pue.

Kasia regarda autour du bureau. — Elle est où ?

— À la maison. Probablement en train de faire son propre biltong pour quand tous les magasins seront fermés pendant Noël.

Kasia eut un petit rire. C'était léger, bref, un petit ricanement, mais c'était un pas dans la bonne direction. En ce moment, elle n'avait besoin de rien d'autre que de rire et se détendre, de faire une pause après ce qui s'était passé. Mais juste au moment où Tomek allait l'emmener au magasin, ce répit fut brusquement interrompu. Nick appela pour les informer qu'ils pouvaient venir en visite. Et sans perdre de temps, après avoir rapidement obtenu l'accord de Victoria, ils se rendirent à l'hôpital.

Ils trouvèrent Nick, sa femme Maggie et leur fille cadette Daniela qui les attendaient à l'extérieur de la chambre d'hôpital. Bien que l'incident ne datait que de quatorze heures, les deux parents semblaient ne pas avoir dormi depuis quatorze jours. Brisés, battus, abattus. Tandis que Daniela n'avait pas encore pleinement réalisé ce qui était arrivé à sa sœur aînée et semblait être là pour soutenir ses parents, plutôt que l'inverse.

— Content de vous voir, dit Nick, la vigueur ayant déserté sa voix. Merci d'être venus.

— Bien sûr. C'est normal. Comment... comment va-t-elle ?

Pour répondre à cette question, Nick les conduisit tous deux dans la chambre sans les préparer à ce qu'ils allaient voir : une silhouette pâle perdue au milieu des draps blancs qui la protégeaient. Plusieurs tubes étaient accrochés à ses poignets comme dans un film d'horreur. Et en haut du lit se trouvait la tête de Lucy, enchâssée dans un support métallique.

— Le médecin a dit que l'enfoncement dans son crâne est à peu près de la taille d'une balle de golf, expliqua Nick, debout dans l'embrasure de la porte tandis que les autres s'approchaient de la patiente, comme s'il était incapable de s'en approcher davantage. Ils l'ont plongée dans un coma artificiel.

Kasia tira sur la manche de Tomek et lui chuchota à l'oreille. — C'est quoi ça ?

Tomek lui expliqua rapidement avant que Nick ne continue.

— Ils ne savent toujours pas quand elle se réveillera, ou si elle se réveillera.

— Nick, répondit sa femme. Les médecins nous ont aussi dit de rester positifs.

— Non, ce n'est pas ce qu'ils ont dit. Ils ont dit que nous devrions garder le moral, ce qui revient à dire que nous devrions prier pour le meilleur.

— Elle peut t'entendre, tu sais, ajouta Maggie d'un ton réprobateur, lui lançant un regard assorti.

— Elle peut ? demanda Kasia.

— Oui, ma chérie, dit Maggie. Elle contourna l'autre côté du lit et posa une main sur son épaule. Les médecins ont dit qu'elle peut entendre chaque mot que nous disons. Veux-tu lui parler ?

Immédiatement, la tension dans la pièce se dissipa.

Soigneusement, avec hésitation, Kasia s'approcha du côté de son amie, posa une main sur son épaule comme l'avait fait sa mère, et lui murmura à l'oreille.

— Salut, c'est Kasia, je... je ne sais pas vraiment quoi... Tout le monde s'inquiète pour toi. On a tous discuté sur le groupe et tout le monde veut savoir comment tu vas... Je... Je leur dirai que tu vas bien... Et que tu sortiras... sortiras d'ici en un rien de temps, d'accord ? Parce qu'on te manque tous et qu'on veut te revoir à l'école. Tu rends les pauses déjeuner supportables, d'accord ? Alors il faut que tu guérisses.

Kasia termina son monologue dans une pièce plongée dans un silence stupéfait. Tomek regarda autour de lui et vit des yeux remplis de larmes, tant les siens que ceux de la famille de Nick. Des épaves larmoyantes, incapables de se contrôler. Tomek était ému. Qu'un petit discours d'une fille de treize ans ait pu avoir un tel effet sur eux.

Au bout de cinq minutes, les larmes s'arrêtèrent, et Nick entraîna Tomek hors de la chambre, dans l'intimité du couloir.

— T'as déjà parlé à Victoria ? demanda-t-il, la vigueur et le ton professionnel revenant dans sa voix.

— Ouais.

Au lieu de répondre, Nick serra les lèvres pour les empêcher de trembler, mais cela eut peu d'effet. Alors que des larmes commençaient à se former dans ses yeux, il posa une main ferme sur l'épaule de Tomek et dit : — Veille sur elle pour moi, d'accord ?

— Bien sûr, répondit Tomek en posant une main tout aussi réconfortante sur le dos de Nick.

C'était peut-être la deuxième fois que Tomek voyait une quelconque forme d'émotion de la part de son supérieur, de son *ami*, en treize ans qu'il le connaissait. La dernière fois, c'était quand son fils, Robbie, avait quitté la famille pour rejoindre l'armée.

— Ils inculpent le type qui a fait ça pour coups et blessures graves, dit Tomek. C'était Paddy Battersby.

— Paddy ? Vraiment ? Nick soupira et leva les yeux au ciel. Quel con.

— L'inspectrice Orange pense aussi qu'il a quelque chose à voir avec notre tueur aux allergies.

— Alors elle est plus idiote que je ne le pensais, répondit Nick.

— J'ai essayé de la convaincre du contraire, mais elle ne cède pas.

— Eh bien, je vais devoir te laisser gérer ça. Sans vouloir te manquer de respect, c'est la dernière chose dont je veux me préoccuper en ce moment.

— Compris, capitaine, dit Tomek, feignant un salut.

Alors que les deux hommes retournaient dans la chambre d'hôpital, le téléphone de Tomek commença à vibrer dans sa poche. Il leva un doigt vers Nick, lui faisant comprendre qu'il serait là dans une minute, puis répondit à l'appel.

— C'est important ? demanda-t-il dans le microphone.

— Ce n'est pas très gentil.

— Réponds juste à la question.

— Non, c'est juste à propos de mon article.

Tomek soupira et regarda la porte qui menait à la chambre d'hôpital.

— D'accord.

— Je me demandais si tu avais autre chose pour moi ?

Tomek tapait du pied. Luttant avec sa décision.

— Non, répondit-il. Je n'ai rien.

— Allez, Tomek. Tu dois bien avoir *quelque chose*. Tu me dois bien ça, souviens-toi.

— Je ne te dois rien. Maintenant, laisse tomber. Et je pense que tu devrais lâcher Nick pendant un moment. Et ne publie pas cet article. En ce moment, ça ne ferait que plus de mal que de bien.

— Je n'arrive pas à croire ce que j'entends. Tu as changé d'avis.

— Ouais, eh bien, certaines choses sont plus importantes que d'atteindre ton nombre de mots, Abigail.

CHAPITRE
TRENTE-SIX

Ils ne restèrent pas plus d'une heure, ne souhaitant pas s'imposer davantage que ce que Tomek pensait déjà avoir fait. La famille avait besoin de temps pour être ensemble, pour faire son deuil, pour assimiler, et ils n'avaient certainement pas besoin que Tomek et Kasia soient là, planant au-dessus de leurs épaules, écoutant attentivement chaque fois que les médecins ou les infirmières interrompaient pour donner des nouvelles à la famille.

Au lieu de cela, Tomek échangea une famille contre une autre. La sienne.

Lorsque Kasia et Tomek arrivèrent à la maison ce soir-là, après avoir pris un McDonald's en chemin (pour remonter un peu le moral de Kasia), les lumières de l'appartement étaient encore allumées et deux ombres dansaient aux fenêtres. Tomek se gara devant l'immeuble et se pencha en avant.

— Ta grand-mère et ton grand-père t'ont-ils mentionné quelque chose à propos de rester ce soir ? demanda-t-il.

— Elle a peut-être dit quelque chose à propos du dîner, répondit lentement Kasia, regardant la nourriture sur ses genoux.

— Et tu penses à me le dire maintenant ?

Elle haussa les épaules. — Je n'allais pas dire non à un McDonald's.

Bien sûr qu'elle n'allait pas refuser. Il semblait que sa génération ne vivait que de ça. Et avec un accès si facilement disponible, parfois en quelques clics seulement, ce n'était pas surprenant. Chaque fois qu'il passait devant le McDonald's près de la grande rue en allant chercher son repas chez Sainsbury's ou, s'il se faisait plaisir, un Subway, l'endroit était généralement rempli d'adolescents de son âge avec leurs baskets fancy, leurs survêtements Adidas et Nike, et leurs sacs à main. Il ne pouvait pas imaginer quelque chose de plus repoussant. À part l'idée de la quantité de transformation que la nourriture subissait. C'était suffisant pour dégoûter certaines personnes à vie.

— C'est toi qui vas la décevoir alors, dit Tomek tandis qu'ils se dirigeaient vers la porte d'entrée. Puis il tendit le sac McDonald's vide à Kasia.

— Parce qu'elle ne peut pas te crier dessus. Tomek inséra la clé dans la porte. — Et tu verras, je parie tout ce que tu veux qu'elle trouvera quand même un moyen de me blâmer.

— Tout ce que je veux ? Un éclair d'excitation traversa la voix de Kasia ; peut-être que c'était le moyen de la faire se sentir mieux, la couvrir d'argent.

— Non, répondit sévèrement Tomek. C'est une expression. Toutes les personnes à qui tu parles ne vont pas te donner de l'argent parce que tu le demandes, Kash.

— Un sugar daddy le ferait, murmura-t-elle, mais Tomek entendit chaque dernière syllabe.

Il s'arrêta sur les escaliers menant à l'appartement et lui lança un regard noir. — Qu'est-ce que tu viens de dire ? Comment connais-tu ces choses ?

— La télé. Il y avait une émission sur Channel 4 l'autre jour. Ne t'en prends pas à moi.

Non. Il ne pouvait pas, n'est-ce pas ? Pas quand c'était presque impossible. Avec tout ce qui était encore plus facilement disponible sur les applications de streaming sur mobile et ordinateur, surveiller le genre de choses qu'elle regardait devenait de plus en plus difficile à contrôler. Mais, considéra-t-il, dans le grand ordre des choses, apprendre l'existence des sugar daddies dans un documentaire était peu de chose comparé aux autres types de contenus qu'elle pourrait regarder. Tant qu'elle ne regardait pas des décapitations ou des gens qui s'immolent par le feu, elle allait bien.

— Vous êtes rentrés ! furent les mots qui les accueillirent dès qu'ils franchirent la porte en haut des marches. Suivis rapidement par : — Et vous avez déjà mangé.

Izabela s'arrêta net et baissa les bras qu'elle avait levés pour les embrasser tous les deux.

— Qu'est-ce que tu fais avec ça ? demanda-t-elle en pointant le sac de McDonald's dans la main de Kasia. — Nous vous avons préparé le dîner. Je pensais que nous pourrions manger un bon repas ensemble.

— C'est elle qui le voulait, dit Tomek, rejetant la faute sur l'autre.

Sa mère se précipita vers lui et le poussa fortement dans la poitrine. — Oui, mais c'est toi qui le lui as acheté.

Tomek surprit un regard suffisant de Kasia qui disait : « Je viens chercher cet argent, que tu le veuilles ou non. »

— Qu'avez-vous préparé ? demanda Tomek, désireux de détourner la conversation de sa mauvaise décision parentale.

Il renifla l'air et trouva lui-même la réponse. *Pierogi*. Des raviolis. Un plat de base polonais. Le dîner dont lui et ses frères se nourrissaient presque tous les jours lorsqu'ils sont arrivés dans le pays.

— Ton plat préféré, dit son père.

Tomek jeta un coup d'œil par la porte de la cuisine et vit son vieux debout devant deux grandes casseroles, remuant lentement leur contenu.

— Au moins, c'est un repas facile à cuisiner pour toi, répondit Tomek.

— Es-tu en train de dire que je n'ai pas mis d'amour ou d'âme dans ce repas ? J'ai cuisiné ce dîner pour toi pendant des semaines entières quand tu étais plus jeune.

— Je pensais que c'était juste parce que nous étions pauvres.

— Non, c'est parce que toi et tes frères adoriez ça. Et je devais toujours m'assurer de vous donner tous les trois la même quantité de raviolis. Un de plus ou un de moins pour l'un d'entre vous, et je risquais d'être accusé de favoritisme.

Si ça avait été le cas, Tomek savait où il aurait été sur l'échelle des favoris : Michał en premier, Dawid en deuxième, suivi par lui-même bien confortablement au bas de l'échelle.

— Pour être honnête, de temps en temps, je donnais un extra à Michał après que toi et Dawid ayez quitté la table, continua Izabela.

Et s'il y avait le moindre doute dans l'esprit de Tomek quant à sa place sur l'échelle, il fut démantelé par ce dernier commentaire.

Après s'être installés et avoir rapidement jeté les preuves du McDonald's, ils s'assirent à table et mangèrent ce qu'ils purent des *pierogi*. Tomek fut capable d'avaler cinq des raviolis farcis à la viande, tandis que Kasia n'en géra que deux. La conversation autour de la table évita autant que possible la fille de Nick et l'incident. C'était Noël, disaient-ils. Ce n'était pas le moment de parler de telles choses.

— En parlant de ça, dit Izabela avec un sourire radieux sur son visage, Dawid et les garçons viennent pour Noël demain. Êtes-vous sûrs de ne pas vouloir venir tous les deux ? Il y a encore beaucoup de place autour de la table.

— Et il y aura beaucoup de nourriture, ajouta Perry Bowen.

— Tu veux dire les raviolis restants de ce soir ? marmonna Tomek, puis il regarda Kaisa, qui était en train de pousser sa nourriture autour de son assiette. — Je pense que nous sommes bien ici, merci. Juste nous deux. C'est notre premier Noël ensemble et je veux que ça reste ainsi. Peut-être l'année prochaine. Mais j'espère que vous passerez un bon moment, et transmettez notre affection à Dawid et aux garçons.

Toute l'affaire avait été un désastre et une perte de temps complète, exactement comme Tomek le ressentait pour chaque Noël. La joie et l'excitation de ce qui était censé être la période la plus merveilleuse de l'année avaient été aspirées par les événements de cette nuit-là. Kasia passa les deux jours suivants la tête baissée, dormant, allongée dans son lit, recroquevillée sous la couette, soit jouant sur son téléphone, soit envoyant des messages à Sylvia. Les décorations qu'elle avait passé des heures à installer plus tôt dans le mois, celles qui avaient brillé et scintillé pendant les trois dernières semaines, avaient perdu leur éclat et leur lustre, et elle avait même éteint les guirlandes lumineuses dans sa chambre. L'arbre de Noël semblait stérile alors que Kasia avait consommé tous les chocolats qui y étaient accrochés en l'espace d'un après-midi. La guirlande avait été renversée et laissée pendante et par terre ; sans parler des cadeaux sous l'arbre qui étaient rares.

Finalement, Tomek avait opté pour une poignée de produits de maquillage et de soins personnels qu'il avait trouvés sur les étagères de Boots et Superdrug, avec la promesse d'une virée shopping dans un avenir proche.

— Tu auras cent livres à dépenser, lui avait-il dit.

— C'est bon, dit-elle avec abattement en posant une boîte de poudre sur le canapé. Tu n'es pas obligé.

— Je sais que je n'y suis pas obligé, mais j'en ai envie.

Et puis ils avaient eu le repas. Un festin britannique traditionnel : dinde, pommes de terre rôties, puddings yorkshire et une poignée de légumes, noyés dans une quantité malsaine de sauce. En vérité, la nourriture avait été le seul point fort de la journée, et même cela avait été un désastre. Comme c'était la première fois qu'il cuisinait un si grand repas pour une si grande occasion, il n'avait que peu ou pas d'idée de ce qu'il faisait, et il passa plusieurs heures dans la cuisine comme un éléphant dans un magasin de porcelaine. Faisant tomber des choses du comptoir, laissant tomber de la nourriture sur le sol, cassant quelques verres dans l'évier. À la fin, la dinde était sortie brûlée, les pommes rôties étaient presque crues, et les légumes ressemblaient plus à de la purée de pommes de terre qu'à autre chose ; un tas très coloré et nutritif de purée de pommes de terre.

— J'avais de grandes attentes pour ce dîner, admit-il en balançant une cuillérée de carottes sur son assiette. Mais je ne peux pas m'empêcher de penser qu'un Happy Meal de McDonald's pourrait être plus appétissant.

— Ouais, dit Kasia. Tu as probablement raison.

Pendant le reste de l'après-midi et jusque dans la soirée, la solennité et l'abattement de Kasia continuèrent. Malgré ses réticences initiales à propos de Noël, il se retrouva à essayer de lui remonter le moral avec des jeux de société et des jeux de cartes. À sa surprise, il avait trouvé une vieille version du Monopoly d'Essex au fond de sa garde-robe ; d'une manière ou d'une autre, elle n'avait pas été perdue lors du déménagement quelques semaines auparavant.

— C'était mon jeu préféré quand j'étais enfant, dit-il en le déballant et en commençant à placer les pions sur le plateau. Bien que nous n'ayons pas eu de version Essex quand nous grandissions.

— Cool.

— Tu y as déjà joué ?

Kasia détourna lentement les yeux de son téléphone et regarda la boîte, comme si elle avait besoin de se rappeler de ce que c'était. — Non. Je ne pense pas.

— Quoiiii ? dit-il, en mettant sa meilleure voix américaine. Tu n'as jamais joué au Monopoly ?

— Je ne pensais pas que les gens jouaient encore à des jeux de société.

— Pfft. Dans l'ancien temps, on le faisait. Avant tous ces téléphones portables et ces tablettes.

— Maman et moi n'avions ni l'un ni l'autre. Je pense que la seule chose que nous avions était un jeu de cartes.

Tomek haussa un sourcil. — Je pensais que tu avais dit que vous jouiez à beaucoup de jeux de cartes et de société chez ta mère pour Noël ?

Elle baissa légèrement la tête. — J'ai menti, dit-elle. On ne faisait pas toutes ces choses. On n'avait pas l'argent pour. Et Maman était généralement dehors à essayer de se défoncer. On n'avait pas de décorations, de bonne nourriture, un arbre - rien de tout ça. C'est pourquoi j'étais si excitée pour celui-ci, ça allait être mon premier vrai Noël.

— Oh, Kash.

Tomek se sentit horrible. Il n'en avait aucune idée. Et maintenant, il se sentait incroyablement coupable d'avoir mis en place un spectacle si terne.

— Eh bien, nous allons profiter de ce qui reste !

— En jouant au Monopoly ?

— Oh, oui. Attends juste. Tu vas être accro.

Et ainsi, après lui avoir expliqué les règles plusieurs fois, ils s'installèrent autour du plateau, achetant des attractions touristiques locales et des emplacements, et construisant des maisons et des hôtels dessus. Tout au long, il remarqua que l'humeur de Kasia s'améliorait. Et encore plus quand il la laissa gagner à la fin.

— Ha ! Prends ça ! cria-t-elle, agitant son argent devant son visage avec le premier sourire qu'elle avait porté de toute la journée.

Tomek roula des yeux et commença à rassembler les pièces de jeu. — La chance du débutant, lui dit-il.

Quand le lendemain de Noël arriva enfin, Tomek fut forcé d'échanger le jeu de société contre le jeu auquel leur petit tueur en série jouait avec eux. Maintenant, des semaines s'étaient écoulées depuis la mort de Lily Monteith et des années, si vous incluiez Diana Greenock dans la liste (ce qu'il faisait bien sûr) et ils n'étaient toujours pas plus près de trouver le tueur. Tomek devait avoir sa journée de congé mais avait décidé qu'il devait aller travailler. Dans son esprit, la période de Noël était terminée (le lendemain de Noël n'était qu'une excuse pour faire du shopping et contribuer au consumérisme et au capitalisme inspirés par leur jeu de société la veille), et il ne pouvait rester assis à ruminer ses pensées qu'un certain temps alors que Kasia était assise sur le canapé faisant la même chose, tous deux pensant à des choses similaires, tout aussi déprimantes. Et donc ils avaient tous les deux besoin de se remonter le moral. Tomek savait comment faire cela pour lui-même - travailler - mais quand il s'agissait de Kasia, les choses devenaient un peu délicates. Il joua avec l'idée de la forcer à passer le lendemain de Noël avec ses parents, mais s'il n'était lui-même pas prêt à le faire, ce n'était pas juste pour elle. Et puis il avait pensé à la laisser aller à l'hôpital pour voir Lucy Cleaves, mais il s'était vite rendu compte que c'était tout aussi, sinon plus, déprimant. Finalement, il opta pour la seule chose qu'il savait la rendre heureuse.

Sylvia.

Sylvia et sa mère, Louise.

Tomek s'arrêta devant leur maison jumelée de deux chambres à Daws Heath et suivit Kasia jusqu'à l'entrée. La jeune fille marchait avec un ressort marqué dans son pas et rebondissait sur la pointe des pieds en attendant que son amie ouvre la porte. Dès que Sylvia les accueillit, Kasia lui fit au revoir de la main et monta à l'étage, le laissant debout dans l'entrée. Se sentant comme un idiot.

Finalement, plusieurs longs moments plus tard, Louise apparut, vêtue du même ensemble de pyjama de Noël que sa fille, des sapins de

Noël verts sur un fond rouge sur la partie inférieure, et un t-shirt canne à sucre sur le haut. Dès qu'elle le reconnut, elle panique et prit un pull plus épais et plus neutre sur la rampe d'escalier proche.

— Désolée pour ça, commença-t-elle, incapable de le regarder dans les yeux. C'était l'idée de Sylvia. Je-

— Tu n'as pas à t'excuser. Bien que si Kasia rentre à la maison avec la brillante suggestion que nous devons porter des ensembles de pyjama assortis pour le Nouvel An, alors je saurai qui blâmer.

— Oh, je peux voir que ça t'irait plutôt bien.

Tomek regarda son pantalon. — J'ai toujours pensé que le vert était ma couleur.

— Ça fait vraiment ressortir ta barbe.

Tomek rit. L'autre soir était la première fois qu'il avait remarqué son flirt. Au début, il avait pensé que c'était né de l'émotion et du stress de ce qui s'était passé. Maintenant, il n'en était plus si sûr, mais après avoir déjà été effrayé de flirter avec la professeure de Kasia pour des raisons évidentes, il n'était pas sûr si les mêmes règles s'appliquaient à la mère de son amie d'école. Peut-être devrait-il le découvrir.

— Comment était ton Noël ? demanda-t-elle en se serrant contre le froid.

— Différent, répondit-il. Difficile. Une première pour nous deux.

Louise n'était pas étrangère à leur situation. En fait, elle était l'une des rares à savoir. Et donc il sentait qu'il pouvait être ouvert et honnête avec elle concernant sa relation avec Kasia. Il ne connaissait pas les tenants et les aboutissants de son divorce, mais chaque fois qu'ils s'étaient parlés, il avait eu l'impression qu'elle comprenait. Qu'elle comprenait plus leur situation que lui, et c'était lui qui y était. Il supposait qu'une partie de cela était transmise en cascade de Kasia à Sylvia, et de Sylvia à Louise, de sorte que chaque pépite de conseil et de sagesse venait de Kasia par procuration. Que ses vraies pensées et sentiments étaient distribués par un jeu de téléphone arabe.

— Comment était le tien ? demanda Tomek, se sentant obligé de poser la même question.

— Oh, tu sais. Six heures de cuisine, vingt minutes de repas, suivies par six autres heures à se sentir comme si on ne peut pas bouger. Le tout couronné par quelques heures supplémentaires de vaisselle.

Tomek acquiesça poliment. — Le nôtre ressemblait un peu à ça. À la fin, nous avons échangé la vaisselle contre une partie de Monopoly.

— Qui a gagné ?

— Kasia. Évidemment.

— Parce qu'elle est meilleure que toi ou parce que tu l'as laissée gagner ?

— N'est-ce pas évident ?

— Bien sûr. Parce qu'elle était meilleure. C'est difficile à accepter, mais il arrive un moment où ils deviennent rapidement meilleurs que toi en tout. Ton ego en prend un coup.

— Dit celle qui porte un ensemble de pyjama assorti.

Louise porta sa main à sa bouche, feignant l'offense. — C'était en fait un cadeau de Noël de ma fille, je te signale. Je ne sais pas comment elle l'a acheté, mais elle a utilisé l'argent de quelqu'un d'autre pour le payer.

Tomek se souvint de la fois où Kasia avait volé cinquante livres d'une réserve d'urgence qu'il avait cachée dans un livre de poche. Il se demanda si Kasia lui avait acheté un cadeau de Noël avec plus d'argent qu'elle lui avait volé. Et si c'était le cas, il aimerait le voir bientôt.

Il fit un pas plus près et baissa la voix. En parlant, il jeta un coup d'œil à la cage d'escalier et haussa les sourcils. — Comment s'en est-elle sortie après tout ça ?

— Difficilement. Elle essaie de l'assimiler mais je pense qu'elle a du mal. Elles sont jeunes, et pour elles d'avoir vu quelque chose comme ça, c'est beaucoup à traverser. Et ressasser tout ça au commissariat n'a pas aidé.

— Je sais, mais c'est tout part de-

— Non, non, non. Je ne te reprochais rien. Je ne veux pas que tu penses que je te critiquais. Elle posa une main sur son épaule et l'y laissa. — Ça leur prendra juste du temps pour s'en remettre.

Était-ce l'un des messages du téléphone arabe de Kasia qui avait coulé le long de l'arbre ? Ou était-ce la sagesse de Louise elle-même ? Quoi qu'il en soit, s'il y avait une chose qu'il avait apprise en ayant une fille dont il ne savait rien, c'est que beaucoup de choses prenaient du temps.

Du temps pour qu'elle s'habitue à sa nouvelle école.

Du temps pour qu'elle s'habitue à être autour de lui et à devoir l'écouter.

Du temps pour qu'elle s'habitue à la vie dans un nouveau quartier, avec de nouveaux amis, une nouvelle *famille*.

Et maintenant ça. Du temps pour qu'elle s'habitue aux images et aux cauchemars de ce qui était arrivé à Lucy.

De la même manière que Tomek avait été forcé de s'habituer aux cauchemars qui l'avaient tourmenté après la mort de son frère.

CHAPITRE
TRENTE-SEPT

Tomek remarqua d'abord le bruit lorsqu'il entra dans la Salle des Incidents Majeurs. La musique qui sortait à plein volume de la radio. Les discussions qui filtraient à travers les couloirs et sortaient des salles de réunion. La deuxième chose que Tomek remarqua concernant la SIM était sa luminosité. Comme si quelqu'un ou quelque chose avait augmenté l'intensité des lumières de quelques crans, avait tout peint d'une couleur plus lumineuse et prospère, et avait changé le filtre qui était tombé sur le bâtiment ces derniers jours.

L'endroit tout entier était bien différent de l'état dans lequel il l'avait laissé.

Et puis il en découvrit la raison.

L'agent Nadia Chakrabarti. L'âme et le cœur du bureau. Sans doute l'une des personnes les plus heureuses et les plus pétillantes qu'il ait jamais eu la chance de rencontrer. Elle arborait toujours un sourire sur son visage, même quand elle passait une mauvaise journée, et elle était toujours là pour remonter le moral de l'équipe quand c'était nécessaire. Et jamais le besoin n'en avait été aussi grand qu'à présent.

L'équipe portait encore la peur et la fatigue du tueur aux allergies. Et tous portaient dans leurs expressions l'angoisse de l'incident de Lucy Cleaves. Entre en scène Nadia. Joyeuse, enjouée. Exactement ce dont l'équipe avait besoin. Et alors que Tomek entrait dans la pièce, elle lui mit sous le nez une tasse de thé.

— Bon retour parmi nous, chef, dit-elle avec un sourire rayonnant. Je t'ai vu arriver alors je t'ai préparé ça au cas où. Tu as l'air d'en avoir besoin.

— Bien. Merci. Tomek prit la tasse et but une gorgée. Parfait. Préparé sur mesure. Je ne sais pas si je dois être vexé ou flatté.

— Les deux.

— Merci, Nadia, répondit Tomek. Tu es un ange.

— Je fais de mon mieux.

Tomek était certain que c'était le cas. Dans presque tous les aspects de son travail, elle s'investissait pleinement. En tant qu'agent responsable de l'organisation des points d'action via HOLMES 2, elle était chargée de serrer la vis et de s'assurer que tous les suivis nécessaires et les critères pertinents étaient respectés. Par conséquent, elle et Tomek travaillaient assez étroitement ensemble à l'occasion. Sauf ces dernières semaines où il avait négligé de lui consacrer le temps dont elle avait besoin et qu'elle méritait.

Tandis que Tomek se dirigeait vers son bureau, il examina les visages du reste de l'équipe. Ce serait mentir de penser qu'ils étaient tous bien reposés, c'était une fausse économie dans ce métier, mais ils semblaient un peu moins tendus, un peu plus détendus. En arrière-plan, la radio diffusait une chanson rap offensante et de mauvais goût qui le contrariait. Pour deux raisons. La première parce que la mélodie avait été échantillonnée à partir d'une chanson pop classique des années quatre-vingt-dix. La seconde, parce que les paroles étaient nulles. Il n'y avait plus de bonnes chansons à la radio. Rien n'était original. Rien n'était de bon goût. Rien n'était agréable.

Il se rappelait une époque plus simple où Blue et Five étaient au sommet de leur carrière et où il s'asseyait sur la jetée de Southend en les écoutant sur son Walkman, ou en diffusant Take That et NSYNC à plein volume sur l'enceinte de l'appartement de son ami. Des temps plus simples et plus heureux. Avec beaucoup moins de soucis.

— C'est *ton* choix de musique, Chey ? demanda Tomek à travers le bureau.

— On pourrait le croire, mais non. Je suis plutôt branché années quatre-vingt-dix, moi, répondit le jeune agent. Maman et Papa m'y ont initié. Oasis, Blur. Tous les classiques. Mais je pense que c'est probablement parce qu'ils étaient défoncés dans les raves et les concerts à l'époque.

— Ouais, c'était la folie à l'époque. Quand personne ne rit de sa blague, Tomek en tenta une autre. J'entends dire que la drogue fait son retour. Ou devrais-je dire sa *descente* ?

Un silence pesant.

Tomek était presque sûr de pouvoir voir des toiles d'araignées flotter sur la moquette, et d'entendre le bruit des grillons. Même la musique s'était arrêtée en signe de protestation contre ses blagues pourries. Mais quand il pivota sur place, il découvrit pourquoi. Victoria, debout dans l'encadrement de la porte de la SIM.

— J'interromps quelque chose ?

— Je crois que tu devrais appeler un médecin, répondit Tomek. Tout le monde a perdu son sens de l'humour.

— Ou peut-être que c'est juste toi. Tu deviens un peu ennuyeux avec l'âge.

Tomek sentit une tape dans le dos, suivie de la vision de la personne qui l'avait donnée. Sean, avec sa corpulence énorme, passa nonchalamment devant lui, un sourire immense sur son visage, et se dirigea vers la SIM. Tous les autres suivirent peu après et s'installèrent autour du tableau blanc à l'avant de la salle. Avant d'entrer, Victoria prit Tomek à part et l'informa qu'il serait celui qui dirigerait la réunion tandis qu'elle s'occuperait de la bureaucratie.

Tomek sentit un léger frisson descendre le long de sa colonne vertébrale en entendant ces mots. Le moment pour lequel il avait fait campagne depuis que la responsabilité lui avait été arrachée et transmise à Victoria.

Il était de retour, mon gars !

Mais au bout de quelques minutes à se tenir à la tête de la salle, il aurait préféré ne pas l'être.

Ou plutôt, il aurait souhaité qu'on lui ait laissé la direction de l'enquête dès le début.

— Je veux une mise à jour, dit-il. Je veux en savoir autant que vous sur tout. Pour les prochaines minutes, je vais être une éponge, je vais absorber tout ce que vous me direz.

— On dirait que tu t'es entraîné toute ta vie pour ça, fit remarquer Rachel sarcastiquement depuis le premier rang.

— Absolument. Toute ma vie d'adulte, concentrée dans ce seul moment.

Et tous les autres qui y ont mené.

Sur les tableaux blancs et les panneaux d'affichage autour du périmètre de la salle figuraient les noms et les visages de leurs victimes, avec les informations essentielles détaillées sous chacun d'eux. Tomek se déplaça vers le nom de Fern Clements et demanda une mise à jour sur la mort de la jeune fille, car c'était la plus récente. Comme Rachel s'en était occupée, sous sa supervision discrète, elle connaîtrait les tenants et les aboutissants, le quotidien.

— Eh bien, la bonne nouvelle, commença-t-elle, c'est qu'elle est toujours morte…

— Quoi ?

— Je… Euh… J'essayais juste de faire une blague. Tu sais, de l'humour. Comme tu viens d'essayer de le faire. Ça me semblait être le genre de choses que tu pourrais dire.

Tomek posa une main sur sa poitrine. — Je ne serais *jamais* content que quelqu'un soit mort.

Bien qu'il puisse penser à quelques noms pour lesquels ce n'était pas le cas.

— Non, commença-t-elle. Pas toi. Juste en général. *Quelqu'un*.

Elle s'embrouillait, de façon embarrassante, et Tomek décida de la sortir du trou qu'elle venait de creuser pour elle-même et de la placer sur un terrain solide.

— Continue. Rapidement, s'il te plaît.

— D'accord. Oui, chef. Fern Clements. Comme tu le sais, elle est morte de piqûres d'abeilles. La police scientifique a passé au peigne fin le champ où elle a été assassinée, mais n'a trouvé aucun ADN ni trace dans les environs. Cependant, ils ont trouvé des fibres noires sur ses sous-vêtements qui ne correspondent pas aux siens. Maintenant, étant donné qu'elle était chez son amie, je dois prélever des échantillons de toutes les personnes avec qui elle a été en contact ce soir-là.

Tomek hocha la tête d'un air pensif.

— Et qu'en est-il de Timothy Warren, notre apiculteur ?

— Clean.

— Je pensais qu'il avait l'air assez crasseux quand on l'a vu, mais peu importe ce qui te plaît.

Rachel leva les yeux au ciel et lui lança un regard qui disait : Espèce d'abruti, c'est le genre de blague que j'essayais de faire.

— Je l'ai vérifié et il est clean. Rien là-bas. Il ne sait rien sur Fern. Et il a des alibis solides, il travaille à toute heure du jour, ce n'est donc guère surprenant.

— Et notre liste de l'Association des Apiculteurs ?

— Je continue à la parcourir, chef.

— Et ?

— Environ vingt personnes jusqu'à présent. Il en reste cent vingt autres à voir.

— Une semaine chargée pour toi alors. Et n'oublie pas de demander si l'un d'entre eux a récemment été en Amérique du Sud.

Rachel confirma qu'elle le ferait.

— Et, enfin, qu'en est-il de son petit-ami-pas-petit-ami, Darren ?

Rachel consulta ses notes. — J'ai parlé avec lui la veille de Noël. J'ai ruiné toute son année et celle de ses parents je pense, vu la façon dont ils se sont comportés. Mais il n'a jamais retrouvé Fern. Après la fête, ils avaient convenu de se retrouver dehors, mais elle n'était pas là quand il est arrivé, et il a essayé de l'appeler des dizaines de fois. Il m'a montré les messages et l'historique des appels pour le prouver. J'ai également vérifié les données de télémétrie de son téléphone et de celui de Fern, et son téléphone à elle était éteint avant même qu'il n'approche de la maison où avait lieu la fête. Elle était partie avant qu'il n'arrive. Peut-être même déjà morte à ce moment-là.

Tomek absorba ce qu'il avait entendu et hocha la tête, masquant la déception qu'il ressentait après avoir reçu le premier coup dans sa théorie du football. Puis il orienta la conversation vers Lily Monteith, et Anna et Oscar qui enquêtaient sur sa mort.

— Rien de nouveau, chef, commença Martin, en resserrant le chignon d'homme sur sa tête. J'ai eu l'idée géniale d'appeler toutes les épiceries et pharmacies pour voir si quelqu'un était venu acheter des préservatifs ou des gants jetables autour de la date de la mort de Lily. Mais ensuite, j'ai réalisé que ce n'était pas si génial après tout. Et qu'à grande échelle, c'était plutôt complètement stupide.

— Pas entièrement, répondit Tomek. Je pense qu'il y a quelque chose là-dedans. Avons-nous quelque chose sur une possible connexion médicale, médecins généralistes, infirmières, médecins ? Est-ce qu'elles partagent le même médecin, par exemple ?

— Pas sûr, répondit Martin. Mais nous pouvons absolument nous pencher dessus.

— Bien. Faites-moi savoir ce que vous trouvez.

— Bien sûr. Il s'éclaircit la gorge, faisant savoir à Tomek qu'il y avait plus à venir. — Nous avons également vérifié les données de télémétrie de Lily Monteith la nuit où elle est morte et son téléphone a été éteint juste à l'extérieur du parc.

— Donc il les enlève et la première chose qu'il fait, c'est d'éteindre leurs téléphones ? demanda Tomek, plus pour son propre bénéfice que pour celui de quiconque.

— Il doit le faire. Ce n'est pas vraiment surprenant, étant donné que les filles sont probablement collées à leurs téléphones et que c'est la première chose qu'elles déverrouillent en montant dans sa voiture.

Tomek hocha la tête et cocha mentalement une marque à côté du nom de Lily avant de passer à Mandy Butler.

— J'ai parlé avec un contact au bureau de billetterie du Cliffs Pavilion, dit l'agent Chey Carter. Et j'ai demandé toutes les informations des détenteurs de billets pour ceux qui ont assisté aux événements que nous examinons.

— Sais-tu quand tu pourrais les obtenir ?

— Je les ai déjà. Le jeune homme sourit d'un air suffisant. Tomek voulut lui faire ravaler son sourire. Depuis que Chey avait rejoint l'équipe, Tomek avait été intentionnellement dur avec lui. Pas parce qu'il voulait être un con (ce qu'il était de toute façon, mais pas un con méchant), mais parce qu'il voyait des bribes de lui-même en Chey. Le gars un peu insolent, plein de bravade et de confiance, qui pensait qu'il pouvait s'en tirer avec tout. Quand il avait cet âge, Tomek avait eu Nick pour le guider et le superviser. Maintenant, c'était à son tour.

— J'ai vérifié les listes de tous les événements impliquant les victimes trouvées dans le rapport d'Abigail Winters. Cinq au total. Et dans toutes ces listes, j'ai trouvé quatre noms qui avaient acheté des billets pour les cinq événements.

Les oreilles de Tomek se dressèrent. Quatre noms. Quatre individus. Il espérait qu'ils étaient liés d'une manière ou d'une autre aux garçons du club de football.

— Leur as-tu déjà parlé ? demanda Tomek.

Chey secoua la tête. — C'est sur ma liste de choses à faire. Mais, je dois être honnête, monsieur, je ne suis pas trop optimiste. Je suis allé aux Cliffs plein de fois, et chaque fois il y a toujours des cons qui se tiennent devant l'entrée en essayant de vendre des billets de dernière minute à des fans désespérés à un prix exorbitant. C'est stupide et c'est une vraie arnaque.

— C'est seulement stupide si ça ne marche pas, répliqua Tomek. Je sais de quoi tu parles, cependant, et tu serais surpris de voir à quel point ils réussissent. Mais je ne m'inquiète pas de combien d'argent ils ont gagné avec ça. Je veux savoir si l'un d'entre eux a un lien avec Mandy Butler et le reste des victimes. Il est très possible qu'ils aient vendu les billets à notre tueur, sciemment ou non, et nous devons le découvrir. Et si l'un de ces revendeurs de billets a vendu cinq billets au même type, parfois pour le *même* spectacle, alors ils sont forcément susceptibles de s'en souvenir. Des signaux d'alarme ont dû sonner.

— À moins qu'il ait simplement été un *énorme* fan.

— Je suis un énorme fan de pizza, mais tu ne me vois pas manger une Domino's cinq jours d'affilée.

— Tu le ferais si tu le pouvais, n'est-ce pas ?

— De quoi tu parles ?

— Manger de la pizza pendant cinq jours d'affilée.

— Je veux dire, je *pourrais*. N'importe qui *pourrait*. Ça ne veut pas dire que je vais le faire.

— Non, mais ce que je veux dire c'est si elles étaient saines, si elles n'étaient pas aussi mauvaises que tout le monde le prétend.

— Alors je n'en voudrais pas. De toute façon, nous nous écartons du sujet. Tomek frappa dans ses mains pour remettre la discussion sur les rails. — Je veux parler de Diana Greenock. Où en sommes-nous avec elle ?

Silence. Personne ne répondit. Et ils se détournèrent tous de lui alors qu'ils se dérobaient à leurs responsabilités.

— Ça n'a pas fait partie de notre objectif, mon pote, dit Sean, le seul qui pouvait s'en tirer en disant cela en tant qu'allié et ami le plus proche de Tomek.

— Je sais. Mais je m'attendais à *quelque chose*. Nous devons au moins avoir la liste des colocataires de Diana ? Une liste de personnes à qui nous pouvons parler ? Nous semblons si doués pour établir des listes de personnes pour toutes nos autres victimes, mais pas pour celle-ci ?

Encore le silence. À présent, tout le monde avait tellement tourné la tête qu'on aurait dit qu'ils faisaient leur meilleure imitation de *L'Exorciste*.

— Bien. Si c'est le cas, alors je veux que quelqu'un me donne une putain de liste. Je m'en fous qui. Je veux juste une putain de...

Tomek s'arrêta dès qu'il réalisa qu'il ressemblait à Nick. L'agression, les jurons.

— Désolé, dit-il, plus calme cette fois. Je ne sais pas d'où ça vient. La liste de ses colocataires, de ses collègues de travail. Si quelqu'un pouvait me la procurer.

— Je l'ai déjà, répondit Nadia, tapant sur son clavier. Puis elle ajouta, Monsieur.

— Merci, répondit Tomek, penaud. Il s'éclaircit la gorge et se redressa, incapable de se défaire du sentiment d'un père qui venait de crier inutilement sur ses enfants et maintenant ils le regardaient tous, effrayés.

Et tout se passait si bien.

Quelques secondes inconfortables de plus passèrent jusqu'à ce qu'il trouve le courage de parler.

— Je..., commença-t-il. Je me demandais si je pouvais vous soumettre quelque chose. J'ai une hypothèse qui me tracasse.

CHAPITRE
TRENTE-HUIT

Dagenham & Redbridge FC stagnait en National League, la cinquième division du football, et ce depuis maintenant sept saisons. Le plus haut niveau qu'ils avaient jamais atteint dans la pyramide du football était la League One. C'était une histoire assez similaire à celle de leurs voisins de l'autre côté de la frontière Essex/Londres, Southend FC. L'équipe de football d'Essex la mieux classée était Colchester United, qui occupait une place semi-permanente en League Two depuis près de huit ans.

Pour un comté si passionné de football, les supporters avaient bien peu de raisons de s'enthousiasmer localement. Il n'y avait pas eu de défilé de trophée dans l'Essex depuis les années soixante-dix et la seule source de contribution d'élite au sport était West Ham, la « grande » équipe locale, celle qui avait connu le succès le plus récent, notamment lors de son parcours en Ligue Europa Conférence où elle avait soulevé le trophée. C'était pour cette raison que c'était l'équipe locale de Tomek. Bien qu'il ait grandi et vécu plus près de Roots Hall, domicile des Mighty Shrimpers, il considérait toujours Upton Park (et plus tard le London Stadium) comme sa deuxième maison. C'était une affaire de génération. Son père avant lui et son père avant lui avaient tous soutenu les Hammers. Jusqu'en 1965, l'équipe, et la région dans son ensemble, étaient considérées comme faisant partie de l'Essex, alors

Tomek avait entendu des histoires de son grand-père assistant à des matchs au milieu des années soixante avec ses parents et amis, regardant les inimitables Geoff Hurst et Bobby Moore se battre sur le terrain dans le maillot bordeaux et bleu. Des générations de fervents supporters de football s'étaient précipités au London Stadium chaque semaine uniquement pour voir leurs cœurs se briser. C'était un drôle de sport.

Mais il n'y avait rien de drôle concernant son hypothèse sur Dagenham & Redbridge FC.

On avait demandé à Tomek d'attendre dans la zone de réception pendant ce qui lui semblait être une demi-heure. Pendant ce temps, il s'était retrouvé avec un petit gobelet en papier et une fontaine à eau à moitié fonctionnelle où l'eau semblait avoir commencé à développer des bactéries et de nouvelles formes de vie. Il avait pris une gorgée, goûté la saveur métallique provenant du bec de la fontaine, et l'avait abandonné. Heureusement, alors que Tomek jetait le gobelet à la poubelle, Lance Hull, le président et propriétaire du club, l'avait fait entrer dans son bureau.

— Désolé pour l'attente.

Non, vous ne l'êtes pas.

— Ce n'est pas grave, répondit Tomek. Je comprends que vous êtes un homme occupé.

— Surtout après le Boxing Day.

— Comment ça s'est passé ?

— Match nul, deux partout.

Tomek sourit poliment et s'assit en face de l'homme. Lance Hull était exactement ce à quoi il s'attendait d'un propriétaire de club de football : un costume bien repassé, des cheveux presque impeccablement coiffés, si ce n'était pour la petite mèche qui se dressait au sommet de sa tête, et un ventre bien entretenu qui suggérait qu'il aimait manger dans les meilleurs restaurants mais qu'on le lui rappelait à chaque instant dans la salle de sport avec son entraîneur personnel. Selon Tomek, il avait dépassé la cinquantaine mais faisait tout son possible pour que ce nombre reste aussi bas que possible.

— Je ne veux pas paraître impoli, commença Lance, mais j'ai une autre réunion dans vingt minutes, alors si nous pouvions en finir le plus rapidement possible, ce serait parfait.

C'était ce genre de commentaires qui mettait vraiment Tomek en rogne. Maintenant, il ne voulait plus se dépêcher. Au contraire, il voulait gaspiller autant de temps de cet homme que possible, lui faire regretter sa décision de le presser.

— Après avoir entendu ce que j'ai à dire, répondit Tomek, vous voudrez peut-être annuler votre réunion.

La pomme d'Adam de Lance monta et descendit tandis qu'il avalait profondément. Puis il se tortilla, mal à l'aise sur son siège. Voilà un homme qui n'avait pas peur des conversations difficiles, elles étaient presque quotidiennes dans le football, devant libérer des joueurs, les suspendre et résilier leurs contrats, mais avoir un policier assis en face de lui et lui dire que quelque chose n'allait pas était clairement une conversation plus difficile que celle qu'il avait prévue pour le lendemain du Boxing Day.

— Je suis sûr que vous avez entendu parler récemment des décès des deux adolescentes à Hadleigh et Leigh-on-Sea. Eh bien, au cours de nos enquêtes, les noms de deux garçons de votre académie sont apparus.

— Apparus comment ?

— Je ne peux pas vous le dire.

— Eh bien, vous devez me le dire. J'ai besoin de savoir de quoi mes joueurs sont accusés.

— Ils ne sont accusés de rien. Leurs noms sont simplement apparus dans la conversation. À quelle fréquence les garçons s'entraînent-ils ici ?

— Vous devez d'abord me dire leurs noms.

Tomek était réticent à divulguer ces informations. Comme il n'était là que sur un pressentiment, une *intuition*, il hésitait à nommer les deux individus au cas où rien n'en résulterait et qu'il serait responsable d'avoir traîné deux garçons dans la boue. Mais ensuite, il pensa aux victimes, Lily Monteith et Fern Clements, et comment elles avaient été laissées dans la *vraie* boue.

— Le premier garçon s'appelle Harrison Rossiter et le deuxième s'appelle Darren Edgerton, un membre de votre équipe des moins de dix-sept ans. Vous avez aussi un Billy Turpin qui joue pour vos moins de quatorze ans.

Lance hocha pensivement la tête tout en notant les noms des garçons. Puis il tourna son attention vers son écran d'ordinateur et entra leurs noms dans son système.

— Oui. Je les ai. Que voulez-vous savoir ?

— À quelle fréquence les garçons s'entraînent-ils ensemble ?

— Eh bien, ils ne le font pas.

— Que voulez-vous dire ?

— Harrison Rossiter a récemment été repéré cet été par une équipe française de Ligue 1, Toulouse FC, et joue maintenant pour leur académie.

— En France ?

— C'est là qu'ils jouent au football, oui. Sa famille a déménagé dans ce pays pour le soutenir. Ils étaient tous très enthousiastes à propos de cette opportunité. Nous l'avons même aidé à s'installer avec l'école, la langue, les amis, l'équipe. Il était probablement l'un de nos meilleurs joueurs, mais la perspective de jouer dans le championnat français était meilleure que de jouer avec nous. Qui étions-nous pour lui dire non ?

Très noble, pensa Tomek.

— Et avant son départ ? demanda Tomek en essayant de garder une trace des pensées qui s'agitaient dans son cerveau. Il ne s'attendait pas à cela. Si Harrison Rossiter vivait en France, l'interroger s'avérerait plus difficile. Mais cela soulevait également une question : y avait-il une autre raison, perspectives footballistiques mises à part, pour laquelle il avait choisi de changer de pays ?

— Quoi à ce sujet ? demanda Lance.

— S'entraînaient-ils ensemble ?

— Il est possible que Darren et Harrison se soient entraînés ensemble les week-ends. Pareil pour Billy Turpin. De nos moins de onze ans jusqu'à nos moins de dix-sept ans. Pas sur le même terrain, car il n'y aurait pas eu d'espace pour eux. Mais, oui. Les week-ends, ils se seraient entraînés ensemble.

— Et qu'en est-il de l'équipe première ?

Tomek se rappela les paroles d'Avena : Ce gars était plus âgé de quelques années au moins, donc je pense qu'il devait jouer dans quelques équipes au-dessus, ou peut-être dans l'équipe première.

— Pas typiquement. L'équipe masculine s'entraîne pendant la semaine et joue la majorité de ses matchs les week-ends.

— Mais ils seraient entrés en contact les uns avec les autres ?

— Selon leur sociabilité, oui. Ils ne restent pas tous assis là en silence. Vous avez déjà vu une équipe de football, n'est-ce pas ? Tomek acquiesça. Alors vous savez qu'ils sont tous copains, qu'il y a une camaraderie entre eux. C'est pareil ici. Nous essayons de créer un ethos d'inclusion. Nous ne voulons laisser personne de côté. Lance plaça ses mains sur ses genoux et commença à entrelacer ses pouces. Son comportement avait changé. Il était devenu plus raide, plus sévère. Moins disposé à donner à Tomek les réponses qu'il recherchait. Allez-vous me dire ce que ces garçons ont à voir avec les décès de ces deux filles ?

— Non, répondit Tomek sèchement, puis croisa une jambe sur l'autre. Serait-il possible d'obtenir une liste des noms des joueurs de l'équipe première jusqu'aux moins de onze ans ? Je voudrais aussi connaître les noms des managers, du personnel de soutien et de tous les autres employés de cet endroit au cours des deux dernières années.

— Je... Certaines de ces informations pourraient être difficiles à obtenir.

— Pourquoi cela ?

— Parce que c'est possible. C'est une violation de notre protection des données.

— Pas quand la police est impliquée.

Maintenant, Lance essayait délibérément d'être difficile. Tomek vérifia l'heure et vit que quinze minutes s'étaient d'une manière ou d'une autre écoulées. Ce qui en laissait cinq.

— Je ne voudrais pas revenir ici avec un mandat de perquisition et fermer l'endroit pendant que nous obtenons les informations dont nous avons besoin. Ça ne fait pas très bonne impression du point de vue de la marque. Et c'est la dernière chose dont vous auriez besoin. Combien le club rapporte-t-il ? Pas trop, j'en suis sûr. Du moins, pas en comparaison avec certaines des autres équipes dans les ligues au-dessus. Alors je détesterais que le financement s'arrête, que les fans cessent de venir.

Bien que, si la théorie de Tomek était correcte, l'arrestation de deux de leurs joueurs, peut-être trois, aurait de toute façon un effet préjudiciable sur les actifs du club.

Lance Hull réfléchit longuement à la décision, bien que son expression ne révèle rien. Au lieu de cela, il resta simplement assis là, regardant Tomek, et Tomek le regardant en retour.

— Je peux vous obtenir les informations dont vous avez besoin. Quand les voulez-vous ?

— Maintenant. Puis il se souvint d'ajouter : S'il vous plaît.

— Très bien. Je vais vous confier à Alicia des RH. Elle pourra s'occuper de tout ça pour vous.

Alors que Lance se levait de sa chaise, boutonnant déjà son blazer pour signifier la fin de la réunion et dire subtilement, Sortez de mon bureau, un coup fut frappé à la porte. Debout là, passant sa tête par l'entrebâillement, se tenait un homme aux cheveux grisonnants portant un survêtement.

— Détective, commença Lance, voici Alexandre Lefebvre, notre entraîneur de l'équipe première.

Tomek tendit la main. — Ravi de vous rencontrer.

— Alex ici va nous aider à atteindre la League One, n'est-ce pas, Alex ?

— *Oui*. Yes, sir. Je vais faire de mon mieux, répondit joyeusement Alex, son accent prononcé. Bien que d'après l'expression tendue sur son visage, il savait que ce ne serait pas aussi facile que Lance l'espérait.

Tomek examina minutieusement le Français avant de suivre Lance à travers le bâtiment jusqu'au département des ressources humaines, qui se composait d'une équipe de deux personnes. Les deux femmes étaient dans la cinquantaine, assises l'une à côté de l'autre dans une petite partie du bâtiment.

— Alicia, commença Lance. J'ai un monsieur ici qui a besoin d'accéder à nos dossiers.

— Pourquoi ?

— Il est de la police. Alors quoi qu'il demande, assurez-vous qu'il l'obtienne.

CHAPITRE
TRENTE-NEUF

— Absolument pas question, bordel de merde, fut la réponse à laquelle il s'attendait de la part de Victoria après lui avoir expliqué qu'il devait se rendre en France.

— Pourquoi pas, madame ?

— Pour des raisons évidentes, répondit Victoria.

Tomek pinça les lèvres et haussa les épaules. — Vous devrez peut-être me les expliquer.

— Le budget, pour commencer. Avec toutes les analyses ADN que nous testons et retestons, et avec tous les entretiens et les heures supplémentaires que j'ai dû approuver, il n'en reste pas beaucoup pour que vous puissiez prendre des vacances dans le Sud de la France.

— Personne n'a parlé du Sud de la France, madame. Je crois que la région s'appelle... Tomek consulta les notes qu'il avait prises au service des ressources humaines. — Toulouse. Merde.

— Vous voyez ?

— Eh bien, oui, c'*est* dans le Sud de la France, mais ce n'est pas *le* Sud de la France auquel vous pensez. Je ne prévois pas un week-end sur la Côte d'Azur.

— Hmm. Victoria croisa les bras sur sa poitrine et s'installa confortablement dans son siège.

— Vous savez, vous n'êtes plus aussi sympa maintenant que vous êtes *la jefa*.

— Venez-vous de me traiter de putain d'éléphant ?

— Non, non, non ! Tomek agita les mains, cherchant désespérément une prise pour se sortir du trou qu'il venait involontairement de creuser. — C'est de l'espagnol ! Ça veut dire « patron » en espagnol.

— Regardez-vous, petit linguiste.

— Le terme exact est polyglotte, madame. Mais ce n'est pas important pour le moment. Ce qui est important, c'est que je parle à Harrison Rossiter pour découvrir ses liens avec Darren Edgerton et Billy Turpin, ainsi qu'avec les meurtres de Mandy Butler, Diana Greenock, Lily Monteith et Fern Clements.

Victoria se gratta sous le menton. — Vous êtes donc en train de me dire qu'un footballeur de dix-sept ans se promène en tuant des jeunes filles ?

— Non.

— Alors expliquez-moi. Dites-moi *exactement* ce que vous avez dit à l'équipe parce qu'ils semblent tous vous soutenir. En disant cela, son regard impénétrable se posa sur lui, et il sentit qu'elle canalisait sa *jefa* intérieure.

Tomek déglutit profondément avant de répondre. Il ne savait pas pourquoi, mais il sentait soudainement la pression de devoir convaincre. Comme s'il devait donner le meilleur de lui-même pour convaincre Victoria de la véracité de son hypothèse, quelque chose qu'il n'avait jamais ressenti lorsqu'il travaillait sous les ordres de Nick.

— À mon avis, commença Tomek, réalisant déjà qu'il avait mal commencé, ces deux garçons, Darren Edgerton et Harrison Rossiter, ont travaillé ensemble, avec l'aide de Billy Turpin, pour comploter et tuer ces filles.

— D'accord.

— Ça m'est d'abord venu à l'esprit quand Kasia a été admise à l'hôpital. Son petit ami, non, pas petit ami, son ami... *garçon* l'a envoyée à l'hôpital à cause de son allergie aux fruits à coque. Ensuite, j'ai vérifié ses réseaux sociaux, vous savez, comme le font les parents paranoïaques et protecteurs, et j'ai découvert qu'il jouait pour les moins de quatorze ans de Dagenham & Redbridge. Plus tard, quand j'ai parlé à Avena Kumar, l'une des filles droguées au concert de Catfish and the Bottlemen au Cliffs Pavilion, elle a dit que l'un des garçons avec qui elle était connaissait celui qui leur avait vendu la drogue, Harrison Rossiter, celui qui a déménagé dans le Sud de la France. Elle a dit que c'était un adulte qui travaillait au club, soit comme membre du personnel d'entraînement, soit dans les coulisses, soit dans une des équipes masculines. Il vendait de la drogue pour compléter ses revenus. Ces équipes de ligues inférieures ne sont pas payées les sommes exorbitantes que touchent les équipes de Premier League. Quoi qu'il en soit, c'était il y a deux ans. Et, comme par hasard, Billy Turpin a rejoint les moins de onze ans au même âge. Donc, depuis deux ans ou dix-huit mois, les deux garçons ont appris à se connaître. De plus, Darren Edgerton, qui joue chez les moins de quinze ans, est le petit ami de Fern Clements.

— Mais je croyais que Rachel lui avait parlé et qu'il avait un alibi solide ?

— Oui, elle l'a fait. Et oui, il en avait un. Mais je pense qu'il y a quelque chose là-dessous.

— Qu'ils sont une cabale de jeunes footballeurs qui tuent des jeunes filles via leurs allergies ?

— Oui. Mais pas eux.

— Pas eux ?

— Le dealer que Harrison connaissait du concert.

— Et vous pensez que tout cela a un sens parfait ?

— Eh bien, cela a un sens parfait pour moi. Et le reste de l'équipe semble également soutenir cette théorie.

— Alors, quelles sont les prochaines étapes, à part aller dans le Sud de la France ?

Tomek sortit l'impression qu'Alicia des RH lui avait donnée. — Voici une liste de tous ceux qui ont été employés par Dagenham & Redbridge FC, à quelque titre que ce soit, au cours des deux dernières années. Il la tint en l'air et la tapota vigoureusement du doigt, manquant presque d'y faire un trou. — Je crois que le nom de notre tueur se trouve quelque part dans cette liste.

— Combien de noms y a-t-il ?

— Plus d'une centaine.

— Après-midi chargé.

— Ou je pourrais faire des recoupements avec les noms figurant dans toutes les autres putains de listes que nous semblons avoir.

Victoria secoua la tête. — Je ne crois pas. Si ce que vous suggérez est vrai, alors cela n'explique que la mort de Mandy Butler. Ce qui est arrivé à votre fille est hors sujet, pardonnez-moi de le dire, mais je ne vois pas en quoi cela présente une similitude. Cela n'explique toujours pas ce qui est arrivé à Fern Clements ou à Lily Monteith.

Ni à Diana Greenock, pensa Tomek, mais il décida de ne pas rouvrir cette plaie.

— Je vais demander à Rachel de creuser à nouveau sur Darren Edgerton, mais il est toujours possible qu'ils travaillent tous ensemble, répondit Tomek.

— Donc vous suggérez que c'*est* bien une cabale de jeunes footballeurs, avec l'aide d'un adulte, qui tuent ces filles ?

Aussi étrange que cela puisse paraître, et quand on le lui présentait ainsi, cela paraissait effectivement étrange, oui, c'était exactement ce qu'il pensait. Il ne savait pas pourquoi, mais il n'avait pas pu se défaire de cette idée depuis que la graine avait été plantée alors qu'il faisait défiler l'Instagram de Billy le Combattant de Vache.

— Je pense que vous faites fausse route, en toute honnêteté, Tomek, ajouta Victoria.

En toute honnêteté, il pensait la même chose d'elle. Que sa mauvaise gestion de cette affaire les avait menés à la position dans laquelle ils se trouvaient actuellement ; qu'ils en étaient à plusieurs semaines d'enquête sans pistes concrètes, juste quelques centaines de noms sur une feuille et deux cadavres de plus.

— Laissez-moi parler avec Tracy, laissez-moi lui soumettre l'idée et voir ce qu'elle en dit. Victoria poursuivit : — Cela pourrait ne pas correspondre à son profil médico-légal.

— Je préférerais le faire moi-même, madame. Étant donné que c'est moi qui ai fait intervenir la NCA dans cette affaire. De plus, c'est *mon* hypothèse, je serai en mesure de mieux l'expliquer.

— C'est ce qui m'inquiète. J'ai peur que vous ne la convainquiez de nous laisser tourner en rond et nous enfoncer davantage dans le terrier du lapin.

Tomek se gratta le côté de la tête. — Pardonnez-moi, madame. Mais vous donnez l'impression que vous ne voulez pas que nous attrapions ce tueur — ou ces tueurs.

Victoria claqua la langue. — Bien sûr que si, putain. Quelle insinuation stupide. Mais sans Nick ici pour aider à superviser les choses, je me sens déjà assez débordée comme ça. Donc nous devons être alignés sur ce coup. Sinon, nous n'irons nulle part.

— Et pour que cela se produise, vous avez besoin que je suive *votre* hypothèse ?

— Oui. Je suis l'enquêteur principal.

Comme si cela réglait la question. Comme si cela réglait toutes les questions pour maintenant et l'éternité.

— C'est comme ça que ça marchait à Colchester ? Dicter aux autres ce qu'ils doivent penser ou faire, les réprimer s'ils ont des idées originales ?

En réponse, Victoria se raidit à son ton, puis tourna son attention vers le dossier ouvert sur son bureau. Gardant la tête baissée, ignorant sa présence, elle dit : — Ce fut un plaisir de discuter avec vous, Tomek. J'ai prévu que vous assistiez à une conférence de presse dans un peu plus d'une heure. Si vous pouviez parler avec Anna pour préparer ce que vous allez dire, je vous en serais très reconnaissante. Et vous pouvez fermer la porte en sortant.

CHAPITRE
QUARANTE

Une petite pluie avait commencé, tout juste suffisante pour que Tomek utilise les essuie-glaces sur leur première vitesse, mais pas assez forte pour passer à la seconde. Le chauffage était allumé dans la voiture, mais cela ne faisait pas grande différence. Durant le court laps de temps où le véhicule était resté garé, pendant qu'il discutait de l'affaire avec Victoria et tenait la conférence de presse, le froid de la fin d'hiver avait enroulé ses doigts autour du véhicule et engourdi tout ce qui s'y trouvait. Il faisait si froid qu'un nuage de vapeur apparaissait devant son visage à chaque respiration. Plus encore lorsqu'il sortit de la voiture pour se diriger vers la porte d'entrée de Billy le Combattant de Vaches. Il était un peu plus de 16 heures, et Tomek espérait que le garçon serait chez lui.

Il frappa à la porte avec son poing, le bruit résonnant dans toute la rue de Chalkwell. Le petit garçon ouvrit quelques secondes plus tard.

— Putain de merde, mec... commença-t-il, avant de s'interrompre en croisant le regard de Tomek.

— Je ne te dérange pas, j'espère ? demanda Tomek.

Aussitôt, le visage de Billy devint rouge. Et pas à cause du froid qui s'engouffrait dans la maison.

— Je... Qu'est-ce que vous...? Si c'est à propos de l'autre jour, je suis désolé, d'accord !

— Il ne s'agit pas de ça, bien que j'aimerais en discuter.

— Vous n'entrez pas.

— Pourquoi pas ?

— Parce que ma mère et mon père m'ont dit que j'dois pas parler aux étrangers.

— Je ne suis pas un étranger. Je suis la police.

— Ouais. Et mon père dit que vous êtes aussi mauvais que les étrangers. Parfois pire.

Les pères. Les pères et leurs putains d'opinions. Ils en avaient toujours.

— Il pleut, dit doucement Tomek, espérant que cette demande timide fonctionnerait avec le jeune homme.

Ce ne fut pas le cas.

— C'pas ma faute si vous n'avez pas apporté de manteau.

Tomek prit un moment pour examiner la tenue de Billy. Il était habillé de son survêtement complet Dagenham & Redbridge, avec un pantalon rouge et bleu et un imperméable noir arborant l'écusson de l'équipe sur la poitrine.

— J'aime bien ça, commença Tomek en le désignant. Tu l'as eu au stand de merchandising du stade ?

Billy souffla entre ses lèvres pincées. — Pas du tout. Je joue pour eux. Moins de quatorze ans. Ça fait environ deux ans que je joue pour eux.

— Wow. Impressionnant.

— Ouais. Le visage de Billy s'enfla de suffisance.

— À quel poste joues-tu ?

— Attaquant.

— Donc tu es rapide ?

La suffisance continua jusqu'à ce que son visage se gonfle comme un ballon.

— Un des plus rapides.

— Tu as déjà gagné des trophées ?

— Nan. Mais on a failli une fois. J'ai une médaille de finaliste sur mon mur.

— Je peux la voir ?

Billy s'arrêta un moment, réfléchissant. Et lentement, son ego continua de croître jusqu'à atteindre une taille exorbitante.

— J'vois pas pourquoi pas, dit Billy, oubliant complètement qui était Tomek et pourquoi il était là.

Quelques secondes plus tard, Tomek était en sécurité à l'intérieur de la maison, sans chaussures, se laissant guider à travers le couloir. Dès que Billy commença à monter les escaliers, Tomek s'arrêta.

— Faut monter pour la voir, remarqua Billy.

— Non, ça va merci. J'ai changé d'avis. Ce que j'aimerais *vraiment*, c'est qu'on discute de ta relation avec Harrison Rossiter et Darren Edgerton.

À la mention des noms des autres joueurs de l'académie, l'ego et la suffisance qui transparaissaient par tous les pores du visage du jeune homme s'évanouirent en un instant.

— Harrison Rossiter ?

— Ouais.

— Darren Edgerton ?

— C'est ce que j'ai dit. Je sais que tu les connais, alors ne fais pas l'idiot.

— Que voulez...? Billy descendit prudemment une marche, observant Tomek à chaque mouvement. — Que voulez-vous savoir ?

— Pourquoi n'irions-nous pas dans le salon ou la cuisine ? répondit Tomek.

Et c'est ce qu'ils firent. Dans la cuisine de Billy Turpin. C'était l'une des cuisines les plus lumineuses qu'il ait jamais vues. Avec des plans de travail en marbre impeccables, des carreaux blancs au sol et de brillantes lampes argentées suspendues au plafond au-dessus de l'îlot central, baignant toute la pièce dans un type différent d'argent. Il pouvait s'imaginer lui et Kasia cuisinant là, organisant des rassemblements ou des fêtes, peut-être même inviter Louise et Sylvia pour un dîner et des boissons un soir. Dommage qu'ils doivent tous se contenter de leur petit appartement en attendant.

— Combien de contacts as-tu eus avec Harrison ou Darren ? demanda Tomek en s'approchant d'un tabouret de bar au centre de la pièce.

— Pas beaucoup.

— Leur as-tu déjà parlé, échangé des numéros ?

— Peut-être. J'ai un tas de numéros de l'école, donc ça pourrait être difficile à vérifier.

Bien sûr que ça le serait. Le petit con égocentrique pensait probablement qu'il était le mec le plus populaire de l'établissement.

— Avez-vous déjà discuté d'une fille appelée Mandy Butler ?

Billy fit une pause pendant qu'il cherchait ce nom dans sa tête. — Je ne peux pas dire que j'ai déjà entendu ce nom avant. Ça ne me dit rien.

— Tu es sûr ? Réfléchis encore.

Billy réfléchit à nouveau. Mais cette fois beaucoup plus brièvement, une fraction de seconde.

— Non. Je ne m'en souviens pas. Déso.

Le dernier mot fit grincer des dents Tomek. L'écrire dans un message texte ou un post sur les réseaux sociaux était déjà assez mauvais, mais le verbaliser, c'était criminel.

— Et Fern Clements ?

Billy pinça les lèvres et secoua la tête. Il se tenait droit, le dos bien droit, comme s'il avait dix ans de plus.

— Et qu'en est-il de la drogue ?

Mais cela sembla le ramener à sa taille réelle.

— Quoi, la drogue ?

— Tu en as déjà vu ? On t'en a déjà proposé ?

— La seule fois où j'ai vu de la drogue, c'était l'autre jour à l'hôpital avec—

Billy venait par inadvertance d'orienter la conversation dans une impasse dont il ne pourrait pas sortir. Et Tomek était heureux de constater que ce n'était pas dû à sa propre manipulation.

— Raconte-moi ce qui s'est passé, dit Tomek.

— Mais je croyais qu'on parlait de drogue. Je veux revenir à la discussion sur la drogue.

— Kasia. Parle-moi de Kasia. Maintenant. Que s'est-il passé ?

Et alors Billy lui raconta. Comment ils avaient prévu qu'il passe chez elle ce jour-là en en discutant dans la cour de récréation. Comment il était arrivé après avoir joué au football dans le parc avec ses amis à la nuit tombée. Comment elle lui avait dit de venir tard parce que Tomek était au travail et qu'elle avait une leçon de polonais à terminer d'abord. Et puis Billy lui avait dit qu'il avait apporté une pizza (payée avec son argent de poche), et qu'à peine la porte fermée et après avoir échangé un baiser, Kasia avait commencé à avoir une réaction allergique au paquet de M&M aux cacahuètes qu'il avait mangé avec ses amis dans le parc.

Au final, l'histoire de Billy correspondait à celle de sa fille et à la version des faits de Phillip Balham.

Tout n'avait été qu'un terrible accident qui aurait pu être tragique. Et à la fin, Tomek commença à se demander s'il n'avait pas tout faux. Si son désir de châtiment et de représailles sur un garçon de treize ans n'était pas exagéré, sans opposition et erroné. S'il n'avait pas fabriqué une chasse aux sorcières visant un groupe d'adolescents qui n'avaient rien à voir avec les décès des filles et dont le lien avec les filles, en particulier celui de Harrison Rossiter, n'était qu'une coïncidence.

Mais d'un autre côté, il travaillait depuis assez longtemps dans ce métier pour savoir que les coïncidences n'existaient pas. Que les choses arrivaient pour une raison. Toujours pour une raison. Bon sang, s'il n'avait pas fait le lien entre les morts de Mandy Butler et de Lily Monteith, si elles avaient été considérées comme des « coïncidences », alors il ne serait pas ici maintenant, il ne serait pas en train de traquer un autre tueur en série.

— Que sais-tu du personnel à Dagenham ? demanda Tomek, décidant que cela valait la peine de poursuivre la raison de sa visite. Billy ne s'en tirerait pas aussi facilement.

— Je ne parle vraiment qu'à mon coach et aux autres membres du staff technique. Je ne vois pas beaucoup les autres. Ils me demandent toujours comment je vais, mais je ne reste pas pour bavarder.

Bien sûr que non. Le petit connard égocentrique pensait probablement qu'il était plus grand que tous les autres alors que la réalité était l'inverse : il était petit et maigre, plus Wayne Rooney que Peter Crouch.

— Et personne n'a jamais essayé de te proposer de la drogue, ou tu n'as jamais vu de drogue échangée sur le terrain ?

— Quoi ? Mec, je ne sais même pas à quoi ressemble la drogue. Je ne sais même pas quels types existent.

Tomek n'était pas si sûr que ce soit vrai. Il était assez confiant que, à l'âge de treize ans, il connaissait toutes les différentes classes et à quoi elles ressemblaient. Surtout l'herbe. Des enfants la fumaient et la vendaient dans ses classes à cet âge. Peut-être que c'était une époque différente, où les règles étaient beaucoup plus souples, ou que les enfants étaient simplement plus malins à ce sujet.

— Laisse-moi te redemander, dit-il, en parlant lentement, en articulant chaque mot. As-tu déjà vu des drogues échangées sur le terrain de football ou dans les vestiaires entre adultes, que ce soit dans l'équipe première ou le staff, depuis que tu es membre de l'académie ?

Billy perçut la sévérité dans la voix de Tomek et cette fois réfléchit plus sérieusement à la question. Mais avant qu'il puisse répondre, la porte d'entrée s'ouvrit.

La femme qui entra était, supposa Tomek, la mère de Billy. Une femme vêtue d'un manteau Prada avec un sac à main Prada suspendu à son bras, et des dizaines de bracelets pendus à son poignet. Elle respirait la richesse et l'argent, mais comme c'était trop souvent le cas, cela ne signifiait pas nécessairement qu'elle avait l'un ou l'autre. Tout cela n'était peut-être que pour la galerie.

— Vous êtes qui ? demanda-t-elle, son accent d'Essex bien prononcé.

— Sergent-détective Tomek Bowen. Il montra sa carte de police devant elle. — Vous devez être la mère de Billy.

— Ouais, c'est moi. Qu'est-ce qu'il a fait ? C'est à propos de cet incident avec la fille l'autre jour ? Comment elle s'appelle ?

Elle regarda Billy pour obtenir la réponse, mais Tomek la devança.

— Kasia... Ma fille...

— Oh. Alors c'est *bien* à propos de ça. Avez-vous même le droit d'être ici pour des affaires personnelles ?

— Je n'ai jamais dit que je—

— Il ne te harcèle pas, n'est-ce pas ? l'interrompit-elle.

Pendant un moment, Tomek pensa que la question lui était adressée. Puis il réalisa que la femme s'adressait à son fils.

— Vous savez que c'était un accident, n'est-ce pas ? continua-t-elle, concentrant maintenant son attention sur lui. — Il n'a rien fait de mal. Je suis contente que votre fille aille bien et tout, mais il n'y a pas grand-chose d'autre qu'il doive faire. Il s'est déjà excusé, donc je pensais que c'était réglé. Je pensais qu'on passait à autre chose.

Le petit Billy le Combattant de Vaches s'était-il excusé ? C'était la première fois qu'il en entendait parler. À moins qu'il ne l'ait fait à Kasia par SMS ou Snapchat ou une autre plateforme sur laquelle ils communiquaient habituellement.

— Comme je l'ai dit, Madame Turpin. Il ne s'agit pas de l'hospitalisation de ma fille résultant de l'ineptie de votre fils. Il s'agit de—

— Comment l'avez-vous appelé ?

Tomek soupira. Cela se passait aussi bien qu'un alpiniste gravissant une montagne en tongs.

— Mon fils n'est pas inepte.

— Non.

— Alors pourquoi l'avez-vous dit ?

—Je—

— Excusez-vous auprès de lui. Excusez-vous auprès de lui comme il s'est excusé auprès de votre fille.

— Je ne suis pas sûr d'avoir reçu moi-même les excuses, Madame Turpin.

Ils étaient dans une impasse, aucun des deux ne voulant céder.

Finalement, la mère de Billy perdit patience et fit avancer la conversation.

— Pourquoi êtes-vous ici, encore une fois ?

— Il me pose des questions sur la drogue au football, dit Billy, ce petit salopard moralisateur.

— Ce n'est pas strictement—

— De la drogue ? siffla-t-elle, puis se précipita vers Billy et plaça un bras autour des épaules de son fils. — De la drogue ? Il a treize ans ! Qu'est-ce qu'il connaît à la drogue ?

Tomek perdait rapidement le contrôle de la conversation (s'il ne l'avait pas déjà perdu) et perdait aussi le contrôle de sa santé mentale. S'il restait là plus longtemps, il pourrait commencer à penser qu'il pouvait combattre une vache.

— Écoutez, dit-il, levant les mains dans une tentative futile de sauver la discussion. — Votre fils, et deux autres membres de son équipe de football, sont apparus dans nos enquêtes sur plusieurs meurtres récemment. Nous pensons que quelqu'un au sein du club, à un niveau que nous ignorons encore, vend de la drogue à l'extérieur du club. Nous voulons parler à cette personne dans le cadre de l'enquête.

Tomek avait rapidement compris que la seule façon de la faire taire et de lui faire comprendre était de lui en dire plus qu'il n'aurait probablement dû.

Cela sembla fonctionner, car elle se tourna vers son fils. — C'est Mitchell ?

— Quoi ?

— J'ai toujours pensé qu'il y avait quelque chose qui n'allait pas chez lui. C'était Mitchell ? Est-ce que je dois parler à ses parents ? Ou c'était Lawrence ?

— Maman, de quoi tu parles ? C'était personne.

— Je le savais. Je savais qu'on n'aurait pas dû rejeter Ipswich Town. Je le savais.

— Maman, tu sais pas de quoi tu parles. Ça n'a rien à voir avec qui que ce soit dans mon équipe. N'est-ce pas ? demanda-t-il à Tomek.

Tomek secoua la tête, reconnaissant de ne pas avoir à dire quoi que ce soit. Et alors qu'il se tenait là, regardant la dispute familiale naissante, Tomek se demanda si la question originale de Billy sur le combat des vaches était, en fait, un euphémisme pour frapper sa mère.

Il devina que le mot opérant « vache » avait du sens.

— C'est ta réponse définitive ? demanda Tomek, se préparant à partir. — Tu ne sais rien sur qui pourrait vendre de la drogue ou qui aurait pu en vendre lors d'un concert ?

— Non. Désolé, dit Billy avec une pointe de désespoir dans la voix. Le désespoir de vouloir être sauvé de sa mère. C'était drôle, en l'espace de quelques minutes, Billy était passé d'un connard suffisant, belliqueux et moqueur à un petit garçon petit et désespéré.

Curieux comme les choses changeaient rapidement à cet âge.

Une minute, vous êtes le coq du village, la suivante vous êtes à plat sur le béton. D'ailleurs, si Tomek se trompait sur le groupe d'adolescents footballeurs, et que ses enquêtes ne mettaient pas en péril la carrière de Billy, alors cette discussion semblait sur le point de le faire.

Et sa mère allait s'en charger pour lui.

D'une façon ou d'une autre, Tomek aurait le dernier mot.

Justice serait rendue pour avoir envoyé sa fille à l'hôpital.

CHAPITRE
QUARANTE-ET-UN

Les informations arrivant dans la salle d'enquête avaient stagné pendant que l'équipe était sur le terrain pour poursuivre ses investigations. Oscar, avec l'aide de Martin et Chey, interrogeait les individus impliqués dans la revente de billets. Pendant ce temps, Rachel, Anna et Sean étaient les âmes courageuses qui parcouraient la liste des cent vingt apiculteurs restants dans la région de Southend.

Alors que l'équipe faisait tout le travail difficile, Tomek goûtait au style de vie d'inspecteur. Et cela consistait en une chose et une seule : de la paperasse, de la paperasse et encore de la paperasse. Avec un peu plus de paperasse pour couronner le tout.

Examiner les rapports que l'équipe lui envoyait. Approuver leurs heures supplémentaires. Estimer les budgets. Traiter toutes les informations pour les nombreuses affaires sur lesquelles ils travaillaient simultanément. Bien que certaines exigeaient plus de temps que d'autres, l'attention de l'équipe était malheureusement divisée. C'était dans des moments comme celui-ci, quand ils manquaient de personnel et de leur figure de proue Nick, qu'il était reconnaissant pour le soutien des agents de police et des autres officiers en uniforme ainsi que du personnel de soutien civil qui aidait le navire à rester à flot. Sans eux, et sans tous les autres impliqués pour s'assurer que Tomek et l'équipe puissent faire leur travail correctement, il n'était pas si sûr qu'il se souviendrait de respirer.

Ou d'expirer.

Il n'était pas non plus si sûr que la vie d'inspecteur était ce qu'il voulait. Pas si les derniers jours étaient représentatifs. Une sorte de baptême du feu, avec peu d'accompagnement ou de direction de la part de Victoria, qui vivait son propre baptême du feu en tant que remplaçante de Nick. Peut-être que c'était la bureaucratie qu'il n'aimait pas, ou la monotonie de devoir rester au commissariat pendant que le reste de l'équipe faisait le travail de terrain. Parce que c'était le travail de terrain qu'il aimait, et beaucoup de ses collègues l'aimaient aussi. Regarder dans les yeux d'un meurtrier, le jauger. C'était ce pour quoi il avait vécu et respiré pendant les dix dernières années en tant que sergent. Tout ce qu'il avait connu.

Mais, d'un autre côté, il y avait maintenant Kasia à prendre en considération. Une vie plus sédentaire derrière un bureau pourrait être la meilleure chose. S'il lui arrivait quelque chose sur le terrain, elle n'aurait personne d'autre que ses grands-parents. Et personne ne méritait ça.

C'était peut-être la principale motivation de son désir de devenir inspecteur : pour que, s'il lui arrivait quelque chose - s'il mourait, devenait un légume, ou même perdait l'usage d'une de ses jambes - il ne supporterait pas de faire subir à Kasia cinq années de vie avec ses parents, comptant les jours jusqu'à ce qu'elle atteigne dix-huit ans et puisse légalement faire ce qu'elle voulait. (Quoique, avec son récent achat d'appartement, à moins que Tomek n'ait une bonne centaine de milliers de livres qu'il ignorait pour lui donner, elle vivrait à la maison pendant longtemps.)

Après le déjeuner, un BLT de chez Subway, un petit plaisir, Tomek organisa une réunion impromptue avec Anna et Rachel pendant que Sean était encore sur le terrain, parlant avec un autre passionné d'abeilles. Informelle, juste eux trois. Détendue. À sa façon. Quelque chose qu'il espérait transmettre au reste de l'équipe. Il n'aimait pas diriger avec une main de fer comme certaines des autres personnes avec lesquelles il avait travaillé. Il ne voulait pas non plus être trop détendu. Au lieu de cela, il voulait trouver un juste milieu.

Il voulait être le Boucle d'or du management. Juste comme il faut. Sans l'effraction flagrante, le vol et autres activités criminelles.

— Quelle surprise de vous voir ici toutes les deux, dit Tomek en tirant une chaise du bureau de Chey et en la faisant glisser dans l'espace entre les deux femmes.

— On a été ici toute la journée. Où étais-*tu* ? demanda Rachel.

— Caché dans mon bureau. Vous ne m'attraperez plus avec votre espèce.

— Les femmes, tu veux dire ? répondit Rachel. Tu nous rends probablement service à toutes.

Tomek remarqua la pointe de flirt mais choisit de ne pas réagir. Pas avec Anna qui l'observait sévèrement. En tant qu'officier de liaison avec les médias et les familles de l'équipe, et seule autre personne polonaise dans l'équipe, elle était aussi la plus sévère, la plus rigide, et n'aimait pas que la conversation s'écarte trop de son sujet d'origine. Rachel, en revanche, était l'opposé. Transférée du Met, elle était habituée aux plaisanteries au bureau (bien que cela ait pris un certain temps), et elle était aussi très douée pour son travail, incroyablement douée. Tellement que, si le poste se libérait un jour, Tomek la proposerait pour une promotion au grade de sergent. Mais c'était une conversation pour une autre fois. Pour l'instant, ils devaient se concentrer sur la recherche d'un tueur en série.

— Qu'est-ce que vous avez pour moi ? demanda Tomek après un moment de silence.

— Pas grand-chose, répondit Anna sèchement. Depuis hier, nous avons parlé avec trente autres membres de l'Association des Apiculteurs. Aucun d'entre eux n'a reconnu l'abeille africanisée, et aucun ne semble en posséder. L'une des personnes à qui j'ai parlé élève même des abeilles dans un appartement, ce qui est la chose la plus stupide que j'aie jamais entendue, mais à chacun son-

— À chacun sa façon, corrigea Rachel.

— C'est ça. Désolée. *À chacun sa façon*, dit-elle, avec une légère pointe de dégoût dans sa voix. Je pense que nous devons garder à l'esprit que nous ne sommes pas des experts. Ces personnes nous montrent leurs abeilles, et nous n'avons aucune idée de ce que nous cherchons. Oui, j'ai les images de Google, mais elles ne peuvent aller que jusqu'à un certain point. Le nombre de fois où j'ai été piquée ces derniers jours.

Sois juste reconnaissante de ne pas y être allergique.

— Que suggères-tu ?

— Que nous commencions à emmener Timothy Warren avec nous. Ou quelqu'un de l'Association des Éleveurs d'Abeilles, ou même du siège de l'Association des Apiculteurs. Un expert qui saura ce que nous cherchons.

Tomek aimait bien cette idée. Il l'aimait beaucoup. Le seul problème était que cela prendrait plus de temps, et une semaine supplémentaire pour qu'ils revisitent les amateurs à qui ils avaient déjà parlé. Mais c'était une partie nécessaire de l'enquête.

— Très bien. Faites-le. Contactez Timothy Warren et les responsables de ces organisations. L'un d'eux peut remplacer l'autre s'il ne peut pas venir. Cela devrait aider à accélérer le processus.

— Bien sûr, chef. Merci.

Le sourire sur le visage d'Anna le réchauffa. Elle était contente et excitée d'être entendue, d'être écoutée.

Diriger l'équipe de la bonne façon.

— Est-ce que l'une des personnes à qui vous avez déjà parlé a des liens avec l'Amérique du Sud ou le Brésil ? demanda-t-il.

Les deux femmes se regardèrent, comme si elles déterminaient silencieusement qui devrait répondre. Finalement, ce fut Rachel qui prit les rênes.

— Rien. Ils veulent tous aller au Brésil pour leurs vacances, et quelques-uns y sont allés, mais *il y a des années*, mais à part ça, rien qui paraisse suspect.

Donc cela s'avérait être une impasse.

En vérité, il n'en attendait pas grand-chose ; posséder une abeille africanisée était assez unique, et pas quelque chose qu'un amateur ou un passionné d'abeilles aurait typiquement entrepris à la légère, donc c'était un pari risqué. Mais même ainsi, cela ne rendait pas la situation moins démoralisante.

Revers après revers après revers.

Et Tomek s'attendait à plus de la même chose pour la prochaine partie de sa matinée : parler avec Martin et Oscar des revendeurs de billets du Cliffs Pavilion.

— Laissez-moi deviner, dit Tomek avant que l'un ou l'autre homme n'ait eu la chance de répondre. Encore une impasse ?

— En fait, Tomek, j'ai peut-être une surprise pour toi, dit Oscar, l'excitation soulevant les côtés de son visage.

— Un nom ?

— J'ai dit une surprise, pas un cadeau.

— Ce n'est pas la même chose ? commença Tomek, mais il ferma immédiatement cette avenue de conversation. La sémantique n'était pas importante pour le moment ; ce qui était important, c'étaient les mots sur le point de sortir de la bouche d'Oscar.

— Bon, il y avait quatre de ces gars au total, n'est-ce pas ? Oscar parlait lentement, comme si Tomek était stupide. Il aurait dû être agacé, mais c'était une partie de la personnalité du capitaine, la croyance erronée qu'il était plus intelligent que tout le monde et qu'il le savait, que Tomek avait lentement et douloureusement appris à accepter.

— Tu aurais dû voir leurs têtes dès qu'on leur a dit pourquoi on était là. Je pense qu'ils pensaient tous qu'ils allaient être arrêtés. Dommage qu'on ne pouvait pas le faire, sinon ça aurait été une expérience assez agréable je pense. La plupart d'entre eux avaient la cinquantaine bien tassée, début soixantaine. On pouvait voir qu'ils profitaient des désespérés. Apparemment, ils vendaient toujours tous leurs billets les grands soirs. Chaque soirée n'était pas aussi réussie, mais quand les artistes célèbres étaient en ville, c'est à ce moment-là qu'ils vendaient tous les billets qu'ils avaient achetés sous leurs propres noms.

— Et qu'en est-il de notre tueur ?

— L'un d'eux, Randy McGinn, avait acheté des billets pour chaque concert et représentation auxquels ces cinq filles ont assisté. Et il a vendu un billet au même homme à chacune de ces soirées.

— Tu veux dire que ce type a vendu cinq billets au même homme ?

— Oui.

— Et il n'a pas trouvé ça bizarre ?

— Si. Bien sûr que si. Mais il n'allait pas poser de questions. Le tueur payait presque le double du prix de détail des billets juste pour entrer le soir même. Il n'allait pas refuser un profit.

Tomek sentit l'excitation bouillonner dans ses pieds. Dans quelques minutes, il espérait qu'elle atteindrait son estomac.

— Est-ce qu'il se souvient à quoi ressemblait l'homme ? demanda Tomek avec optimisme.

Et puis l'excitation s'évanouit avec un hochement de tête négatif.

— Il ne se souvient pas du type « pour un sou », malheureusement, répondit Oscar. C'était il y a si longtemps et il a vu des milliers de personnes depuis. Il aimerait beaucoup nous aider.

— Je veux quand même le faire venir pour voir notre artiste. Quelque chose pourrait lui rafraîchir la mémoire.

Pendant les vacances de Noël, les deux filles qui avaient vu le tueur avaient été amenées pour parler avec les artistes, et ensemble, ils avaient créé des portraits-robots du tueur. Les deux étaient des représentations très différentes du même homme, et aucune n'avait d'utilité supplémentaire.

— Je lui parlerai, dit Martin, reconnaissant de pouvoir placer un mot à côté d'Oscar. J'essaierai de le convaincre de passer.

— Excellent. Y a-t-il autre chose que vous devez me dire ?

Oscar secoua la tête. Et avant que Martin ne puisse faire de même, la porte de la salle des incidents s'ouvrit brusquement.

Debout à l'entrée, souriant comme le Chat du Cheshire, se trouvait Chey.

— On va devenir meilleurs amis après ça, dit-il à Tomek en entrant, brandissant un morceau de papier.

— J'ai peur d'avoir déjà rempli toutes les places disponibles, mon pote.

— Alors tu vas devoir en ouvrir une nouvelle. Ou virer quelqu'un. Anna, débarrasse-toi d'elle. Je ne l'ai jamais aimée de toute façon.

— J'ai entendu ça ! cria Anna de l'autre côté du bureau.

Mais Tomek était incapable de se concentrer sur les plaisanteries. Au lieu de cela, il était préoccupé par la goutte de sueur qui se formait sur le menton de Chey. Une goutte de sueur qui semblait aussi déplacée qu'un pétrolier à une convention de Greenpeace.

— Tu viens de courir ici depuis chez toi ?

— Non. Mieux. La salle de stockage en bas.

— D'accord.

— Et j'ai imprimé ça.

Chey mit le document devant le visage de Tomek.

Il lui fallut un moment pour comprendre ce qu'il regardait, mais quand il comprit enfin, il fixa le jeune agent d'un air vide. Peut-être que cette journée n'allait pas être si mauvaise après tout.

— Est-ce que c'est ce que je pense ? demanda-t-il.

— Ouais. Les côtés de la bouche de Chey se relevèrent. Est-ce que ça veut dire qu'une place s'est libérée ?

— Non. Tu resteras mon collègue et ami. Mais pas meilleur ami. Pour l'instant, cependant, je pourrais te foutre un putain de baiser !

CHAPITRE
QUARANTE-DEUX

Le minuscule point sur le morceau de papier que Chey lui avait remis indiquait un petit bâtiment à l'est de Southend. Ce point, près de Great Wakering, était situé aux portes du MOD Shoeburyness, un domaine utilisé depuis cent soixante-dix ans pour tester, entretenir et évaluer les armes militaires des Forces armées. Il occupait un espace de plus de neuf mille acres, un chiffre qui s'étendait à plus de quarante mille à marée basse, et abritait plus de deux cents résidences privées, sept fermes en activité, et un peu plus de sept mille acres. L'accès y était strictement interdit et contrôlé, plusieurs plages environnantes étant fermées aux civils. Et si l'idée d'être arrêté et poursuivi en justice n'était pas assez dissuasive, les routes étroites et sinueuses pour y accéder le seraient certainement.

Lorsque Chey a finalement freiné brusquement et arrêté la voiture devant le petit bâtiment, Tomek se sentait nauséeux. Comme si le contenu de son petit-déjeuner et de son déjeuner menaçait de remonter pour le saluer. Pendant tout le trajet, le jeune agent avait lancé la voiture à gauche et à droite à travers les virages serrés et les tournants étroits, comme s'il avait volé ce foutu véhicule.

— Cet endroit est désert, avait-il informé Tomek, comme si cette remarque était censée l'apaiser et lui faire lâcher la ceinture de sécurité qu'il agrippait. Personne ne conduit par ici. Sauf si les militaires sont dans le coin. Ne t'inquiète pas. On ne va pas avoir d'accident.

Ils n'en avaient pas eu. Mais ce n'était pas faute d'avoir essayé ; il y avait eu un virage, juste après avoir quitté l'agitation de Shoeburyness pour entrer dans les plaines de Great Wakering, où Chey s'était retrouvé nez à nez avec une petite cane et sa famille de canetons. En voyant le véhicule de quatre tonnes foncer vers eux, la mère cane s'était arrêtée sur l'accotement et avait battu en retraite vers un lieu plus sûr. Malheureusement, Chey avait fait de même sur l'accotement opposé, manquant de faire déraper la voiture, perdant ainsi une partie de poule mouillée face à une famille de canards.

En sortant de la voiture, Tomek posa une main sur sa poitrine et sentit son cœur battre fort sous sa cage thoracique, l'adrénaline du trajet qui avait failli le tuer coulant encore dans ses veines.

— Tu te souviens de cette place sur ma liste d'amis que tu cherchais ?

— Ouais.

— Eh bien, tu peux l'oublier maintenant. Les amis n'essaient pas de tuer leurs autres amis en conduisant. Surtout pas les meilleurs amis.

Le sourire rayonnant de Chey s'évanouit, mais Tomek lui prêta peu d'attention alors qu'il attendait l'arrivée du reste de l'équipe : Rachel, Sean, Anna et Martin arrivaient dans deux voitures séparées, accompagnés d'une ambulance, d'un véhicule de police en tenue, et d'un fourgon de la police scientifique. Les cinq véhicules restants arrivèrent les uns après les autres à différents moments, car eux aussi avaient eu du mal à traverser les routes étroites, en particulier l'ambulance.

Une fois qu'ils étaient tous là, équipés de leurs combinaisons blanches médico-légales, ils portèrent leur attention sur le point sur la carte.

Ce point n'était rien d'autre qu'un petit bâtiment en briques qui semblait inhabité depuis cinquante ans. La mousse, les lichens et le lierre avaient revendiqué les murs, tandis que les mauvaises herbes et les hautes herbes avaient pris le contrôle du petit sentier non goudronné qui y menait.

À l'exception de deux traces de pneus.

Tomek estima que ce petit bâtiment, perché sur le bord de la route avec des terres agricoles derrière, avait dû être utilisé pendant la guerre. Probablement une sorte de tour de guet, un poste d'observation pour les alertes avancées de raids aériens et d'intrusions peut-être. Ce n'était cependant pas le lieu pour torturer et assassiner des adolescentes.

Debout à l'entrée du sentier menant au bâtiment, Tomek sentit une aura. De mal, de malveillance, de péché. À mesure qu'ils approchaient, la température de l'air semblait chuter de quelques degrés, et le souffle qui s'échappait de son masque formait de la buée devant son visage. À chaque pas hésitant, Tomek contractait son corps de plus en plus fort. Impossible de savoir ce qui se trouvait de l'autre côté de cette porte.

Le tueur.

Sa dernière victime.

Les deux...

Il se préparait cependant à voir *quelque chose*.

Progressivement, ils réduisirent la distance qui les séparait du bâtiment.

Dix mètres.

Cinq.

Et puis cela apparut.

La raison du point noir sur la carte.

La Volvo X70 qui avait été utilisée pour enlever et tuer Fern Clements et Lily Monteith. Dans le cadre de leurs enquêtes initiales sur les meurtres des jeunes filles, Chey et l'équipe avaient examiné de nombreuses vidéos de surveillance domestique et de caméras de sécurité autour des parcs John Burrows et Belfairs. La qualité des images était médiocre, ce qui rendait difficile la distinction de la marque et du modèle de la voiture. Mais après avoir examiné les images d'un itinéraire potentiel que le conducteur aurait pu emprunter la nuit de la mort de Fern Clements, Chey avait découvert ce qu'ils soupçonnaient être le véhicule du tueur.

Son emplacement exact avait été découvert grâce aux données de télémétrie du téléphone de Fern Clements. Chey avait mal interprété les données d'origine et manqué une petite fenêtre où le téléphone de Fern avait été rallumé, peu après son enlèvement. Cela n'avait duré que quelques instants avant d'être à nouveau éteint, mais cela avait suffi.

Tomek fut le premier à atteindre la porte du bâtiment. Il saisit fermement la poignée et, jetant un dernier regard à l'équipe, l'ouvrit.

La bourrasque de vent qui souffla dans le bâtiment dérangea et souleva la poussière à ses pieds. Il lâcha la poignée et la porte s'ouvrit rapidement pour révéler un petit espace vide. Le néant. Il n'y avait rien à l'intérieur, et personne non plus. Sans risque que quelqu'un leur saute dessus, Tomek entra dans le bâtiment. Les murs avaient été construits en briques, et le sol en béton. La température à l'intérieur était beaucoup plus fraîche qu'à l'extérieur, presque zéro.

Dans le coin de la pièce, à l'immédiate gauche de Tomek, se trouvait une petite zone de terre et de poussière perturbée. *L'endroit où Fern Clements avait été enlevée et emprisonnée*. Cependant, il n'y avait aucun signe de lutte, aucune trace de sang sur le sol. Et rien ne suggérait qu'elle avait été attachée.

Tomek essaya d'imaginer ce que ça avait dû être pour elle.

Monter dans la voiture, consciente ou inconsciente, sciemment ou non, être transportée au milieu de nulle part dans un endroit où personne ne penserait à chercher, puis se réveiller au milieu d'une boîte sombre et glaciale. Peut-être même ne pas se réveiller du tout. Mais si elle l'avait fait, qu'aurait-elle vu ? Qu'aurait-elle ressenti ? À quel moment les abeilles auraient-elles été sorties pour la tuer ? Combien de temps aurait-elle souffert, se recroquevillant sur le sol de béton dans une tentative futile de se protéger, hurlant, suppliant à l'aide, tandis que ses mots et ses efforts tombaient dans l'oreille d'un sourd ? Jusqu'à ce que finalement le poison des piqûres produise l'effet escompté et qu'elle perde connaissance, abandonnée à la merci des abeilles.

Et qu'était-il arrivé ensuite ?

Le tueur s'était-il tenu au-dessus d'elle, observant, attendant ? Ou avait-il regardé de loin ? Ou, plus sordidement encore, avait-il attendu dehors, écoutant avec délectation les cris de Fern Clements, comptant les secondes jusqu'à ce qu'ils s'arrêtent et qu'il puisse revenir en toute sécurité ?

Cette pensée donna des frissons à Tomek, tandis que son esprit divaguait et remplaçait les images de Fern Clements par celles de Kasia.

— C'est bien ce que je pense ? demanda une voix.

Tomek ne s'en était pas rendu compte ; il était resté debout au milieu de la pièce, silencieux, pendant les derniers instants, mais maintenant le reste de l'équipe, y compris les techniciens de scène de crime, l'avaient rejoint et examinaient les lieux.

La question venait de Chey, qui était accroupi dans le coin où Fern Clements avait été gardée. Il agita la main en l'air et demanda à l'un des techniciens de se dépêcher avec une torche.

La petite zone de béton fut rapidement illuminée, les aveuglant presque tous.

Là, coincé dans une fissure du mur de briques, se trouvait un petit objet jaune et noir.

— À moins que ce ne soit un bonbon au citron crasseux, dit Tomek, je pense que c'est *exactement* ce que tu penses. Et je pense que c'est *exactement* à quoi ça ressemble.

— Un bonbon au citron crasseux ? demanda Rachel d'un ton enjoué.

— Je ne recommanderais de mordre ni dans l'un ni dans l'autre. Peut-on mettre ça en sac et le sceller comme preuve ? demanda Tomek, et le technicien le plus proche se précipita pour ramasser le petit insecte duveteux avec des pinces avant de le placer dans un sac à preuves.

— Avec un peu de chance, ce sera le même que celui trouvé dans la jambe de Fern Clements, dit Rachel.

— Oui, mais où sont les autres ? murmura-t-il pour lui-même.

Tomek scrutait la pièce comme si une centaine d'abeilles allaient apparaître par magie. Comme ce ne fut pas le cas, il se tourna vers l'espace dans le coin de la pièce. Des images de Fern Clements, recroquevillée en boule, les genoux repliés contre sa poitrine, apparurent, les yeux grands ouverts tandis que son cerveau enregistrait la vue et le son des abeilles lâchées sur elle. Sachant ce qui allait se produire.

— Il a nettoyé cette zone et enlevé toutes les abeilles du sol, commença-t-il, poursuivant son monologue. Puis il pivota sur la pointe des pieds et regarda une marque dans la poussière. C'était une ligne longue et épaisse, qui tournait à angle droit. Tomek suivit la ligne avec son doigt jusqu'à ce que l'image complète apparaisse. C'était le contour d'une ruche, semblable à celles qu'il avait vues à la ferme apicole de Timothy Warren.

Tomek prit un moment pour réfléchir à ce que cela signifiait pour l'enquête dans son ensemble. Si le tueur possédait une colonie entière d'abeilles africaines, il devait les avoir obtenues quelque part. En ligne, peut-être. Le Dark Web. Le marché noir de la vente d'abeilles. Ou s'il ne les avait pas achetées en ligne, il devait avoir trouvé une autre méthode pour les acquérir, pour les importer dans le pays.

Il poussa un long et profond soupir en regardant la pièce autour d'eux.

Sa théorie selon laquelle une cabale de footballeurs adolescents aurait quelque chose à voir avec les meurtres des jeunes filles s'effondrait rapidement devant ses yeux, s'écoulant comme un rayon de miel. Il était presque impossible pour Billy le Combattant de Vaches de connaître cet endroit, encore moins probable qu'il l'aurait trouvé tout seul. Il en allait de même pour Harrison Rossiter en France. Mais cela n'exonérait pas l'homme du club qui avait vendu les drogues frelatées à Mandy Butler et à toutes les autres victimes ; il était toujours au premier plan de leurs enquêtes. La seule autre option était Darren Edgerton, le petit ami de Fern. Dix-sept ans et assez âgé pour conduire. Mais aurait-il pu se procurer les abeilles tueuses ? Aurait-il su comment faire ?

— La voiture, dit Tomek alors que cette pensée lui venait soudainement. Je veux qu'elle soit écouvillonnée et qu'un examen médico-légal approfondi soit effectué. L'ADN de notre tueur doit être partout. Nous ne le trouverons peut-être pas ici, surtout s'il portait une combinaison d'apiculteur pour se protéger des abeilles, mais la voiture est la clé. La voiture est la réponse à tout ça. Bon travail, Chey.

Derrière le masque du jeune homme, Tomek reconnut l'esquisse d'un sourire.

— Maintenant, il nous faut juste découvrir à qui elle appartient, dit Rachel.

— Et découvrir pourquoi elle a été laissée ici.

Ce point donna à tout le monde matière à réfléchir.

Si la voiture avait été laissée là parce que le tueur avait terminé ses meurtres.

Ou s'il l'entreposait pour plus tard, pour revenir pour son prochain meurtre.

Mais avant que quiconque puisse répondre, un cri vint de l'extérieur du bâtiment. Tomek et l'équipe se précipitèrent dehors pour trouver un technicien accroché au coffre de la Volvo.

— Il est déverrouillé, Sergent.

— Vous l'avez déjà ouvert ? demanda Tomek, s'approchant de l'homme les bras levés, se sentant comme dans un pays déchiré par la guerre essayant de désamorcer une bombe.

— Pas encore, répondit le technicien.

— Alors je vous suggère de le faire avec précaution, et, tout le monde, reculez.

Le son de pieds traînant sur la terre résonna au-dessus du vent.

Et au-dessus du son provenant de l'intérieur de la voiture.

Dès qu'il l'entendit, Tomek sut exactement de quoi il s'agissait. Mais c'était trop tard. Avant qu'il puisse dire quoi que ce soit, le technicien souleva le coffre, et immédiatement une douzaine d'abeilles africaines bondirent hors du coffre et commencèrent à tournoyer autour du technicien, bourdonnant avec véhémence.

À leur vue, tout le monde hurla, y compris Tomek, et ils se précipitèrent tous vers leurs véhicules respectifs, cherchant un abri dans leurs voitures.

Mais c'était une entreprise futile. Au moment où Tomek avait sauté dans la voiture avec laquelle lui et Chey étaient venus, l'une des saloperies l'avait suivi dans le véhicule et bourdonnait agressivement devant son visage, un minuscule insecte rayé noir et jaune déterminé à se venger.

Tomek hurla sur le siège du conducteur, agitant frénétiquement ses bras, ses jointures heurtant accidentellement la vitre et la colonne de direction. Il était reconnaissant d'être seul pour que ses collègues ne puissent pas entendre ses gémissements et ses cris. Mais quand il ouvrit la portière pour s'échapper, il remarqua que le reste de l'équipe avait été pris par surprise autant que lui : plusieurs personnes vêtues de combinaisons blanches de la police scientifique couraient à travers le champ, poursuivies par les insectes enragés, tandis que Chey, qui dans son assaut contre le minuscule insecte avait déplacé sa capuche et son masque, agitait ses bras, ressemblant à un boxeur essayant de combattre l'air les yeux fermés.

Cette scène fit naître un mince sourire sur le visage de Tomek, mais il disparut dès que l'abeille qui l'avait choisi comme victime revint et atterrit sur son front.

Avant même qu'il puisse réagir, et avant que le cri ne puisse quitter ses lèvres pour la quatrième fois, il sentit une énorme claque sur le front. Si forte qu'elle le déséquilibra et le fit basculer dans la voiture.

— Je t'ai eue, petite saloperie ! hurla Sean, debout avec les bras fléchis, grimaçant vicieusement comme un animal enragé.

Tomek se fichait de la douleur grandissante dans sa tête, tant que le petit *gówniaki* était mort.

— Tu l'as eue ?

— Tu peux parier que oui ! J'ai les réflexes d'un chat, hurla Sean triomphalement.

À tel point qu'il tua à lui seul les abeilles restantes (celles qui n'étaient pas déjà mortes en piquant ses collègues) avec ses poings et ses pieds lourds de taille quarante-neuf. Une fois que la zone eut été déclarée sans abeilles, Tomek se dirigea prudemment vers la Volvo.

Pour autant qu'il pouvait en juger, tout le monde allait bien. Sauf l'un des techniciens et des ambulanciers qui avaient été piqués. Mais heureusement, personne n'était allergique. Au moins tout le monde survivrait.

Pendant que les hommes blessés étaient emmenés aux ambulanciers où ils reçurent les premiers soins, Tomek s'approcha de la Volvo. Là, dans le coffre du véhicule, se trouvait la ruche qui avait été placée à l'intérieur du bâtiment, et à côté reposait un tas d'abeilles mortes, celles qui avaient été lâchées sur Fern Clements.

— De vraies petites saloperies vicieuses, n'est-ce pas ? demanda Chey.

— Ouais, remarqua Tomek, fixant le cimetière d'abeilles. Et maintenant je sais que, s'il fallait choisir, je préférerais cent pour cent combattre une vache plutôt que l'une d'entre elles à nouveau.

CHAPITRE
QUARANTE-TROIS

Ce soir-là, quand Tomek rentra chez lui, sa voisine lui flanqua une peur bleue qui faillit le faire trébucher.

Alors qu'il venait de verrouiller sa voiture et se précipitait vers la porte menant à leur appartement au premier étage, il aperçut son visage pâle pressé contre la vitre, le fixant comme une sorte d'esprit maléfique tout droit sorti d'un film d'horreur.

— *Kurwa mać !* siffla Tomek entre ses dents alors qu'il frôlait la crise cardiaque.

Depuis que Tomek et Kasia avaient emménagé dans leur nouveau logement, Tomek n'avait aperçu sa voisine du rez-de-chaussée qu'à quelques reprises. En fait, moins que ça. Une ou deux fois, peut-être. Et si c'était comme ça qu'elle comptait le saluer à l'avenir, il essaierait de maintenir ce nombre aussi bas que possible.

Le temps qu'il atteigne la cage d'escalier qui séparait leurs appartements, elle se tenait déjà devant sa porte, l'attendant.

Lors de leur première rencontre, Edith lui avait expliqué qu'elle était retraitée, qu'elle avait été sage-femme en chef à l'hôpital de Southend toute sa vie, et qu'elle vivait maintenant d'une pension qui lui permettait tout juste de s'en sortir. Dès que Tomek lui avait expliqué son rôle dans la police, elle avait ressenti une affinité avec lui. Un lien tacite et invisible entre eux. Tous deux avaient vu des choses au cours de leur carrière que seuls des gens comme eux pouvaient comprendre.

— Bonsoir, Edith, dit Tomek en essayant de dissimuler la frayeur et l'inquiétude dans sa voix. Tout va bien ?

— Désolée de vous avoir fait peur, Tomek, dit-elle en faisant un pas vers lui. Je surveillais dehors.

— Tout va bien ?

Tomek fit un demi-tour.

— Je crois. Mais j'ai entendu des bruits.

— Quels genres de bruits ?

— Des coups.

— Proches, comme juste devant l'immeuble ? Ou dehors, comme dans la rue ?

— Les deux.

— D'accord. Tomek déglutit et inspira profondément. Vous voulez que j'inspecte les alentours ?

Elle posa une main délicate sur son avant-bras.

— Oh, non, c'est bon, mon cher. Probablement rien du tout. Sans doute une vieille femme stupide qui devient paranöiaque.

Encore une fois. Ce n'était pas la première fois qu'elle venait le voir pour des bruits et des perturbations. Deuxième fois en autant de semaines. Des bruits à l'extérieur de la maison, suivis de la sensation que quelqu'un se tenait dehors ou pénétrait dans leur jardin. Tomek ne pouvait pas lui reprocher de ne pas vouloir sortir pour découvrir ce que c'était. Et, comme elle était au rez-de-chaussée, elle était plus vulnérable aux cambriolages, surtout si les criminels savaient qu'elle était âgée et moins susceptible de se défendre comme Tomek pourrait le faire.

Le problème, c'était qu'il lui était difficile d'y faire quoi que ce soit. Il n'avait pas le temps de monter la garde devant l'immeuble ou de surveiller les fenêtres vingt-quatre heures sur vingt-quatre. Mais il avait les moyens d'installer une caméra de sonnette commune. Cela pourrait aider à dissuader les intrus ou visiteurs indésirables. Bien qu'il devrait peut-être désactiver les sons de notification ; rien n'était plus agaçant que d'être au bureau ou de se promener dans la rue commerçante et d'entendre cette mélodie exaspérante alertant le propriétaire que quelqu'un était à sa porte.

Au bureau, Nadia était la pire pour ça. Les achats en ligne arrivaient à toute heure de la journée, de diverses entreprises, presque tous les jours de la semaine. Pour acheter des choses pour le bébé, disait-elle, parce que ni elle ni son mari n'avaient le temps de sortir faire les courses comme des gens normaux. Mais Tomek soupçonnait toujours qu'elle pourrait avoir une addiction au shopping.

— Je vais faire installer des caméras pour nous, expliqua Tomek.

— Vous êtes sûr ?

— Absolument. Ce n'est pas un problème. Je vais les commander en ligne et les installer dès que je pourrai.

En canalisant sa Nadia intérieure.

Tomek lui souhaita une bonne soirée puis monta les escaliers jusqu'à son appartement. Ce faisant, il repensa à ce qu'il avait vu quelques instants auparavant. S'il avait remarqué quelqu'un ou quelque chose d'inhabituel. S'il avait vu quelqu'un rôder autour du bâtiment récemment.

Avant de déménager dans leur nouvel appartement, il y avait eu un incident avec un individu qui avait été envoyé par un contact en prison. Ce contact, Charlotte Hanton, une ancienne amante de Tomek devenue tueuse en série, avait envoyé cet individu pour l'intimider. Et il avait déménagé en conséquence. Il n'avait pas revu cet homme depuis un moment, mais cela ne voulait pas dire qu'il n'était pas là ce soir ou qu'il n'avait pas été présent ces dernières semaines.

Bien que la façon dont il aurait découvert leur nouvelle adresse, si c'était bien lui, soulevait des préoccupations évidentes. S'ils étaient surveillés par Charlotte dans sa tentative de garder un œil sur Tomek par une définition confuse et déformée de l'amour, alors il devrait faire quelque chose à ce sujet.

— Tu es rentré, dit une voix douce alors qu'il entrait dans le salon. Ça va ?

— Ouais.

— Tu es sûr ? On dirait que tu as vu un fantôme.

Tomek pensa à l'expression d'Edith, et se dit que la comparaison serait un peu dure, bien que pas totalement inexacte.

— Pas tout à fait, répondit-il. Juste beaucoup de choses qui se passent dans le vieux système informatique.

Tomek tapota le côté de sa tête.

— De quoi tu parles ?

— Mon cerveau. Mon ordinateur.

— D'accord.

— En parlant de ça, peux-tu commander un système de caméra de sécurité pour nous, s'il te plaît ? Et fais-le livrer en bas.

— Pourquoi ?

— Parce que je te l'ai demandé et que c'est mon boulot de poser les questions, pas le tien.

CHAPITRE
QUARANTE-QUATRE

La Volvo X70 retrouvée sur la scène du crime de Fern Clements était immatriculée au nom de Ray Elliott, un homme de quatre-vingt-trois ans qui résidait actuellement dans une maison de retraite à Grays, dans le Grand Londres.

— Je dirais qu'il est plutôt en train... *d'exister*, à ce stade. Respirer, c'est à peu près le strict minimum qu'on peut en tirer. La maladie d'Alzheimer est très avancée. Les médecins estiment qu'il ne lui reste plus beaucoup d'essence dans le réservoir.

Le seul parent encore en vie de Ray était son petit-fils, James, l'homme actuellement assis en face de Tomek et Sean. Avant de quitter le bureau pour lui parler, Chey avait vérifié le casier judiciaire de ce trentenaire de trente-huit ans, mais rien n'en était ressorti. Pas d'arrestations ni de condamnations antérieures.

Pour autant que Tomek et la police le sachent, James était quelqu'un de bien.

— Je suis désolé pour votre grand-père, dit doucement Sean.

— Merci, répondit James. Je vous en suis reconnaissant.

Tous trois se trouvaient dans la maison de James, un deux-pièces. L'habitation était moderne, avec un revêtement extérieur en panneaux et une finition blanche élégante. L'intérieur était extravagant et opulent. Des meubles ornés, des surfaces en marbre, de grands miroirs suspendus aux murs, des décorations tape-à-l'œil qui ne seraient pas déplacées dans la maison d'un footballeur. En fait, tandis que Tomek examinait les installations et l'ameublement, il repensa à la maison de Billy le Combattant de Vaches, comme s'ils avaient eu le même décorateur d'intérieur. Mais au centre du salon de James se trouvait la pièce maîtresse, le point focal de toute la pièce : un téléviseur à écran plat de soixante pouces fixé au mur, au-dessus d'une cheminée électrique.

— Je parie que le match a fière allure là-dessus, remarqua Tomek.

— Vous n'imaginez même pas. Surtout le Championship et la Premier League, avec toute cette haute définition magistrale. Mais rien ne vaut l'expérience réelle, être au bord du terrain et vivre l'atmosphère en direct.

Tomek et Sean perdirent James dans un moment de réflexion.

— Au bord du terrain ? répéta Tomek, pour confirmation.

James hocha la tête. — Je travaille pour le Dagenham & Redbridge FC, dit-il. Donc nous avons des places au premier rang pour voir la meilleure équipe du comté. Ce n'est pas comme aller à l'Emirates ou à l'Etihad, bien sûr, et nous avons environ un sixième de leur capacité, mais l'ambiance est toujours bonne, et c'est toujours mieux que de regarder sur un écran de trente pouces.

— Ou sur un écran de soixante pouces, comme c'est le cas pour certains, nota Sean, en se tournant à moitié vers l'énorme miroir noir accroché au mur de James.

— Exactement. Ouais.

Mais Tomek n'écoutait pas. Au lieu de cela, il rejouait les quelques mots qui avaient fait sonner les cloches d'alarme dans sa tête.

Je travaille pour le Dagenham and Redbridge FC.

Elles devenaient de plus en plus fortes à chaque répétition comme si elles étaient coincées dans un gobelet en plastique.

— Tu travailles au Dagenham and Redbridge ? demanda lentement Tomek.

— Je suis le responsable des équipements.

— Pour l'équipe première ?

— Oui.

— Et ça paie suffisamment pour cette maison ?

— Eh bien. James se tortilla, mal à l'aise dans son siège. — J'ai une femme adorable qui travaille à toute heure du jour et qui rentre ensuite pour s'occuper de nos deux enfants. Tout ça pendant que je suis dehors à regarder du football. C'est elle la vraie héroïne.

Tomek sourit avec ironie. — Quelqu'un a-t-il déjà utilisé ce mot pour te décrire, alors ?

Le dos de James se raidit et il inclina la tête sur le côté, ses sens d'araignée s'éveillant. Il prit un moment pour répondre.

— Je suis désolé, messieurs, dit-il finalement. Je ne crois pas que vous m'ayez indiqué le but de votre visite.

— C'est parce que nous ne l'avons pas fait, répondit Tomek, puis il se tourna vers Sean. Il fit un signe de tête à son collègue, et le sergent expliqua.

Pendant qu'il attendait, Tomek observait la réaction de l'homme, cherchant un indice de reconnaissance ou de choc ou, plus inquiétant, de peur. Il n'y en avait aucun.

— Pourquoi la voiture de mon grand-père a-t-elle été retrouvée là-bas ? demanda James.

— Nous espérions que tu pourrais nous le dire, dit Sean. — Nous avons vérifié à la DVLA et tous les autres registres pertinents, et ils indiquent tous que la voiture est enregistrée à son nom. Mais s'il peut seulement, comme tu dis, *exister* en ce moment, nous voulons savoir qui l'a et pourquoi la propriété n'a pas été changée.

Encore des mouvements d'inconfort. Puis James regarda la moquette et se pencha pour se gratter une démangeaison aux pieds.

— Puis-je vous offrir quelque chose à boire ? demanda-t-il.

— En aurons-nous besoin ? Penses-tu que nous allons rester un moment ? demanda Tomek.

James ne répondit pas à la question. À la place, il quitta la pièce et se dirigea vers la cuisine. Tandis qu'ils le regardaient partir, Tomek et Sean se regardèrent l'un l'autre, et immédiatement Sean se leva, suivant l'homme hors de la pièce. Pendant qu'ils étaient dans la cuisine, Tomek profita de l'occasion pour regarder autour du salon. Pour quoi, il ne savait pas. Mais un signe, un indice. N'importe quoi qui pourrait indiquer qu'il avait quelque chose à voir avec les meurtres.

Un gant. Un préservatif. Un petit pot de miel traînant quelque part.

Mais il ne trouva rien. Et au moment où les deux hommes revinrent, il était de retour dans sa position initiale, comme s'il n'avait pas bougé du tout.

— Je dois dire, dit James en tendant la boisson à Tomek, tout cela est assez déconcertant. Je peux vous promettre que mon grand-père n'a rien fait de mal ici.

— Ça ne veut pas dire que toi, tu n'as rien fait, nota Tomek.

Une fois que Sean fut revenu à sa place, Tomek sortit son tournevis et commença à tourner la vis. Et avec ce qu'il ressentait, il avait envie de la visser si fort qu'il fendrait le bois autour.

— Qui a le contrôle sur le patrimoine de ton grand-père ? demanda Tomek.

— Moi.

— Donc tu aurais eu le contrôle sur ce qui est arrivé à sa voiture ?

— Je... je suppose.

— La réponse est oui, James. Tu *aurais* eu un contrôle total dessus, et tu le sais. Et maintenant nous le savons aussi. Donc tu sais exactement ce qui est arrivé à cette voiture et pourquoi elle pourrait être là-bas.

— Non, je ne sais pas. Je ne sais pas ce qui se passe avec elle ! Je n'en ai aucune idée. Honnêtement.

Tomek sourit d'un air narquois. — Quand les gens disent « honnêtement » après avoir fait une déclaration de vérité, nous avons généralement constaté qu'ils s'avèrent plutôt malhonnêtes. N'est-ce pas, Sean ?

— Absolument, Tom.

— Alors peut-être devrais-tu commencer par être honnête avec nous. Ça t'aidera beaucoup.

— Comment ?

Tomek hésita. Personne n'avait jamais répondu avec une telle réplique. Il avait toujours trouvé que le sens était évident et implicite. Soit James était incroyablement stupide, soit il gagnait du temps pour inventer un alibi.

Tomek soupçonnait la seconde option. Alors il choisit de ne pas répondre et passa à autre chose.

— Qu'as-tu fait de la voiture de ton grand-père une fois que tu l'as mis en maison de retraite ?

— Je... je... je l'ai vendue à un pote.

— Qui ?

— Je ne me souviens pas.

— Des conneries, dit Tomek.

— Ce ne devait pas être un très bon ami alors, ajouta Sean.

Ils laissèrent à James le temps de méditer sur ses paroles, de réfléchir à la meilleure façon de sortir du trou qu'il s'apprêtait à creuser. Et Tomek voyait tout se dérouler sur le visage de l'homme. Le désespoir silencieux, le va-et-vient des yeux de gauche à droite, l'absence de contact visuel. Tout était là dans la magnifique tapisserie de l'expression de James.

— À qui as-tu vendu la voiture, James ? demanda Tomek.

Se tordant, se tournant.

— Ce n'était pas un pote. C'était, c'était juste quelqu'un au hasard.

— Qu'est-ce que ça veut dire ? Quelqu'un est venu te voir au milieu de la rue et t'a proposé de l'argent pour la voiture, et tu l'as accepté ?

James laissa tomber sa tête sur ses genoux et pressa les côtés de son nez avec ses pouces. Tomek sentait que les larmes n'étaient pas loin. — Vous ne comprenez pas. C'était une période vraiment merdique. J'avais beaucoup de choses à gérer au travail, à la maison, et d'autres trucs, et pour couronner le tout, je devais m'occuper de lui.

M'occuper de lui, pensa Tomek, comme si le grand-père de James était devenu un fardeau. Le choix des mots le répugnait.

— Qu'est-ce qui se passait au travail ? demanda Sean, devançant Tomek.

— Des licenciements. Il y en a eu beaucoup il y a environ dix-huit mois, deux ans. Il n'y avait pas d'argent qui entrait dans le club de football. Le propriétaire a dû faire des économies. C'était une période très stressante pour tout le monde. J'ai dû me battre pour mon poste et prouver ma valeur.

— Et ils ont finalement retrouvé la raison et réalisé qu'on ne pouvait pas faire confiance aux joueurs pour nettoyer leurs propres équipements ? demanda Tomek.

Tout en tournant la vis, il était heureux de lancer quelques crochets du droit et du gauche de temps en temps, juste pour réveiller un peu James.

— Mon travail est tout aussi important que celui de tous les autres dans l'équipe. Tout le personnel de soutien, tous les kinés, toutes les personnes derrière les bureaux, tous ceux qui aident le club à fonctionner. Comme un château de cartes. Si l'un d'entre nous tombe, nous tombons tous.

Tomek hocha la tête avec sarcasme et se tourna vers Sean, lui donnant silencieusement le feu vert pour continuer son interrogatoire.

— Est-ce que la menace de licenciements a eu un effet sur ton mariage et ta vie familiale ?

— Bien sûr que oui, répondit James. — C'est comme demander si l'eau est mouillée.

Ou si tu penses pouvoir te battre contre une vache.

Et puis les larmes vinrent. Presque comme sur commande. Le corps de James frissonna tandis qu'il pleurait puis essuyait les larmes. Ni Tomek ni Sean n'offrirent une main ou une déclaration de consolation. Ils n'étaient pas là pour ça.

— Notre mariage a failli s'effondrer, et j'ai presque perdu la garde des filles, continua James.

— Et qu'en est-il des autres choses que tu avais à gérer à cette époque ?

Un air de confusion sécha les larmes du visage de James. — Quelles autres choses ?

Tomek jeta un coup d'œil à sa montre. — Il y a environ deux minutes, tu as dit que tu avais beaucoup de choses à gérer à l'époque où ton grand-père était mis en maison de retraite. Le travail, la maison, ton grand-père. Et tu as aussi dit d'autres trucs. Peux-tu nous en dire un peu plus ?

James fit une pause pendant qu'il calculait une réponse. Tomek choisit de l'ignorer, quelle qu'elle soit. L'homme leur cachait quelque chose, c'était évident. Et Tomek avait rapidement compris qu'il n'y avait aucune quantité de torsions et de retournements, de coups et de sondages qui allait le déterrer. Pas dans l'environnement sécurisé de sa propre maison. Mettez l'homme dans une salle d'interrogatoire avec la possibilité de regarder une vie entière d'emprisonnement, et Tomek était presque certain qu'ils obtiendraient une réponse alors.

— Il n'y avait pas d'autres trucs, répondit James sèchement. — C'était juste une façon de parler.

— Tu voulais manifestement dire *quelque chose* par là, rétorqua Sean.

James haussa lentement les épaules. — Tu sais comment c'est. Quand tout va mal et que tout semble arriver en même temps. Comme si un connard là-haut - il pointa le doigt vers le ciel - te regardait et disait : « C'est largement en retard, espèce de tête de nœud. C'est tout ce que tu mérites. » Je veux dire, bien sûr, nous avions aussi des problèmes d'argent à ce moment-là, mais qui n'en a pas ?

— Des problèmes d'argent comment ?

— Le jeu, répondit-il avec franchise. — Je me suis mis aux casinos il y a quelques années. J'y ai passé beaucoup de nuits. J'ai failli tout perdre.

— Et le club l'a-t-il découvert ?

— Non, dit-il, en baissant la tête. — Ma femme et moi avons eu quelques disputes et elle m'a aidé à voir clair, m'a aidé à me débarrasser de cette habitude.

Tomek nota le jeu de mots, puis orienta la conversation vers Billy Turpin, Darren Edgerton et Harrison Rossiter.

— Est-ce que ces noms te disent quelque chose ?

— Bien sûr. Ils jouent dans notre académie, enfin, sauf Harrison, bien sûr. Je connais tous les gamins. Parfois, ils viennent me voir et me demandent s'ils peuvent avoir un des maillots de l'équipe première, mais je leur dis d'aller demander au joueur à la place. Souvent, les joueurs sont heureux de le faire, mais c'est bien qu'ils viennent me voir d'abord.

— Tu connais bien les trois garçons ?

— Pas très bien, pour être honnête. Je leur parle juste un peu en passant. Et quand Harrison était ici, il était très timide. Je ne sais pas comment il s'en sort en France, cependant.

— *Très bien*, à ce que j'entends, dit Tomek, même s'il n'avait rien entendu de tel. Puis il mit la main dans sa poche et sortit une liste imprimée des noms que les Ressources Humaines du club lui avaient fournie. — Depuis combien de temps es-tu au club, James ? demanda-t-il.

— Quinze ans. Le même âge que mes filles.

— Et, pendant ces quinze années, as-tu déjà connu, ou entendu des bruits, concernant quelqu'un qui vendrait de la drogue au club ?

— De la drogue ?

— Oui, elle se présente sous toutes sortes de formes et de tailles, commenta Sean.

— Et, sans oublier, avec différents niveaux de mortalité, ajouta Tomek.

Les deux détectives laissèrent à James un moment pour se remémorer toutes ces années. À présent, les larmes s'étaient complètement arrêtées, et la seule preuve durable en était ses joues légèrement rougies.

— Pas que je puisse m'en souvenir, dit-il, à la grande déception de Tomek.

— Rien à propos de drogues mélangées à d'autres drogues, ou de vente de quoi que ce soit aux joueurs ?

James secoua la tête. — Désolé, dit-il, puis ajouta : — Mais quel rapport tout ça a-t-il avec la voiture de mon grand-père ?

Tomek ignora la question et poursuivit. — Est-ce que les noms de Mandy Butler, Avena Kumar, Klaudia Golec, Chantelle Pendrey, et Sonia Riggle te disent quelque chose ? Qu'en est-il de Lily Monteith et Fern Clements ?

L'expression sur le visage de James, dès qu'il entendit les noms des victimes de meurtre et de celles qui avaient été droguées au Cliffs Pavilion, était aussi plate que les plaines salées de Bolivie. — J'ai entendu parler d'elles - mais seulement aux informations. J'ai vu l'affaire l'autre jour. C'est de ça qu'il s'agit ? C'est pour ça que vous êtes ici à propos de la voiture de mon grand-père ?

Tomek se tut un moment tandis qu'il cherchait un moyen d'esquiver la question. Puis il réalisa qu'il était dans son intérêt d'être honnête.

— Je vais être honnête avec toi, James, et je te serais reconnaissant si tu pouvais faire de même. Tomek fit une pause, se lécha la lèvre, inspira. — Hier, la voiture de ton grand-père a été découverte, comme l'a dit mon collègue, à côté d'un bâtiment abandonné à Shoeburyness. Nous avons des raisons de croire que le même véhicule a été utilisé dans les enlèvements et les meurtres de Fern Clements et Lily Monteith.

Maintenant, étant donné que tu étais la dernière personne à avoir légalement la propriété de la voiture, nous aimerions que tu nous aides. Je détesterais que cela ait le même impact sur ta famille que la menace de licenciement. Maintenant, je vais te demander à nouveau. Tomek vida tout l'air de ses poumons. — À qui as-tu vendu la voiture ? Qui tue ces filles ?

James réfléchit pendant ce qui semblait être une éternité, et après un moment encore plus long, il regarda Tomek droit dans les yeux et dit : — Je ne me souviens pas à qui j'ai vendu la voiture. Et je ne sais pas qui tue ces filles.

CHAPITRE
QUARANTE-CINQ

James Elliott leur mentait, c'était évident. Ce qui le plaçait directement en tête de la liste des suspects de Tomek.

Une liste qui pour l'instant ne comportait qu'un seul nom.

L'intendant de l'équipement savait quelque chose, quelque chose qu'il ne leur disait pas. Enfermé dans sa tête se trouvait le nom de l'individu à qui il avait vendu la Volvo. Le nom de l'individu qui avait tué les filles. James le cachait pour une raison, et Tomek avait l'intention de découvrir cette raison. Il avait donc demandé à l'équipe de mener une enquête approfondie sur cet homme et d'explorer sa vie en détail : ses relevés financiers, ses relations, son parcours professionnel, tous ses antécédents. Et s'il y avait des anomalies et des incohérences, des noms qui correspondaient à ceux de l'énorme liste qu'ils avaient déjà constituée, alors ils les poursuivraient. Mais en attendant, Tomek se rendit sur le front de mer de Southend. Après être retourné au commissariat, il avait reçu un message de Nick qui voulait le rencontrer sur la plage.

Tomek trouva l'inspecteur en chef assis sur un banc surplombant l'estuaire avec le Kent en arrière-plan. Un vent glacial soufflait du rivage et faisait voler les pans du manteau de Tomek. L'odeur de sel et d'algues en décomposition, combinée à l'omniprésente odeur de drogue, flottait dans l'air. Et les cris d'excitation provenant d'Adventure Island, le principal lieu d'attraction de Southend pour les amateurs de sensations fortes et les familles, résonnaient au loin.

— Je ne t'aurais jamais pris pour un amateur de la mer, dit Tomek en soulevant le pan de son manteau avant de rejoindre Nick sur le banc.

Nick ricana. — Il y a beaucoup de choses que tu ne sais pas sur moi.

— C'est le moment idéal pour te confesser. Je ne t'arrêterai pas tout de suite. Promis.

L'ébauche d'un sourire passa sur le visage de Nick puis disparut aussitôt.

Dans les quelques jours qui s'étaient écoulés depuis que Tomek l'avait vu pour la dernière fois, Nick avait perdu une quantité inquiétante de poids. Ses yeux et la peau de son visage étaient lourds, et il semblait fatigué, brisé, abattu. Même son crâne chauve semblait avoir perdu un peu de son éclat et de sa vigueur, le même éclat et la même vigueur qui lui valaient d'être impitoyablement moqué au bureau où on le comparait à une boule de billard.

— Je déteste te voir comme ça, dit Tomek avec franchise. Quand as-tu dormi pour la dernière fois ?

— La nuit avant l'incident. Correctement, du moins. Le reste n'a été qu'une longue... atroce... douloureuse... journée.

Même sa voix avait perdu toute son essence. Avant, elle avait une vigueur et un éclat (qui, eux, ne recevaient que peu ou pas de moqueries) et était capable de captiver une salle de quinze personnes pendant leurs réunions. Maintenant, elle était plate, monotone, comme une conversation avec Andy Murray. Mais sans l'accent.

— Comment avance l'enquête ? demanda Nick, à la grande surprise de Tomek.

— On n'est pas obligés de parler du travail si tu ne veux pas.

— Si, je le veux. C'est la seule chose qui garde mon esprit actif. Ça me distrait de penser constamment à Lucy. Pauvre Maggie, elle n'a rien de tel, et son travail ne l'oblige pas à penser à autre chose pendant son service, alors elle reste là à ruminer, à penser, à trop penser. Nick fit tourner son doigt en l'air comme une girouette. — Victoria me tient au courant, d'ailleurs.

C'était une nouvelle pour lui.

— Je le lui ai demandé. Ne crois pas qu'elle agit derrière ton dos.

— Qu'est-ce qu'elle t'a dit ?

— Tout. Mon cerveau en a besoin. Nick fit une pause et leva les yeux vers l'eau. — Alors cette histoire de football...

Tomek se sentit soudain gêné. — Oui.

— Parle-m'en.

— Non. Je veux d'abord entendre ce que tu en penses. Si tu as entendu tout ce qu'il y a à savoir, alors je veux savoir ce que tu en penses. Suis-je complètement fou, ou penses-tu que je tiens quelque chose ?

Nick regarda Tomek comme s'il s'attendait à la question, mais le reste de son expression ne trahissait rien.

— Je ne pense pas que tu sois complètement fou, dit Nick. Je pense même que tu es peut-être sur une piste. Mais je ne crois pas qu'un groupe de garçons de dix-sept ans soit derrière tout ça. Je pense que ton tueur est quelqu'un du club. Soit dans l'équipe première, soit quelqu'un d'autre du personnel. Ou peut-être même quelqu'un qui y travaillait autrefois.

— Pourquoi ? demanda Tomek, sincèrement intrigué.

— Le témoignage aux concerts. Si l'un des joueurs de l'académie a vu le tueur, le *connaissait* plutôt, alors c'est la clé.

— J'ai demandé à parler avec le joueur, mais il est en France. Victoria a bloqué ma demande.

— J'ai entendu. Laisse-moi m'en occuper.

Peut-être que Nick savait vraiment tout ce qui se passait.

— Tu es comme Dieu, n'est-ce pas ? Omniprésent.

— Je pense que tu veux dire omniscient, corrigea Nick. Mais oui. Je sais tout sur tout. C'est ce qui a fait de moi un si bon père. Chaque fois que Lucy venait me poser une question, je connaissais la réponse. Et même si je ne la connaissais pas, je l'inventais et faisais comme si. Elle n'a jamais vu la différence.

Tomek posa une main sur le dos de l'homme, sentant que les larmes allaient venir.

— Personne n'a jamais dit que tu avais cessé d'être un bon père, ajouta-t-il.

— Merci. Et puis les larmes vinrent. Seulement quelques-unes, mais elles étaient là, malgré les efforts de Nick pour les cacher. — Désolé, dit-il. C'est le vent.

— Je comprends, répondit Tomek. Le vent me fait le même effet.

— Qu'est-ce qui te fait pleurer ?

— Oh non, pas pleurer. *Péter*. Pour une raison quelconque, Kasia nous fait manger des haricots au petit-déjeuner.

Nick leva les yeux au ciel, puis dit : — *Les haricots, les haricots, le fruit musical...*

— *Plus tu en manges...*

Mais Nick choisit de ne pas terminer la comptine.

Un moment de silence, d'écoute du vent, des vagues et des cris au loin, passa entre eux. En écoutant, Tomek ferma les yeux et se concentra sur sa respiration. Inspirer. Expirer. Inspirer. Expirer. L'une des nombreuses raisons pour lesquelles il aimait vivre au bord de la mer était sa capacité à le calmer et à le détendre instantanément. Comme si c'était une petite bulle où tout se réinitialisait. Où il y avait un moment de calme, de tranquillité, de paix. Et parfois, il n'y avait rien que le cri assourdissant d'une jeune mère hurlant sur son enfant ne puisse perturber.

— Tu as entendu parler de la voiture ? demanda Tomek. Puis il se rendit compte. — Bien sûr que oui. Eh bien, nous avons parlé avec le propriétaire. L'intendant de Dagenham et Redbridge.

— De quoi alimenter encore plus tes soupçons, commenta Nick. C'est ton homme ?

Tomek grogna. — Je ne suis pas sûr. Je n'aime pas beaucoup ce type, mais il prétend avoir vendu la voiture à un ami dont il ne se rappelle pas le nom, comme par hasard. Mais ce n'est pas grave, j'ai déjà demandé à l'équipe de faire une enquête approfondie, donc si quelque chose ressort, on sait où le trouver.

— Bien joué. On dirait que tu as tout bien en main.

Tomek sourit alors que son ego gonflait un peu. Puis il le réprima. L'affaire n'était pas encore terminée, et il y avait encore un long chemin à parcourir. Plus long encore si l'on considérait le procès et la demande auprès du Service des poursuites de la Couronne. Ils devaient s'assurer que tout était parfaitement étanche, c'est pourquoi, pour l'instant, James

Elliott devait rester en dehors d'une salle d'interrogatoire. Jusqu'à ce qu'ils puissent le relier aux crimes, c'était un homme innocent.

Innocent jusqu'à preuve du contraire. La base même du système judiciaire. Et l'homme leur crachait tous à la figure.

— Peut-être qu'on n'aura finalement pas besoin que tu reviennes, dit Tomek en plaisantant.

— Tu peux parier ton cul que je reviendrai. Et je te tomberai dessus comme si rien n'avait changé.

— Comme si rien n'avait changé, répéta Tomek en souriant.

CHAPITRE
QUARANTE-SIX

L e plus gros problème de l'enquête, c'était l'attente.
Attendre, attendre, attendre. C'était le fléau de toute enquête.
Ces deux derniers jours, Oscar et une équipe de techniciens de scène de crime s'étaient rendus chez James Elliott pour prélever des échantillons d'ADN. Ils les avaient collectés, mais il faudrait maintenant une semaine, voire plus, avant de savoir si l'ADN de James Elliott correspondait à celui prélevé dans le bâtiment en briques et dans la Volvo X70. Une combinaison de la période chargée de Noël, des congés annuels et du retard qui bloquait de nombreuses autres enquêtes empêchait celle-ci d'avancer. Jusqu'à ce qu'ils aient la preuve que James Elliott était impliqué dans le meurtre, ils devraient attendre. Et trouver autre chose pour s'occuper.

Oscar, ou Capitaine En Fait comme on l'appelait dans l'équipe, avait eu l'idée de consulter le registre foncier pour découvrir à qui appartenait le petit terrain sur lequel se trouvait le bâtiment. La petite étincelle d'excitation et d'espoir que cette idée avait suscitée n'avait duré que quelques heures, jusqu'à ce qu'une vérification rapide confirme que le terrain appartenait au ministère de la Défense et qu'il n'y avait pas de propriétaires privés à proximité qui auraient pu utiliser le bâtiment. L'équipe avait parlé avec plusieurs voisins, sans rien trouver d'inquiétant.

La seule petite perspective d'excitation était venue sous la forme d'un deuxième jeu de traces de pneus découvert sur les lieux par un technicien. Mais l'enthousiasme avait duré aussi longtemps que l'idée du registre foncier, car ils avaient vite réalisé qu'il serait difficile de retracer le second véhicule utilisé par le tueur en se basant uniquement sur les empreintes de pneus. C'était parfait s'ils avaient déjà le véhicule pour comparer les deux traces, mais comme ils ne savaient même pas ce qu'ils cherchaient, c'était impossible à déterminer.

Tomek détestait attendre. Ça le mettait en colère, ça le contrariait. Et dans un monde où presque tout était instantané la plupart du temps, il se sentait de plus en plus frustré. Pour combattre son impatience, il se prépara un café.

Il était en train de faire bouillir l'eau quand son téléphone vibra dans sa poche.

— Oui ? répondit-il sans vérifier l'identité de l'appelant.

— J'ai abandonné l'article sur Nick.

Abigail.

— Enfin. Merci. J'apprécie.

— Combien ?

— Pardon ?

Il devinait déjà où elle voulait en venir et, tout en remuant le café instantané dans sa tasse, il soupira intérieurement.

— Combien tu apprécies ? demanda Abigail.

— Je n'ai pas le temps pour ces jeux, Abs. Qu'est-ce que tu veux en échange ?

— J'ai quelque chose qui pourrait t'intéresser.

— Comme quoi ?

— Comme une Allemande qui...

— Je ne cherche pas à m'engager dans quoi que ce soit de bizarre, merci, dit-il, mais elle ne trouva pas ça drôle.

— La ferme. Laisse-moi t'expliquer. Après ta conférence de presse l'autre jour, quelque chose que la femme de la BBC a dit m'a fait réfléchir.

Tomek savait exactement à quoi elle faisait référence : pendant sa conférence de presse, l'un des journalistes anonymes cachés derrière l'éclat des projecteurs avait soulevé la possibilité que le tueur ait déjà tué à l'étranger. Sur le moment, Tomek l'avait ignoré. Mais visiblement, Abigail ne l'avait pas fait.

— Ces gens de la BBC font ton travail à ta place, dit-il.

— Ça m'étonne. D'habitude, ils sont trop occupés à se sortir de scandales en tout genre, dit Abigail, sa voix teintée de ressentiment et de dédain. Puis elle ajouta : Mais ça m'a donné une idée. J'ai pensé à vérifier auprès de certains de mes contacts dans des publications étrangères s'ils avaient entendu parler de quelqu'un mort ou ayant failli mourir d'une réaction allergique.

— J'imagine qu'ils se sont moqués de toi.

— Oui, mais après que je leur ai expliqué ce qui se passait ici, ils se sont soudainement tus et ont écouté.

— Et ?

— Et je pense avoir trouvé une femme en Allemagne qui a failli mourir d'une réaction allergique dans des circonstances suspectes.

Tomek laissa tomber la cuillère sur le comptoir de la cuisine, ne remarquant même pas qu'elle glissait sur la surface avant de tomber par terre.

— Quelles circonstances suspectes ?

— Exactement les mêmes que Diana Greenock.

Tomek retint son souffle.

— De quelle façon ?

— De toutes les façons possibles. Appartement au rez-de-chaussée. Chat disparu entrant par la fenêtre. Et elle est aussi gravement asthmatique.

Tomek hocha la tête en fixant le placard de la cuisine, l'esprit vide.

— Il s'entraînait, murmura-t-il pour lui-même.

— Quoi ?

— Qu'est-ce qui la distingue de Diana Greenock ? Pourquoi a-t-*elle* survécu et pas Diana ?

— Parce que cette femme avait quelqu'un qui passait la nuit chez elle quand le chat est entré. Elle avait quelqu'un pour appeler les secours et la sauver.

— Qui est-elle ?

— Martha Buhl.

— As-tu pris contact avec elle ?

— Pas encore. Je voulais d'abord t'en parler.

Tomek hocha la tête, l'esprit en ébullition.

— D'accord. Bien. Bon. Super. Tu devrais établir un premier contact, puis lui expliquer ce qui se passe ici, et ensuite me présenter.

— Donc tu penses qu'elle pourrait savoir qui est le tueur ?

Tomek ne voulait pas s'emballer. Jusqu'à présent, tout ce qu'il savait, c'était qu'une femme avait failli mourir dans des circonstances très similaires, presque identiques, à celles de Diana Greenock. C'était tout. Rien de plus, rien de moins. Il serait irrationnel et presque imprudent de supposer qu'il y avait plus qu'une coïncidence. Pas avant d'avoir des preuves solides et concrètes.

Les crimes étaient séparés par des centaines de kilomètres.

Mais c'était aussi le cas pour Diana Greenock et Mandy Butler.

— Quand tout cela s'est-il passé ? demanda Tomek.

— Il y a environ dix ans, dit-elle.

Tomek se figea.

Cela correspondait à la chronologie.

Cinq ans d'écart entre l'incident allemand et le meurtre de Diana Greenock.

Trois ans entre elle et Mandy Butler.

Deux ans de plus entre Mandy et Lily.

Et maintenant un intervalle de deux semaines entre les morts de Lily et de Fern.

Un tueur perfectionnant lentement l'art de tuer.

Une série de meurtres qui se préparait depuis des années.

CHAPITRE
QUARANTE-SEPT

Chaque année, l'équipe, sous la houlette de leur experte en organisation de fêtes, Nadia, préparait un événement pour le réveillon du Nouvel An. C'était généralement un véritable bain d'alcool, de musique et une variété d'en-cas et d'amuse-gueules, avec un service traiteur fourni par le Tesco Express local sur la grand-rue, agrémenté de quelques sucreries du Poundsaver voisin. La soirée était l'occasion pour eux de se détendre et de revenir sur l'année écoulée pour se féliciter d'être arrivés jusqu'à la fin.

Les années précédentes, Tomek avait participé à l'événement et s'était retrouvé à vider plusieurs bouteilles de bière, et parfois même à s'endormir à son bureau. Mais c'était pendant les jours insouciants de la fin de sa vingtaine et du début de sa trentaine. Cette année, cependant, il était contraint de faire l'impasse. Au lieu de cela, il avait échangé une soirée de beuverie, de discussions, de musique et d'amusement, contre exactement la même chose. La seule différence était le lieu. Et la compagnie avec laquelle il allait le faire.

— Alors, tu vas faire le grand pas ce soir ?

— Quel pas ? demanda Tomek.

— Celui qu'on voit dans tous les films.

— Malheureusement, la vie n'est pas comme ça.

— Mais tu vas le faire ?

Tomek n'était pas vraiment sûr de quand la fascination de Kasia pour sa vie amoureuse avait commencé, mais elle s'était intensifiée ces dernières semaines. Au point qu'il envisageait de l'inclure dans chaque conversation qu'il aurait jamais avec une personne du sexe opposé. Jamais. Peut-être était-elle comme un chien renifleur de drogue et pouvait-elle sentir la solitude et le désespoir en lui, et était-elle désespérée de l'aider.

— Je ne vais rien *faire* du tout. On va simplement passer le réveillon du Nouvel An, expliqua Tomek. Il n'y a pas besoin d'y voir plus.

— Trop tard, dit-elle avec un sourire qui illuminait son visage.

Après quelques minutes supplémentaires en voiture, ils arrivèrent devant la maison de Louise et Sylvia. Comme eux, elles avaient également retiré les décorations de Noël de la fenêtre, et Tomek était reconnaissant d'avoir maintenant une alliée en la matière. Convaincre Kasia que les garder même après le jour de l'An était incorrect s'était avéré être un argument difficile à gagner pour lui, mais elle avait finalement cédé. Et pour lui faire sentir mieux à propos de cette décision, Tomek avait suggéré qu'ils se rendent chez Louise et Sylvia pour une soirée de plaisir, de boisson, de musique, de conversation et peut-être même de quelques jeux de société.

— Bonsoir, vous deux, dit joyeusement Louise en leur ouvrant la porte. Juste à temps. Nous venons de finir d'installer.

— Super, répondit Tomek, puis il donna un petit coup d'épaule à Kasia. Au moins, ça nous a épargné du travail !

— Pas de pyjamas assortis ce soir ? demanda Louise.

Tomek regarda entre lui et Kasia. — Malheureusement non. Mais vous n'avez pas fait d'effort non plus, alors je ne me sens pas aussi mal.

Pour la soirée, Tomek avait acheté une bouteille de vin blanc – 11 £ chez Sainsbury's – pour lui et Louise, et un petit pack de quatre cidres sans alcool pour les filles. En entrant dans la cuisine, Louise prit la bouteille de Tomek et l'examina.

— Oyster Bay. Mon préféré. Comment le savais-tu ?

— Je suis policier. J'ai mes sources et petits informateurs un peu partout. Il pointa du doigt Sylvia, qui venait d'émerger du salon, et Kasia, qui se tenait aussi près d'elle que possible. Notamment, ces deux-là.

— C'est très gentil de ta part, dit Louise, puis elle porta son attention sur les cidres. Et ceux-ci sont pour qui ?

— Les informatrices.

À ces mots, le sourire lumineux et débordant de Louise se dissipa et prit une teinte plus sombre, comme si une ombre venait de s'installer sur elle.

Tomek sentit le besoin de se défendre.

— Ils sont sans alcool. Après la dernière fois, je me suis dit que c'était un bon début pour elles. Les habituer aux saveurs dès leur jeune âge et dans un environnement contrôlé avec des personnes qui veillent sur elles. Tu n'es pas obligée si tu ne veux pas. Et si tu ne les veux pas du tout, on peut les jeter à la poubelle.

Louise prit le pack et l'examina méticuleusement. — Je suppose que tu as raison. Ça ne sert à rien d'empêcher l'inévitable, seulement de le retarder.

Cette question réglée, Tomek et Louise versèrent les boissons tandis que les filles se dirigeaient vers le salon, où elles furent immédiatement absorbées par les merveilles de la télévision et de leurs smartphones.

— Comment va le travail ? demanda Louise.

— Difficile. Long. Mais j'ai eu une semi-promotion, c'est plutôt sympa.

— Comment fonctionne une semi-promotion ?

— C'est une de ces situations où ils te font faire tout le travail supplémentaire pendant que quelqu'un est en arrêt maladie ou en congé pour quelques semaines.

— Donc tu es un bouche-trou ?

— Absolument.

— Eh bien, félicitations. Un peu d'expérience à un niveau supérieur n'est jamais une mauvaise chose.

Ce n'était pas le cas et Tomek en était pleinement conscient. Ça ne le rendait pas moins amer de devoir gérer Victoria cependant.

— Merci, au fait, commença-t-il, alors qu'ils se dirigeaient vers le salon, boissons à la main.

— Pour quoi ?

— Pour avoir enlevé toutes vos décorations de Noël. Nous avons eu quelques disputes à ce sujet plus tôt aujourd'hui.

Louise leva les yeux au ciel et exhala profondément. — Ne m'en parle pas. Sylvia était pareille. Mais je lui ai dit que si c'était à moi de décider, elles seraient descendues le lendemain de Noël.

— Ou même pas installées du tout.

Elle se tourna pour lui faire face et sourit. — C'est là que je tire la ligne. Je suis une grande fan de Noël, ne te méprends pas, mais une fois que c'est fini, c'est fini.

Leur conversation prit fin lorsqu'ils entrèrent dans le salon. Posé sur un pouf au centre du tapis se trouvait un grand plateau de friandises, avec un autre plateau sur une table basse. Une délectable sélection de collations légères et de gourmandises : des amuse-gueules au fromage, des chips à la sauce thaïlandaise sweet chili, des gressins, des chocolats Lindt, une boîte de Celebrations, du fromage, des crackers et une petite barquette de raisins. Mais le véritable atout, ce qui attirait et surprenait le plus Tomek, c'était le petit verre de *paluski*. Les bâtonnets étroits recouverts de sel dépassaient du verre comme une mini-forêt. Ils étaient un élément de base du régime alimentaire polonais et devaient être dégustés à presque toutes les occasions. Même alors, vous n'aviez probablement pas besoin d'une occasion. Ils étaient salés, savoureux et terriblement addictifs.

— *Paluski* ! cria Tomek avec enthousiasme. Où les as-tu trouvés ?

— Moi aussi, j'ai mes sources et également mes informateurs, dit Louise avec un sourire.

Tandis qu'il se baissait pour prendre un bâtonnet de *paluski*, il la surprit à faire un clin d'œil aux filles.

— Au moins, nous connaissons le chemin vers le cœur de l'autre.

Les mots s'étaient échappés de sa bouche sans qu'il s'en rende compte. Et maintenant, toutes les trois le regardaient fixement.

Vite. Vite. Pense à quelque chose.

— Et je suppose que le chemin vers *vos* cœurs, c'est Noël.

— Noël ! crièrent les filles, puis elles se tournèrent l'une vers l'autre et commencèrent à bavarder à propos de leurs décorations et à quel point elles étaient tristes de les enlever.

Bien rattrapé, pensa Tomek.

Ils passèrent les heures suivantes assis devant la télévision, mais sans vraiment regarder les bêtises qui avaient été programmées. Au lieu de cela, ils avaient parlé, ri, et puis Tomek avait eu l'idée brillante de jouer à des jeux de société. Heureusement, il avait exactement ce qu'il fallait.

— Monopoly d'Essex ? Je ne savais même pas qu'ils faisaient un Monopoly d'Essex.

— Tu peux y croire, ma belle, dit-il en ouvrant l'emballage. Maintenant, est-ce que vous savez tous comment jouer ?

Tout le monde confirma que c'était le cas.

— Super. Question suivante. Est-ce que vous avez tous trois jours ouvrables pour qu'on puisse jouer à ça ?

Tout le monde confirma que c'était le cas.

— Bien. Moi, je n'en ai pas, alors je vais devoir vous battre en quelques heures !

Et il lui fallut exactement ce temps. Trois heures de lancer de dés, d'achat, de facturation, de possession, de construction et de prise stratégique de la première place. Une fois que tous les autres joueurs furent officiellement en faillite, Tomek compta ses gains devant eux.

— Vas-y, dit Louise, alors qu'elle tenait son troisième verre de vin à la main. De combien as-tu gagné ?

— J'ai perdu le compte, répondit Tomek, alors qu'en vérité la marge par laquelle il avait gagné était trop importante, et pour leur épargner l'embarras, il garda l'information pour lui-même.

Porté par sa victoire écrasante, Tomek suggéra le jeu suivant. Singstar sur la PlayStation. Un jeu qui nécessitait deux microphones et deux amateurs de karaoké volontaires. Le but du jeu était simple : chanter en même temps qu'une chanson populaire en restant aussi juste que possible. Au début du jeu, Tomek ne se faisait aucune illusion sur sa position dans le classement. Mais à la fin de la première chanson, il s'était rendu compte qu'il pouvait s'en sortir en fredonnant juste au lieu de chanter les paroles réelles et avait fini par arriver premier, au grand dam de ses adversaires. Pour le reste de la session, il fut contraint de jouer le jeu "correctement" en s'humiliant avec ses talents de chant affreux. À la fin, cependant, il termina à une respectable troisième place, battant de peu Louise, avec Kasia en tête.

— Est-ce que ça fait deux à zéro pour la famille Bowen ? demanda Tomek, avec suffisance.

— Vous êtes nos invités, répliqua Louise. Nous devons vous laisser gagner.

— Ou nous étions simplement meilleurs ce soir. Mauvaise perdante. Tomek lui fit un clin d'œil puis se versa son dernier verre de vin. Il n'en avait pris qu'un, et en prendre davantage le mettrait au-delà de la limite autorisée. Sans mentionner que cela donnerait un terrible exemple à sa fille.

Peu après, tous les quatre accueillirent la nouvelle année avec une étreinte, des cotillons, et le son des verres qui s'entrechoquaient. Beaucoup plus calme et tranquille que le tumulte de trente personnes se hurlant les unes sur les autres avec leur haleine alcoolisée, faisant péniblement le tour de la pièce pour s'assurer de souhaiter à chacun une bonne année.

— Bonne année, les filles, dit Louise. Qu'avez-vous souhaité ?

Sylvia et Kasia se regardèrent avant de répondre.

— Nous avons souhaité que Lucy aille mieux.

La fierté gonfla en Tomek. De toutes les choses qu'elle aurait pu demander – l'Apple Watch qu'il ne lui avait pas achetée pour Noël ou les vêtements et paires de chaussures dont elle le harcelait presque chaque semaine – elle avait plutôt choisi quelque chose de plus profond, quelque chose de plus significatif et sain.

— Eh bien, la bonne nouvelle est qu'elle va mieux, expliqua Tomek. J'ai vu Nick l'autre jour et il a dit qu'elle est toujours dans le coma, mais qu'elle s'améliore.

— C'est *vraiment* une bonne nouvelle, déclara Louise.

— Avez-vous trouvé qui l'a fait ? demanda Sylvia.

La question laissa Tomek perplexe. À sa connaissance, elle avait fait une déposition de témoin le lendemain de l'événement.

— Que veux-tu dire, ma chérie ? demanda Louise.

— Le... l'autre... Elle déglutit profondément et évita leur regard.

Quand elle ne continua pas, Tomek prit sur lui de la presser, doucement.

— Y a-t-il quelque chose que tu dois nous dire, Sylvia ? Tu peux le dire ici. C'est un environnement sûr.

Elle fit une pause, attendit. Se contrôla.

— Cette nuit-là, commença-t-elle doucement, fixant le tapis. Cette nuit-là, j'ai vu une autre silhouette... un homme. Du moins je *pense* que je l'ai vu. Ça tourne en boucle dans ma tête depuis tout ce temps. Il était juste... debout là, dans l'obscurité, près du fish and chip shop, en train de nous regarder.

CHAPITRE
QUARANTE-HUIT

— Le tueur était présent la nuit de l'incident avec Lucy.

— Comment peux-tu être sûr que c'était le tueur ? demanda Victoria.

— L'intuition.

— Je ne veux pas qu'on se précipite, Tomek, dit-elle doucement.

Ils étaient tous les deux enfermés dans son bureau, discutant de l'information cruciale que Sylvia leur avait donnée. La nouvelle concernant cette silhouette anonyme s'était répandue parmi le reste de l'équipe qui était en train de l'examiner.

— Ça pourrait n'être rien, dit-il. Mais d'un autre côté, ça pourrait être *quelque chose*. Et si c'est le cas, je veux m'assurer qu'on utilise toutes les armes à notre disposition pour découvrir de qui il s'agit.

— T'es-tu demandé pourquoi le tueur serait là-bas ? interrogea Victoria.

Cette réflexion ne lui était pas venue à l'esprit. Sans que ce soit nécessaire d'ailleurs.

— T'es-tu demandé pourquoi ce putain de tueur tue des gens en premier lieu ? répliqua-t-il. Pourquoi fait-il tout ça ?

À cela, Victoria n'avait pas de réponse. Assise dans son fauteuil, elle croisa les jambes et posa ses mains sur son genou. Puis elle bâilla profondément, ouvrant grand la bouche, dévoilant ses dents. Elle se frotta les yeux en luttant contre un second bâillement.

— Soirée difficile hier, n'est-ce pas ? Le mépris dans la voix de Tomek était manifeste.

— Un peu, répondit-elle. Beaucoup d'entre nous combattent quelques gremlins de la migraine ce matin.

Il fut un temps où Tomek aurait regretté de manquer les célébrations annuelles du Nouvel An — un cas classique de FOMO, la peur de manquer quelque chose — mais maintenant il n'en avait plus rien à foutre de comment ils se sentaient. Oui, les années précédentes, il se serait senti pareil, fatigué, la tête martelante, l'estomac retourné, et désespérément en quête de quelque chose de gras et d'acide pour combattre le poison dans son système, mais il avait toujours réussi à faire son travail. Il avait toujours réussi à tenir bon. Et en ce moment, il avait l'impression que Victoria voulait que la silhouette anonyme attende un jour de plus, que Tomek le reporte pendant qu'elle ferait secrètement une sieste dans son bureau avec les stores fermés et une paire de lunettes de soleil sur les yeux.

Eh bien, il ne le tolérerait pas.

Nick ne l'avait jamais fait, alors pourquoi devrait-il le faire ?

Pendant que Tomek regardait Victoria ouvrir une bouteille d'eau comme si elle souffrait de Parkinson, la porte s'ouvrit et Chey passa la tête par l'entrebâillement. Son visage, grâce à l'éclat de la jeunesse, parvenait à masquer la gueule de bois dont il souffrait clairement. Malheureusement, des traces persistaient dans sa voix, éraillée et cassée. Sans parler de l'odeur d'alcool qui restait sur son haleine là où il avait mal réussi à se brosser les dents.

— Désolé... désolé de vous déranger, sergent, *madame*.

— Ce n'est rien, répondit sèchement Tomek. Qu'est-ce que tu as ?

— Des images de vidéosurveillance du fish and chips et de quelques restaurants le long de la promenade d'Old Leigh.

Tomek se propulsa hors de sa chaise et suivit Chey jusqu'à son bureau, où il trouva Martin, Nadia et Rachel qui rôdaient déjà. Tous attendaient impatiemment les nouvelles.

En s'approchant, il remarqua que l'air autour d'eux était chargé de parfum et d'après-rasage, une odeur qui lui restait au fond de la gorge. Si leurs tentatives pour cacher l'alcool qui suintait actuellement de leurs pores se voulaient discrètes, elles étaient tout sauf ça.

— Bonjour tout le monde ! hurla Tomek, claquant ses paumes sur la table à plusieurs reprises.

Après le premier coup, ils portèrent tous les mains à leurs têtes, se couvrant les oreilles. Tous sauf Nadia qui, grâce au bébé qui grandissait dans son ventre, était restée sobre toute la nuit et prenait plaisir à regarder ses collègues se vautrer dans l'apitoiement.

— Qu'est-ce que tu fous, espèce de con ? lança Martin, qui était le plus mal en point de tous.

Tomek lui donna une claque dans le dos et dit : — Je m'assure juste que vous êtes tous vivants et frais ce matin.

— Tu as de la chance que personne n'ait vomi, dit Nadia. C'était... *dégoûtant*.

Tomek prit le siège à l'avant qu'on lui avait réservé. Quelques instants plus tard, le membre le plus lucide de l'équipe (hormis Tomek et Nadia) avait chargé les séquences vidéo et appuyé sur lecture.

Sur l'écran de l'ordinateur de l'agent, on ne voyait que des ténèbres, les contours à peine visibles des formes. Au centre des images se trouvait la plage, à gauche, Lucy Cleaves et Paddy Battersby, et en bas, presque hors de vue, se trouvait la silhouette anonyme, une ombre noire, ses traits indiscernables.

Au fur et à mesure que la vidéo progressait, et alors que toutes les filles réagissaient à l'incident et se jetaient sur Paddy, la silhouette bougea. Au début, ses mouvements étaient lents, hésitants, mais puis, comme il devenait plus confiant sur le fait qu'il ne serait pas vu — les filles étaient trop concentrées sur l'arrestation de Paddy et les soins à leur amie — il passa droit devant elles. Au bout de la promenade, il sauta sur la plage et disparut au loin, gardant une grande distance jusqu'à ce qu'il atteigne la fin de la plage où il remonta sur la promenade et continua dans l'obscurité, en direction de Southend-on-Sea.

— Où va-t-il après ça ? demanda Tomek.

— Eh bien, il n'y a pas de vidéo dans cette zone. C'est juste un étroit—

— Et quand ça débouche à Chalkwell ?

— Tu ne m'as pas laissé finir, répliqua Chey. Puis il cliqua sur quelques boutons supplémentaires et un deuxième écran de ténèbres apparut. — Voici des images plus loin sur le front de mer entre Chalkwell Beach et Southend. Il pointa une ombre mouvante sur la plage. — Selon mon estimation, c'est le même type. Même taille, même carrure, mêmes vêtements.

— Où va-t-il ?

Et puis il trouva la réponse dans un autre extrait de vidéosurveillance. La silhouette, masquée par un grand manteau et sa proximité avec les caméras, se dirigeait vers le Grosvenor Casino.

— Reviens à la première prise, sur Bell Wharf.

Chey fit ce qu'on lui demandait, et Tomek se pencha pour mieux voir, ses yeux à quelques centimètres de l'écran.

— Que regardez-vous, sergent ? demanda Chey.

— J'essaie de déterminer qui c'est, dit-il. Et puis il ajouta, — Je pense que c'est James Elliott.

CHAPITRE
QUARANTE-NEUF

Les recherches antérieures de l'équipe dans les registres financiers de James Elliott avaient révélé à quel point son passé avec le casino du front de mer et les diverses plateformes en ligne avait été malsain. Un passé problématique qui l'avait presque conduit au divorce et à perdre son emploi. Sur une période de deux ans, il avait perdu près de trente mille livres et avait failli perdre sa maison.

Tomek avait vécu quelque chose de similaire dans sa vie. Deux de ses amis d'école s'étaient retrouvés au bord de la faillite à cause de leurs dépendances. Ils avaient menti à leurs partenaires, s'étaient menti à eux-mêmes, et avaient fini par se faire tuer après s'être trop enfoncés avec un usurier qu'ils n'avaient pas pu rembourser.

Quant à James Elliott, Tomek ne craignait pas que la même chose se produise. Au contraire, il pensait l'inverse. Que James Elliott était celui qui commettait les meurtres.

— Où est votre mari, Madame Elliott ?

Amber Elliott, une femme qui semblait aussi fatiguée que Rachel assise à côté de lui, tamponnait son eye-liner épais avec un mouchoir. Elle pleurait depuis leur arrivée, son esprit commençant déjà à craindre le pire. C'était le jour de l'An, l'une des journées les plus chargées du calendrier footballistique pour la National League, et son mari était introuvable. Il ne s'était pas présenté au travail le matin pour le coup d'envoi de 15 heures du match Dagenham & Redbridge FC contre Eastleigh. Il n'était pas non plus rentré d'une sortie tardive.

— Je ne sais pas où il est, répondit-elle en reniflant.

— Quand l'avez-vous vu pour la dernière fois ? demanda Rachel.

Tomek lui avait demandé de l'accompagner, ainsi qu'Anna, qui divertissait actuellement les deux filles des Elliott dans la cuisine.

— Il est sorti hier soir, répondit-elle, sa voix se brisant au milieu de sa phrase.

— Savez-vous où ? poursuivit Rachel.

Tomek était heureux de rester en retrait et de laisser sa collègue mener la conversation.

— Il a dit qu'il allait à un événement de football. Ils organisent habituellement une fête du Nouvel An pour les joueurs et le personnel. Quelque chose de tranquille. Rien de trop sauvage parce qu'ils ont un match le lendemain. Les familles sont invitées, mais Lara ne se sentait pas très bien hier soir, alors nous n'y sommes pas allées.

— Va-t-elle mieux maintenant ? demanda Rachel en se déplaçant vers l'autre côté du salon pour s'asseoir à côté d'Amber.

— Oui, elle va bien maintenant. Merci. Amber tamponna à nouveau ses yeux, pliant le mouchoir plusieurs fois.

— Quand avez-vous remarqué que quelque chose n'allait pas ? continua Rachel.

— Quand je me suis réveillée ce matin. Il n'était pas là. J'ai essayé son portable, mais il ne répondait pas. Une partie de moi pensait qu'il était resté au club et qu'il allait directement au match de là-bas, comme c'est à quelques heures de route. Mais quand j'ai reçu un appel d'un de ses amis du club disant qu'il n'arrivait pas non plus à le joindre, c'est là que j'ai su que quelque chose n'allait pas. Que quelque chose avait pu lui arriver.

Ou qu'il avait pu faire quelque chose à quelqu'un d'autre.

— Votre mari a-t-il déjà fait ce genre de chose auparavant ? Disparaître pour une nuit et ne pas rentrer ?

Amber Elliott fut incapable de croiser le regard de Tomek en hochant lentement et solennellement la tête. — À l'époque où... à l'époque où les choses allaient vraiment mal... avec l'argent et le jeu, commença-t-elle, puis toussa en s'étranglant avec les larmes qui montaient dans sa gorge. Quand les choses allaient mal entre nous, il lui arrivait de sortir jouer et de ne pas rentrer avant le lendemain matin, après avoir perdu tout notre argent.

Les inquiétudes dans la tête de Tomek continuaient de croître. Si James Elliott disparaissait pendant plusieurs nuits, il était impossible de savoir ce qu'il aurait pu faire d'autre. Jouer, oui. Assister à des concerts et tuer des filles innocentes entre-temps ? Peut-être.

Depuis la cuisine, des cris joyeux et des rires résonnaient à travers la porte. Amber leva la tête et se tourna vers la cuisine.

— Madame Elliott, dit Tomek, ramenant son attention sur lui. Vos enfants vont bien. Elles sont en bonne compagnie. Je vais vous montrer quelques photos et je vais vous poser des questions difficiles maintenant, d'accord ? Et j'ai besoin que vous réfléchissiez très attentivement pour moi. D'accord ?

À ce moment-là, Amber se tourna vers Rachel pour chercher un soutien émotionnel. La policière le lui offrit en plaçant un bras sur son épaule et en lui caressant doucement le dos. D'après sa réaction, Tomek eut l'impression qu'elle savait de quoi il s'agissait.

— Où était votre mari le soir du 19 décembre ?

La nuit de la mort de Fern Clements.

Combattant les larmes, Amber sortit son téléphone de la poche de son jean et consulta son calendrier. — Il était à un match à l'extérieur. Ils jouaient contre Tranmere Rovers.

— Et trois nuits avant ça ?

La nuit où Lily Monteith est morte.

— Il... je ne m'en souviens pas. Je pense qu'il était à la maison.

— Mais vous ne pouvez pas en être certaine ?

— Non. Désolée.

Alors que Tomek ouvrait la bouche, il était sur le point de lui demander où se trouvait son mari deux ans auparavant, la nuit de la mort de Mandy Butler, mais il réalisa qu'il serait injuste de s'attendre à ce qu'elle sache une telle chose.

— Votre mari est-il déjà allé à des concerts, Madame Elliott ? demanda Tomek.

— Je... Pourquoi ? Quel rapport avec tout ça ?

— Répondez simplement à la question, s'il vous plaît, répondit-il fermement.

— Je veux dire, c'est possible. Nous n'y sommes jamais allés. Pas depuis longtemps, en tout cas. Seulement quand nous avons commencé à sortir ensemble. Tout a changé quand il a obtenu son poste. Il est toujours dehors, va à différents endroits, voyage dans tout le pays.

— Et les abeilles ? Votre mari s'y intéresse-t-il ou a-t-il déjà mentionné les abeilles dans une conversation ?

— Je... je... je ne crois pas.

Tomek hocha la tête. — À quelle fréquence voyez-vous votre mari, Madame Elliott ?

— Pas beaucoup.

— Combien ?

Elle frappa sa main sur son genou avec agressivité. — Vous voulez que je vous donne un chiffre ? Que je vous donne un pourcentage ?

— S'il vous plaît, dit Tomek avec une légère inclinaison de la tête.

Soupirant, Amber répondit : — Vingt-cinq pour cent du temps. Peut-être plus. Il est rarement à la maison. Et je suis toujours occupée au travail aussi, alors les filles sont livrées à elles-mêmes la plupart de la semaine. Heureusement, elles sont à un âge où elles peuvent se débrouiller, mais ça n'a pas toujours été aussi facile.

Tomek attendit un moment avant de passer à la question suivante. Dans la cuisine, le bruit d'excitation et de rires joyeux continuait, mettant Amber un peu plus à l'aise.

— Je comprends que vous avez traversé une période difficile il y a deux ans.

— Oui.

— Que s'est-il passé ?

— C'est à ce moment-là que j'ai découvert le jeu. Il l'a nié, comme vous pouvez l'imaginer, mais j'avais des preuves. J'ai vu son compte bancaire et tous les e-mails qu'il recevait des sociétés de paris avec des offres et des paris gratuits. Alors j'ai craqué. Ça a failli nous séparer définitivement. Les deux mois où nous étions séparés nous ont vraiment aidés à réparer notre relation. Nous ne serions pas ensemble si ce n'était pas pour cela.

Les oreilles de Tomek se dressèrent. La période de la mort de Mandy Butler apparut dans son esprit.

— Vous étiez séparés ? demanda Tomek pour clarification.

— Oui.

— Puis-je vous demander quand ?

Elle se redressa à cette question. — Eh bien, vous m'avez posé des questions sur tout le reste, je ne vois pas pourquoi j'aurais un problème avec *cette* question.

Tomek ne répondit pas, et quand elle comprit qu'il ne le ferait pas, elle continua : — C'était entre mars et juillet. Il y a deux ans. Je m'en souviens parce que nous nous sommes réconciliés juste avant les vacances scolaires et il nous a offert des vacances en Floride. Achetées et payées avec ses gains.

Tomek prit un moment pour absorber l'information. La séparation de James et Amber s'était produite au même moment que la mort de Mandy Butler. Ce qui le plaçait clairement dans le cadre de son meurtre.

Il restait Diana Greenock.

Était-il possible qu'il l'ait tuée aussi ? Tomek voulait le croire, mais ne trouvait pas comment les pièces pouvaient s'emboîter. Et puis ça le frappa : Dagenham & Redbridge FC. La National League avait deux équipes de la région de Manchester : Rochdale et Oldham Athletic. Peut-être que James l'avait rencontrée à un moment donné, possiblement lors d'un des matchs. Peut-être qu'ils avaient échangé des numéros et flirté par SMS pendant des semaines ou des mois par la suite, comptant les jours jusqu'à sa prochaine visite. Et peut-être que cette nuit-là, il s'était introduit chez elle pour la tuer.

Ce n'était pas totalement impossible. Mais cela nécessiterait certainement plus d'investigations.

— Est-ce que les noms Diana Greenock, Mandy Butler, Lily Monteith ou Fern Clements vous disent quelque chose, Amber ? demanda Tomek, en lui tendant un document que Chey avait produit. Il y avait des photos récentes des quatre victimes, avec leurs noms au-dessus de leurs têtes. — S'il vous plaît, prenez votre temps.

Et elle le fit. Deux minutes, en fait. Pendant ce temps, Tomek sortit son téléphone et vérifia ses e-mails, tandis que Rachel disparut pour préparer une tasse de thé pour elle et Amber et un verre d'eau pour lui.

Au moment où elle revint, Amber avait fini d'analyser le document.

Tomek ne l'avait pas remarqué au début, mais quand elle leva les yeux vers lui, il vit les larmes se former dans ses yeux, et les deux dont elle avait déjà perdu le contrôle descendaient maintenant le long de ses joues.

— Est-ce que cela signifie ce que je pense ? demanda-t-elle, sa voix tremblante.

— Nous ne savons rien avec certitude, Madame Elliott.

— Pensez-vous que mon mari a fait cela ?

— Nous examinons actuellement toutes les pistes d'enquête, répondit Tomek. Est-ce que l'un de ces noms vous dit quelque chose ?

Lentement, avec hésitation, Amber Elliott pointa un nom sur la feuille.

— Lily Monteith. Elle va à la même école que les filles.

La nuit où Amber ne pouvait pas justifier des allées et venues de son mari.

CHAPITRE
CINQUANTE

— Il faut que ce soit plus concret, dit Victoria en laissant tomber un comprimé d'Alka-Seltzer dans un verre d'eau.

Les bulles crépitaient et sifflaient comme la frustration de Tomek.

— De quoi avons-nous encore besoin ? demanda-t-il. Vous voulez que nous nous tenions au-dessus de lui pendant qu'il enlève une fille et la tue par je ne sais quelle méthode qu'il aura choisie cette fois, juste pour être absolument sûrs ?

Victoria lui lança un regard méprisant.

— Inutile d'être sarcastique, Tomek.

— Parfois, je pense que c'est nécessaire. Jusqu'à présent, James Elliott est le seul suspect dont nous pouvons dire avec un certain degré de certitude, aussi grand soit-il, qu'il est notre tueur.

Tomek plongea la main dans la poche de son blazer et en sortit son carnet, puis feuilleta les pages près du début.

— Le profil psychologique établi par Tracy Pickard suggérait qu'il s'agissait d'une personne en position de pouvoir et d'autorité, quelqu'un de plutôt séduisant, capable de faire tomber les barrières de ses victimes. Et je pense qu'Elliott correspond à cette description. Bien qu'il ne soit qu'un intendant, il travaille pour un club de football. Certaines filles semblent adorer ça, surtout s'il se promène en survêtement du club. Quand je lui ai parlé, il m'a paru confiant et légèrement manipulateur.

Et, sans être expert, je dirais qu'il est plutôt bel homme. Sans oublier qu'il connaît Lily Monteith, peut-être pour avoir traîné devant son école, et que sa femme ne peut pas confirmer où il se trouvait la nuit de sa mort. Il voyage dans tout le pays, il est donc possible qu'il ait croisé Diana Greenock et Mandy Butler à un moment de leur vie. Il fait partie du club de football et a des liens avec Darren Edgerton et Harrison Rossiter, et ses traits correspondent à chacun des portraits-robots établis par nos témoins.

— Vous plaisantez, j'espère ? demanda Victoria en prenant une grande gorgée d'eau gazeuse. Lorsqu'elle eut fini, elle grimaça et posa le verre sur la table, secouant la tête pour chasser les bulles. — Tous ces portraits-robots montrent un homme blanc aux cheveux bruns et au nez pointu. Ça ressemble à presque la moitié des hommes de cette ville. L'un d'eux vous ressemble même un *peu*.

Tomek acquiesça silencieusement. L'un d'eux lui ressemblait effectivement, et bien que les portraits-robots ne soient généralement pas considérés comme très fiables, ils avaient leur utilité, notamment pour convaincre sa commissaire par intérim de la validité de ses affirmations.

— Répondez-moi à ceci, commença Victoria. Quel rapport y a-t-il avec ses problèmes de jeu ?

C'était justement le point qui avait aussi bloqué Tomek. Le lien ne lui paraissait pas aussi évident que le reste, mais il était certain qu'il y en avait un quelque part. Et parfois, la seule façon de le trouver était de commencer à en parler.

— J'y ai réfléchi, commença-t-il, et je pense que ça a un rapport avec la voiture, ce qui est un autre élément à charge contre lui, non ? La voiture est enregistrée au nom de sa famille, et il a refusé de nous dire à qui il l'avait vendue. Je ne pense pas qu'il l'ait vendue à qui que ce soit.

— Le jeu, Tomek, dit Victoria sévèrement, voyant clair dans son stratagème malgré ses réflexes diminués. Quel est le lien avec la dépendance au jeu ? Quelle motivation cela lui donne-t-il pour tuer ces filles ?

— Il n'y a aucun rapport, dit-il. La dépendance au jeu n'était qu'un de ses vices parmi d'autres. La nuit où Lucy a été agressée sur la plage, il était là pour autre chose. Peut-être qu'il se rendait de toute façon au casino. Il s'est juste trouvé au mauvais endroit au mauvais moment. Sa femme nous a expliqué qu'il disparaît parfois la nuit et qu'il est toujours au football. Peut-être qu'il alimentait sa dépendance de cette façon et voulait se promener le long du front de mer dans l'obscurité pour cacher son identité.

Victoria se frotta les yeux et réfléchit un moment. Avant qu'elle ne puisse répondre, quelqu'un frappa à la porte de son bureau. Victoria l'invita à entrer.

C'était Oscar, avec ses cinq pieds quatre pouces.

— Comment pouvons-nous vous aider, Capitaine ? demanda Tomek.

— C'est à propos de James Elliott.

— Quelqu'un l'a retrouvé fourré dans un sac de sport ?

— Non, mais des agents en uniforme patrouillent dans les champs de la région à la recherche d'autres victimes comme vous l'avez demandé, et nous avons lancé des alertes sur toutes les personnes disparues correspondant au profil de nos victimes de meurtre.

Tomek hocha la tête.

— Bon travail. De quoi s'agit-il ?

— En fait, c'est à propos de ce que vous venez de dire, chef.

— Ils l'ont trouvé dans un sac de sport ?

— Oui. Et non. Je viens de parler avec le responsable des ressources humaines, et ils m'ont informé qu'ils ont licencié James Elliott il y a environ deux mois. Ils l'ont renvoyé parce qu'ils ont découvert son problème de jeu. Ils ne peuvent pas se permettre d'avoir quelqu'un qui fait ce genre de choses au club. Motif de licenciement immédiat. Il n'y travaille plus depuis environ huit semaines.

Tomek se tourna vers Victoria, puis à nouveau vers Oscar.

— Alors qu'est-ce qu'il a foutu pendant tout ce temps ?

Puis il baissa les yeux sur l'impression contenant les noms et les visages des victimes.

— Donc, il a été un joueur chômeur et dépendant ces dernières semaines qui mentait à sa famille, dit Victoria, agissant comme la voix infernale de la raison. Cela n'explique toujours pas son lien avec toutes ces filles. Avez-vous vérifié les listes ?

Les listes. Les foutues listes de tous les hommes qui étaient entrés dans la vie des victimes. Plus de quatre cents noms répartis sur quatre feuilles de calcul différentes.

Tomek acquiesça.

— J'ai effectué une simple recherche pour chacune, oui.

— Et ?

— Rien.

— Voilà, vous avez votre réponse.

— Mais les listes ne doivent pas être prises comme parole d'évangile, se défendit-il. Je dirais qu'elles sont à peu près aussi utiles que les portraits-robots.

— À quoi bon les avoir établies, alors ?

Sentant que cette discussion dépassait ses compétences, Oscar commença lentement à se retirer de la pièce. Tomek le remarqua du coin de l'œil, et alors qu'il s'apprêtait à s'adresser à lui, Sean apparut dans l'encadrement de la porte, le remplissant entièrement de ses épaules massives.

— Qu'est-ce que c'est ? Une fête dans mon bureau où tout le monde est invité ?

— Non, madame. C'est mieux qu'une fête, pas que vous ne puissiez pas organiser une bonne fête, je suis sûr que vous le pourriez, c'est juste que...

Sean finit par s'arrêter progressivement, regardant profondément dans les yeux de Victoria. Pendant un bref instant, Tomek eut l'impression de voir un écolier perdu, attendant des directives.

— Qu'avez-vous à dire, Sean ? demanda doucement Victoria.

— Quelqu'un vient de signaler la disparition d'une adolescente de quatorze ans. Vue pour la dernière fois hier soir.

Tomek jeta un regard rapide à l'inspectrice.

— James Elliott et une adolescente disparaissent la même nuit. Coïncidence ?

Elle ne pouvait pas contredire cet argument.

La jeune fille s'appelait Remi Sane, à une lettre près de ce que ses parents souhaitaient qu'elle soit : safe, en sécurité.

— Elle est sortie hier soir chez une amie et était censée rentrer, mais elle ne l'a jamais fait, expliqua Roger Sane, le père de Remi. Nous avons essayé de l'appeler encore et encore, mais elle ne répond pas. Nous avons vu tout ce qui se passe dans les informations avec les meurtres et les autres filles qui sont mortes, et nous sommes tellement inquiets que quelque chose ait pu lui arriver.

— Quelle est son allergie ? demanda Tomek brutalement, sans réaliser l'offense qu'il pouvait causer.

— Allergie ? Elle... elle n'en a pas.

— D'accord.

Juste comme ça, leurs espoirs de relier la disparition de la jeune fille à Lily Monteith et aux autres victimes s'envolèrent par la fenêtre.

— Quelle différence cela fait-il ? demanda Phoebe Sane aux côtés de son mari. Elle a disparu, qu'elle ait une allergie ou non.

Cela signifie simplement qu'elle a beaucoup plus de chances d'être en vie, pensa Tomek. Puis il décida qu'il serait dans l'intérêt de tous qu'il ne dise rien de plus.

— Tout à fait, intervint Anna. Nous voulions simplement écarter votre fille de nos enquêtes sur les meurtres que vous avez mentionnés. Le tueur a un type particulier de victime, et d'après votre description de votre fille, elle ne correspond pas à ce profil. Vous n'avez donc rien à craindre à cet égard.

— Donc ce que vous dites, c'est qu'elle a peut-être disparu, mais vous ne pensez pas qu'elle soit morte.

Et tout se passait si bien. Tomek pensait qu'Anna avait géré la situation de manière professionnelle et diplomatique, mais visiblement pas assez bien pour les parents de Remi.

— Il est important pour nous de savoir avec qui votre fille était hier soir, poursuivit-elle, évitant l'accusation.

— Ses amies.

— Oui. Connaissez-vous leurs noms par hasard ?

Bien qu'il détestât l'admettre, dès qu'il avait découvert que Remi n'avait pas d'allergie, Tomek avait commencé à se désintéresser. Si elle n'était pas liée aux meurtres, alors il perdait son temps alors qu'il aurait pu mieux l'employer à rechercher James Elliott.

L'esprit de Tomek était envahi de pensées concernant l'homme qui leur avait tous menti. Menti sur son travail, menti sur sa dépendance, menti sur la voiture retrouvée devant le bâtiment à Shoeburyness. L'homme avait une large cible au-dessus de sa tête, et Tomek ne pouvait attendre de le mettre dans sa ligne de mire.

Quelques minutes passèrent à écouter d'une oreille, hochant la tête quand il pensait que quelque chose d'important ou de sensible avait été dit, et souriant quand il croyait entendre quelque chose de réconfortant. Pendant ce temps, son esprit s'emballait, à plus de cent kilomètres à l'heure.

Diana Greenock. Mandy Butler. Lily Monteith. Fern Clements. La Volvo. Le bâtiment. Dagenham & Redbridge FC. Billy le putain de Combattant de Vaches.

Mais avant qu'il ne puisse y penser davantage, un bruit provint de la porte d'entrée. Fort, brusque. Un bruit de coup. Pas un signe de détresse, mais le désespoir derrière était évident.

— Remi ! s'exclama Phoebe en bondissant du canapé, laissant son mari derrière elle.

Roger la suivit rapidement hors du salon, avec Tomek et Anna sur leurs talons. Au moment où tous les trois arrivèrent dans le couloir, Phoebe avait déjà ses bras enroulés autour de sa fille, la serrant étroitement contre sa poitrine, lui caressant l'arrière de la tête et l'embrassant sur le front.

La gardant près d'elle.

Remi Sane était désormais exactement comme ses parents le souhaitaient.

En sécurité.

— On dirait que vous n'aurez plus besoin de nous, dit Anna, tandis qu'ils se dirigeaient tous deux vers la sortie.

CHAPITRE
CINQUANTE-ET-UN

Tomek était assis à son bureau depuis des heures, se rendant lentement fou, s'infligeant un état semblable à celui d'une gueule de bois, avec tous les mêmes symptômes. Mal de tête, fatigue, dépression, sentiment de dégoût de soi, perte de dignité et regrets.

Une gueule de bois personnelle.

Il fixait les mêmes informations depuis des heures, essayant de forcer les pièces dans le puzzle, de trouver un moyen pour que tout ait un sens. Mais au final, il était devenu myope, et tout s'était transformé en un flou indistinct.

Ce n'est que lorsqu'il sentit une main ferme sur ses épaules qu'il cligna des yeux. Ou du moins, qu'il crut avoir cligné des yeux. Il ne se rappelait pas exactement de la dernière fois qu'il l'avait fait.

— Tu as l'air d'avoir besoin de sommeil, dit Sean en s'asseyant à côté de lui.

— Ou d'un verre.

— Une petite pinte du Nouvel An au Last Post tout à l'heure ?

Tomek haussa les épaules. — J'aimerais bien. Mais Kasia, elle est restée à la maison toute la journée. Je ne voudrais pas...

— Je comprends. La nouvelle normalité.

— La nouvelle normalité.

Les deux hommes échangèrent un sourire et un regard qui mit Tomek à l'aise.

— On va devoir noter quelque chose dans l'agenda, dit-il. Comme les femmes.

— On pourrait apprendre une ou deux choses de Nads. Je crois qu'elle a déjà envoyé les invitations pour Halloween de l'année prochaine.

Tomek leva les yeux au ciel et gloussa. — Je pense que je vais me mettre en « peut-être » pour celle-là. Pas après le désastre de cette année.

Son ex-petite amie avait fait irruption à l'événement, l'avait quitté sur place et avait ensuite tué un pédophile. Il avait certainement passé des soirées plus agréables avec l'équipe.

— West Ham joue à domicile à la fin du mois, si ça te dit d'y aller ?

— J'adorerais. Je suis sûr que la petite sera contente, elle pourra aller chez une copine ou quelque chose comme ça.

— Et sa mère pourra les garder toutes les deux.

— En parlant d'histoires de cœur, commença Tomek.

— Histoires de cœur ? Les yeux de Sean s'écarquillèrent. — On n'était pas en train de parler de...

— Je te demande à propos de toi, répondit Tomek frénétiquement, désireux de rediriger la conversation vers Sean. — *Tes* histoires de cœur. Je veux savoir ce qui se passe chez toi.

— Moi ? Sean balaya la pièce du regard et baissa la tête. — Je n'ai pas d'histoire de cœur.

— Alors c'était quoi ces maladresses tout à l'heure ? Dans le bureau de Victoria ?

— Oh, avec Vicky ? C'était...

— Vicky ? C'était maintenant au tour de Tomek d'écarquiller les yeux. — Tu en es aux petits noms mignons maintenant ?

Sean lui fit un doigt d'honneur et lui dit d'aller se faire foutre. Ce que Tomek n'avait nullement l'intention de faire.

— C'est toi qui es venu ici, ajouta-t-il. — Maintenant raconte-moi tout.

Pour seulement la deuxième fois depuis que Tomek le connaissait, Sean sembla gêné, adoptant le même air d'écolier nerveux qu'il avait porté plus tôt dans le bureau de l'inspectrice.

— On est juste allés boire un verre un soir. Vous étiez tous rentrés, je crois, alors on s'est dit tant pis et on est allés au pub. Puis on a commencé à discuter. Tu sais comment ça se passe.

— Toujours célibataire, remarqua Tomek. — Et les choses... progressent dans la bonne direction ?

Sean acquiesça, ses joues rougissant d'une teinte plus foncée.

— Oh là là: J'ai hâte que tu expliques ça à Nick quand il reviendra.

— Pas question. Je laisse ça à sa charge.

Tomek rigola. — Qui a dit que la galanterie était morte ? C'est sûrement ce qu'elle voit en toi, ce besoin irrépressible de faire passer les autres avant toi-même. Dans ce cas, c'est exactement ce que tu vas faire : la jeter en pâture au loup en premier.

— Je ne sais même pas ce qu'elle me trouve.

— Au moins, on n'a pas à s'inquiéter que tu te sous-estimes !

Tomek ne put retenir l'explosion de rire qui franchit ses lèvres. Le son résonna dans tout le bureau, dérangeant ceux qui étaient à proximité. Quand il ouvrit les yeux, il vit Sean qui se tenait le ventre, riant aussi de la blague.

C'était dans des moments comme celui-là que Tomek se rappelait qu'il y avait une certaine lumière dans les ténèbres. Leur travail était généralement si déprimant et dévastateur qu'ils avaient besoin d'un peu de clarté, aussi infime soit-elle, pour garder le moral.

— Maintenant tu dois me parler de *ton* histoire de cœur, dit Sean à Tomek, arrêtant brusquement son rire. — Ou devrais-je dire *tes* histoires ?

— Moi ? Histoire de cœur ? Non. Je n'ai aucune idée de ce dont tu parles.

Avant que Sean ne puisse répondre, le téléphone de Tomek commença à vibrer bruyamment sur la table.

— Sauvé par le gong.

Jusqu'à ce qu'il voie qui appelait.

Edith, sa voisine.

La quatrième fois en moins de deux jours. Pour lui faire savoir si elle avait vu quelque chose d'étrange ou de suspect dans la rue. Pour préciser quand il allait installer le système de sécurité qu'il avait acheté pour l'immeuble (réponse : quand il s'en souviendrait et quand il aurait le temps, deux choses qui coïncidaient rarement).

— Salut, Edith, dit-il en levant les yeux au ciel à l'attention de Sean.

— Bonjour, Tomek. Comment allez-vous aujourd'hui ?

— Bien, merci. Tout va bien ?

— Je voulais juste vous dire que je l'ai revu.

— Qui ?

— L'homme.

— Ah, d'accord.

— Oui. Il est là depuis environ vingt minutes, je dirais. Vous n'avez pas reçu la notification sur votre téléphone ?

— Quelle notif… ? Ah, *celle-là*. Eh bien, je n'ai pas encore eu l'occasion d'installer la caméra de sécurité, je le crains.

— Oh. Je vois.

— Désolé pour ça. Le travail est vraiment très prenant en ce moment. Je dirais bien que vous pourriez demander à Kasia de le faire, mais je pense qu'elle serait encore moins utile que moi.

— Ce n'est pas grave. Une autre fois.

— Voulez-vous aller la voir ? demanda Tomek. — Ça vaudrait peut-être la peine de voir si elle a vu l'homme aussi. Elle fait un bon thé si ça vous dit ?

Le bruit de papiers froissés résonna à travers le téléphone.

— Je vais aller frapper à sa porte maintenant. Voir si elle a remarqué quelque chose.

Tomek resta en ligne pendant qu'elle s'y rendait. Le bruit de pas lents et réguliers montant les escaliers – les mêmes planches qu'il essayait d'éviter chaque fois qu'il rentrait tard mais sans succès – résonna à son oreille.

Jusqu'à ce que… — La porte est ouverte, dit-elle. — Est-ce que la porte devrait être ouverte ?

— Non. La voix de Tomek commença à se fêler.

Edith s'approcha de la porte. Il pouvait presque la voir poser sa main sur la poignée et la pousser doucement.

— Kasia ? appela-t-elle doucement à travers le téléphone.

— Kasia ?

Rien.

À présent, Tomek avait cessé de respirer, son corps s'était tendu et son esprit s'était figé.

— Kasia ?

Toujours rien.

Puis... — Êtes-vous sûr qu'elle est censée être à la maison, Tomek ? Parce qu'elle n'est pas là.

CHAPITRE
CINQUANTE-DEUX

Tomek n'avait jamais conduit aussi vite pour rentrer chez lui.

En fait, il n'avait jamais conduit aussi vite de toute sa vie.

Dangereusement vite. Slalomant entre les voitures, grillant les feux sans lever le pied de l'accélérateur. Toutes les autres voitures qui le suivaient avaient eu du mal à tenir le rythme. Et lorsqu'il s'était arrêté devant chez lui, Sean lui avait crié : — Espèce d'abruti ! Tu ne seras d'aucune utilité à Kasia si tu es mort !

C'était peut-être vrai, mais à cet instant, il s'en fichait. La chose la plus importante pour lui était de retrouver Kasia vivante, et non pas morte dans un champ.

— Je veux que toutes les unités disponibles fouillent les champs de la région, ordonna-t-il sans s'adresser à personne en particulier. Hadleigh. John Burrows. Je veux qu'ils soient tous en alerte maximale pour James Elliott.

Il n'y avait pas plus de quinze personnes dans son minuscule appartement de deux chambres. Toute l'équipe, à l'exception de Nadia qui avait été contrainte de rester au poste pour surveiller les lignes téléphoniques au cas où quelque chose arriverait. Une unité de quatre agents en uniforme et une équipe de deux personnes de la police scientifique s'étaient également déplacées.

C'était toute l'étendue de leur armée. Quinze membres hautement spécialisés et formés des forces de police contre un seul homme.

Jusqu'à présent, ils avaient retourné tout l'appartement, Tomek faisant la majeure partie du travail, et pourtant il n'y avait aucune trace d'elle.

Aucun signe d'effraction. Aucun signe de lutte.

Debout au milieu de sa chambre, il se força à imaginer comment cela avait dû se passer. Comment la sonnette avait dû retentir, comment elle avait dû ouvrir la porte, s'attendant à le voir lui, et comment elle avait dû être maîtrisée. Forcée à se soumettre, frappée à la tête, ligotée, attachée, puis transportée jusqu'à la voiture du tueur.

Puis son regard tomba sur le petit colis Amazon posé par terre à côté de l'armoire de Kasia.

Le putain de système de surveillance domestique.

Comme s'il se moquait de lui, riait à sa face, lui disant *je te l'avais bien dit*.

S'il l'avait seulement installé plus tôt. S'il avait seulement fait ce qu'on lui avait demandé d'innombrables fois, il aurait au moins vu qui l'avait enlevée. Il aurait au moins vu le tueur dans toute sa gloire sournoise.

La fureur gonfla en lui, bouillonnant comme l'Alka-Seltzer de Victoria. Jusqu'à ce qu'elle déborde finalement. Tomek contracta tout son corps, saisit la boîte sur le tapis et commença à la déchirer sur le lit. Le carton, le plastique et les composants de l'appareil volèrent dans les airs comme s'ils essayaient d'échapper à ses griffes furieuses.

Ce n'est que lorsque Sean le tira par l'épaule qu'il s'arrêta.

— Qu'est-ce que tu fous ? lui cria-t-il au visage.

— Je dois l'installer. Quelqu'un doit l'installer.

— Personne ne pourra le faire si tes grosses pattes l'ont cassé.

Tomek s'arrêta, contemplant le carnage qu'il avait provoqué.

— Que quelqu'un s'en occupe, ordonna-t-il. Ça doit être fait. Maintenant.

— Tu as une perceuse ? Un tournevis ?

Tomek le regarda, déconcerté.

— J'aurai besoin de ces trucs pour le visser.

Son cerveau ne fonctionnait pas correctement. À tel point qu'il ne pouvait pas répondre à la question de Sean et sortit de la pièce, laissant l'homme se débrouiller. En entrant dans le salon, il pointa Chey du doigt et dit : — Aide Sean à trouver un tournevis ou quelque chose. Je ne savais pas qu'il fallait deux personnes pour installer une putain de caméra de sécurité.

Chey acquiesça, incertain, puis courut dans la chambre.

Tandis que Tomek se déplaçait dans son appartement, il était inconscient de tout ce qui l'entourait. Ils s'étaient fondus dans l'arrière-plan, devenant un mirage de formes et de couleurs. Pourtant, la partie lucide de son cerveau réalisait qu'ils étaient toujours des objets et qu'il fallait les éviter.

Il se déplaçait d'un endroit à l'autre, faisant les cent pas, sans même réfléchir.

Son esprit tournait à plein régime alors que la panique s'était installée. Maintenant, il commençait enfin à apprécier et à comprendre pleinement le tourment qu'avaient traversé toutes les familles touchées par le tueur. Comment elles avaient dû devenir folles de peur. Même s'il n'était qu'au premier stade, la panique immédiate, il savait ce qui allait suivre.

La paranoïa. Le désespoir. L'angoisse.

Chacun avec ses propres sentiments et comportements nuancés.

S'en prendre à ses amis et à sa famille, ceux qui tenaient à lui.

Se rendre fou avec les pensées qui tourbillonnaient dans son esprit comme le Grand collisionneur de hadrons.

Il priait simplement pour que sa situation ne se termine pas comme toutes les autres. Avec une adolescente morte gisant dans un champ.

Une boule se forma dans sa gorge à cette pensée.

Elle disparut aussitôt qu'il vit qui venait de franchir la porte.

— J'ai parlé avec ta voisine. Elle a fait une déposition aux agents en uniforme. Nous avons son numéro si nous avons besoin de quoi que ce soit.

— Qu'est-ce que tu fais ici ? demanda Tomek.

— À ton avis ? Je suis de retour.

— Pour aider ?

Nick posa une main ferme mais réconfortante – la main d'un père –

sur son épaule. — Lucy ne va nulle part, et je sens que je maigris à vue d'œil à rester assis sans rien faire. Et puis j'ai besoin de me changer les idées.

L'ombre d'un sourire passa sur les lèvres de Tomek. Nick, le chevalier en armure étincelante. Arrivant à la dernière minute pour le secourir et sauver la situation.

Alors que Tomek allait se tourner vers la tâche suivante, Chey et Sean sortirent de la chambre, la caméra de sécurité à la main, la portant avec précaution comme si le sort du monde en dépendait.

— Content de vous revoir, chef, dit d'abord Sean.

Puis Chey : — Ravi de vous revoir, monsieur.

— Messieurs.

— Vous avez tout ce qu'il vous faut ? demanda Tomek aux deux bricoleurs.

— On a trouvé un tournevis et une perceuse dans ta chambre. C'est un endroit bizarre pour les ranger, mais je ne vais pas chercher à comprendre. Maintenant, il nous manque juste quelques piles.

CHAPITRE
CINQUANTE-TROIS

Il avait fallu emprunter les piles à un voisin. Peu de personnes dans les quatre maisons auxquelles ils s'étaient adressés en possédaient. Et ceux qui en avaient n'en avaient pas qui fonctionnaient.

Après plusieurs tentatives frustrantes, où ils avaient mal percé le mur ou fait tomber la sonnette par terre à chaque essai, Chey et Sean avaient finalement installé la caméra de la sonnette qui était maintenant pleinement fonctionnelle, envoyant des notifications en continu sur son téléphone.

Deux agents en uniforme, accompagnés de Martin, étaient restés à son domicile pour le moment, et à chaque fois qu'ils entraient ou sortaient, que ce soit pour une pause cigarette, un appel téléphonique ou simplement pour vérifier l'état de la rue, le téléphone de Tomek sonnait constamment. Les premières notifications avaient été tolérables, gérables, mais peu après, il avait pris la décision de les désactiver. Le son le rendait fou, et il ne pouvait plus se forcer à l'écouter. De toute façon, s'il y avait une urgence ou une nouvelle information, ils appelleraient.

Il était presque deux heures du matin, et il faisait partie des quelques membres de l'équipe encore présents au bureau. Sean, Rachel et Nick étaient restés, tandis que le reste de l'équipe était rentré chez eux, prêts pour un démarrage matinal le lendemain.

— Je pense que tu devrais faire de même, mon vieux, lui dit Nick.

Secouant la tête, Tomek répondit : — Sauf votre respect, chef, non. Ma maison est le dernier endroit où je veux être. Je suis l'une des rares personnes qui peut réellement faire quelque chose concernant ce qui est arrivé à Kasia. Le reste de ces familles qui traversent cette épreuve sont forcées de rester assises à imaginer le pire. Elles sont impuissantes, elles ne peuvent rien faire pour retrouver leur proche. Alors que moi, je peux. J'ai le privilège de pouvoir le faire. Je ne vais pas gâcher cette chance.

Nick se mordit la lèvre inférieure. — C'est admirable, je comprends. Mais tu dois dormir à un moment donné.

— Il y a un canapé confortable dans l'une des salles d'interrogatoire. Ou je passerai simplement la nuit dans l'une des cellules.

— Pour te torturer encore plus ? demanda Sean à quelques mètres de là. Bon sang, je ne t'aurais jamais pris pour un masochiste.

Tomek lui fit un doigt d'honneur avant de reporter son attention sur ce qu'il faisait.

Nous étions en plein milieu de la nuit, et jusqu'à présent, aucune des équipes d'agents en uniforme postées dans les nombreux champs et parcs d'Hadleigh et de Leigh n'avait signalé d'observations. Malheureusement, comme l'arrondissement de Castle Point était si vaste, avec des dizaines d'endroits potentiels et pas assez de personnel pour tous les couvrir, les équipes étaient contraintes de patrouiller constamment, visitant chaque site de façon sporadique. Ce n'était pas la méthode idéale, mais Tomek avait rapidement réalisé que si Kasia avait été aperçue dans l'un des champs de la région, alors elle était morte. Une dure vérité à laquelle il avait dû faire face dans les toilettes, en se regardant dans le miroir, essuyant ses larmes.

Le seul endroit où ils avaient un soupçon raisonnable que le tueur aurait pu l'emmener était le bâtiment de Shoeburyness. Mais Tomek ne s'inquiétait pas trop à ce sujet car un véhicule de police banalisé était stationné devant depuis qu'ils l'avaient découvert, au cas où le tueur déciderait d'y retourner.

Entre-temps, Tomek était contraint de revenir à ses racines, aux tâches qu'il gérait autrefois en tant que simple inspecteur.

Les données de télémétrie du téléphone de Kasia avaient été

demandées, mais il s'avérait que son téléphone avait été éteint, comme pour toutes les autres victimes.

Des enquêtes de porte-à-porte avaient été menées dans sa rue, mais personne n'avait rien vu de particulier, et ceux qui avaient vu quelque chose n'avaient rien remarqué d'important ou qui méritait d'être approfondi. À la place, il s'était retrouvé à éplucher les divers extraits de vidéosurveillance des propriétaires, cherchant le tueur dans les moindres détails des images.

Après vingt minutes à fixer l'écran sans réfléchir, il vit une voiture s'arrêter devant l'appartement. Mais à cause de la circulation dans la rue animée et de l'angle de la caméra, il était incapable de discerner sa marque, son modèle ou sa plaque d'immatriculation. Tout ce qu'il pouvait voir, c'était le haut du véhicule, blanc et étroit, une petite section du panneau latéral, et une paire de phares. Rien d'autre. Même les images de la silhouette sortant de la voiture étaient granuleuses et complètement inutilisables.

— Quelle perte de temps, siffla Tomek en repoussant le clavier avec frustration.

— Je sais que tu l'es, commença Sean, mais qu'est-ce que je—

Avant qu'il ne puisse terminer sa phrase, le téléphone du bureau sonna, perçant le silence. Le son était si fort qu'il fit sursauter Tomek.

— Putain de bordel ! cria-t-il. Qui diable appelle à cette—

Et puis il réalisa. Kasia. Quelqu'un qui appelait avec des informations.

D'un bond, Tomek sauta de sa chaise et se précipita à travers le bureau vers le bureau le plus proche équipé d'un téléphone. Il arracha l'appareil de son socle et appuya sur le bouton du haut-parleur.

— Sergent-détective Bowen, CID de Southend, dit-il.

— Tout va bien, sergent ? vint la voix d'un jeune homme qui semblait tout juste sortir de la puberté. Juste un petit truc. Une voiture vient de passer devant le bâtiment que nous surveillons.

Le bâtiment où Fern Clements avait été piquée à mort.

— D'accord.

— Nous pensons l'avoir vue aussi la nuit d'avant.

— À quelle heure hier soir ?

— Vers minuit. Peut-être à la même heure.

Tomek vérifia l'heure : 02 h 16. Il n'imaginait pas qu'il y ait beaucoup de voitures sur la route à cette heure-là à moins qu'elles ne soient là pour une chose : tuer, ou planifier de tuer.

— Que voulez-vous que nous fassions, sergent ?

— Que voulez-vous dire ? demanda Tomek, confus.

— Voulez-vous que nous la suivions ?

— À votre avis ? Bien sûr que je le veux, bordel. Suivez-la et ne rappelez pas avant de l'avoir trouvée.

CHAPITRE
CINQUANTE-QUATRE

Douceur.

Une douceur qui semblait la protéger.

C'était la première chose qu'elle a ressentie. La douceur du matelas. Au-delà, tout le reste était engourdi. Ses jambes, ses hanches. Même ses mains et ses pieds, à cause des liens qui les maintenaient attachés. La seule partie de son corps qui pouvait *sentir* était le haut de son dos.

Puis elle a ouvert les yeux et a vu ce qui ressemblait à une chambre. Le seul indice que c'était bien une chambre était le matelas sur lequel elle était allongée et l'armoire en bois dans le coin. À part ça, il n'y avait rien d'autre. Les murs étaient nus, à l'exception des trous où des cadres ou d'autres objets personnels avaient été accrochés. En haut des murs, près du plafond, le papier peint collant commençait à se décoller et à se désintégrer.

Son odorat fut le prochain sens à revenir.

L'odeur d'humidité et de moisissure, toutes ces odeurs qu'elle avait senties quand elle vivait avec sa mère. Des odeurs qui la ramenaient à cette horrible époque, à ce foyer horrible.

Mais ce n'était pas ce foyer-là. Ce n'était pas cette horrible époque.

C'était bien pire.

Elle savait ce que c'était. Elle avait lu toutes les notes d'enquête de son père quand il ne regardait pas, elle l'avait entendu discuter au téléphone et y faire allusion lors de leurs conversations.

C'était le tueur en série qui enlevait des filles de son âge et les tuait en utilisant leurs allergies.

Eh bien, si c'était le cas et qu'elle se trouvait dans la tanière secrète du tueur ou dans sa maison, alors elle était foutue.

Même l'idée de s'approcher d'un sac de noix suffisait à la plonger dans un choc anaphylactique.

Elle n'avait aucune idée de comment elle était arrivée là. Tout ce dont elle se souvenait, c'était d'avoir ouvert la porte à un homme masqué portant des gants ; les mêmes gants dont son père possédait des milliers de paires.

Des gants médico-légaux. Le genre qui empêchait son ADN d'apparaître sur les preuves.

Qu'allait-il faire d'elle ? Allait-il la tuer sur-le-champ ? Ou allait-il la faire attendre ?

Il lui fallut longtemps avant de trouver une réponse à ces questions.

Il faisait encore nuit dehors quand elle a entendu un bruit venant d'en bas. Le milieu de la nuit. Quelle heure exactement, elle n'en savait rien. Mais elle avait plongé dans et hors du sommeil, trempant ses orteils dans les eaux de l'inconscience pendant environ une heure. Se réveillant chaque fois qu'elle entendait une planche craquer ou un carreau de fenêtre bouger.

Mais cette fois, elle a réellement entendu le son. Le bruit de pas qui approchaient. Plus près, encore plus près...

Une pause, alors que le tueur attendait de l'autre côté de la porte. Le bruit de sa respiration était audible derrière le bois.

Kasia a retenu sa respiration pour ne pas troubler le silence.

L'a retenue jusqu'à ce que ses poumons soient sur le point d'éclater.

Et puis la silhouette s'est détournée et est redescendue. Le bruit des pas s'est doucement estompé, jusqu'à ce que toute la maison finisse par retomber dans le silence.

C'est à ce moment-là, une fois qu'elle a déterminé qu'elle était aussi en sécurité qu'elle ne le serait jamais, que Kasia a de nouveau trempé ses orteils dans l'eau de l'inconscience. Et en quelques secondes, elle y a plongé complètement.

CHAPITRE
CINQUANTE-CINQ

Le jeune agent post-pubère n'avait jamais rappelé, ce qui, comme Tomek allait bientôt le découvrir, signifiait qu'ils n'avaient jamais rattrapé la voiture.

Une fois que la lumière avait finalement percé à l'horizon, Tomek avait décidé de rendre visite au petit bâtiment. Il n'aurait servi à rien qu'il s'y aventure au milieu de la nuit, où ses compétences et son expertise auraient été pratiquement inutiles dans l'obscurité. Maintenant, cependant, avec les rayons du soleil pénétrant à travers l'épaisse brume grise au-dessus, il espérait que cela changerait.

Une légère pluie, imprégnée de la fraîcheur de l'air, tombait depuis le petit matin, rendant la conduite vers le bâtiment à Shoeburyness pénible et plus périlleuse que nécessaire. Les routes étaient déjà suffisamment étroites, et c'était encore pire avec la boue recouvrant le goudron et son impatience implacable d'y arriver le plus vite possible.

L'attendant devant le bâtiment se trouvaient les deux agents qui l'avaient surveillé toute la nuit. Ils étaient tous deux aussi jeunes que Chey, voire plus jeunes. La vingtaine. Début vingtaine. Et ils avaient l'air de sortir tout juste de l'école de police. Ils étaient presque identiques en tous points : taille, carrure, coupe de cheveux et couleur de cheveux. Ils avaient même le même teint bronzé – à l'exception de leurs nez. Cody, l'agent qui avait passé l'appel, était le fier propriétaire d'un nez fin et étroit, tandis que Flint, l'autre agent, en avait un plus large et cassé qui semblait pendre de son visage.

— Bonjour, sergent, dit Cody en tendant sa main.

Tomek la serra puis répéta le geste avec Flint. Les deux jeunes hommes avaient une poigne solide pour leur âge. Il n'avait pas besoin de se demander pourquoi.

— Dites-moi tout ce que vous savez, dit Tomek.

Avant que Cody ne puisse commencer, le convoi arriva. Nick, Rachel, Sean et l'équipe de la police scientifique. Tomek avait pris de l'avance sur eux, enfreignant quelques limitations de vitesse en chemin. Une fois qu'ils furent tous sortis de leurs voitures respectives et que les présentations furent faites, Cody commença à parler.

Il avait toute l'attention, les sept personnes le regardant, écoutant attentivement. Et on voyait clairement que la nervosité de la situation commençait à l'affecter. Avant même d'avoir commencé, ses yeux s'écarquillèrent et il se mit à se gratter l'arrière de la tête.

— Eh bien, on l'a vue pour la première fois l'autre nuit, n'est-ce pas ? demanda-t-il à Flint. Pas la nuit dernière. Mais la nuit d'avant. La nuit précédente.

— Deux nuits de suite, commenta Tomek avec impatience. Oui, on a compris. Continuez.

— D'accord. Eh bien, la première fois on n'y a pas prêté attention, vous voyez ? On pensait juste que c'était un habitant qui vit dans le coin de l'autre côté des fermes, mais quand on l'a revue hier soir, ou plutôt tôt ce matin en fait, on s'est dit que quelque chose clochait peut-être. C'est pas si courant qu'une même voiture se promène par ici deux nuits de suite à trois heures du matin. Vous voyez ce que je veux dire ?

Tomek soupira intérieurement. Bien qu'il se rendît compte que l'agent était encore jeune, et qu'il lui accordait le bénéfice de l'inexpérience et de la naïveté, il trouvait toujours exaspérant de l'écouter.

— Comment savez-vous que c'était la même voiture ?

— Parce que je l'ai reconnue, répondit Cody. Enfin, en fait, c'est Flint qui l'a remarquée.

— D'accord, dit Tomek en se tournant vers l'autre agent. Flint, vous semblez être le plus perspicace. Qu'avez-vous vu ?

— Eh bien, elle était blanche.

— Bon début.

— Et c'est à peu près tout.

Tomek soupira lourdement, cette fois extérieurement. Mais au même moment, une rafale de vent souffla à travers le champ, empêchant les autres de l'entendre.

— Donc vous avez vu une voiture blanche et vous avez pensé à nous appeler ?

— Oui, sergent.

— Y avait-il des caractéristiques distinctives sur la voiture ? demanda Rachel, intervenant. Avez-vous pu lire la plaque d'immatriculation ? La marque ? Le modèle ?

Flint réfléchit un moment. — Je veux dire... il faisait nuit noire, et les phares étaient éteints. Mais je pense... je pense que c'était une Cactus ou quelque chose comme ça.

— Une quoi ? demanda Tomek. On n'est pas dans le désert, petit.

— *Tomek*, affirma Nick sévèrement, puis fit un pas en avant. Vous voulez dire la Citroën Cactus ?

Flint acquiesça. — Celle avec cet énorme panneau au milieu du côté qui ressemble à une boîte aux lettres dessinée par un gamin.

Tomek ne savait pas de quelle voiture ils parlaient, mais à en juger par les expressions sur les visages de ses collègues, ils savaient exactement laquelle ils devaient chercher. Une Citroën Cactus blanche.

Une Citroën Cactus blanche dans laquelle sa fille était enfermée. Tomek essaya de penser aux voitures de James Elliott, à celles immatriculées à son nom, ou à celles qu'il avait dans son allée. Mais comme il ne savait pas à quoi ressemblait cette voiture en premier lieu, il se rendit compte que l'effort était vain et que la tâche conviendrait mieux à quelqu'un au bureau.

— Avez-vous regardé à l'intérieur du bâtiment ? demanda Nick.

Les deux agents secouèrent la tête.

— Nous l'avons surveillé toute la nuit. À notre connaissance, personne n'est entré.

— Sauf quand vous avez suivi la voiture.

Les joues de Cody devinrent écarlates. — Eh bien, oui. Sauf à ce moment-là.

— Donc ce n'était pas toute la nuit, n'est-ce pas ? dit Tomek sèchement.

— Non. Je suppose que non.

— Alors ne dites pas des choses qui ne sont pas vraies...

— Sergent ! La voix de Nick trancha à travers le vent comme une faux et fit immédiatement taire Tomek ainsi que le bruissement des feuilles et des arbres autour d'eux. C'est suffisant, merci. Maintenant, messieurs, pourriez-vous me montrer le bâtiment, s'il vous plaît ?

La visite était inutile. C'était exactement comme Tomek l'avait vu la dernière fois. Rien n'avait changé, rien n'était déplacé. Et plus important encore, il n'avait pas trouvé Kasia là-dedans. Ce qui signifiait qu'elle était toujours quelque part dehors, gardée dans un endroit secret dont ils ne savaient rien.

Où ? se demanda Tomek. Mais rien ne lui venait à l'esprit. Tout au long de leur enquête, c'était le seul bâtiment qu'ils avaient découvert. Le seul endroit qui avait un semblant de méchanceté et de mal. Et rien ne suggérait que James Elliott avait gardé l'une de ses victimes dans sa maison, ou qu'il possédait une autre propriété où il les aurait retenues.

Peu après avoir vu l'intérieur du bâtiment, Nick conseilla qu'ils retournent au commissariat. Dans l'impossibilité de faire demi-tour sur la route et de revenir par le même chemin, ils furent obligés de faire le grand tour. Tomek menait le convoi, avec la file de voitures dans son rétroviseur. À présent, la pluie avait cessé et les nuages commençaient à se dissiper. À la radio, la dernière chanson pop passait à plein volume dans les haut-parleurs. Kasia aimait l'écouter fort, probablement parce que ses tympans étaient déjà tellement abîmés par le volume dans ses écouteurs, et il n'avait pas le cœur de baisser le son.

Alors que Tomek parcourait les routes étroites et sinueuses, évitant les arbres qui pendaient bas et le goudron glissant, quelque chose attira son attention. Des oiseaux. Spécifiquement, des corbeaux. De gros corbeaux voraces, tournoyant au-dessus d'un endroit particulier dans un champ à sa droite. Juste au-dessus de cet endroit flottait un petit nuage fin et noir.

Tomek s'arrêta brusquement et serra le frein à main. Le son des pneus qui crissaient pour s'arrêter retentit derrière lui, mais il n'y prêta guère attention en sortant de la voiture. Il ne savait pas pourquoi, mais quelque chose l'attirait vers les oiseaux, vers cet endroit. Un magnétisme, son intuition.

— Qu'est-ce que tu fous, Tomek ? demanda Nick en jaillissant de sa voiture. Où vas-tu ?

Tomek les ignora et continua. Sautant par-dessus des monticules de terre humide, éclaboussant dans des flaques d'eau, se frayant un chemin à travers les rangées de légumes qui poussaient là. La nuée de corbeaux n'était pas à plus de quelques mètres, mais Tomek avait remarqué le corps bien avant, grâce à l'odeur, rance, putride, soulevée par le vent et portée jusqu'à ses narines.

— Par ici ! cria-t-il, sa voix se brisant. Vite ! Il y a un corps !

Tomek s'approcha avec prudence, examinant le sol à la recherche d'empreintes de chaussures ou de marques là où le corps avait été traîné le long de la surface. Son estomac se noua et son corps se glaça de peur.

Quelques mètres le séparaient de la possibilité de regarder dans les yeux de sa fille morte.

— Restez là ! cria Tomek en arrière. Si c'était Kasia qui gisait face contre terre, il ne voulait personne d'autre là. Il voulait un moment avec elle avant que l'équipe n'arrive et ne fasse le reste. Avant qu'ils ne la manipulent et la bousculent.

Il s'approcha du corps lentement, les jambes tremblantes.

Progressivement, il apparut dans son champ de vision.

Et alors il poussa un soupir de soulagement.

Les chaussures étaient différentes : des chaussures d'homme. Tout comme le jean et le manteau. Et les cheveux étaient différents aussi.

Un homme. Définitivement un homme.

Alors que Tomek s'accroupissait à côté de l'homme, il réalisa qui c'était.

Fixant le sol, la moitié du visage enfouie dans la terre, se trouvait James Elliott.

CHAPITRE
CINQUANTE-SIX

Tomek ressentait un mélange déroutant de soulagement et de désespoir.

Du soulagement que Kasia ne soit pas morte, que son corps n'ait pas été abandonné au milieu d'un champ quelque part.

Et du désespoir qu'elle soit toujours portée disparue, qu'il y ait toujours la possibilité que son corps puisse être jeté au milieu d'un champ à tout moment.

La seule question qui restait était où... et quand.

Mais il essayait de ne pas y penser. Essayait de réfléchir positivement, avec optimisme. Voir le verre à moitié plein, et tout ça.

Quelques heures s'étaient écoulées depuis la découverte du corps de James Elliott. Pendant ce temps, une tente médico-légale avait été érigée au-dessus de lui, et une grande équipe de techniciens de scène de crime recueillait actuellement des preuves sur le site. Il faudrait beaucoup de temps avant qu'ils ne terminent et ne rentrent chez eux. La cause du décès était la strangulation, et l'hypothèse de travail était qu'il avait été tué ailleurs, puis transporté à la ferme, où son assassin s'était arrêté sur le bord de la route, avait porté son corps jusqu'au site et l'avait laissé là. Jusqu'à présent, l'équipe n'avait pas réussi à trouver de traces de chaussures dans la boue, ce qui suggérait que son corps avait été déposé là quand le sol était sec. Ils avaient cependant réussi à trouver un ensemble de traces de pneus sur le bord de la route qui correspondaient à celles découvertes au bâtiment en briques plus tôt dans l'enquête. Cela ne confirmait toujours pas la marque ou le modèle qu'ils recherchaient, mais cela augmentait au moins la probabilité que la voiture recherchée soit effectivement une Citroën Cactus.

D'après l'état de décomposition de James Elliott, Lorna Dean avait estimé que le responsable de l'équipement était là depuis au moins trente-six heures, peut-être quarante-huit.

La première nuit où Flint et Cody avaient repéré la Citroën Cactus.

La veille du Nouvel An.

La nuit où la voiture n'avait pas été suivie par les deux agents.

La nuit où James Elliott avait disparu.

Ce qui signifiait que quelqu'un l'avait enlevé et tué.

Réduit au silence.

Pour une raison particulière. Et Tomek avait l'intention de découvrir de quoi il s'agissait. Mais en attendant, il y avait quelque chose qu'il devait faire, quelqu'un à qui il devait parler.

Tomek frappa à la porte et attendit. La pluie avait recommencé, cette fois plus fort, apportant avec elle une vengeance, un sombre présage des choses à venir.

La porte s'ouvrit quelques instants plus tard. Devant lui se tenait Mme Turpin, la mère de Billy, vêtue d'une robe de chambre blanche, l'air d'avoir été tout juste réveillée.

— Que faites-vous ici ? Je ne veux pas que vous approchiez mon fils. Vous devez partir sinon j'appelle la police.

Tomek ricana intérieurement à ce dernier commentaire. Ça le faisait toujours rire. — Je suis la police, répliqua-t-il.

— C'est du harcèlement ! Mme Turpin plongea la main dans la poche de sa robe de chambre et sortit son téléphone.

Tomek leva les mains en signe de capitulation et baissa le ton. — S'il vous plaît, dit-il. Vous ne comprenez pas. Je dois parler à votre fils.

— Non !

— C'est au sujet de ma fille. Elle a... elle a disparu.

Cela sembla l'arrêter net. Lentement, elle baissa son téléphone à côté d'elle et desserra son emprise sur la porte d'entrée. — Mon Dieu, est-ce qu'elle va bien ? Je veux dire, savez-vous si elle va bien ? Si elle a été blessée ? Depuis combien de temps a-t-elle disparu ?

— Depuis hier soir. Elle a été enlevée de notre domicile.

La mère de Billy hésita un moment puis inclina la tête sur le côté. — Je suis vraiment désolée, dit-elle. Puis elle ajouta : — Mais qu'est-ce que cela a à voir avec Billy ?

— Je voudrais lui parler, voir s'il sait quelque chose.

— Bien sûr qu'il ne sait rien. Pourquoi saurait-il quoi que ce soit sur la disparition de votre fille ?

— À cause du club de football, avoua Tomek. Quelqu'un de son club de football est responsable de cela et j'ai besoin de savoir si quelqu'un l'a contacté, lui a envoyé des messages concernant Kasia, ou lui a posé des questions personnelles à son sujet.

La mère de Billy hésita, pesant la décision de le laisser entrer ou non.

Finalement, elle céda et s'écarta. Tomek lui adressa un signe de tête reconnaissant en entrant.

Billy était dans le salon, jouant sur une Nintendo Switch, les jambes croisées sur un canapé si grand qu'il l'engloutissait complètement.

— Billy, le père de Kasia est ici pour te voir.

— Quoi ? Pourquoi ?

Sa mère lui posa une main sur l'épaule. — Je vais le laisser t'expliquer.

Puis elle céda la place à Tomek, qui baissa son regard pour rencontrer celui de Billy. Les yeux du jeune garçon étaient emplis de peur et d'appréhension. Comme s'il savait qu'il avait fait quelque chose de mal et attendait de découvrir ce que Tomek savait.

— Hier soir, Kasia a été enlevée de notre maison. Je veux savoir si tu sais quelque chose à ce sujet.

— Je... Non... Billy laissa tomber la console de jeux sur le canapé et serra ses genoux contre sa poitrine. — Est-ce qu'elle va bien ?

— Je ne sais pas.

— Comment est-ce arrivé ?

— J'espérais que tu pourrais me le dire, dit Tomek. Est-ce que quelqu'un du club de football a posé des questions sur Kasia ? Quelqu'un a voulu connaître ses déplacements ?

Billy n'eut pas besoin de réfléchir longtemps ; il secoua profusément la tête presque immédiatement.

— Je n'en ai aucune idée. Personne du football ne m'a envoyé de message ou quoi que ce soit. Je ne sais pas pourquoi quelqu'un voudrait lui faire ça.

Tomek, lui, savait. Tomek avait instantanément compris pourquoi elle avait été enlevée. Son allergie aux noix. Celle que Billy avait oubliée et qui l'avait envoyée à l'hôpital.

Maintenant qu'il y pensait, il se rendait compte que la silhouette noire avait été à la plage pour une autre raison. Elle avait été là pour Kasia, l'observant. Attendant. Sans sa proactivité cette nuit-là à défendre son ami et à appeler la police, Tomek se demandait si elle n'aurait pas été enlevée plus tôt. Si elle ne serait pas déjà morte.

Il valait mieux ne pas y penser.

Pourtant, cela restait au premier plan de son esprit, le hantant, surgissant devant ses yeux de temps à autre. Le tourmentant.

— Donc tu ne sais rien sur ce qui lui est arrivé ?

Billy secoua la tête. — Je suis désolé. Non, je ne sais rien.

Tomek baissa les yeux vers le tapis, laissa tomber ses épaules. — Si quelque chose te revient, ou si quelqu'un te contacte, appelle-moi s'il te plaît.

Il plongea la main dans sa poche et sortit une carte de visite. La mère de Billy la prit doucement et l'examina.

— Bien sûr. Nous vous contacterons si nous entendons quelque chose. J'espère que vous la retrouverez. Et j'espère qu'elle est en sécurité.

Tomek aussi l'espérait. Mais si l'histoire récente était une indication, la fenêtre d'opportunité pour la retrouver vivante était en train de se refermer.

Et rapidement.

CHAPITRE
CINQUANTE-SEPT

Tomek était de retour au commissariat depuis à peine trente secondes quand Nick a passé la tête par la porte de son bureau et l'a appelé.

Pas le temps de discuter avec qui que ce soit. Pas le temps pour un compte-rendu. Pas le temps pour quoi que ce soit.

Et quelque chose dans la façon dont Nick l'avait appelé laissait entendre que l'inspecteur en chef n'était pas non plus sur le point de lui communiquer des informations importantes.

— Assieds-toi, ordonna fermement Nick.

Tomek fit ce qu'on lui disait, comme il l'avait fait tant de fois auparavant.

— Quelques choses ont attiré mon attention, commença Nick, mais d'abord je veux savoir comment tu vas.

Comment crois-tu que je vais, putain ? Tomek voulait dire, mais se retint. Il se souvenait de sa conversation avec Nick au sujet de Lucy et comment Nick avait répondu à la même question : calmement, de manière contrôlée et respectueuse, même s'il avait très probablement ressenti exactement la même chose que Tomek maintenant.

Finalement, Tomek répondit : — Je veux juste la retrouver. Je veux juste savoir qu'elle est en sécurité et que rien ne lui est arrivé.

— Je comprends. Vraiment. Mais j'ai remarqué la façon dont tu t'adresses aux gens, dont tu leur donnes des ordres. Tu ne peux pas traiter les gens comme de la merde, Tomek. La façon dont tu as parlé à Cody et Flint tout à l'heure, c'était inacceptable, mon vieux.

Tomek se mordit la lèvre. Évacua sa frustration sur ses gencives.

— Et la façon dont tu as donné des ordres aux membres de l'équipe. Nous voulons tous retrouver Kasia. Honnêtement, c'est le cas. Mais se comporter ainsi ne va pas aider, et ça ne nous fera pas travailler plus efficacement. Tu es sous *beaucoup* de stress, je comprends, *nous* comprenons, mais il y a des limites, mon vieux. Dieu sait ce que tu dois traverser. Ce n'est en rien comparable à ce qui est arrivé à Lucy, mais je pense que parmi tout le monde, je suis probablement celui qui s'en rapproche le plus. Et je n'ai rien eu à voir avec l'arrestation de Paddy Battersby, et je pense que c'était une bonne chose. Je pense que j'avais besoin d'être tenu à distance. Sinon... putain, je serais entré dans cette salle d'interrogatoire et je l'aurais roué de coups. Nick passa sa main sur son crâne chauve comme s'il le polissait avec sa sueur. — Tu vois ce que je veux dire ?

Bien sûr qu'il voyait ce que Nick voulait dire. Comment ne pas le voir ? C'était aussi évident et aveuglant que le reflet sur le crâne de Nick.

— Tu veux que je prenne du recul par rapport à l'enquête sur l'enlèvement de ma propre fille ?

— Je-

— Tu plaisantes, n'est-ce pas ? Non. Pas question. Je ne vais pas rester assis à rien foutre comme un connard.

— Personne ne te demande ça. Tu peux toujours jouer un rôle actif pour retrouver ta fille. Tu dois juste...

— Quoi ?

— ...nous laisser faire toutes les conversations.

Tomek en avait assez de grincer des dents et mordit plutôt sa langue si fort qu'il commença rapidement à sentir un goût métallique dans sa bouche.

— C'est tout ? demanda-t-il sèchement. Ma fille a disparu et tu es juste venu pour me réprimander et me dire que je réagis de façon excessive et que mon comportement n'est pas approprié.

— Comme si rien n'avait changé... tu te souviens ?

Tomek se rappela leur conversation sur le front de mer.

— Comme si rien n'avait changé, dit-il, en expirant par les narines et en détournant son regard de l'inspecteur en chef.

— Est-ce que tu vas te calmer avant de retourner là-bas ? demanda Nick.

— Peut-être. Pourquoi ?

— Parce que j'en ai besoin. J'ai une surprise pour toi.

— À moins que tu n'aies retrouvé ma fille, je ne te conseille pas d'utiliser ce mot avec moi.

Nick bougea inconfortablement sur sa chaise. — C'est vrai. Oui. Mes excuses.

— Bon... Allez, qu'est-ce que c'est ?

— *Laisse-moi m'en occuper*, lui avait dit Nick sur le front de mer.

Et c'est ce qu'il avait fait. Mais pas parce qu'il faisait confiance à Nick pour tenir sa promesse (cela allait déjà de soi), mais parce qu'il avait complètement oublié. Harrison Rossiter avait été relégué au second plan alors que la recherche de James Elliott et de sa fille prenait le dessus.

Mais maintenant le jeune homme était là. Arrivant au commissariat dans moins de dix minutes. Ramené par Nick sur un vol de dernière minute.

— Comment l'as-tu fait venir jusqu'ici ? avait demandé Tomek.

— Eh bien, je lui ai dit qu'il s'agissait d'une enquête policière, et que s'il ne venait pas, nous enverrions des policiers français chez lui. Ça lui a fichu une peur bleue, et le voilà maintenant.

Dix minutes plus tard, Harrison Rossiter, le joueur de l'académie de Ligue 1, franchissait les portes du commissariat et était accueilli par Anna et un agent d'assistance civile. Il fut ensuite conduit dans l'une des salles d'interrogatoire et Tomek en fut informé.

En se dirigeant vers la salle, Tomek commença à transpirer, et une odeur s'échappa de ses aisselles. Il était nerveux. Plus que nerveux. Mort de trouille.

Le jeune homme, avec son mètre quatre-vingt-huit, connaissait potentiellement l'identité du tueur.

Connaissait l'identité du ravisseur de sa fille.

La réponse à l'endroit où Kasia était retenue, et qui la gardait sous son contrôle.

Tomek se prépara mentalement en posant sa main sur la poignée.

Il ouvrit la porte.

Il trouva Harrison Rossiter assis à la table, le dos droit, les mains entrelacées, reposant calmement sur la surface. Tout le contraire de Billy le Cow Fighter. Il imaginait que le garçon de dix-sept ans aurait été avachi sur la chaise, les jambes largement écartées, peut-être même avec un pied posé sur le bord de la table. Mais pas Harrison. Le jeune adulte dégageait une certaine tenue, une respectabilité et de bonnes manières. Comme si les Français lui avaient inculqué ces qualités non seulement sur le terrain de football, mais aussi dans la vie réelle.

Car, comme Tomek le lisait si fréquemment, les chances de réussir professionnellement étaient astronomiquement faibles, ils devaient donc préparer leurs joueurs de l'académie à affronter le monde réel.

Tomek espérait juste qu'il était aussi honnête que respectueux.

Il tendit la main. — Ravi de vous rencontrer, Harrison. Merci d'être venu à si court préavis.

— C'est... d'accord.

— Savez-vous pourquoi vous avez été amené au commissariat aujourd'hui ?

Dès que les questions commencèrent, Harrison se mit à jouer avec ses doigts. — L'officier à qui nous avons parlé, l'Inspecteur en chef Cleaves, a dit que c'était au sujet d'un concert il y a quelques années.

— Oui. C'est à peu près ça. En particulier, le concert auquel vous avez assisté il y a deux ans au Cliffs Pavilion. Vous vous en souvenez ?

Harrison ne réfléchit pas longtemps. — Catfish jouait.

— C'est celui-là. Que pouvez-vous me dire sur cette soirée ?

Tomek lutta contre chaque pulsion de son corps qui le poussait à demander directement au gamin à qui il avait acheté la drogue, mais il se retint. Contre son meilleur jugement. Il était plus sage de mettre le garçon à l'aise, de le détendre, de l'habituer aux questions et aux types de questions, puis il passerait à l'attaque.

— C'était l'idée d'Avena d'y aller. Je n'étais pas vraiment fan moi-même, mais je suis toujours partant pour faire des trucs avec mes potes, créer des souvenirs et tout ça. Alors j'ai laissé toute l'organisation à leur charge et j'ai juste payé ce que je devais et je me suis pointé. D'après mes souvenirs, nous sommes arrivés assez tôt pour être près de la scène, mais au fil de la soirée, nous nous sommes tous séparés car il y avait toujours quelqu'un qui finissait par avoir besoin d'aller aux toilettes, alors quelqu'un d'autre l'accompagnait, et puis quelqu'un d'autre réalisait qu'il devait y aller aussi. Donc, je veux dire, avant l'accident, il n'y avait plus que moi, Avena et Priti.

— À quelle distance de la scène étiez-vous ?

Harrison rit doucement. — Typiquement, comme nous étions constamment séparés, nous nous sommes retrouvés de plus en plus loin de la scène, vers le milieu. Il n'y avait personne pour garder nos places et, vous savez comment c'est, tout le monde essaie de se faufiler autant que possible.

— Et à quel moment quelqu'un vous a proposé de la drogue ?

C'est alors que la conversation s'arrêta. Le corps d'Harrison perdit toute posture, il cessa de jouer avec ses doigts, et le rythme régulier de sa respiration s'accéléra.

Tandis que son visage se contractait, plongé dans ses pensées, ses pupilles commencèrent à se dilater.

— Vous n'êtes pas en difficulté pour ça, dit Tomek. Et personne n'a besoin d'en informer vos parents si c'est ce qui vous inquiète. Les jeunes prennent de la drogue tout le temps. Évidemment, on n'aime pas ça du tout. Mais ce contre quoi nous avons vraiment un problème, et ce contre quoi *j'ai* vraiment un problème, c'est quand des gens coupent ces drogues avec des produits chimiques et du poison. C'est ce qui est arrivé à votre amie Avena, n'est-ce pas ?

Harrison baissa le regard vers ses genoux et hocha la tête, incapable de regarder Tomek dans les yeux.

— Heureusement, votre amie a eu de la chance. Elle a eu la chance d'être assez sensée pour ne prendre que la moitié de ce comprimé, et elle a eu la chance que vous ayez tous réagi aussi vite. Mais d'autres personnes n'ont pas eu autant de chance. Vous comprenez ce que je veux dire ?

Un autre hochement de tête, cette fois en levant la tête un peu plus haut.

— La personne qui vous a fourni, vous et vos amis, en drogues a fait bien pire depuis cette nuit-là, poursuivit Tomek. Et maintenant, nous devons découvrir qui il est et où il se trouve.

Plus de hochements de tête, plus de redressement.

— Et quand j'ai parlé avec Avena, elle m'a informé que vous sembliez connaître la personne qui vous a vendu la drogue. Elle a dit que vous lui aviez fait un câlin. Qu'il venait du milieu du football. Est-ce exact ?

— *Oui*, dit Harrison, puis il se corrigea. — Ouais.

— Parfait. Maintenant, je veux juste vous faire savoir qu'en me donnant son nom, il ne vous arrivera rien. Nous n'allons pas vous arrêter, et nous garderons votre nom en dehors de l'enquête autant que possible, mais j'espère que, comme moi, vous voulez mettre ce type là où il appartient. Derrière les barreaux, n'est-ce pas ?

— C'est ça.

— Excellent. Maintenant, à votre rythme, je veux que vous me disiez qui vous a vendu cette drogue au club de football.

CHAPITRE
CINQUANTE-HUIT

En quelques secondes, le nom qui était sorti de la bouche de Harrison Rossiter avait été inscrit en haut du tableau blanc dans la salle des opérations.

En quelques minutes, l'information était devenue notoire, et tous les membres de l'équipe, y compris les unités d'intervention d'urgence qui avaient été envoyées à sa dernière adresse connue, en avaient été informés.

Lors de leur discussion précédente, Nick avait demandé à Tomek de rester en arrière, pendant que le reste de l'équipe partait à la chasse. De cette façon, si Tomek tombait sur lui, il ne serait pas tenté de lui démolir le visage.

Pas qu'il l'aurait fait, bien sûr, car depuis trente minutes, il était incapable de traiter quoi que ce soit. Il n'arrivait même pas à penser à son propre nom, alors battre quelqu'un jusqu'à ce qu'il frôle la mort était au-delà de ses capacités actuelles.

Bien qu'il ne fût pas d'accord avec la décision d'être laissé en arrière, il réalisa qu'il pouvait utiliser ce temps pour essayer de mieux comprendre le rôle du tueur dans chaque meurtre. Pour rassembler les preuves de chaque crime, afin que lorsque l'affaire passerait en jugement, le parquet aurait tout ce dont il avait besoin.

C'était une décision plutôt logique et bien réfléchie qui le surprit lui-même.

D'abord, il commença par l'affaire la plus récente. Fern Clements. La jeune fille de quinze ans de Hadleigh. Il parcourut toutes les preuves que l'équipe avait compilées au cours des semaines ; la liste des individus de son école, ses professeurs, les amis de sa famille, tous ceux à qui elle avait parlé en ligne, et trouva le nom du tueur parmi tout cela.

Puis il passa à la mort de Lily Monteith. Examina les preuves qui avaient été recueillies dans son meurtre, des preuves similaires à celles rassemblées pour Fern Clements. Y trouva également le nom du tueur.

Et puis, après une heure d'enquête, il en était arrivé à la mort de Mandy Butler. Et à toutes les autres victimes qui avaient été droguées. Tomek avait trouvé le nom du tueur parmi elles toutes. Liées par une chose : leur école. À chaque étape, les cinq victimes étaient allées à la même école mais s'étaient retrouvées plus tard dans différentes institutions pour une raison ou une autre.

Et puis il en vint à Diana Greenock. Et à la liste des locataires qui avaient vécu dans le même immeuble qu'elle. La liste qui était posée sur son bureau depuis une semaine. Celle qu'il avait été trop occupé pour consulter. Le nom qui se trouvait à la cinquième ligne de cette liste.

Le nom du tueur.

Enfin, Tomek vérifia la liste que lui avait donnée l'administratrice des Ressources Humaines du Dagenham & Redbridge FC. Sur cette liste particulière, il ne put trouver le nom du tueur. Mais après un rapide coup de téléphone à la même femme qui lui avait initialement fourni la liste, Tomek obtint la confirmation dont il avait besoin pour prouver que le tueur avait travaillé au club de façon limitée, et seulement pendant une courte période.

À la fin de tout cela, il se sentait épuisé, presque anéanti. Son esprit venait à peine de finir de traiter l'information, et il ne savait pas quoi penser. Ne savait plus comment penser.

Il leva les yeux pour regarder le nom du tueur sur le tableau blanc.

Sentit son sang commencer à bouillir.

Et puis son téléphone vibra.

Une notification de sa caméra de sécurité domestique, cette fois sans le son.

Quelqu'un était à sa porte.

Était arrivé il y a deux minutes.

Tomek appuya sur la notification et attendit que la biométrie de son visage déverrouille l'appareil.

Et puis il le vit. Le tueur, le ravisseur de Kasia, tenant sa fille dans ses bras, la portant dans sa maison.

Utilisant sa clé.

Puis fermant la porte derrière eux.

Tomek faillit laisser tomber le téléphone sur son bureau.

Le tueur était là. Le tueur était dans sa maison.

Mais plus important encore, Kasia était vivante.

Pour l'instant.

CHAPITRE
CINQUANTE-NEUF

Douceur.

Une douceur qui semblait la protéger.

Et cette fois, c'était vrai.

Familière. Amie et non ennemie.

La douceur d'un matelas qui était le sien. L'odeur de sa lessive Persil et de son corps imprégnée dans les fibres. Le creux au centre de son oreiller, les empreintes de son corps là où elle dormait en position fœtale.

Elle était dans son propre lit, dans sa propre chambre. À moins que ce ne soit une réplique terriblement exacte.

Puis les lumières se sont allumées et elle en a eu la confirmation.

Sa chambre, leur appartement.

Mais pourquoi ? Pourquoi ici ?

Avait-il changé d'avis et voulu la ramener ? Ou allait-il la tuer ici pour rendre le geste plus symbolique ?

Les dernières heures étaient floues. Elle était restée parfaitement immobile pendant la plupart d'entre elles, regardant la lumière du soleil à travers les rideaux, écoutant, attendant. Ignorant les grondements de son estomac affamé. Elle ne se souvenait pas de la dernière fois qu'elle avait mangé, ni de la dernière fois qu'elle avait bu de l'eau. Et elle se sentait faible, son corps vidé de toute son énergie. S'il entrait maintenant pour l'attaquer, elle ne pensait pas pouvoir se défendre. Elle ne pensait pas pouvoir faire quoi que ce soit.

Et puis la porte s'est ouverte. Et elle a vu son agresseur pour la première fois. Dans toutes leurs interactions précédentes, il portait un masque et des gants en caoutchouc. Et maintenant, ce n'était pas différent. Sauf qu'il n'avait pas de masque sur le visage, et dans ses bras, il tenait plusieurs grands sacs de noix, de différentes sortes. Cacahuètes. Noix de cajou. Macadamia. Noix du Brésil. Pistaches.

Tous les types de noix qui pouvaient la tuer si elle ne cherchait pas d'attention médicale urgente.

L'arme du crime la plus bizarre et ridicule qui soit.

— Bonsoir, Kasia, a-t-il dit, sa voix tempérée, froide. Ou devrais-je dire, *dzien dobry* ?

CHAPITRE
SOIXANTE

Tomek freina brusquement au milieu de la route. Avant même que le moteur ne se soit complètement arrêté, il était déjà hors de la voiture et se précipitait vers le véhicule du tueur.

La Citroën Cactus du tueur.

Cette voiture qu'il avait vue plusieurs fois sans jamais y prêter attention.

Avant de quitter le bureau, Tomek avait attrapé une paire de ciseaux, plus comme arme de défense que d'attaque, et en montant sur le trottoir à côté de la Citroën, il planta les lames dans les pneus, crevant chacun d'eux en faisant le tour de la voiture. Comme ça, il n'y aurait pas d'échappatoire rapide et facile.

Avec l'air qui s'échappait en sifflant des pneus derrière lui, il se précipita vers sa maison. La porte d'entrée était fermée, verrouillée.

Salopard.

S'il entrait comme une furie, ce qu'il avait très envie de faire — il voulait défoncer la porte et plaquer le tueur au sol comme au rugby — mais il perdrait alors l'effet de surprise et risquerait de mettre en danger la vie de Kasia. Plus qu'elle ne l'était déjà.

Il était maintenant contraint de procéder lentement.

Le temps passa tandis qu'il sortait silencieusement sa clé de maison de sa poche et l'insérait dans la serrure.

Tic. Tac.

Des images de Kasia gisant quelque part dans l'appartement — *morte* — défilaient dans son esprit.

Tic. Tac.

Et puis la porte se déverrouilla. Il était entré.

Au bas des escaliers, il s'arrêta, attendit, retint son souffle, écouta.

Les bruits d'une lutte, d'un malaise résonnaient dans l'appartement. Mais pas de cris de détresse ou de hurlements.

Avait-il commencé ? Ou était-elle dans ses derniers spasmes, luttant contre les affres finales de la mort alors qu'elle souffrait sur le sol ou le lit ?

Tomek décida de ne plus attendre. Au diable l'effet de surprise.

Au diable tout ça.

Il monta l'escalier quatre à quatre, les franchissant deux par deux, ses pas lourds faisant trembler le bâtiment. Du haut des escaliers, il vit que la lumière de la chambre de Kasia était allumée et se dirigea vers elle. Il n'attendit pas à la porte — la force immuable rencontra la force irrésistible — et fit irruption.

La vision lui donna envie de pleurer.

Allongée là, au centre du lit, les mains attachées derrière le dos, se trouvait Kasia. Sa fille, sa charmante fille. Autour d'elle s'entassait une montagne de noix et de cacahuètes, couvrant chaque centimètre de sa peau exposée et sa couette aux couleurs pastel. Elle était recroquevillée en boule, haletant et sifflant tandis que son corps luttait pour trouver la force de survivre.

Il ne savait pas depuis combien de temps elle était dans cet état, mais il savait qu'elle avait besoin de soins médicaux immédiats.

Et puis il vit le tueur. L'homme qui avait hanté tant de filles, mettant fin à leurs rêves et vivant sans doute dans les cauchemars d'autres filles comme elles.

L'homme qui était entré chez lui à plusieurs reprises.

L'homme qui avait été témoin des allergies de Kasia. Par accident, certes, mais il en avait néanmoins été témoin.

Phillip Balham.

Debout au-dessus d'elle de l'autre côté du lit, saupoudrant de cacahuètes le corps presque sans vie de sa fille.

— *Cześć*, Tomek, dit Phillip, avec l'ombre d'un sourire derrière ses dents.

— Va te faire foutre ! cracha Tomek en se précipitant vers la table de chevet de Kasia, où il saisit un de ses stylos d'adrénaline. Puis, se déplaçant à genoux, il revint rapidement à ses côtés, balaya un tas de cacahuètes de la jambe de Kasia et baissa son pantalon de jogging, exposant le haut de sa cuisse. Sans réfléchir, il déchira l'emballage et enfonça le stylo dans sa jambe, injectant lentement l'antidote dans sa circulation sanguine.

— Kasia ! cria-t-il en lui tapotant doucement le visage. Kasia, tu m'entends ?

Mais elle ne pouvait pas. Ses yeux roulaient dans leurs orbites.

Il lui gifla à nouveau le visage, plus fort cette fois. La secouant. Désirant ardemment qu'elle revienne à elle, que son esprit revienne au présent, à la chambre, à lui.

— Kasia ! Non, non, non ! Allez, reste avec moi. N'ose même pas me faire un truc pareil. Je ne peux pas te perdre.

Encore des claques, encore des secousses.

Jusqu'à ce que, finalement, ses yeux deviennent plus lucides, comme si elle en avait maintenant le contrôle total. Et puis elle cligna des yeux. À plusieurs reprises.

— Papa ?

Ce n'était pas grand-chose, mais c'était suffisant pour lui faire savoir qu'elle allait s'en sortir. Qu'elle allait vivre.

Qu'il l'avait sauvée.

— Je suis là, ma chérie, lui dit-il. Tu vas aller bien. Je vais m'en assurer. Mais d'abord, il y a autre chose que je dois faire.

Tomek prit l'un de ses nombreux oreillers et posa délicatement sa tête dessus. Puis il tourna son attention vers l'endroit où Phillip Balham se tenait.

Mais l'homme n'était plus là.

Phillip Balham, comme il l'avait fait tout au long de l'enquête, s'était échappé des griffes de Tomek.

CHAPITRE
SOIXANTE-ET-UN

Tomek n'aimait pas l'idée de laisser Kasia seule. Mais il aimait encore moins l'idée de permettre à Phillip Balham de s'échapper.

Il prit donc la décision de laisser Kasia dans la chambre. Seule. Mais alors qu'il sortait du bâtiment, il s'arrêta à l'appartement du dessous, frappant à la porte à coups de poing.

— Edith ! Edith ! C'est Tomek. Tu es là ? J'ai besoin de ton aide. Peux-tu...

La porte s'ouvrit, et devant lui se tenait une Edith fatiguée et effrayée, qui se protégeait derrière la porte.

— Tu es là, dit Tomek, haletant. J'ai besoin de ton aide. Je dois appeler une ambulance. C'est une urgence. Kasia fait un choc anaphylactique. Dis-leur qu'elle a reçu une injection d'EpiPen. Dis-leur qui je suis et demande-leur d'envoyer la police. Il faut que tu restes avec elle en attendant.

— C'est sûr là-haut ? demanda-t-elle d'une voix faible.

— Oui. L'homme qui a fait ça est parti.

— Où ?

C'était bien la question.

— Je ne sais pas, dit-il en se tournant vers la rue. Mais j'ai l'intention de le découvrir.

Il partit avant qu'elle ne puisse répondre. Au bout de l'allée, il s'arrêta. La Citroën Cactus était toujours là, probablement abandonnée après que Phillip avait remarqué les pneus. Ce qui signifiait que l'homme s'échappait à pied.

Mais où ? Dans quelle direction ? À gauche ou à droite ?

Tomek se rappela une situation similaire dans laquelle il s'était trouvé le mois précédent, lorsque Kasia s'était enfuie. Pendant qu'il disait au revoir à son professeur, elle s'était éclipsée par la fenêtre de la chambre et avait disparu vers la plage d'Old Leigh. À l'époque, Tomek avait demandé à Sean de localiser son téléphone portable. Mais il n'aurait guère le temps de faire ça maintenant. Pas avec ce qu'il avait prévu pour Phillip quand il mettrait enfin la main sur lui.

Réfléchis, Tomek, réfléchis.

S'il était Phillip Balham, où serait-il allé ? Quelle direction aurait-il prise ?

Il passa en revue les informations qu'il connaissait sur le hyperpolyglotte : l'homme vivait quelque part à Southend, pas à Leigh, ce qui suggérait qu'il ne connaissait peut-être pas bien le quartier. Mais il y avait une zone particulière de Leigh-on-Sea que Tomek savait avec certitude que Phillip connaissait bien.

Et c'était le même endroit où Kasia était allée quand elle avait tenté de s'enfuir.

Bell Wharf Beach, Old Leigh.

Le même endroit où Lucy Cleaves avait été attaquée. Où, il le réalisait maintenant, Phillip, et non James Elliott, avait attendu, observé dans l'ombre, puis s'était échappé le long du front de mer jusqu'au Grosvenor Casino : son lieu de travail.

Le trajet jusqu'au bord de mer faisait un peu moins d'un kilomètre. Une promenade de dix minutes par beau temps. Et Phillip avait déjà une longueur d'avance sur lui. À pied. En courant.

Tomek ne savait pas grand-chose des capacités athlétiques de l'homme, mais il savait qu'il était lui-même en assez bonne condition. Des courses quotidiennes depuis vingt ans l'avaient maintenu dans la meilleure forme possible. Cependant, ces dernières semaines, depuis que Kasia était entrée dans sa vie, il s'était rendu compte que le puits qui contenait autrefois le temps de courir, et sa volonté de le faire, s'était soudainement asséché. Et alors qu'il arrivait au bout de la rue, à environ deux cents mètres de la maison, il commençait sérieusement à le sentir. Haletant lourdement, soufflant comme un bœuf.

C'était comme si ses poumons avaient désormais la capacité d'un sexagénaire, et qu'il n'était plus qu'à quelques foulées de s'effondrer.

Mais Phillip Balham l'était aussi.

Tomek repéra le meurtrier à quelques centaines de mètres devant lui, chancelant, ralentissant son allure.

Et puis l'homme regarda en arrière. Dès qu'il vit Tomek bondir à sa poursuite, il accéléra et augmenta la distance entre eux.

Quelques minutes plus tard, tous deux à bout de souffle, tous deux regrettant d'avoir jamais couru, ils atteignirent les marches abruptes qui menaient à Old Leigh. C'étaient les marches métaphoriques entre les centres des villes nouvelle et ancienne, et Tomek les avait gravies des centaines de fois - seul, lors de ses courses, avec des amis - mais aucune de ces fois n'avait été plus difficile que celle-ci. Quand il les atteignit, ses jambes étaient comme de la gelée, et à chaque pas, il avait l'impression que son corps allait céder. Heureusement, il y avait une rampe à laquelle il pouvait se tenir et soutenir son poids. Il s'en servit pour se guider dans les escaliers, prêt à renoncer à sa dignité pour une soirée.

Au bas des marches, il se traîna derrière Phillip, qui avait encore quelques foulées d'avance, courant vers un petit pont qui franchissait la ligne de train de Fenchurch Street à Londres jusqu'à Shoeburyness. Cette fois, il fut obligé de monter l'escalier, et il grogna à chaque marche, ses poumons et son corps lui hurlant dessus.

La distance entre eux diminuait progressivement.

Dix pieds.

Neuf.

Tomek pouvait sentir le désespoir de l'homme qui voulait s'échapper.

Et il pouvait sentir son propre désir de l'arrêter à tout prix.

Quand la distance entre eux ne fut plus que de quelques pieds, Tomek se lança sur Phillip, le plaquant au sol comme au rugby au sommet du pont. Le corps de l'homme semblait mou sous son poids. Des années d'entraînement de rugby, tant en social qu'en jouant pour l'équipe de la police, lui avaient appris à attaquer correctement, en toute sécurité et sans causer de blessures. Cela lui avait également appris comment plaquer quelqu'un au sol de la pire façon possible, en utilisant son poids contre celui de l'autre pour l'écraser et lui infliger autant de douleur que possible.

Pour Phillip Balham, Tomek avait utilisé la deuxième technique.

— Lâche-moi !

— Va te faire foutre ! Tu as de la chance que je ne te jette pas de ce putain de pont !

Utilisant son avant-bras gauche, Tomek plaqua le visage de Phillip sur le pont en béton, pressant son autre bras dans le bas du dos de l'homme.

Il lutta contre chaque pulsion de son corps qui lui disait d'abaisser son avant-bras sur le cou de l'homme et de le maintenir là.

— Tu vas payer pour ce que tu as fait, dit-il.

— Je pense que tu es arrivé trop tard, dit Phillip pour le provoquer. Trop tard pour sauver ta propre fille. Quel genre de père es-tu ?

— Un père qui est très près de faire justice lui-même.

Les yeux de Phillip passèrent du sol à Tomek pendant un instant.

— Vas-y, dit-il, en mâchant de la terre avant de la recracher. Vas-y. Ça ne la ramènera pas. Ça n'en ramènera aucune.

— Je le sais bien. Mais ça t'empêchera de faire d'autres victimes.

— Kasia devait toujours être la dernière, dit Phillip. Je l'ai gardée pour la fin.

— Pourquoi ?

— Parce qu'elle était le grand final. La mort par contact. La mort par cacahuètes. Comment quelque chose d'aussi minuscule et insignifiant peut-il avoir cet effet sur un être humain ? Je rendais service à tout le monde. Je débarrassais le monde de ses faiblesses.

— Donc tu tuais des adolescentes en utilisant leurs allergies ? Tu te liais d'amitié avec elles jusqu'à ce qu'elles te fassent confiance ? Suffisamment confiance pour monter dans ta voiture au moins ?

— Ces filles ne me faisaient pas confiance, haleta Phillip entre deux respirations alors que Tomek augmentait la pression sur son visage. Elles me voyaient juste quelques fois par semaine à l'école ou quand je venais leur enseigner les langues. Elles étaient stupides et idiotes et voyaient que j'avais une voiture. J'étais le sympathique professeur de polonais, français, allemand et espagnol ; qui aurait jamais pensé à me remettre en question ?

Pas Tomek. L'homme ne lui avait pas donné de raison de le faire. Phillip avait semblé normal à tous égards. Juste un type ordinaire qui essayait de faire son chemin dans le monde et qui s'en sortait avec l'argent qu'il gagnait en donnant des cours particuliers, en enseignant dans des écoles et en travaillant au casino.

— As-tu aussi tué James Elliott ? demanda Tomek dès que cette idée lui vint à l'esprit.

Phillip ne répondit pas. Au lieu de cela, il commença à rire de façon maniaque dans la saleté.

— James était un détail qui devait être réglé, répondit-il. Il voulait me rencontrer le soir du Nouvel An, alors j'ai accepté. Il s'inquiétait des questions que tu posais concernant la voiture, alors je me suis occupé de lui. Je ne pouvais pas le laisser ouvrir la bouche et révéler mon nom.

Tomek luttait pour contenir la rage qui bouillonnait en lui. Elle augmentait chaque fois que Phillip parlait, chaque fois que l'homme lui lançait ce sourire suffisant. Comme s'il était fier de ses réalisations, fier de tout ce qu'il avait accompli : débarrasser le monde de cinq individus qui possédaient une faiblesse unique. Tomek sentit une vague de frustration l'envahir et augmenta la force qu'il exerçait sur le visage de l'homme.

Continuant à appuyer et à appuyer.

Appuyant et appuyant.

Pensant à Kasia... Et au lit... Et aux cacahuètes... Et à l'intrusion dans son domicile.

Jusqu'à ce que...

— Tomek ! Tomek !

La voix, profonde et rauque, fut suivie par le bruit lourd de pas qui martelaient le béton. Un instant plus tard, Nick apparut au sommet du pont, haletant, pantelant, son ventre et ses seins d'homme rattrapant le reste de son corps une fraction de seconde plus tard.

— Qu'est-ce que tu fais ici ? demanda Tomek, continuant à appuyer son poids sur Phillip.

— Je t'ai suivi, dit-il. J'ai juste mis du temps à te rattraper. Nick s'arrêta brusquement à quelques pas de Tomek et posa ses mains sur ses genoux, plié en deux, haletant. Ne fais rien de stupide, Tomek. Il n'en vaut pas la peine.

Nick fit un pas hésitant en avant, levant lentement les mains.

— Lâche-le, Tomek. Laisse-moi m'en occuper.

Mais Tomek ne pouvait pas l'entendre. Ne pouvait rien entendre. À présent, l'agressivité et la fureur à l'intérieur de sa tête avaient étouffé tous les autres sons, et la seule chose qui lui rappelait qu'il écrasait toujours le visage de Phillip contre le béton était l'homme qui se tortillait lui-même.

Dès que Nick s'approcha, il posa une main sur l'épaule de Tomek, le ramenant à la réalité.

— Lâche-le, mon pote, dit doucement Nick. C'est fini. C'est terminé. Tu l'as eu.

Mais Tomek ne l'entendait pas. Tout ce à quoi il pouvait penser était que c'était fini. Que Phillip Balham ne pourrait plus faire de mal à personne.

Que Kasia serait en sécurité.

CHAPITRE
SOIXANTE-DEUX

Tomek se réveilla dès qu'il sentit le doux toucher de ses doigts sur ses mains. Il ouvrit les yeux péniblement, encore ensommeillé, et leva le regard pour voir Kasia au bout du lit d'hôpital, reliée aux machines, ses cheveux bruns attachés au-dessus de sa tête.

À cet instant, elle ressemblait tellement à sa mère. Belle, élégante, puissante, même si tout dans la situation et son environnement suggérait le contraire.

— Depuis combien de temps es-tu là ? demanda-t-elle.

— Je ne suis jamais parti, répondit-il en se redressant. Puis il serra sa main, sentant les petits os et cartilages fléchir sous sa pression. Comment te sens-tu ?

— Comme si j'avais été percutée par un bus.

— À impériale ou simple ?

Kasia leva les yeux au ciel. — Un minibus, *en fait*, dit-elle, avec un « en fait » dont le Capitaine serait fier.

Puis elle commença à rire. Mais aussitôt qu'elle eut commencé, elle fut prise d'une quinte de toux. En quelques instants, le contenu de ses poumons se retrouva sur ses mains, et elle les essuya sur le lit.

— Le médecin a dit que ça pourrait être l'un des effets secondaires, dit Tomek.

— La toux ?

— Non. Avoir un humour pince-sans-rire.

— Je crois que c'est juste un symptôme quand on est ta fille.

Cette pensée le fit sourire.

Ta fille.

Sa fille.

Ma fille. Même cette idée lui paraissait encore étrange. Tant de choses s'étaient produites depuis qu'elle était entrée dans sa vie, un bouleversement complet, mais il n'aurait rien changé.

Enfin, pas tout à fait rien.

— C'est la dernière fois que tu prends un cours de polonais. Si tu veux apprendre la langue, tu peux regarder des émissions polonaises à la télé et l'apprendre comme ça. Ou tu peux aller chez ta grand-mère et l'apprendre confortablement dans son salon. C'est toi qui choisis.

Pendant un moment, Kasia ne répondit pas. Son visage se crispa et elle semblait plongée dans une profonde réflexion.

— Pas littéralement, d'ailleurs. Tu n'es pas obligée de choisir maintenant.

— Je sais, c'est juste que... Elle baissa la tête. Je me demandais... Qu'est-ce qui lui est arrivé ? Est-ce que tu... est-ce que tu l'as trouvé ?

— Oui, dit Tomek sans détour, allant droit au but. Il voulait être transparent et honnête avec elle et espérait qu'un jour, à l'avenir, elle serait transparente et honnête avec lui. Tu n'auras plus jamais à voir Phillip Balham.

— Pourquoi pas ?

— Parce que nous l'avons emmené au commissariat et qu'il est inculpé pour ce qu'il t'a fait.

— Comme Paddy, répéta Kasia. La même chose que ce qui est arrivé à Lucy ?

— Oui, comme ça.

— Est-ce que tu as dit à Maman que je suis ici ? demanda Kasia.

Non seulement sa voix le surprit et le tira de ses pensées, mais le contenu de sa question le déconcerta. Kasia n'avait pas parlé de sa mère depuis des semaines, presque au point où Tomek avait oublié son existence, et où il était convaincu qu'elle l'avait aussi oubliée.

Mais maintenant, elle avait choisi de la mentionner. Maintenant, de tous les moments possibles.

Il soupira et se mordit la lèvre inférieure.

— Non, je ne l'ai pas fait. Pas encore. Voudrais-tu que je le fasse ?

— Oui.

Et puis une idée lui vint à l'esprit.

— Et si on lui disait en personne, ensemble ?

Une lueur d'appréciation passa sur son visage.

— Oui, s'il te plaît. Mais fais-le un jour d'école. Je veux une excuse pour ne pas y aller, dit-elle, puis elle reposa sa tête sur l'oreiller.

C'était un argument auquel Tomek ne pouvait pas s'opposer.

CHAPITRE
SOIXANTE-TROIS

Tout lui était devenu familier maintenant. Le son des cris, des conversations et des rires qui dominaient le bruit des aliments en train de frire. L'odeur du bacon et des œufs, et toutes sortes de délicieuses senteurs qui flottaient dans l'air et s'installaient confortablement dans ses narines. La vue de la clientèle habituelle du café.

Et même la compagnie dans laquelle il se trouvait lui était désormais familière.

Abigail Winters avait, comme toujours, organisé la rencontre à la dernière minute, s'attendant à ce qu'il laisse tomber tout ce qu'il avait à faire dans sa vie pour elle. Et, cette fois, heureusement pour elle, rien ne le retenait : Nick l'avait forcé à rester en retrait pendant qu'il digérait ce qui était arrivé à Kasia. Pendant ce temps, Kasia était retournée à l'école. L'appartement était donc vide, et il n'avait rien à faire.

La femme assise à côté d'Abigail, en revanche, ne lui était pas familière.

Abigail l'avait présentée comme Martha Buhl, potentiellement la première victime de Phillip Balham.

— Tu sais, tu devrais vraiment faire ça avec Sean ou quelqu'un d'autre de l'équipe, dit-il à Abigail juste au moment où la serveuse arrivait avec leurs portions de double œuf, double bacon et double toast. Tomek la remercia puis la regarda s'éloigner. Et en partant, il remarqua qu'elle se retournait, croisant son regard.

— Je ne *veux* pas parler à quelqu'un d'autre de l'équipe, répondit Abigail, le ramenant à la conversation. Je veux que Martha te raconte à *toi*.

— Très bien. Alors raconte-moi. Il se tourna vers Martha, qui avait poussé son assiette sur le côté. Qu'est-ce que Phillip Balham t'a fait en Allemagne ?

Et alors, il découvrit tout.

Plusieurs années auparavant, dix pour être précis, Martha Buhl vivait dans un immeuble d'appartements dans un quartier calme et isolé de Francfort. Elle avait rencontré Phillip peu après qu'il ait emménagé dans l'immeuble, et ils étaient devenus amis. Elle avait admiré son courage d'avoir déménagé dans un pays pour un an juste pour apprendre la langue. À l'époque, Martha travaillait dans un hôpital, vivait dans un appartement au rez-de-chaussée, travaillait à toute heure du jour et de la nuit, et se retrouvait à dormir à n'importe quel moment de la journée. Jusqu'à ce que, un soir, alors que son petit ami de l'époque passait la nuit chez elle, un chat soit entré par la fenêtre et lui ait provoqué une grave réaction allergique. Sans son petit ami, dont Phillip ignorait tout, qui l'avait sauvée avec son EpiPen et un appel rapide aux services d'urgence, ses allergies – celles dont Phillip connaissait *tout* – auraient fini par la tuer. Les premiers soupçons de Martha avaient commencé dès que Phillip avait commencé à s'intéresser de près à ses allergies et à son aversion pour les chats. Selon elle, il en avait adopté un pendant son séjour dans l'immeuble, le traitant et le nourrissant comme si c'était le sien. Le même chat qui avait grimpé par sa fenêtre dans la nuit, envoyé pour la tuer, placé là par le tueur vindicatif, Phillip Balham.

Dès sa sortie de l'hôpital, Martha avait porté l'affaire à la police, mais elle n'avait récolté que des moqueries avant d'être renvoyée. Et le temps qu'elle revienne à l'immeuble, Phillip avait déjà quitté le bâtiment pour une autre région du pays. Pendant un court moment, elle avait crié et fait des histoires sur Internet, mais elle avait fini par s'essouffler et avait décidé qu'il ne reviendrait jamais lui faire du mal.

Jusqu'à ce qu'elle entende parler des histoires au Royaume-Uni.

Celle de Manchester qui portait les mêmes caractéristiques, et celle qui avait été pratiquement confirmée grâce au nom de Phillip Balham apparaissant sur la liste des locataires au moment où Diana Greenock était morte.

— Abigail m'a dit que Phillip a tué quatre autres femmes ? conclut Martha.

— Oui. Il les connaissait soit en travaillant dans leurs écoles dans un rôle pastoral, s'intégrant profondément dans la vie de celles qui souffraient d'allergies, soit en leur enseignant des langues étrangères, que ce soit à l'école ou… dans le confort de leur foyer. Il les ciblait en fonction de leur âge et de leurs allergies. Elles étaient plus faibles, vulnérables, plus susceptibles de tomber sous son emprise.

— Il est méprisable, siffla-t-elle.

— Ça, il l'est, dit Tomek. Ça, il l'est.

— Comment a-t-il procédé ?

— Eh bien, sa première victime au Royaume-Uni était Diana Greenock de Manchester. Une infirmière, allergique aux chats, vivant dans un appartement au rez-de-chaussée, tout comme toi. Nous pensons qu'il a fait sa connaissance pendant qu'il assistait à des matchs de football. Une rencontre fortuite qui s'est transformée en meurtre. Et d'après ce que tu m'as dit, je dirais que ce qu'il t'a fait a servi de modèle pour ce qu'il a fait à Diana. À l'époque, il enseignait dans la région, où il s'est lié d'amitié avec Mandy Butler, sa deuxième victime. Là-bas, il lui a enseigné l'espagnol dans son collège pour ses GCSE. Et après avoir découvert qu'elle déménageait dans l'Essex, il l'a suivie. Pour tomber sur une multitude d'opportunités dans nos écoles. Il s'est écoulé un certain temps avant qu'il ne tue à nouveau, mais pendant cette période, il les sélectionnait, s'immisçant dans la vie de ses victimes d'une manière ou d'une autre. Les enseignant, les aidant, gagnant leur confiance. Tomek termina son petit-déjeuner. Mais maintenant, il ne pourra plus faire de mal à personne. Sauf à lui-même.

— Ce serait une solution de lâche pour lui, répondit Martha.

— Malheureusement, je pense que c'est exactement le genre de personne qu'il est.

Une fois la réunion terminée, Tomek régla l'addition puis

accompagna les deux femmes jusqu'à la voiture d'Abigail. Martha se glissa sur le siège passager tandis qu'Abigail contournait l'avant du véhicule et s'arrêta juste devant lui.

— Je t'avais dit que je pourrais t'organiser une rencontre avec elle, dit-elle triomphalement, le regardant de haut en bas.

— Je suis impressionné.

Elle posa une main sur son bras et le serra. — Je sais bien. N'oublie pas, dit-elle en ouvrant la portière du conducteur.

— N'oublie pas quoi ?

— Tu me dois quelque chose.

— Non, je ne te dois rien, répondit-il.

— Un rendez-vous, Tomek Bowen. C'est tout ce que je te demande. Ce n'est pas comme si je te demandais en mariage.

ÉGALEMENT PAR JACK PROBYN

La série d'enquêtes criminelles du DS Tomek Bowen :

LIVRE 1 : LA JUSTICE DE LA MORT

Southend-on-Sea, Essex : Le Détective Sergent Tomek Bowen – déterminé, tenace et hanté par la mort de son frère – est appelé sur l'une des scènes de crime les plus choquantes qu'il ait jamais vues. Un homme a été rituellement assassiné et abandonné dans un jardin ouvrier près de l'aéroport local. Les premières investigations indiquent que cet homme avait un passé. Un passé qui lui a valu de nombreux ennemis.

Télécharger La Justice de la Mort

LIVRE 2 : L'ÉTREINTE DE LA MORT

Annabelle Lake pensait reconnaître la Ford Fiesta qui attendait devant son école, ainsi que son conducteur. Elle se trompait. Son corps est retrouvé quelque temps plus tard, suspendu à une balançoire dans une aire de jeux locale sur l'île de Canvey.

Télécharger L'Étreinte de la Mort

LIVRE 3 : LE TOUCHER DE LA MORT

Lorsque le brouillard se dissipe un matin de décembre dans l'Essex, le corps d'une adolescente est découvert gisant face contre terre dans un champ. L'affaire atterrit rapidement sur le bureau du DS Tomek Bowen qui, tout en essayant de jongler avec sa nouvelle vie de parent célibataire d'une fille de treize ans, doit déterrer l'enchaînement mortel des événements et faire éclater la vérité au grand jour.

Télécharger Le Toucher de la Mort